KB123895

밤 은
아침을
꿈꾼다

밤은 아침을 꿈꾼다 1

2015년 11월 25일 초판 1쇄 인쇄
2015년 11월 30일 초판 1쇄 발행

지은이 김도경
발행인 이종주

기획 편집 권영은 정시연
경영 지원 배진경 김슬기
마케팅 김정수 차보현 신은경

발행처 (주)로크미디어
출판등록 2003년 3월 24일
주소 서울시 용산구 원효로97길 46 5층
Tel (02)3273-5135 Fax (02)3273-5134
홈페이지 rokmedia.com rokmedia.blog.me
E-mail romance@rokmedia.com

ⓒ 김도경, 2015

값 9,000원

ISBN 979-11-255-2836-4 (1권)
ISBN 979-11-255-2835-7 04810 (세트)

밤 은
아침을
꿈꾼다

1

김도경 장편소설

ROCOCO

contents

프롤로그 1

지잉.

벨을 누른 규식은 객실 문이 열리기를 초조하게 기다렸다.

딸깍.

문이 열리는 순간 규식은 마른침을 꿀꺽 삼켰다.

"오빠……."

핏기 하나 없이 창백한 여자의 얼굴이 열린 문틈으로 나타났다. 고통에 물든 까만 눈동자는 물기로 가득 차 있었다. 여자에 대한 걱정과 충격으로 얼어붙은 규식과 불안하게 흔들리는 여자의 커다란 눈동자가 마주쳤다. 여자의 커다란 눈에서 투명한 눈물이 주르륵 흘러내렸다. 규식이 다급한 음성으로 외쳤다.

"희수야! 너 왜 이래. 대체 무슨 일이야!"

희수는 입술을 앙다물었다. 눈물을 감추듯 재빨리 고개를 숙이고 몸을 돌렸다. 규식은 희수를 따라 허겁지겁 객실 안으로 들어갔다. 그의 눈에 제일 먼저 띈 것은 스위트 룸 거실 테이블에 놓여 있는 빈 양주병과 말라붙은 유리잔 하나였다. 그의 눈이 더욱 크게 부릅떠졌다.

'맙소사! 어젯밤에 혼자 저걸 다 마신 거야? 대체 왜⋯⋯.'

규식은 얇은 로브 차림으로 비틀거리며 소파로 걸어가는 희수의 뒷모습을 불안하게 쳐다보았다. 행인지 불행인지 그녀는 더 이상 술에 취해 있는 것 같지는 않았다. 술 냄새도 나지 않았고 방금 샤워를 마쳤는지, 화장기 하나 없는 창백한 얼굴과 짧은 단발머리는 축축이 젖어 있었다.

희수가 무너지듯 소파에 털썩 주저앉았다. 얼굴을 양손에 파묻고 흐느끼기 시작했다.

"미안⋯⋯ 여기까지 오게 해서 정말 미안해. 하지만⋯⋯ 생각나는 사람이 오빠밖에 없었어. 오빠밖에는⋯⋯. 정말 미안해. 오빠도 바쁠 텐데⋯⋯."

규식은 얼른 희수의 옆에 가 앉았다. 부서질 듯 가녀린 몸을 웅크리고 흐느끼는 희수를 안아 주고 싶었지만 차마 그녀의 몸에 손을 댈 수 없어 안타까움에 가슴은 더욱 무너져 내렸다.

"괜찮아. 난 괜찮으니까 제발 그만 진정하고, 희수야⋯⋯."

회사 따위 아무래도 상관없었다. 말단 직원인 주제에 날이 밝자마자 월차를 쓰겠다는 일방적인 통보만 휙 하고 제멋대로 결근을 해 버렸으니 내일 출근하면 한바탕 난리가 나긴 하겠지만, 그로서는 어쩔 도리가 없었다.

오랜 첫사랑이자 짝사랑인 희수가 너무 힘들다고, 죽고 싶다고, 그가 필요하다면서 제발 자신에게 와 달라고 철철 울며 전화를 해 왔는데, 어떻게 달려오지 않을 수가 있단 말인가.

마음 같아서는 어젯밤 희수의 전화를 받았을 때 바로 도쿄로 날아오고 싶었더랬다. 하지만 그 늦은 새벽 시간에 도쿄로 출발하는 비행기가 있을 턱이 없었다. 그래서 희수와의 전화를 끊자마자 가장 먼저 출발하는 비행기 티켓을 끊어서 정신없이 도쿄로 날아온 참이었다. 그나마도 티켓이 없어서 공항에서 장장 3시간이나 웨이팅을 한 끝에 가까스로 탑승할 수가 있었다.

규식은 도쿄에 도착하자마자 그녀의 부탁대로 동우에게 연락도 하지 않았다. 그리고 그녀가 불러 준 호텔로 부리나케 달려온 참이었다.

"왜 그래, 희수야, 대체 무슨 일이야? 언제부터 여기 있었어? 동우는? 애들은 다 어쩌고? 동우랑 또 싸웠니?"

희수는 애처롭게 흐느끼기만 할 뿐 아무 말 없이 고개를 세차게 가로저었다.

"희수야……."

사실 새삼 물어볼 필요도 없었다. 보나 마나 동우 때문에 또 사달이 난 것이 뻔할 테니까. 차동우, 이 개새끼! 이번엔 또 뭘 어떻게 한 거냐. 또 얼마나 애를 무시하고 외롭게 만들었으면, 네놈 말 한마디면 죽는 시늉까지 하는 애가 갓난애들을 내팽개치고 집을 나와서 서울에 있는 나한테까지 연락을 해!

어쨌든 이젠 제 부인이 아닌가. 어쨌든 이젠 제 아이들의 엄마가 아닌가! 그런데 왜 좀 더 따뜻하게 안아 주지를 못해. 왜 인정해 주지를 않아! 희수가 널 얼마나 사랑하는데!

죽은 요코 대신, 아니 그녀를 사랑했던 마음의 반의반만이라도 자신을 사랑해 달라고, 돌아봐 달라고 하는 것뿐인데, 그거 하나 못 해 주나? 어쨌든 이제 제 옆에 있는 여자는 죽은 요코가 아니라 살아 있는 최희수, 그녀인데 말이다!

규식은 숨죽여 흐느껴 우는 희수를 안타깝게 바라보았다. 안쓰럽고 가여워 가슴이 찢어질 것 같았다. 7년 전 24살, 강의실에서 처음 본 순간부터 첫눈에 반해 버린 여자였다. 때 묻지 않은 청초한 모습에, 이슬처럼 투명하고 맑은 그 모습에 넋이 나가 버렸더랬다.

하나 안타깝게도 순백의 여신 같은 희수의 청초함은 겉모습뿐이었다. 그녀는 겉과 속이 너무도 다른 여자였다. 그녀는 자신의 청순한 미모가 남자들한테 어떤 영향을 미치는지 무척이나 잘 알고 있었다. 동기, 선후배 할 것 없이 남학생이라면 누구나 그녀의 촉촉이 젖은 눈빛 한 번, 영롱한 미소 한 방에 넋이 나가 기꺼이 여신처럼 떠받들었으니 말이다.

물론 그런 남학생 중에는 규식도 있었다. 알면서도 속고, 모르면서도 속고. 희수가 자신들을 장난감처럼 데리고만 놀 뿐, 남자로는 거들떠보지도 않는다는 사실을 알면서도 기꺼이 그녀의 호구가 되었더랬다.

희수의 목표는 분명했다.

자신을 상류층으로 끌어올려 줄 남자와 결혼하는 것.

속물. 그래, 시쳇말로 하면 최희수는 반반한 외모를 무기로 신분상승을 꿈꾸는 천박한 속물 덩어리였다. 정신머리가 제대로 박힌 놈 중에 그런 사실을 모르는 놈은 거의 없었다.

하나 그러면 뭐하나. 그럼에도 불구하고 최희수의 영롱한 눈빛, 해사한 미소 한 번이면 이성이든 자각이든 작열하는 태양 아래의 얼음처럼 한순간에 모두 녹아 버리는 것을.

그래서 번번이 이용만 당할 뿐이라는 것을 알면서도 기꺼이 당해줬었다. 솔직히 규식은 그렇게 해서라도 최희수의 가장 친한 선배, 오빠 자리를 놓치고 싶지 않았다. 해서 누구보다도 만만한 최희수의 호구가 되었더랬다.

그녀가 죽마고우인 동우를 욕심내며 도와달라고 했을 때도 마찬가지였다. 제 마음이야 어찌 되든 말든 그녀가 동우를 원한다니까, 그 녀석이 가지고 싶다니까 최희수를 위해서 혼신의 힘을 다해 도왔다.

자신이 그녀를 위해서 해 줄 수 있는 것은 그것뿐이었으니까.

만약 자신이 동우나 대영만큼 잘나고 똑똑하고, 집안까지 좋은 놈이었다면 절대로 희수를 쉽게 포기하지 않았을 것이다. 하나 그는 평범한 집안에서 태어나 외모나 머리 모두 평범하기 그지없었다. 그나마 내세울 거라는 건 바보스러울 만큼 우직하고 착한 성품과 잘난 친구를 둘이나 두고 있다는 것 정도? 그런 자신은 죽었다 깨어나도 절대 최희수의 남자가 될 수 없었다.

그러나 동우는 달랐다. 재일교포로 성공한 부모님 덕분에 집안도 부유했고 출중한 외모에 머리까지 알아주는 천재라 그 땐 이미 도쿄대학교 의학과를 졸업하고 수련의 생활을 하고 있었다. 말 그대로 최희수가 바라는 조건을 완벽하게 갖춘 남자였다. 그녀가 동우한테 빠져든 건 당연한 결과였다.

규식은 그녀라도 원하는 남자와 결혼해서 행복해지기를 바랐다. 철없던 시절에 병으로 죽은 첫사랑을 가슴에 품고 외롭게 사는 동우가 가엾기도 했다. 요코가 죽은 이후에는 여자들을 돌처럼 여기는 동우지만, 희수라면 녀석의 닫혀 버린 마음을 열 수 있지 않을까 싶기도 했다. 규식은 자신이 가장 사랑하는 두 사람이 진심으로 잘 되기를 바랐다.

하나 동우는 다른 여자들과 마찬가지로 희수를 원하지 않았다. 그녀가 아무리 수시로 서울과 도쿄를 오가며 스토커처럼 쫓아다녀도 동우는 희수한테 시선 한 자락 주지 않았다. 철저한 무시와 냉대. 어쩌면 그것이 희수를 더욱 자극했던 건지도 모르겠다. 무슨 수를 써서라도 기필코 차동우를 손에 넣겠다고 오기를 불태우며 규식을 괴롭히기 시작한 것이 그때부터였으니까.

거의 매일 규식을 찾아와서 동우에 대한 정보를 모조리 내놓으라고 닦달을 해댔었다. 중학교 2학년 때 동우가 부모님과 일본으로 이민을 가기 전까지, 대영과 셋이 골목을 누비며 함께 쌓았던 유년 시절의 소소한 추억부터 그 후에 동우와 주고받았던 편지들까지 희수는 차동우에 대한 모든 것을 알아내려고 했었다.

　요코에 대해서 이야기해 준 것이 잘못이었는지도 모르겠다. 요코의 이야기로 온통 도배가 되어 있던 동우의 십 대 때 편지들과 요코의 사진들을 보여 줬던 것 역시. 어린 나이였지만 두 사람이 얼마나 사랑했고, 어떤 꿈을 같이 꾸었으며 대학 입학을 앞두고 두 사람이 둘만의 비밀 결혼식을 했다는 이야기도, 그때의 사진들도, 장소도 알려 주지 말았어야 했는지 모르겠다.

　하나 그땐 그것이 최선이라고 생각했었다. 동우가 왜 그토록 차가운 놈이 됐는지, 희수를 왜 쳐다봐 주지 않는지 그녀도 알아야 하지 않나 싶었다. 그래야 동우를 좀 더 이해할 수 있을 테니 말이다.

　그런데 규식의 의도와는 다르게 결과는 전혀 엉뚱한 방향으로 흘러가 버렸다. 동우를 이해하고 그에게 좀 더 시간을 주라는 의미였건만, 희수는 그렇게 알게 된 동우의 이루어지지 못한 사랑과 그리움을 역으로 이용할 궁리만 했다.

　어쨌든 결과적으로 두 사람은 2년 전에 결혼식을 올렸다.

　규식은 물론 신랑인 동우마저 진심으로 원하던 그런 결혼은 아니었지만.

　규식은 희수가 긴 생머리까지 짧은 단발로 싹둑 자르고 요코처럼 자신을 꾸밀 줄은 꿈에도 생각하지 못했었다. 동우는 매해 요코의 기일마다 그녀와 단둘이 비밀 결혼식을 했던 하코네의 료칸을 찾아 하룻밤을 묵고는 했는데, 희수가 그 모습으로 거기까지 찾아가서 요코인 양 술에 취해 있는 동우의 품에 뛰어들기까지 할 줄은 더더욱 상상조차 하지 못했다.

하나 희수는 눈 하나 깜짝하지 않고 그렇게 동우의 여자가 되었고, 단 하룻밤의 섹스로 임신까지 하는 데 성공했다. 최희수의 운이 좋은 건가, 아니면 신조차 규식처럼 그녀의 청순가련한 미모에 넘어간 호구였던 걸까.

어쨌든 그 일로 희수는 동우를 강하게 압박했고, 동우는 결국 그녀의 배 속에 있는 제 핏줄을 외면할 수 없어서 경멸하는 여자와의 결혼을 결심했다.

그게 2년 전이었다. 희수는 작년에 예쁜 쌍둥이 딸들을 낳았다. 두 사람은 여전히 삐걱거리고 동우는 여전히 희수를 무시하고 경멸한다. 애들 엄마라는 것은 인정하지만, 자신의 아내로는 절대 인정하지 않았다.

그래도 규식은 점차 나아질 것이라고 생각했다. 시간이 조금만 더 지나면 결국 동우도 희수를 돌아보게 될 거라고. 동우가 인정하든 인정하지 않든 어쨌든 희수는 그의 부인이고 애들의 엄마가 아닌가.

그런데 아니었나 보다. 희수가 갓난아기인 쌍둥이를 내팽개치고 집을 나와 서울에 있는 자신에게까지 도움을 청한 것을 보면 말이다. 이번에는 저번의 다툼보다 상황이 꽤 심각한 것 같았다. 뭐, 다툼이라고 해 봤자 항상 병원 일로 바쁜 동우의 철저한 무시와 냉대에 한 번씩 폭발하는 희수의 일방적인 짜증과 신경질일 뿐이긴 했지만.

규식은 친구인 동우에게 속으로 해도 너무한다는 욕을 퍼부으며 조심스럽게 희수를 불렀다.

"희수야, 진정하고 무슨 일인지 차분하게 말해 봐, 엉? 무슨 일인지 내가 자초지종을 알아야 동우 자식을 찾아가서 욕을 하든 혼을 내주든가 하지."

"흑흑."

"후우, 미치겠네, 진짜. 동우 이 자식, 대체 뭘 어떻게 한 거야. 희수야, 그런데 소희랑 소영이는 어디 있어?"

규식은 이제 겨우 만 두 살 된 아이들이 엄마도 없이 어디서 어떻게 잘 있기는 한 건지 걱정이 됐다.

"집에…… 보모랑 같이 있어."

보모한테 애들을 맡기고 나올 정신은 있었나 보다. 그나마 다행이라는 생각이 들었다.

"동우는 지금 너 여기 있는 거 알아? 애들만 보모랑 집에 있는 거 아냐고."

"흑!"

설움이 복받쳐 오른 듯 희수가 입을 틀어막고 오열하듯 울음을 터트렸다. 화들짝 놀란 규식은 저도 모르게 그녀의 들썩이는 어깨로 손을 뻗었다. 진정하라며 그녀의 어깨를 다정하게 다독거렸다.

"희수야, 그만 울어. 진정하고, 응?"

"오빠."

희수가 갑자기 상체를 들어 규식의 목을 와락 끌어안았다. 놀란 것도 놀란 거지만 갑자기 제 품에 뛰어든 희수에 기겁한

규식은 급하게 숨을 들이켰다. 어찌할 바를 모르고 커다래진 눈만 끔벅거렸다.

"어어, 희, 희수야, 잠 잠깐만……."

"오빠, 오빠……."

희수는 더욱 깊이 규식의 품에 파고들며 그의 목을 칭칭 휘감았다. 울음이 뒤섞인 불분명한 발음으로 흐느끼며 말했다.

"나, 더 이상은 이렇게 못 살겠어. 너무 비참해. 끔찍해."

"희, 희수야."

"내가 그동안 어떻게 살아왔는지 알아? 너무 창피하고 비참해서 아무한테도 말 못 했지만, 흑흑. 나 결혼하고 나서 그 사람하고 같이 자 본 적이 없어. 병원 일이 바쁘다는 핑계로 집에 잘 들어오지도 않고, 가끔 집에 와도 날 쳐다보지도 않아. 애들 일로 꼭 필요한 말 이외에는 나하고 말도 하지 않는다고. 그저 일, 일. 그러다 가끔 집에 오면 애들만 보고, 난 완전 투명인간 취급이야. 내가 뭘 그렇게 잘못했는데, 내가 뭘 그렇게 죽을죄를 지었는데……."

고통스럽게 울부짖는 그녀의 목소리가 가슴 아팠다. 규식은 무거운 한숨을 내쉬며 들썩거리는 그녀의 마른 등을 다정하게 두드려 주었다.

"아니야, 네가 왜. 네 잘못 아니야."

"나도 알아, 그 사람이 나 사랑하지 않는다는 거. 내가 그 죽은 여자처럼 머리 자르고 술 취한 그 사람 품에 뛰어들었을 때부터 날 경멸했다는 것도 다 알고 있다고. 하지만 나도 뭐 그러고 싶어서 그랬는지 알아? 누구는 죽은 여자 흉내를 내고 싶어서 그랬겠느냐고. 날 안으면서도 계속 '요코, 요코' 하는데 나도 비참해서 죽고 싶었단 말이야."

그녀가 더욱 크고 서럽게 흐느꼈다.

"하지만 그땐 정말 그 방법밖에는 없었어. 그렇게 해서라도 그 남자를 가지고 싶었다고. 사랑하니까, 미치도록 그 남자를 사랑했으니까."

규식은 안타까운 마음에 그녀를 더욱 꼭 끌어안아 주었다.

"나 그동안 진짜 노력 많이 했어. 매일 그 죽은 년 사진 보면서 머리도 똑같이 하고 화장도 똑같이 하고, 웃는 것도 똑같이 웃으려고 거울 보고 매일 연습했다고. 내가 최희수인지, 요코인지 뭔지 하는 그 죽은 계집애인지 구분이 가지 않을 만큼! 그런데도 그 사람은 날 안 봐. 웃어 주지도 않고 안아 주지도 않아. 인간 취급도 하지 않는다고. 어떻게 그럴 수가 있어? 어떻게 2년이나 사람을 그토록 철저히 무시할 수가 있느냔 말이야! 나 같으면 정성이 갸륵해서라도, 불쌍해서라도 한 번쯤 웃어 주고, 한 번쯤은 못 이기는 척 안아 주기도 하겠다."

"그랬구나, 그랬어. 동우 그 자식이 나빴네. 진짜 나쁜 자식이네. 우리 희수, 그동안 많이 힘들었겠구나. 후우."

"그래도 나, 그 일 아니었으면 어떻게든 버텼을 거야. 우리 소희, 소영이를 위해서라도 이 악물고 참았을 거라고. 그런데 이젠 더는 못 참아. 더 이상은 나, 정말 못 참겠어. 흑흑."

그녀의 뜨거운 눈물이 연신 규식의 목과 어깨를 적셨다. 희수가 이를 악물고 잇새로 씹어뱉듯이 말했다.

"오빠…… 그 사람, 바람피워."

"뭐?"

소스라치게 놀란 규식은 얼른 희수의 어깨를 잡고 품에서 떨어트리려고 했다. 그러나 희수는 악착같이 그에게 매달려 떨어지려고 하지 않았다.

"아니야, 희수야. 그건 진짜 아닐 거다. 동우가 어떻게……."

"오빠도 못 믿겠지? 나도 그랬어. 이상하다고 느끼면서도 설마 했다고. 그런데 아니야. 내 눈으로 직접 봤단 말이야."

"뭘, 어떻게?"

"그젯밤에도 연구실에서 밤을 새운다고 해서 저녁 시간에 맞춰서 병원에 갔었어. 바보처럼 다른 의사들하고 다 같이 먹을 수 있을 만큼 도시락 잔뜩 싸서. 그런데…… 택시에서 내리는데 그 사람이 병원에서 막 나오고 있더라고. 연구실에서 밤을 새운다는 사람이 외출복 차림으로."

"그, 그래서?"

규식은 설마 하면서도 희수의 다음 말을 재촉했다.

"들뜬 표정으로 어딜 급히 가기에 몰래 따라갔지. 느낌이 이상했거든. 그런데 어딜 갔는지 알아? 하, 병원에서 얼마 떨어지지 않은 어떤 술집에 들어가더라. 문밖에서 들어갈까 말까 망설이다가 사람들이 들어가는 틈에 섞여서 나도 모르게 들어갔는데……. 하아, 내가 뭘 봤는지 알아? 그 사람…… 구석진 자리에 어떤 년이랑 같이 있더라? 딱 봐도 보통 사이가 아닌

걸 알겠더라고. 그년을 바라보는 눈빛이나 미소가 아주 뜨겁다 못해서 녹아나는 거 있지. 서로 쉴 새 없이 손등을 만지고 뺨을 어루만지고 머리를 쓸어 넘겨주고, 하, 기가 막혀서. 어디 그뿐이었는지 알아? 급기야는…… 둘이 사람들 몰래 키스까지 하는데…… 으흐흑."

규식은 너무 놀라고 충격을 받아서 아무 말도 할 수 없었다. 그저 입을 쩍 벌리고 설마, 라는 말만 무의미하게 반복했다.

"진짜야. 내 이 두 눈으로 똑똑히 봤단 말이야. 그런데 더 기가 막힌 게 뭔지 알아?"

"뭐, 뭔데?"

"그년, 요코라는 죽은 년이랑 진짜 많이 닮았더라. 내가 아무리 머리를 짧게 자르고 웃는 것까지 따라 한다고 해도 그년처럼 성형수술을 하지 않는 한 똑같이 생길 수는 없잖아. 그런데 그년은…… 진짜 그 사진 속의 죽은 년이 아닐까 싶을 만큼 많이 닮았더라고. 나이도 이제 겨우 스물이나 스물한두 살이나 됐을까. 요코라는 년 죽었을 때하고 나이도 비슷한 것 같더라."

요코랑 그렇게 닮은 여자라면…… 동우가 흔들렸을 가능성도 있겠다 싶었다. 두 눈을 질끈 감은 규식의 입에서 절로 안타까운 신음이 흘러나왔다.

"하지만 희수야, 동우가 진짜 바람을 피우는 건 아닐 거야. 알잖아, 동우가 어떤 놈인지. 그냥 잠시 흔들린 것뿐일 거야. 곧 정신 차리고 집으로 돌아올 거다. 소희, 소영이를 위해서라도."

"그거야 나도 잘 알지. 날 그렇게 경멸하면서도 배 속에 제 핏줄이 있다니까 그거 하나 때문에 결혼한 사람인데 내가 그걸 모르겠어? 핏줄에 대한 애착과 책임감 하나는 기가 막히지."

"희수야."

"그런데 그것보다 그 사람한테 더 중요한 게 뭔지 알아? 바로 그 요코라는 죽은 년에 대한 병적인 집착이야. 예전에는 그래 봤자 어차피 죽은 년이니까 괜찮다고 생각했는데, 이제 보니까 아니야. 그년이 죽는 바람에 더 엉망이 되어 버렸어. 살아 있으면 어떻게 싸워 보기라도 하지. 그런데 죽은 년이랑 무슨 싸움이 돼. 애틋한 기억하고 싸운다는 건 애당초 싸움 자체가 안 되는 거야. 산 사람이 백전백패라고. 기껏해야 그 술집 년처럼 운 좋게 죽은 년하고 똑 닮아서 대용품이나 되면 모를까."

희수는 떨리는 숨을 깊이 몰아쉬었다.

"그래서 나 이제 유령하고 싸우는 짓 따위 그만하려고. 지긋지긋해. 비참해서 더 이상은 못하겠어. 나, 그 인간하고 이혼할 거야. 그리고 나 자신을 찾을 거야. 요코 그 죽은 년을 따라 하는 짓 따위는 이제 절대로 안 해. 최희수, 나 자신으로 살래. 과거의 내 모습도 다시 찾고, 당당했던 나 자신으로 되돌아갈 거야."

"후우, 그래, 네 마음 이해해. 그러니까 내가 뭐라고 그랬어. 요코 따라 하는 짓 따위 하지 말라고 그랬었잖아. 넌 너대로 충분히 예쁘다니까, 아니 요코보다 네가 훨씬 더 매력적이고 아름답다고 했잖아. 그러니까 당당하게 너 자신으로 다가가라고, 그리고 기다려 주라고, 그럼 녀석도 곧 널 돌아봐 줄 거라고 그만큼 얘기했었잖니. 쉬운 길을 두고 너무 멀리 돌아온 것 같다."

"알아, 내가 멍청했다는 거."

"희수야, 어쩌면 이번 일이 너하고 동우한테 새로운 전환점이 될지도 몰라. 나는 말이야, 네가 너 자신을 찾기로 했다는 얘기가 굉장히 고맙다. 다행이라는 생각도 들고. 네가 너 자신을 되찾고 당당히 나가면 동우도 틀림없이 널 다시 보게 될 거야. 어쨌든 너하고 동우 사이에는 애들이 있잖아. 소희하고 소영이. 그 아이들이 있는 이상, 너하고 동우는 쉽게 못 헤어져. 그러니까 이혼하겠다는 말, 쉽게 하지 마. 엄마가 그런 말 함부로 하는 거 아니야. 내 장담하건대, 동우도 진짜 바람피우는 거 아닐 거야. 그냥 잠깐 흔들리는 것일 뿐. 애들을 생각해서 한 번만 봐주자. 응? 이번 기회에 동우하고 허심탄회하게 한번 얘기해 봐. 다시는 허튼짓하지 않겠다는 다짐도 단단히 받아내고. 응?"

잠시의 침묵 뒤에 희수가 그의 목덜미에 대고 나지막이 속삭이듯 말했다.

"오빠는…… 여전히 바보처럼 착하기만 하구나. 바보처럼 순진하고 답답해."

"응?"

"오빠는 왜 자기 자신 생각은 안 해? 왜 자꾸 나를 그 사람한테 붙여 주려고 하는 건데?"

규식은 일순 당황했다.

"그, 그야……."

"왜, 그 사람이 오빠랑 가장 친한 친구라서? 대영이 오빠까지 세 사람의 우정을 끝까지 지키고 싶어서?"

물론 그것도 가장 큰 이유 중의 하나이기는 했다. 하지만 무엇보다 규식이 가장 바라는 것은 희수의 행복이었다. 희수와 동우가 진정한 부부가 되어 행복하게 사는 것뿐이었다. 바보 같지만 그것이 안규식이 사랑하는 방식이었다.

오히려 그녀가 원하고 사랑하는 남자가 동우라서 얼마나 다행인지 모르겠다. 동우라면 그녀가 원하는 모든 것을 해 줄 수 있는 근사하고 멋진 놈이니까.

하나 그런 자신의 마음을 그녀에게 솔직하게 말할 수는 없었다. 그건 곧 그녀를 죽도록 사랑한다는 고백이기도 하니까. 규식은 할 말을 잃고 마른침만 꿀꺽, 삼켰다.

희수가 악착같이 부둥켜안고 있던 그의 목을 놔주고 천천히 몸을 뒤로 물렸다. 그리고 심장이 멎을 듯한 아련한 시선으로 규식을 올려다보았다. 순간, 규식의 심장이 덜컥 주저앉았다. 등골로 식은땀이 흘러내렸다. 위험했다. 최희수의 저 눈빛, 저 표정! 그에게는 영원히 헤어 나올 수 없는 치명적인 덫이자 유혹이었다.

희수가 애련하게 속삭였다.

"아니면…… 나 이제 사랑하지 않아?"

헉! 규식의 두 눈이 부릅떠졌다.

"희, 희수야, 무, 무슨 말을……."

"다른 남자의 아내가 된 여자라서, 애까지 낳은 여자라서 이젠 더 이상 매력이 없어?"

밤 은
아침을
꿈꾼다

"희수야!"

"나, 처음부터 알고 있었어. 오빠가 복학해서 강의실로 들어온 첫날부터 나한테 반했다는 거. 나도 오빠가 좋았었어. 우직하고 진솔한 눈빛이 따스하고 믿음직스러웠거든. 하지만 그땐 오빠를 남자로 생각하지 못했었어. 오빠하고는 몇 번 만나다가 헤어지는 그런 관계는 되고 싶지 않았거든. 친오빠처럼 영원히 함께 가고 싶은 사람, 그런 남자는 오빠가 유일했어."

희수가 눈물 젖은 긴 속눈썹을 유혹적으로 느리게 깜박거렸다. 망설이듯 주저하며 그의 뺨으로 손을 내밀었다. 그녀의 보드라운 손길이 규식의 뺨을 살짝 어루만졌다. 흠칫 놀란 규식이 움찔거리며 얼굴을 얼른 뒤로 물렸다.

그러나 거기까지만이었다. 제 손을 피하는 그에게 상처받은 듯 바르르 떨리는 아랫입술을 꽉 깨무는 희수의 애처로운 모습에 규식은 더 이상 움직일 수 없었다. 그러자 희수가 다시 천천히 손을 뻗었다. 돌덩이처럼 굳은 그의 뺨을 다정하게 어루만졌다. 심장이 터질 것 같았다. 희수가 슬프게 미소 지었다.

"친오빠가 아니라 남자로 오빠를 욕심낼걸. 그랬으면 오빠나 나나 이렇게 힘들지도 비참해지지도 않았을 텐데. 오빠였다면 나를 세상에서 가장 행복한 여자로, 가장 사랑받는 여자로 만들어 줬을 텐데. 나, 이제는 알아. 여자한테 가장 큰 행복은 나만을 사랑해 주는 남자한테 영원히 사랑받으면서 사는 거라는 걸."

"희, 희수야…… 이, 이러지 마. 아무래도 너 지금 충격 때문에 제정신이 아닌 것 같다."

"그런데 이젠 너무 늦은 건가? 오빠한테 사랑받으며 살 수 있는 길은 이제 영원히 없는 건가?"

"희수야, 그만해!"

"정말 안 되는 거야? 나 이젠 진정한 행복이 뭔지 알아. 내가 진정 원하던 사람이 누구였는지도 이제는 알아. 내가 원하는 사람은 그 사람이 아니었어. 바로 오빠, 오빠 같은 사람이었어. 한결같이 날 사랑해 주고 아껴 주는 사람. 영원히 나만 사랑해 줄 사람. 사랑해. 나도 오빠를 사랑한다고."

부릅떠진 규식의 눈동자가 무섭게 흔들렸다. 그녀의 어깨를 잡고 있는 손도 사시나무처럼 사납게 떨렸다.

"그런데 이젠 너무 늦은 건가? 이제야 겨우 내가 원하던 사랑을 깨닫고, 오빠의 사랑을 받아들일 용기가 생겼는데, 그래도 이젠 정말 안 되는 건가? 내가 그 사람의 부인이라서? 그 사람이 오빠한테 혈육보다 소중한 친구라서?"

희수가 그의 허벅지 위로 슬며시 올라왔다. 뻣뻣하게 굳어 버린 그의 가슴을 애틋하게 어루만지고 그의 목을 살며시 감싸 안았다. 그보다 한 뼘쯤 높아진 높이에서 규식의 흔들리는 커다란 눈동자를 뜨겁게 내려다보며 안타깝게 애원하듯 속삭였다.

"역시 안 되겠지? 나 같은 거 때문에 25년이나 된 우정을 배신할 수는 없는 거니까. 고작 나 같은 거 때문에 친구의 부인을 뺏었다는 오욕을 뒤집어쓸 수는 없는 거니까. 사랑…… 오빠한테는 사랑보다 믿음과 신뢰, 우정, 그런 게 더 중요한 거잖아. 오빠는 그런 사람이니까. 그지? 나 같은 거 따위는 어떻게 되든 이젠 상관없는 거잖아."

"아, 아니야, 희수야. 그, 그런 건 절대 아니야!"

"오빠마저 날 버리면 난 이제 아무 데도 갈 데가 없어. 아무한테도 사랑받지 못하는 삶 따위, 더 이상 살고 싶지도 않아."

"희수야!"

희수가 흔들리는 그의 눈동자를 간절하게 바라보며 속삭였다.

"그러니까 오빠, 제발 말해 줘. 날 아직도 사랑해? 내게 아직 사랑받으면서 살 수 있는 자격이 있는 거야?"

"희, 희수……."

"말해 줘. 나, 사랑해?"

"하아, 하아, 하아."

"오빠, 제발……."

결국 규식은 두 눈을 질끈 감고 죽을 때까지 가슴속에만 품고 있겠다고 다짐했던 희수에 대한 질긴 사랑을 쫓기듯 고백하고 말았다.

"젠장! 그래. 사랑해…… 사랑한다, 최희수. 처음 봤던 그 순간부터 오직 너만 사랑했다. 하지만 희수야, 우리 이러면 안돼. 넌 내 친구의 부…… 흡!"

숨통을 틀어막는 뜨거운 키스에 기겁하듯 놀란 규식의 눈이 번쩍 떠졌다. 희수가 그의 얼굴을 부여잡고 뜨거운 키스를 퍼부어 대고 있었다. 규식은 황급히 그녀를 떼어 내려고 했다. 그녀를 아무리 사랑한다고 해도 이미 친구의 부인이 된 여자였다. 동우가 아무리 희수를 무시하고 상처 입혔다고 해도, 아무리 지난 2년간 두 사람이 쇼윈도 부부로 지냈었다고 해도 최희수가 차동우의 부인이라는 사실만은 결코 변하지 않을 터였다.

만에 하나 두 사람이 진짜 이혼을 한다고 해도 마찬가지였다. 친구인 자신이 희수를 가질 수는 없는 일이었다. 그런데 하물며 아직 법적으로 친구의 부인인 희수와 자신이 이런다는 것은 천벌받을 짓이었다. 용서받을 수 없는 죄악이었다.

"하, 하지 마, 희수야! 그, 그만! 흡!"

"왜 안 돼! 왜 모두 안 된다고만 하는 거야? 왜 다들 날 거부하느냐고! 내가 그렇게 끔찍해? 내가 그렇게 여자로서 매력이 없어? 사랑한다며, 오직 나만 사랑해 왔다며! 흐흑, 오빠만은 제발 날 거부하지 마. 오빠마저 날 거부하면 난 정말 더 이상 갈 곳이 없어. 오빠가 날 좀 봐 주면 안 돼? 오빠가 날 좀 살려 주면 안 돼? 오빠가 날 좀……. 나도 사랑받는 여자가 되고 싶어. 나도 아직 사랑받을 수 있는 여자라는 걸 확인하고 싶다고."

희수는 제정신이 아닌 것 같았다. 미친 듯이 울부짖으며 규식의 입술을 삼키고 숨결을 빼앗았다. 그녀의 손은 이미 아래로 내려가 그의 바지 지퍼를 내리고 있었다. 그녀는 순식간에 그의 중심을 움켜쥐고 밖으로 빼냈다. 그녀는 그대로 다리를 벌리고 그의 중심 위로 제 몸을 내렸다. 희수는 얇은 로브 속에 아무것도 입고 있지 않았다.

"큭!"

그녀의 뜨거운 몸속으로 빨려 들어가며 규식은 탄성인지 비명인지 모를 신음을 터트렸다. 있는 힘껏 그녀를 밀어내려면 밀어낼 수도 있었을 것이다. 하지만 규식은 차마 그녀를 거칠게 밀어낼 수 없었다. 이성보다는 본능이 앞섰고 우정보다 오랜 세월 진득하게 감춰 왔던 사랑이 그를 장악해 버렸다. 사랑받고 싶다는, 자신도 아직 사랑받을 수 있는 여자라는 것을 확인하고 싶다는 그녀의 처절한 외침과 몸부림이 그를 꼼짝 못하게 가둬 버리고 말았다.

영원을 약속했던 25년간의 우정은 그렇게 한순간 허무하게 무너져 버렸다. 솔직히 그 순간 규식에게는 동우보다 희수가 먼저였고 전부했다. 거들떠보지도 않던 자신한테마저 사랑받고 싶다고 몸부림치며 울부짖는 희수가 가엾고 안쓰러웠다. 제발 오빠만은 자신을 거부하지 말아 달라고 애원하는 그녀의 외침이 아프고 고통스러웠다.

차동우, 이게 모두 네놈 때문이다! 왜 희수를 이렇게까지 비참하게 만들었니. 왜 나까지 진흙탕 속으로 빠져들게 만들었어! 그놈의 사랑이 대체 뭐라고, 이미 죽어 버린 여자 따위 이제 그만 잊어버리지, 희수를 한 번만 제대로 돌아봐 주지! 등신 같은 놈, 머저리! 이기적인 새끼!

미안하다, 동우야. 정말 미안해. 난 이제 더 이상 너와 대영이와의 우정을 끝까지 지키지 못할 것 같다. 아니, 지키지 못하게 되어 버렸다. 용서하지 마라. 나 같은 거 절대⋯⋯.

"하아, 하아, 오빠, 오빠! 아악, 조금만, 조금만 더!"

희수가 그의 몸에서 미친 듯이 요동치며 쾌락의 비명을 내질렀다. 활짝 벌어진 로브 사이로 모유 수유를 한 번도 하지 않아 처녀 때처럼 탱탱한 젖가슴이 출렁거리며 환히 드러났다. 스물여덟 살의 2살 난 쌍둥이 딸을 낳은 엄마라고는 믿을 수 없을 만큼 희수는 여전히 7년 전 처음 봤던 스물한 살 때처럼 청초하고 싱그러웠다.

지독한 자괴감과 강압된 욕망에 내몰려 이지력을 상실해 버린 규식은 희수가 시키는 대로 그녀를 거듭 빠르게 파고들었다. 그의 애무와 삽입이 빨라질수록 희수는 자지러질 듯 교성을 질러대며 쾌락에 몸부림쳤다.

그때였다.

띠딕.

자동 잠금장치가 풀리는 소리와 함께 닫혀 있던 객실 문이 천천히 열렸다. 희수의 시선이 재빨리 문 쪽으로 향했다. 마른 체격 탓에 더욱 날카롭게 보이는 장신의 남자가 문밖에 서 있었다. 남자는 요란하게 울리는 신음 소리에 객실 안으로 들어서려던 걸음을 멈췄다. 희수의 눈동자가 짜릿한 희열로 번득였다. 서늘한 눈초리로 객실 안을 바라보는 남자와 희열로 번득이는 희수의 시선이 허공에서 부딪혔다. 가쁜 교성을 터트리는 희수의 입가에 잔인한 승리의 미소가 번져 갔다.

그러나 남자는 달랐다. 누구든 예상치 못한 적나라한 정사 장면을 눈앞에서 목격하면 당황해서 시선을 피하는 것이 당연할진대, 남자는 살짝 눈살만 찌푸렸을 뿐 일절 표정의 변화도 없었다. 차갑고 냉담한 얼굴로 승리의 미소를 짓고 있는 희수를 무심하게 바라볼 뿐이었다.

그제야 남자를 보고 쾌재를 부르듯 씩 말려 올라갔던 희수의 입술이 천천히 일그러지기 시작했다. 짜릿한 흥분과 쾌감에 젖어 형형하게 빛나던 까만 눈동자 역시 독살 맞게 일그러져 불을 뿜었다. 희수는 무표정한 남자를 죽일 듯이 노려보며 이를 갈았다.

한편 희수가 주는 열락에 정신없이 빠져 있던 규식은 미처 문밖에 누군가 서 있다는 것조차 알아차리지 못했다. 문이 열리는 소리조차 듣지 못했다. 하긴 그 정도 이성이 남아 있었다면 애당초 희수의 유혹에 넘어가 섹스하는 일도 결코 없었을 것이다.

규식의 얼굴이 정수리까지 치미는 극렬한 전율에 뒤로 젖혀졌다. 그제야 규식도 한발 늦게 객실 문이 열려 있고, 그 밖에 누군가 서 있다는 것을 알아차렸다. 기겁하듯 소스라치게 놀란 규식이 황급히 희수의 로브를 여미고 그녀를 제 뒤로 감췄다. 경악에 차 소리를 질렀다.

"당신 뭐야, 당장 나……."

그제야 문밖에 장승처럼 서 있는 무도한 남자의 얼굴을 제대로 바라보았다. 순간, 규식의 입에서 단말마와도 같은 비명이 터져 나왔다.

"헉! 동, 동우야!"

프롤로그 2

　아침 일찍 공항으로 친구 가족을 맞이하러 갔던 아빠가 돌아오셨다. 일본에 사는 아빠의 오랜 친구인 동우 아저씨의 가족과 함께. 가족이라고 해 봤자 꼬맹이 여자애 하나가 전부였지만. 정훈은 자세를 바로 하고 동우 아저씨를 향해 의젓하게 인사했다.
　"안녕하세요."
　"정훈이구나. 1년 새 많이 컸네. 그동안 잘 있었니?"
　"네."
　엄마도 동우 아저씨를 반갑게 맞았다.
　"어서 와요, 동우 씨."
　아빠만큼은 아니어도 엄청 멋지게 생긴 동우 아저씨가 엄마를 향해 살짝 미소를 지었다.

"잘 있었어요? 우린 호텔에서 지내도 되는데 대영이가 하도 고집을 피우는 바람에 괜히 제수씨만 번거롭게 하는 거 아닌지 모르겠네요."

"천만에요. 되레 동우 씨가 끝까지 호텔에서 지내겠다고 했으면 엄청 서운했을 거예요. 동우 씨 혼자라면 또 몰라, 소영이도 있는데 호텔에서 보름씩이나 어떻게 지내요? 우리 집에 빈방이 없는 것도 아닌데 그게 말이 돼요? 우리가 뭐 남인가? 서울에 왔으면 당연히 우리 집에 묵어야죠."

"고마워요. 그럼 염치 불고하고 보름간 신세 좀 질게요. 정미도 많이 컸네. 정미야, 안녕."

동우 아저씨는 엄마가 안고 있는 동생 정미한테 눈을 맞추고 손을 흔들었다. 잠에서 깬 지 얼마 안 된 정미는 코알라처럼 엄마한테 딱 달라붙어서 고개만 까딱거렸다.

"안녕하세요."

"응, 안녕. 작년에 아빠하고 엄마하고 일본에 놀러 왔을 때 아저씨 한 번 봤었는데, 기억나니?"

정미가 동그란 눈을 깜박거리며 엄마를 올려다보았다. 엄마가 '생각나?' 하고 물어보자 빵빵한 볼을 부풀리고 고개를 가로저었다. 엄마가 웃으며 대신 대답했다.

"기억이 안 나나 봐요."

"그렇겠죠. 이제 겨우 네 살인데 세 살 때 기억이 어떻게 나겠어요."

아빠가 동우 아저씨의 어깨를 툭 치며 말했다.

밤 은
아침을
꿈꾼다

"그래도 일본 갔던 건 기억해. 그때 네가 소영이 아파서 잠 깐 얼굴만 비치고 가서 그렇지. 그렇게 잠깐 본 아저씨 얼굴을 얘가 어떻게 기억하냐. 나처럼 가끔이라도 만나면 많이 놀아 주고 그래야 기억하지, 그지, 소영아?"

아빠는 품에 안고 있는 여자애를 바라보며 환하게 웃었다. 아빠는 짧은 단발머리에 얼굴이 제가 입고 있는 새하얀 원피 스만큼이나 하얗고 눈이 엄청나게 큰 여자애를 안고 있었다.

쟤가 소영인 모양이다. 아빠가 툭하면 얘기하던 동우 아저 씨의 딸, 차소영. 사진으로는 많이 봤지만 실제로 보는 건 오 늘이 처음이다.

작년에 도쿄로 놀러 갔을 때 한 번 볼 기회가 있었는데, 그 때 쟤가 수족구병인가 뭔가 하는 병에 걸려 입원하는 바람에 보지 못했다. 동우 아저씨만 호텔에 잠깐 와서 보고, 아빠만 동우 아저씨를 따라 병원에 가서 쟤를 보고 왔었다.

사진으로 봤던 것보다 훨씬 더 예쁘다. 마치 정미가 가지고 노는 인형 같다. 우리 반에서 제일 예쁜 혜연이보다도 조금 더 예쁜 것 같다. 정미보다 한 살이 많다는데 마르고 작아서 그런 지, 얘가 더 아기 같다. 눈만 깜박거리지 않으면 진짜 인형인 줄 알겠다.

엄마가 환호성을 지르며 아빠한테 가까이 다가갔다. 커다란 눈만 깜박이며 바짝 얼어 있는 애하고 눈을 맞추고 환하게 미 소 지었다.

"아우, 네가 소영이구나. 어쩜 이렇게 예뻐. 안녕?"

소영은 잔뜩 긴장해선 엄마를 빤히 쳐다보았다. 그러고는 동우 아저씨의 눈치를 슬쩍 살폈다. 동우 아저씨가 인사하라는 듯 눈짓을 보내자 개미 소리만 한 목소리로 인사했다.

"안뇽하세요."

어려서 그런가, 발음이 영 이상하다. 아 참. 일본에 사는 애지. 어쨌든 인형처럼 생긴 애가 말을 하니까 엄청 신기하다는 생각까지 들었다. 꼭 말하는 인형 같다.

'쟤가 나중에 크면 내 색시가 될 애라고?'

아빠가 그랬다. 아빠들끼리 아주 오래전부터 그렇게 하기로 약속했다고 말이다. 저 꼬맹이가 태어나기도 훨씬 전에.

아빠하고 동우 아저씨는 나보다 더 어렸을 때부터 친구였다고 했다. 나하고 지성이나 민수, 병호 등보다도 훨씬 더 친한 친구였다고 말이다. 동우 아저씨가 일본으로 이사 가기 전까지 유치원부터 중학교까지 학교도 계속 같이 다녔단다.

그때의 우정이 지금까지 이어져 오는 거라고, 아빠는 입버릇처럼 자랑을 한다.

─친구란 내가 선택할 수 있는 제2의 가족이란다. 진실한 친구와 우정만큼 소중한 건 없지. 옛말에 이런 말이 있단다. 진실한 친구를 한 명이라도 곁에 둔 사람은 진정 성공한 사람이라는 말. 그 말대로 하자면, 아빠는 벌써 성공한 사람이야. 아빠한테는 차동우라는 진정한 친구가 있으니까. 우리 정훈이도 꼭 그런 성공한 인생을 살길 바란다. 우정과 신의를 소중하게

생각하는 사람이 되어야 해. 알았지?

　—신의, 그게 뭔데?

　—그건 믿음과 의리라는 말이야. 부모, 형제, 친구 이 모든 사람을 소중하게 생각하고 말을 할 때도 한 번, 두 번 더 깊이 생각해 보고 말하고, 진실 되게 행동하라는 뜻이기도 하지. 특히, 남자는 약속을 목숨처럼 귀하게 생각해야 해. 지키지 못할 일을 함부로 약속해서는 안 돼. 한번 약속한 건 최선을 다해 꼭 지켜야만 하는 거고.

　그다음에 나오는 말은 늘 똑같았다.

　—그래서 말인데, 아빠가 동우 아저씨하고 아주 예전에 했던 약속이 하나 있거든?

　하면서 저 꼬맹이의 사진을 보여 주고는 했다.

　—예쁘지? 얘가 소영이야. 차소영. 동우 아저씨 딸. 너 태어났을 때 아저씨하고 아빠가 약속을 하나 했단다. 나중에 아저씨가 딸을 낳으면 너하고 아저씨 딸하고 결혼시키자고 말이야. 결혼이 뭔지 알아?

　—알아. 아빠하고 엄마처럼 같이 사는 거잖아.

　—그렇지. 역시 우리 아들은 똑똑하다니까. 그러니까 소영이가 누구겠어? 나중에 우리 정훈이가 커서 어른이 되면 바로

네 색시가 될 애라는 얘기지. 아빠 말이 무슨 뜻인지 알지?

어렸을 땐 그냥 '응, 그렇구나.' 하고 고개를 끄덕거렸다. 색시가 뭔지도 모르면서.

그런데 이제는 색시가 뭔지 아주 잘 안다. 아홉 살이나 됐는데 그걸 모르면 바보지. 나도 이제 다 컸다. 내년에 엄마 아빠를 떠나서 혼자 외국에 있는 기숙사 학교로 유학을 갈 만큼 말이다.

그래서 동우 아저씨가 쟤를 데리고 우리 집에 올 거라는 말을 들었을 때부터 내심 기대를 했다. 커서 내 색시가 될 애라는데 사진으로 본 것처럼 정말 예쁠까? 싶어서 말이다.

그런데 살짝 실망이다. 예쁘긴 진짜 인형처럼 예쁜데, 윽, 완전 아기다. 말썽쟁이 정미보다도 작은데 저런 애가 어떻게 내 색시가 된다는 거지? 너무 어려서 같이 놀지도 못하겠다.

아빠가 소영을 내려 주고 인사를 시켰다.

"소영아, 안녕해. 이 잘생긴 오빠가 아저씨가 얘기했던 정훈이 오빠야. 문정훈. 소영이보다 네 살 많은 오빠야. 그리고 여기 요 꼬맹이 아가씨는 정미, 소영이보다 한 살 어린 동생이야. 정훈아, 정미야, 너희도 소영이한테 인사해야지."

우와, 서니까 더 작다. 야, 꼬맹이, 너 진짜 다섯 살 맞냐? 정훈은 제 가슴팍도 못 미치는 소영을 아래위로 훑어보며 먼저 인사를 건넸다. 어쨌든 내가 오빤데, 의젓하게 모범을 보여야 하지 않겠나.

"안녕, 반가워. 앞으로 잘 지내자."

어라, 그런데 얜 뭐냐. 오빠가 먼저 안녕, 하고 말을 했으면 저도 안녕, 하고 냉큼 대답을 해야지. 커다란 눈을 깜박거리며 멀뚱히 쳐다보기만 하면 어쩌자는 거야? 아, 혹시⋯⋯.

정훈은 아빠를 올려다보며 작은 목소리로 물었다.

"아빠, 얘 우리나라 말 못해?"

어, 아니다. 방금 엄마한테는 '안뇽하세요.'라고 말했다. 아빠가 으음, 하며 고개를 가로저었다.

"아니, 소영이 우리나라 말 잘해. 그렇지, 소영아?"

아빠가 바닥에 한쪽 무릎을 굽히고 앉아 소영의 어깨를 다정하게 끌어안았다.

소영이 아빠와 동우 아저씨를 번갈아 쳐다보았다. 작은 어깨를 움츠리고 고개를 끄덕거렸다. 그러자 동우 아저씨가 바로 한마디 했다.

"차소영, 아저씨가 묻는데 네, 하고 대답해야지 고개만 끄덕이는 게 어디 있어. 아빠가 그러는 거 아니라고 했지?"

무섭게까지 느껴지는 동우 아저씨의 싸늘한 목소리에 소영이 더욱 어깨를 움츠리고 고개를 끄덕거렸다. 그러다 이내 얼른 작은 입술을 오물거려 목소리를 냈다.

"네."

아빠가 동우 아저씨를 째려보았다.

"자식, 넌 왜 그러냐. 갑자기 낯선 곳에 와서 어색해서 그러는 걸 가지고. 소영이가 네 밑에 수련의나 연구실 연구원들이냐? 괜히 애 군기를 잡고 있어. 소영아, 괜찮아. 아직 낯설고 어색해서 그러는데 아빠가 너무한다, 그렇지?"

엄마도 은근히 동우 아저씨를 타박했다.

"그러게 말이에요. 가뜩이나 아침 일찍부터 비행기 타고 오느라 피곤하고 어리둥절할 텐데."

엄마도 정미를 바닥에 내려 주고 꼬맹이와 눈높이를 맞췄다.

"소영아, 아줌마가 한번 안아 볼까? 이리 와 봐."

엄마가 다정한 미소로 소영을 부르며 두 팔을 활짝 벌렸다. 소영은 다시 동우 아저씨의 눈치를 살폈다. 그러다 쭈뼛거리며 엄마에게 가 뻣뻣하게 안겼다.

엄마가 품에 쏙 들어오는 작고 가녀린 몸을 꼭 끌어안고 둥개둥개 몸을 흔들었다.

"오우, 세상에, 어쩜 이렇게 예뻐. 우리 소영이, 비행기 타는 거 무섭지 않았어요?"

"……초큼 무서, 워써요."

"재미있지는 않았고? 창문 밖으로 구름은 봤어?"

"네에."

"어땠어?"

"예뻐떠요. 신기해떠요."

엄마의 미소가 더욱 크고 환해졌다.

"그렇지? 아줌마도 비행기 처음 탔을 때 그랬었어. 구름도 너무 예쁘고, 내가 하늘을 날고 있다고 생각하니까 엄청 신기한 거 있지. 소영이도 그랬구나, 그지?"

고개를 끄덕이다 말고 소영이 얼른 대답했다.

"네에."

"엄마! 나도, 나도!"

엄마가 소영만 안고 있는 게 샘이 났는지, 정미가 오동통한 팔을 내밀어 엄마를 잡아당겼다. 엄마가 환하며 미소 지으며 '어, 그래' 하고 얼른 정미도 안아 주었다.

오른팔에는 정미를, 왼팔에는 소영을 안고 엄마는 두 아이를 번갈아 쳐다보았다.

"어머, 우리 공주님들을 이렇게 안고 있으니까 세상을 다 얻은 것 같네. 우리 공주님들, 아직 서로 인사 안 했지? 정미야, 정미가 먼저 언니한테 인사해. 언니, 안녕, 앞으로 친하게 잘 지내자 해 봐. 정미, 언니 있었으면 좋겠다고 했잖아. 자, 어서."

정미가 빵빵한 볼을 더 빵빵하게 부풀리고 자기보다 작은 소영을 빤히 내려다보았다. 짧은 손가락으로 소영을 가리켰다.

"엄마, 쟤가 언니야? 나보다 더 작은데?"

"당연히 언니지. 정미보다 한 살이 더 많은데. 그러니까 쟤라고 그러면 안 돼. 소영 언니, 이래야지."

"진짜? 근데 나보다 더 작잖아."

"그래도 언니는 언니지. 그럼 정미는 나중에 현이가 정미보다 크다고 누나, 그러지 않고 막 야, 야 하면 좋겠어?"

이모 아들인 현이 얘기가 나오자 정미가 고개를 갸웃거리며 불퉁한 표정을 지었다. 저가 생각해도 그건 아니다 싶은 모양이다. 하긴 현이가 크기는 엄청 크다. 세 살밖에 안 된 놈이 벌써 친구들 중에 제일 큰 정미와 맞먹으니 말이다.

정미가 선심 쓰듯 고개를 끄덕였다.

"알았어. 그럼 네가 언니 해. 엄마, 얘가 진짜 나보다 한 살 많은 건 맞지?"

"그래, 그러니까 얘가 아니고 언니."

"그래, 언니."

넉살 좋은 성격답게 얘, 쟤 할 때는 언제고 금세 누가 뭐래? 하는 표정으로 정미가 소영한테 손을 내밀었다.

"언니, 나랑 같이 놀자. 우리 집 뒷마당에 그네도 있고 미끄럼틀도 있어. 나 장난감도 대따 많아. 인형도 이따만큼 있고. 뭐하고 놀까?"

정미가 방긋방긋 웃으며 스스럼없이 손을 잡아끌자, 낯설어서 어색해하던 소영도 주춤거리며 정미의 손을 잡았다. 그 전에 동우 아저씨를 슬쩍 올려다본 건 물론이었다. 쟤는 뭘 하기 전에 항상 아빠의 눈치를 보고 허락을 받아야 하는 모양이다. 뭐 대단한 거 한다고. 정훈은 소영이 조금 이상한 애라는 생각이 들었다.

정미가 갑자기 손뼉을 짝! 마주치며 소리쳤다.

"맞다! 우리, 그거 하고 놀자. 백설공주 놀이! 나 백설공주 드레스도 있다! 난 백설공주가 젤 좋아. 젤 예뻐."

저 말이 왜 안 나오나 했다. 정훈은 고개를 절레절레 가로저었다. 정미는 세상에서 엄마 아빠 다음으로 백설공주를 제일 좋아한다. 난쟁이들하고 노는 땅딸막한 애가 뭐가 예쁘다고, 저번에 백설공주 만화영화를 보고 나서는 자기도 백설공주가 되겠다고 엄마를 졸라서는 드레스랑 요술 거울까지 다 샀다. 그리고 툭하면 어울리지도 않는 드레스를 입고 정훈한테 왕자를 하라고 억지로 망토까지 입힌다. 아주 귀찮아 죽겠다.

뭐, 그런 정미가 가끔은 귀여울 때도 있다. 큰 키와 힘만 믿고 다섯 살이나 많은 오빠한테 레슬링 하자고 덤벼들 때는 얘가 진짜 여자애가 맞나, 기가 막히고 의심스러울 때가 있기는 하지만. 이럴 때 보면 정미도 여자애가 맞긴 맞는구나 싶다.

'그런데 문정미, 이번에는 좀 아닌 것 같다. 누가 봐도 백설공주는 쟨데, 네가 백설공주 드레스를 입고 백설공주를 하겠다고?'

"언니도 백설공주 알아?"

소영이 모르겠다는 표정으로 고개를 가로저었다. 동우 아저씨가 일본어로 말했다.

"しらゆきひめ(시라유키히메)."

그제야 소영이 아, 하며 고개를 끄덕거렸다.

"아라. 나도 시라유키히메 좋아해. 그게 한구르말로 백서르공주구나. 백서르공주."

정미가 미간을 찌푸렸다.

"뭐? 그게 아니고 백설공주."

"응, 백서르공주."

정미가 답답하다는 듯 소리쳤다.

"그게 아니고, 백! 설! 공! 주!"

뒤늦게 자신의 어설픈 발음 때문에 정미가 짜증을 낸다는 것을 알아챈 소영이 아랫입술을 깨물고 제 아빠를 또 힐끔 돌아보았다. 엄마와 아빠는 그런 애들이 귀여워 죽겠다는 듯 웃음을 터트렸다.

"하하하, 정미야, 소영 언니는 그게 백설공주라고 하는 거야. 언니는 아기 때부터 일본 말을 먼저 배워서 우리하고 발음하는 게 조금 달라. 정미도 발음하기 힘든 말이 있고, 정미는 열심히 말했는데, 오빠나 어른들이 잘 못 알아들을 때도 있잖아, 그지?"

"그렇지만 난 이제 말 대따 잘하는데. 언니는 나보다 키도 작고 말도 잘 못하는구나?"

정미가 으스대며 말했다. 별일도 아닌 것 같고 주눅이 들어 아빠의 눈치나 살피는 꼬맹이도 안됐고, 으스대는 정미도 괜스레 얄미워 정훈이 이죽거리며 말했다.

"그래 봤자 넌 우리나라 말밖에 못하잖아. 쟤는 우리나라 말도 하고 일본 말도 하고 너보다 훨씬 똑똑한 것 같은데?"

"일본 말? 그게 뭔데?"

"바보야, 작년에 일본 갔을 때 들었잖아."

"몰라, 기억 안 나. 근데 그게 똑똑한 거야?"

"그럼. 넌 영어도 이제 겨우 배우기 시작했잖아."

"아! 그게 영어 같은 거야? 나도 영어 할 줄 알아. 에이 비 씨 디 이 에프……."

정미가 얼마 전에 배워 온 알파벳 송을 신나게 부르기 시작했다. 정미의 난데없는 노랫소리 사이로 동우 아저씨의 차분한 음성이 들려왔다.

"네 살밖에 안 됐는데 벌써 영어를 가르쳐?"

아빠가 낮은 한숨을 내쉬며 대답했다.

"그러게나 말이다. 그게 다 우리 아버지 욕심 때문이다. 알잖아, 너도 우리 아버지 성격. 난 유학 보내는 데 실패했지만, 손주들만은 기필코 유학을 보내시고야 말겠단다. 그것도 죄 조기 유학으로. 나처럼 머리 굵어서 안 가겠다고 버틸까 봐 그러신다는 건 알겠는데, 하여튼 노친네 고집이 이만저만이 아니다."

"이해해 드려야지. 호텔 때문에 더 그러시는 거잖아."

"그거야 나도 알지. 우리 아버지 인생 최대 목표가 프라임 호텔을 7성 급 특급호텔로 끌어올리는 거니까. 난 쟤네들 클 때까지 딱 한 단계만 끌어올리련다. 나머지는 쟤네들 키워서 맡기겠다 이거지. 특히 정훈이한테 거는 기대가 보통이 아니야. 오죽하면 벌써 스위스 르 로제에 입학 허가까지 받아 놓으셨겠냐."

"그래서 내년에 정말 유학 보내려고?"

"그래야지 어쩌겠어. 이미 절차까지 다 끝났는데. 저 녀석도 가겠다고 하고. 어렸을 때부터 어찌나 옆에 끼고 거기 사진들 보여 주면서 애를 구워삶아 놨는지, 저 녀석도 당연히 가는 줄 알고 있다니까. 말했잖아. 작년에 저 녀석이 먼저 프랑스어 선생님을 붙여 달라고 했다고. 거기 가면 영어하고 프랑스어가 기본이니까, 자기도 프랑스어까지 할 줄 알아야 하는 거 아니냐고 되묻는데, 내 자식이지만 기가 막혀서 할 말이 없더라고."

아빠는 또 저런다. 그게 뭐 어떻다고. 당연한 거 아닌가? 할아버지가 그러셨다. 르 로제에 가면 영어와 프랑스어로만 공부한다고. 그런데 영어만 할 줄 알고 프랑스어는 한마디도 할 줄 모르면 공부를 어떻게 하란 말인가. 프랑스어도 미리 익히고 가야 한다는 할아버지 말씀이 하나도 틀린 게 없는 것 같은데,

아빠는 내가 그런 말을 할 때마다 가끔 걱정스러운 표정을 짓고는 한다. 나는 애들하고 뛰어노는 것도 재미있지만, 헨리나 줄리앙 선생님들하고 공부하며 노는 것도 엄청 신나고 재미있는데.

정미는 엄마를 졸라 백설공주 드레스로 갈아입기 위해서 제 방으로 들어갔다. 소영이는 키가 작다고 난쟁이를 하란다. 그러고는 소영이까지 억지로 끌고 방으로 들어가 버렸다.

아마 보나 마나 좀 이따 망토를 들고 나와서 나한테 또 왕자를 하라고 떼를 쓸 것이다. 안 되겠다. 그 전에 빨리 내 방에 올라가서 문 잠그고 책이나 봐야지.

정훈은 얼른 거실을 가로질렀다. 2층으로 향하는 계단을 오르는데 거실에 남은 아빠와 동우 아저씨가 나누는 대화 소리가 간간이 들려왔다.

"……너무 그러지 마라. 아직 많이 어리잖아. 너, 소영이한테 너무 엄격해."

"알아, 나도. 그러지 말자, 하는데도 막상 저 애 얼굴을 보면…… 그게 잘 안 된다."

"왜, 소희 생각나서?"

"그것도 그렇고."

소희? 소희는 누구지?

정훈은 고개를 갸웃거렸다.

밤 은
아침을
꿈꾼다

"그럼, 그 여자…… 얼굴이 겹쳐 보여서?"

"……."

"후우. 하긴 가끔 보는 나도 너무 닮아서 깜짝깜짝 놀라는데 넌 오죽하겠냐. 그래도 너무 그러지 마. 애가 무슨 죄가 있어. 너만 닮았으면 좋았겠지만, 딸이 엄마…… 닮은 게 이상한 것도 아니고 소영이가 그렇게 태어나고 싶어서 태어난 것도 아닌데. 동우야, 힘들겠지만 이제 그만 깨끗이 잊어. 그 여자도, 소희도…… 규식이도. 난 그 자식 죽었다고 생각하고 못질 쾅쾅 해서 깊숙이 묻어 버렸다. 그러니까 너도……."

"말조심해. 난 그런 사람들 모른다. 소영이도 마찬가지고. 죽은 사람들이야. 죽은 사람들 얘기하지 마라."

"……후우, 그래, 알았다. 미안하다. 내가 경솔했다. 하지만 동우야, 기왕 말 나온 김에 이거 하나만 부탁하자. 소영이한테 너무 그렇게 엄하고 무섭게 하지 마라. 가뜩이나 엄마 없이 혼자 크는 애, 그러다 그 어린 마음에 큰 상처라도 생기면 어쩌려고 그래. 그러다 너 나중에 크게 후회하게 될지도 모른다. 그리고 소영이가 네 자식이기만 하냐? 장차 내 며느리가 될 애거든? 내 새끼 맘에 상처받는 일 없게 하라, 이 말이야."

기가 막힌다는 듯 헛웃음 치는 소리가 들려왔다. 아마 동우 아저씨일 것이다.

"넌 어떻게 아직도 그놈의 정혼 타령이냐. 옛날에 술김에 장난으로 했던 약속을 가지고. 그게 언제 적 일인데."

"어쭈, 이 자식 보게. 술김에 한 약속이든 뭐든 사나이가 한

번 약속을 했으면 목에 칼이 들어와도 지켜야지, 한 입으로 두 말 하냐? 저명하신 박사님께서 그러시면 안 되지."

"여기서 그 얘기가 왜 나와. 쓸데없는 소리 그만하고 방이나 알려 줘. 소영이하고 난 어디서 묵으면 되냐?"

"어? 어, 2층 손님방. 소영이는 정미하고 같이 지내게 할 생각인데 괜찮지? 아무래도 아직 어려서 계단 오르내리는 건 위험할 것 같아서 말이야. 세미나에 강연 준비까지 하려면 너 혼자 조용히 쓰는 게 나을 것 같기도 하고. 방에 팩스까지 새로 싹 다 준비해 놨으니까 호텔보다 편하면 편했지, 불편하지는 않을 거다. 더 필요한 거 있으면 얘기하고."

"호텔 부사장이라는 놈이 그게 할 소리냐? 내 집보다 편안한 호텔이 프라임 호텔의 모토 아니었어? 후후. 어쨌든 여러모로 신경 써 줘서 고맙다. 사실 이번 세미나에 소영이 데리고 올까 말까 꽤 고민했거든. 2~3일도 아니고 보름이나 애를 집에 보모하고만 단둘이 있게 하고 싶지는 않은데, 막상 데리고 오자니 호텔에 혼자 있게 하는 것도 못 할 짓 같아서 말이야. 덕분에 걱정 하나는 덜었다. 고맙다."

"자식, 친구끼리 이 정도 가지고 뭘 새삼스럽게. 됐다. 일단 방에 올라가서 집이나 풀자. 소영이 짐은 이거 하나야?"

캐리어 바퀴 굴러가는 소리가 어지러이 들려왔다.

"자식, 누가 깔끔한 성격 아니랄까 봐 짐도 단출하고만."

"놀러 온 것도 아니고 세미나 때문에 온 건데 짐이 많을 이유가 없잖아."

"그래도 그렇지, 하여튼 쯧쯧. 그럼 내일부터 바로 세미나 시작이냐?"

"어."

캐리어 끄는 소리와 발걸음 소리가 가깝게 다가오자 정훈은 깜짝 놀라서 남은 계단을 후다닥 뛰어 올라갔다. 제 방으로 뛰어 들어가면서 정훈은 생각했다.

'아, 맞다. 소영이는 엄마가 죽었다고 그랬지.'

◉

"여기서 너 혼자 뭐해?"

백설공주 놀이에 어느 정도 싫증이 나자 정미는 이제 그만하고 엄마 놀이를 하자며 집 안으로 후다닥 뛰어 들어갔다. 엄마 놀이를 하려면 다른 소꿉놀이 장난감들이 잔뜩 필요하다면서 말이다.

나도 같이 들어가려고 했지만 뒷마당 잔디밭에 잔뜩 늘어놓은 장난감들이 신경 쓰여서 따라 들어가지 못했다. 정미가 또 다른 장난감들을 잔뜩 가지고 오기 전에 자신이라도 어질러져 있는 백설공주 장난감들을 정리해 놔야 할 것 같았다.

가지고 논 장난감이든 책이든 바로 정리하지 않으면 아빠한테든 나츠미 상한테든 엄청 꾸지람을 듣는다. 하여 바로바로 정리하는 습관이 벌써 몸에 밴 나는 뒤에 혼자 남아 장난감들을 커다란 박스에 차곡차곡 담고 있었다.

그런데 불현듯 점잖은 척하는 사내아이의 목소리가 뒤에서 들려왔다. 나는 뒤를 돌아보았다. 아까 거실에서 봤던 오빠가 돗자리 끄트머리에 서 있었다.

문정훈. 그래, 정훈 오빠라고 했다.

정훈 오빠는 실제로 본 건 오늘이 처음이지만, 예전에 사진으로 몇 번 본 적이 있다. 대영이 아저씨가 가끔 놀러 올 때마다 저 오빠와 아줌마, 정미 사진을 보여 주고는 했었다. 한국에 사는 아저씨의 가족들이라고. 아저씨도 한국에 산다고 했다. 그래서 내게 자주 보러 올 수 없어서 미안하다고 했다.

나도 그게 너무 속상했었다.

기억은 잘 나지 않지만 아저씨를 처음 봤을 땐 아빠처럼 큰 어른 남자라는 이유만으로 솔직히 많이 무서웠다. 그런데 얼마 지나지 않아서부터 아저씨가 무척 좋아졌다. 엄하고 무섭고, 병원 일로 바빠서 같이 놀기는커녕 아침에 밥 먹을 때 빼고는 얼굴 보기도 힘든 아빠와 달리, 대영이 아저씨는 놀러 올 때마다 항상 놀이공원이나 수영장 등으로 나를 데리고 나가서 신나게 놀아 주고는 했다.

그래서 대영이 아저씨 집이 너무 멀어서 자주 보지 못한다는 게 너무 속상했다.

아빠가 일 때문에 서울에 가는데 나도 같이 간다고 했을 때, 신나고 좋았던 것도 바로 그 때문이었다. 대영이 아저씨 집은 서울이라고 했으니까, 서울에 가면 그 재미있고 다정한 아저씨와 만나서 또 신나게 놀 수 있을지도 모른다는 생각에 서울

간다는 날을 손꼽아 기다렸을 정도였다.

그런데 우와, 아저씨를 또 보게 된 것도 좋은데 여기 있는 동안 아저씨 집에서 같이 지낼 거라고 했다. 아저씨 집에는 아저씨뿐만 아니라 매일 같이 놀아 줄 오빠, 동생도 있고 아저씨보다 더 다정한 아줌마도 있다고 했다. 아저씨보다 더 다정한 아줌마가 있다는 말은 믿지 않았다. 나츠미 상이나 한국어 선생님, 놀이방 선생님 모두 그다지 다정하고 따뜻하지는 않으니까.

한데 아까 막상 보고 나니, 아저씨 말이 사실인가 싶기도 했다. 아까 그 예쁜 아줌마가 꼭 안아 주는데, 엄청 따뜻하고 포근했다. 그 아줌마를 엄마라고 부르는 정미가 부러웠을 만큼.

난 엄마가 없는데.

내가 아주 어렸을 때, 갓난아기 때 하늘나라로 가셨단다. 그래서 나는 엄마가 없다. 엄마 얼굴도 모른다. 사진이라도 있으면 좋을 텐데, 이상하게 집에는 엄마 사진이 한 장도 없다. 내가 어렸을 때 이사하면서 내 갓난아기 때 사진들이랑 엄마 사진을 몽땅 잃어버렸단다.

그리고 아빠랑 할아버지, 할머니 모두 내가 엄마 얘기를 물어보는 걸 엄청 싫어하신다. 엄마 얘기만 꺼내면 모두 화난 표정으로 입을 꾹 다물고 고개를 돌려 버린다. 그래서 나도 언제부턴가 엄마 얘기를 꺼내지 않게 되었다. 아무리 엄마가 궁금하고 엄마 얼굴이 보고 싶어도 혼자 꾹꾹 참게 됐다.

어른들이 화내는 건 너무 무섭다. 특히 아빠가 화낼 때는 너무 무섭다.

나쁜 어른처럼 소리를 치는 것도 아니고 회초리를 드는 것도 아닌데, 아빠가 화낼 때는 그냥 너무 무섭다. 낮은 목소리로 차갑게 몇 마디만 하시는데도 말이다. 백 마디 고함이나 회초리보다 아빠의 매서운 눈빛이 5만 배는 더 무섭다.

아빠는 이제껏 날 따뜻하게 안아 주거나 머리를 쓰다듬어 준 적도 없다. 아무리 말을 잘 듣고 한국어 공부든 뭐든 하라는 대로 다 하는데도 아빠는 그저 '잘했다'는 말 한마디뿐이었다.

예전에 한번은 엄마 손잡고 다니는 애들이 너무 부럽고, 아빠가 너무 무서워서 할아버지 할머니 집에 놀러 갔을 때, 나도 모르게 와앙 하고 울어 버린 적이 있었다. 그때 할아버지와 할머니는 내 머리를 쓰다듬으며 이렇게 말씀하셨다.

─아빠가 세상에서 가장 사랑하는 사람은 소영이란다. 다만 그 사랑을 어떻게 표현해야 하는지, 방법을 잘 모를 뿐이지. 아빠는 사랑에 몹시 서툰 사람이거든. 그리고 아빠의 여기, 이 가슴에는 큰 상처가 하나 있어요. 소영이 저번에 넘어져서 무릎 까졌을 때 엄청 아팠지? 그 상처가 아물어 딱지가 생기고 새살이 돋을 때까지 시간도 엄청 오래 걸렸고. 기억나?

─으응.

─거봐. 소영이는 그 작은 상처에도 그렇게 아팠는데, 아빠 가슴에는 그보다 이만큼이나 더 큰 상처가 있는데 얼마나 아프겠어. 그 상처가 다 낫고 새살이 돋을 때까지 시간도 얼마나

오래 걸리겠어. 그렇지? 그러니까 우리 소영이가 지금은 아빠를 조금만 더 이해해 주렴. 아빠 빨리 나으라고 호, 도 해 주고, 응? 어휴. 이 어린 걸 데리고 내가 무슨 얘기를 하는지 모르겠네. 아이고. 억장이야. 아이고, 불쌍한 내 새끼들.

그때도 그랬지만 지금도 나는 할아버지랑 할머니가 무슨 말씀을 하신 건지 잘 모르겠다. 혹시나 해서 저번에 아빠가 옷 갈아입을 때 유심히 봤는데, 아빠 가슴에는 상처가 하나도 없었다. 그런데 아빠 가슴에 무슨 상처가 있다는 건지. 거짓말하면 천벌받는다고, 거짓말은 손톱만큼도 하면 안 된다고 했으면서 할아버지랑 할머니는 왜 그런 거짓말을 했는지 모르겠다. 그 때문에 할아버지 할머니가 천벌받을까 봐 더 무서워져 버렸다.

"야, 내 말 안 들려?"

조금 전보다 약간 더 퉁명스러워진 목소리가 날아왔다. 아차, 싶어 나는 다시 정훈을 올려다보았다.

아까 봤을 때도 느낀 거지만 아홉 살이라는데 키가 엄청 크다. 앉아서 봐서 그런가, 아까보다 훨씬 더 커 보였다. 정미도 크고, 이 오빠도 크고, 아저씨, 아줌마도 다 크고. 여기 사람들은 다 거인들 같다. 우리 아빠도 엄청 큰데. 그런데 왜 나만 이렇게 작은 거지?

"정미, 기다려."

"어디 갔는데?"

"방에."

"왜?"

"소꾸부르놀이 가지러."

"걘 그렇게 놀고도 또 놀게 남았대냐. 이번에는 또 뭐 하고 놀자는데?"

"엄마…… 놀이."

엄마라는 말이 입에 붙지를 않아서 소영은 침을 꿀꺽 삼켜야만 했다.

아홉 살밖에 되지 않았지만 정훈의 눈에도 '엄마'라는 말을 하는 순간 소영의 표정이 살짝 굳어지는 것이 보였다. '엄마'라는 그 당연하고도 쉬운 말이 이 꼬맹이한테는 엄청 어려운 말은 모양이었다.

'불쌍해.'

그런데 정미가 눈치 없이 엄마 놀이를 하자고 졸라 댔나 보다. 하여튼 문정미 고게 늘 말썽이다. 그런데 얘도 참 답답하다. 엄마 놀이 같은 거 못한다고, 싫으면 싫다고 딱 부러지게 말하면 될 걸, 왜 말을 못하나. 바보.

정훈은 괜히 발끝으로 바닥을 툭툭 차며 말했다.

"……안 해도 돼."

"응?"

"그 놀이, 하기 싫으면 안 해도 된다고. 정미한테는 내가 말해 줄게."

소영이 커다란 눈을 깜박거리며 정훈을 올려다보았다.

"왜?"

"왜긴! 너…… 그딴 놀이 별로 하고 싶지 않잖아."

"아니야. 나, 정미하고 노는 거 재미있어. 좋아."

바보! 내 말은 그런 뜻이 아니잖아! 에이, 몰라. 네 맘대로 해라. 휙, 돌아서려던 정훈이 다시 소영을 향해 돌아섰다.

"그런데 너, 나하고는 왜 인사를 안 하냐?"

"……."

"내 이름이 뭔지는 알아?"

"응, 문정훈."

"문정훈 오빠. 끝에 오빠를 붙여야지. 나보다 네 살이나 어린 게. 다시 말해 봐. 내가 누구라고?"

소영의 입술이 앙다물렸다. 그러다 마지못해 입술을 달싹거렸다.

"문정훈 오빠."

"성 빼고. 다시 불러 봐."

"……정훈 오빠."

그제야 정훈이 만족스럽다는 듯 고개를 끄덕거렸다.

"그래, 앞으로는 꼭 그렇게 불러. 알았어?"

소영이 입술을 비죽거리며 고개를 끄덕거렸다. 정훈이 쭈뼛거리며 말했다.

"그런데 너, 우리나라 말 되게 잘한다. 난 너 일본 말밖에 할 줄 모를 줄 알았는데."

그거야 당연하지. 아빠한테 칭찬받으려고 매일 집에 오는 선생님하고 얼마나 열심히 공부했는데. 소영은 다시 작은 입술을 비죽거렸다.

"그럼 너, 영어도 할 줄 알아?"

"아니."

그럴 줄 알았다는 듯 정훈이 으스대듯 어깨를 쭉 폈다.

"그렇구나. 오빠는 영어 되게 잘하는데. 우리 반에서 내가 젤 잘해. 너만 했을 때부터 헨리 선생님께 배웠거든. 말하고 읽고 쓰고 다 할 줄 알아. 헨리 선생님이 그러는데, 외국 애들보다 내가 더 잘한대. 그리고 난 프랑스어도 할 줄 안다. 대단하지?"

당연히 소영이 우와, 하며 대단하다고 우러러볼 줄 알았는데 웬걸. 소영은 그래서 뭐? 하는 눈빛으로 정훈을 한번 힐끗 쳐다보고는 그만이었다.

어, 이게 아닌데 싶은 정훈이 냉큼 옆에 앉아 계속 으스대며 자랑했다.

"오빠는 내년에 스위스에 있는 학교에 갈 거야. 엄청 유명하고 좋은 학교래. 거기 가면 다 외국 애들밖에 없고, 영어랑 프랑스어밖에 안 쓴대. 영어랑 프랑스어 못하면 가고 싶어도 못가. 공부도 엄청 잘해야 하고."

말인즉슨 일본 말은 아무리 잘해도 소용없다, 자기는 공부도 엄청 잘한다, 그런 뜻이었다.

반 애들은 정훈이 그런 얘기를 하면 다들 와아, 하며 부러워들 한다. 그런데 얘는 아직 어려서 그게 얼마나 대단한 건지 모르는 모양이다. 멋지다고 우러러보기는커녕 시큰둥하기만

한 게 뭐가 뭔지도 모르는 눈치였다.

어휴, 하긴 다섯 살밖에 안 된 꼬맹이가 뭘 알겠나. 스위스가 어디에 있는, 아니 나라 이름인지도 모를 텐데.

"너, 스위스가 뭔지는 아냐?"

소영은 장난감을 치우며 건성으로 '어' 하고 대답했다.

"뭔데?"

"나라. 저기 아주 먼 데 있는."

음, 알긴 아는군. 하지만 스위스에 있는 학교에 간다는 게 얼마나 대단한 일인지는 모르는 것이 분명했다.

사실 정훈도 얼마나 대단한 곳인지는 잘 모른다. 그저 할아버지가 그렇다니까 그런 줄 아는 것일 뿐. 부러워하는 반 애들도 그저 막연히 와아, 하며 부러워하는 것일 뿐이었다.

'그런데 내가 이 꼬맹이한테 이 얘기를 왜 했지? 유치하게.'

정훈은 뚱한 표정으로 뺨을 긁적였다. 딱히 할 말이 없어진 정훈은 괜스레 소영이 정리해 놓은 장난감만 들썩이며 소영의 눈치를 슬금슬금 보았다. 그러다 내가 지금 뭐하고 있나, 하는 생각에 살짝 짜증이 일었다.

이러고 있느니 방에 가서 다시 책이나 보는 게 낫겠다. 정훈은 벌떡 몸을 일으켰다. 그런데 막상 가려니 또 발이 떨어지지 않는다. 정훈은 미적거리며 주변을 빙빙 돌다가 소영을 슬쩍 돌아보았다.

"그네 탈래?"

소영이 뒷마당 한쪽에 있는 그네와 미끄럼틀을 쳐다보았다.

커다란 눈을 깜박이며 정훈을 올려다보았다.

"안 돼. 나츠미 상이 어른 없이 타면 안 된다고 했어."

나츠미 상은 또 누구야? 선생님인가?

"왜? 넘어진다고?"

"응."

"괜찮아, 오빠가 어른이야. 오빠가 있잖아. 탈래?"

소영은 미간을 찌푸렸다. 어른은 무슨 어른. 자기도 아홉 살 밖에 안 됐으면서. 하지만…… 사실은 아까부터 엄청 타고 싶었더랬다. 그런데 아빠나 유모인 나츠미 상이 어른 없이 타면 안 된다고 그래서 꾹 참고 있었다. 소영은 아빠가 안 된다고 하는 거나 싫어할 만한 일은 절대로 하지 않는다.

그런데 저 그네는 정말 너무너무 타고 싶었다. 미끄럼틀도 엄청 재미있을 것 같았다. 어른은 아니지만 이 오빠가 있으니까 괜찮지 않을까?

"넘어지지 않게 잡아 줄 거야?"

"그럼! 자, 가자."

정훈이 자신만만하게 웃으며 손을 척, 내밀었다.

소영은 망설이며 집을 한번 돌아보았다. 그러다 마침내 쭈뼛거리며 정훈의 손을 잡았다. 두 아이는 뒷마당 한쪽에 있는 그네로 달려갔다.

그날 정훈과 소영은 뒤늦게 달려온 정미와 함께 유정이 그만 놀고 밥 먹으러 들어가자고 부르러 올 때까지 신나게 놀았다.

두 꼬맹이를 다치지 않게 신경 쓰느라 마음껏 타지도 못하고 뛰어놀지도 못했지만 그래도 정훈은 굉장히 신나고 재미있었다. 평소 같았으면 꼬맹이하고 노는 건 시시하고 유치하다고 금방 때려치우고 방으로 들어가 버렸을 텐데 이상하게 그날은 마냥 신나기만 했다.

그다음 날도, 또 그다음 날도 이상하게 들뜨고 신나는 마음은 사라지지 않았다.

정훈은 학교가 끝나자마자 친구들이 붙잡는데도 마다하고 쏜살같이 집으로 돌아와 정미, 소영과 함께 놀았다. 그렇게 신나고 재미있던 영어와 프랑스어 과외를 하면서도 정미, 정확하게는 소영과 더 놀고 싶어서 엉덩이가 들썩거렸다.

평소와 달리 수업에 통 집중하지 못하고 안절부절못하며 연신 창밖만 바라보는 정훈의 모습에 고개를 갸웃거린 선생님들은 이내 그 이유를 파악하고는 유정에게 먼저 소영까지 다 함께 놀면서 공부하게 해 주는 것이 어떻겠느냐는 제안까지 해 줬다. 그러자 정훈은 더욱 신이 나서 애들과 선생님 사이에 어설픈 통역 역할까지 해 가면서 즐겁게 공부를 했다.

보름간 세 아이는 정훈이 학교를 가거나 잠잘 때를 제외하고는 거의 한시도 떨어지지 않고 친남매들처럼 함께 시간을 보냈다. 특히 정훈은 소영에게서 한시도 떨어지지 않고 살뜰히 보살폈다.

정훈은 소영이 무척 마음에 들었다. 인형처럼 예쁘게 생겨서 좋은 것도 있었지만, 그보다는 말썽쟁이 정미와 다르게 얌전하고 착하고 수줍음 많은 성격이 무진장 마음에 들었다.

소영은 강아지 같았다. 착하고 얌전하고 말 잘 듣는, 거기다 예쁘기도 엄청 예쁘고 자그마한 새하얀 몰티즈 강아지.

소영도 정훈을 무척 따랐다. 자신보다 키도 크고 힘도 세지만 정미는 귀여웠고, 정훈은 진짜 어른처럼 든든하고 다정하면서도 엄청 재미있어서 좋았다. 꼭 대영이 아저씨의 축소판 같았다.

소영은 정훈과 보내는 이 즐거운 나날이 계속되길 바랐다

◉

시간은 어느새 쏜살같이 흘러 동우와 소영이 일본으로 돌아가는 날이 되었다.

보름 새 정이 담뿍 든 세 아이는 친남매처럼 헤어지는 것을 아쉬워하며 서로 잡은 손을 놓지 못했다. 떼쟁이 정미는 급기야 '소영 언니, 가지 마. 우리 집에서 같이 살아!'하고 와앙, 울음을 터트렸다.

소영은 우는 정미에게 자신이 아끼는 예쁜 머리핀을 몽땅 선물로 주고, 책을 좋아하는 정훈에게는 자신이 가장 좋아하는 동화책 ≪あらしのよるに(아라시노 요루니 : 폭풍우 치는 밤에)≫를 선물로 주었다. 일본어로 쓰여 있는 동화책이라서 정훈은 읽지도 못하겠지만 책을 좋아하는 정훈에게 줄 수 있는 것은 그것밖에 없었다. 그나마 그 책이라도 가지고 와서 얼마나 다행인지 모르겠다는 생각이 들었다.

정훈은 소영에게 오르골을 선물로 주었다. 얼마 전, 다 함께 대영의 호텔로 식사를 하러 갔다가 우연히 보게 된 오르골이었다. 식당 입구의 장식장에 놓여 있던 오르골이었는데, 전체는 금빛으로 화려하게 장식되어 있고, 뚜껑을 열면 안에는 하얀 날개를 단 천사가 금방이라도 하늘로 날아오를 듯 음악에 맞춰 빙글빙글 춤을 추는 오르골이었다.

그것을 보자마자 소영은 오르골에서 시선을 떼지 못했다. 홀린 듯 장식장 앞에서 달라붙어서 동우가 '차소영'하고 부를 때까지 멍하니 바라보고 서 있었더랬다.

그걸 유심히 보고 있던 정훈이 대영한테 부탁을 해 왔다. 소영한테 저 오르골을 선물로 주고 싶으니, 자신한테 주면 안 되겠냐고. 대영은 대번에 눈을 반짝이며 지배인을 불러 오르골을 장식장에서 꺼내 주었다. 다섯 살짜리 아이에게 선물하기에는 엄청난 고가의 물건이었지만, 상대가 소영이라면 말이 달랐다. 안 그래도 대영 역시 소영이 오르골에서 눈을 못 떼는 것을 보고 똑같은 걸로 하나 사서 선물로 줘야겠다 싶었는데, 기특하게도 정훈이 먼저 그리 말하니 아까울 것이 없었다.

정미한테는 비밀이라고, 소영한테도 자기가 선물로 주기 전까지는 비밀이라고 손가락을 입에 대고 쉿, 하는데 그 모습이 마냥 귀엽고 대견해서 대영은 아들의 머리를 한참 동안 쓰다듬어 주었더랬다.

정훈이 그 오르골을 예쁘게 포장해서 소영의 손에 꼭 쥐여 주었다. 그리고 세 아이는 서로 손가락을 걸고 약속했다.

"꼭 다시 만나서 재미있게 놀자. 그때까지 서로 받은 선물 잃어버리지 않기."

아이들을 흐뭇하게 바라보며 대영이 동우에게 속삭였다.

"저 봐라. 내 말이 맞지? 우리 애들은 천생연분이라니까."

"또 시작이군. 그놈의 정혼 타령."

동우는 피식, 웃으며 못 말리겠다는 듯 고개를 절레절레 저었다. 대영은 하루하루, 놀랍도록 점점 더 최희수를 닮아 가는 소영이 조금도 끔찍하지 않은 모양이다. 정작 아비인 자신은 순간, 순간 흠칫 놀라 끔찍할 때가 있는데 말이다.

그래서 동우는 소영을 사랑하면서도 정에 굶주려 있는 어린 딸에게 마음껏 안아 주거나 웃어 주지 못한다. 최희수 그 여자를 점점 더 닮아 가는 얼굴이 끔찍한 만큼, 저 아이의 몸속에 그 천박한 여자의 피가 흐르고 있다는 사실이 소름 끼치도록 끔찍하고, 그 피 때문에 만에 하나라도 저 아이 역시 그 여자처럼 되지나 않을까, 하는 말도 안 되는 두려움을 좀처럼 떨칠 수가 없다.

그 여자를 그의 인생에서 완벽하게 떨쳐내느라 그 여자한테 보내야만 했던 소희에 대한 죄책감도 한몫하고 있었다. 그 여자가 얼마나 천박하고 최악의 인간인지 잘 알면서도 자기 혼자 살겠다고 아무 죄도 없는 내 아이를, 그 핏덩이를 악의 구렁텅이로 밀어 넣고 버렸다는 죄책감에서 동우는 한시도 자유로울 수 없었다.

소영이라도 안전하게 지켰다는 것만으로는 그 지독한 죄의식에서 결코 구원받을 수 없었다. 소영과 똑같은 얼굴로 그 여자의 품에서 커 갈 소희 생각에 더욱 괴로울 뿐이었다.

그나마 한 가닥 위안이라면 규식이 자신의 모든 것을 걸고서라도 소희를 안전하게 지켜 줄 거라는 막연한 믿음, 그거 하나뿐이었다. 바보처럼 그딴 여자 하나 때문에 27년 된 우정을 한순간에 내팽개친 멍청한 녀석이었지만, 동우는 아직 규식을…… 믿는다.

규식이라면 소희를 바르게 키우고 지켜 줄 것이라고.

물론 규식을 용서할 수는 없다. 그 여자 때문이 아니다. 어차피 그때 그 일이 아니었어도 그 여자와는 추잡하게 끝났을 것이다. 자신은 그 여자를 아내로, 여자로 인정할 생각이 전혀 없었고 그 여자는 자신의 기대와는 달리 돈 한 푼 마음대로 쓸 수 없는 생활에 결코 오래 버티지 못했을 테니까.

겨우 그런 여자 때문에 규식은 우정을 배신하고 친구를 버렸다. 그리고 무엇보다 결과적으로 자신에게서 소희를 빼앗아 갔다. 동우는 그런 규식을 영원히 용서하지 않을 것이다.

동우는 규식을 믿으면서도 원망하고, 소희 곁에 규식이 있을 거라는 사실에 안도하면서도 그 때문에 도저히 규식을 용서할 수가 없다.

소영을 목숨보다 사랑하지만 안아 줄 수도 없다. 그 여자의 핏줄이기도 하다는 사실 때문에, 그 여자를 똑 닮은 모습 때문에, 소희에 대한 죄책감 때문에 소영을 사랑하지만 딸아이의 얼굴을 똑바로 바라볼 수가 없다.

소희는…… 그 아이가 어디에 있든 소희가 그의 딸이라는 사실만은 영원히 변하지 않을 터였다. 소영을 사랑하는 만큼 소희를 사랑한다. 가여운 내 딸, 내 아이. 하지만 내 손으로 버린 딸아이에 대한 사랑은 영원히 가슴속에만 묻어둘 생각이다. 그리고 자신조차 꺼내 보지 못하도록 차갑게 얼려 봉인해 둘 것이다.

소희를 그 여자 손에 건네주던 순간부터 그렇게 결심했다.

차동우에게 자식은 차소영 단 한 명뿐이라고. 처음부터 소영 한 명뿐이었고 앞으로도 그럴 것이라고.

소영만은 엄마라는 작자가 어떤 사람이었는지 절대 모르게 할 것이다. 동우 자신을 포함한 어른들이 벌인 추잡한 과거 따위도 영원히 모르게 할 것이다. 심지어 자신이 쌍둥이고, 쌍둥이 언니가 있다는 사실조차…… 영원히 모르게 할 것이다.

최희수, 안규식…… 차소희.

이 세 사람 모두 차동우와 차소영의 기억과 인생에서는 죽거나 처음부터 존재하지 않았던 사람들이었다. 오직 봉인된 그의 가슴속에만 살고 있는 존재일 뿐.

도쿄로 향하는 내내 소영은 정훈에게 선물 받은 오르골을 만지작거렸다. 소리가 나면 아빠한테 혼날까 봐 차마 열어 보지는 못하고 다리에 올려놓은 채 오르골의 정교한 금장식만 내내 어루만졌다. 다정한 아저씨와 엄마……처럼 따뜻하고 포근한 아줌마. 그리고 정훈과 정미를 아주 오랫동안 잊지 못할

밤 은
아침을
꿈꾼다

것 같았다. 벌써부터 그들이 무척 그리워졌다.

　작은 창문으로 내려다본 하늘은 눈이 시리도록 파랗고 예뻤다. 그 하늘조차 아주 오랫동안 잊지 못할 것 같았다.

재회再會

"혼자 왔어요?"

시끄러운 음악 사이로 낯선 남자의 음성이 들려왔다. 벌써 몇 번째인지 모르겠다. 소영은 힐끗 남자를 쳐다보고는 차갑게 무시해 버렸다. 그나마 이번 남자는 포기가 빨랐다. 두어 번 더 말을 걸어 보고는 그래도 소영이 눈짓 한 번 주지 않자 어깨를 으쓱이며 사라졌다.

그 후로도 몇 명의 남자들이 말을 걸었다가 그녀한테 무안만 당하고 가 버리기를 반복했다. 이제 그만 좀 귀찮게 했으면 좋겠다. 소영은 바Bar에 조금 더 바짝 기대어 섰다. 맥주 한 병을 더 시켰다. 차가운 맥주를 들이켜며 춤추는 사람들을 무심히 바라보았다.

'뭐가 저렇게 좋을까.'

아무 생각이 없는 사람들 같다. 놀고 마시고 즐기는 것 외에는 아무 생각도, 관심도 없는 그런 사람들. 실은 저들에게도 각자의 고민과 걱정거리들이 있을 텐데, 이 순간만이라도 저렇게 모든 걸 내려놓고 즐길 수 있는 사람들이 부럽기도 했다.

'나도 그럴 수 있다면 얼마나 좋을까.'

그러나 그녀는 이 흥청망청한 분위기에 취하고 싶어서 다시 이곳을 찾았건만, 좀체 분위기에 젖어들 수 없었다. 하긴 이 정도로 잊을 수 있는 현실이었다면 여기까지 오지도 않았으리라.

소영은 피식, 쓴웃음을 흘렸다.

오늘 낮에 또 한 장의 편지를 받았다. 읽어 보지 않아도 뭐라고 쓰여 있을지 이제는 번연히 아는지라 뜯어보지도 않았다. 보나 마나 또 이런저런 온갖 핑계를 들어 돈을 보내달라는 내용일 터였다. 말미쯤에 보고 싶다, 사랑한다, 등의 형식적인 문구 몇 줄이 마지못해 쓰여 있을 테고 말이다. 그러니 며칠쯤 늦게 뜯어본다고 해도 크게 상관은 없을 터였다. 어차피 그 여자의 목적은 오로지 돈. 돈만 보내 주면 그만일 테니까.

그런 줄 알면서도 3년 전 그 여자의 편지를 처음 받았을 때처럼 매번 정신이 아득해지고 숨이 막혀 온다. 어찌할 수 없는 그리움에 가슴이 떨리고 넝마가 되어 버린 심장이 홀로 울부짖는다. 이젠 더 이상 흘릴 눈물도 남아 있지 않아 눈물샘이 말라 버린 것이 그나마 다행이라면 다행일 터였다.

아빠는 여전히 그 여자와 쌍둥이 언니의 존재를 부정한다.

2년 전 소영은 엄마라고 주장하는 여자한테 받았던 편지와 사진, 출생 신고서와 아빠와 그 여자의 결혼, 이혼 증명서 등 온갖 서류들을 들고 곧장 미국으로 달려갔다. 그것들을 아빠 앞에 펼쳐 놓고 이게 다 어찌 된 일이냐고, 사실대로 말해 달라고 떨리는 목소리로 요구했다. 그때도 아빠는 흠칫 놀라기만 했을 뿐, 무심하고 냉정한 얼굴로 돌아갔다.

오히려 그녀한테 화를 냈다.

"이까짓 게 뭐라고 고작 이런 일로 흥분해서 예까지 달려와. 학교는 어떻게 하고? 당장 일본으로 돌아가거라. 너하고 상관이 없는 사람들이다. 우리한테는 이미 오래전에 죽은 사람이야. 새삼 충격받을 것도 없고 동요할 필요도 없다. 무시해."

"어떻게 그래요, 죽었다는 엄마가 이렇게 버젓이 살아 있다는데! 있는 줄도 몰랐던 쌍둥이 언니까지 있다는데! 정말 너무해요. 어떻게 이런 사실들을 20년 동안이나 감쪽같이 숨겨 오실 수가 있어요? 이 편지가 아니었다면 난 내가 쌍둥이라는 사실조차 죽을 때까지 몰랐을 거 아니에요. 말해 주세요. 이게 다 어떻게 된 일인지, 아빠 입으로 직접 말씀해 달라고요!"

"대체 무슨 말을 해달라는 게냐. 이 사람들이 널 낳아 준 생모와 쌍둥이 언니가 맞느냐고 묻는 게냐? 객관적인 사실만 두고 말한다면, 그래 그렇다. 하지만 그래서 뭐? 그렇다고 한들 달라질 것은 아무것도 없다."

아빠의 표정은 냉정하기 그지없었다.

"그 여자가 그 아이를 데리고 나간 순간부터 그들은 우리 집

안과 하등의 관계가 없는 타인이 되었다. 내가 인정하는 자식은 너 하나뿐이다. 너한테도 마찬가지다. 너한테 생모와 언니 따위는 없다. 법적으로도 나나 너한테 그들은 남남일 뿐이다. 이깟 서류 몇 장과 핏줄이라는 사실만으로 헛된 감정에 휘둘리지 마라."

아빠는 오히려 실망스럽다는 눈빛으로 그녀를 나무라듯이 바라보았다.

"감정은 일시적인 호르몬의 농간에 불과해. 넌 장차 한 나라의 법관이 될 사람이다. 누구보다 이성적이고 냉철해야 한다는 사실을 잊지 말거라."

그렇게 며칠 동안 아빠와 실랑이하며 언성을 높였더랬다. 그러나 결국 소영은 아빠한테 아무런 설명도 듣지 못한 채 일본으로 돌아가야만 했었다.

하지만 공부가 될 리가 없었다. 서울로 대영이 아저씨를 찾아가 물어볼까 싶기도 했었다. 아저씨라면 아시는 대로 소상히 말씀해 주시지 않을까 싶었다.

그런데 막상 가려고 하니 겁이 나서 갈 수가 없었다. 서울행 비행기 티켓만 사 놓고 한 달 넘게 머뭇거렸다. 그러다 마침내 결심을 하고 공항으로 가려던 순간, 아빠한테 전화가 걸려왔다.

이제 두 번 다시는 그 여자한테 연락이 오지 않을 거라고 했다. 변호사를 시켜 알아보니 그 여자의 목적은 역시 돈이었다고 했다. 소영한테 다시는 연락을 하지 않겠다는 조건으로 원하는 돈을 주겠다고 하자, 그쪽에서는 기다렸다는 듯이 그 돈을 넙죽 받았다고 했다. 기꺼이 친필로 합의서까지 작성해서 돈과 맞바꿨다고.

"그 여자가 원래 그런 여자다. 네가 또 상처받을까 봐 비밀로 할까 했는데, 아무래도 너도 알고 있어야 할 것 같아서 연락한 게다. 그러니 소영아, 이제 그만 잊어라. 그들은 네가 마음 한 자락 줄 가치가 없는 족속들이다. 미안하구나. 현명하지 못했던 아비의 지난 과오 때문에 널 가슴 아프게 해서. 이 아비를 원망하고 싶으면 해라. 하지만 그 때문에 네 인생을 망치거나 시간을 낭비하지 말거라. 그럴 가치도 없는 여자다. 다 잊고 공부만 열심히 해. 지금이 너한테 얼마나 중요한 시기인지 잊었니? 아무 생각 말고 로스쿨 들어갈 준비나 착실히 하거라."

아빠 말대로 그 후론 엄마라는 여자한테서 어떤 연락도 일절 오지 않았다. 혹시나 하는 생각에 소영이 먼저 편지를 보내 봤지만, 마찬가지였다. 편지 한 통으로 21년 만에 무덤에서 회생한 엄마는 또다시 그렇게 거짓말처럼 사라져 버렸다.

아빠가 돈을 얼마나 줬는지는 모른다. 아마 모르긴 몰라도 꽤 큰 금액이지 않았을까 싶다. 그 사실이 그녀를 더욱 아프고 비참하게 만들었다. 결국 아빠 말이 맞았다는 사실이 가슴 아팠고, 그깟 돈 때문에 엄마라는 사람한테 두 번이나 버림받았다는 사실이 견디기 힘들 만큼 비참하고 끔찍했다.

소영도 그들을 깨끗이 잊기로 했다. 엄마든 쌍둥이 언니든 이제껏 모르고 살아왔던 대로 깨끗이 잊고 기억에서 지워 버리자 마음먹었다. 소영은 외롭고 힘들 때마다 그랬던 것처럼 미친 듯이 공부에 매달렸다.

소영은 그렇게 예전의 자신으로 되돌아갔었다. 아빠 말 잘 듣는 착하고 공부 잘하는 모범생. 자신이 진짜 하고 싶은 것이 무엇인지도 모른 채 아빠의 바람대로만 움직이는 꼭두각시. 적어도 겉으로 보기에는 그랬었다.

그러다 재작년 가을부터 엄마란 그 여자한테 다시 편지가 오기 시작했다. 편지의 내용은 이전과 거의 대동소이했다. 3살 때 소영을 떼어 놓고 일본을 떠날 수밖에 없었던 자신의 비통했던 심정과 억울한 사연. 소영에 대한 가슴 사무치는 그리움과 미안함. 조금 달라진 게 있기는 했다. 1년 전 아빠의 돈을 받고 연락을 끊어 버린 것에 대한 구차한 변명들이 잔뜩 적혀 있었다.

아빠가 아무리 법적 조치 운운하며 무섭게 협박을 해 왔어도 자신은 정말 그러고 싶지 않았다고, 하지만 먹고살 길이 너무 막막해서 소희―쌍둥이 언니의 이름이 소희라고 했다―를 위해서 눈물을 머금고 그 돈을 받을 수밖에 없었노라고 말이다.

그런데 그 돈마저 안규식이라는 사람이 남긴 빚 때문에 귀신같이 돈 냄새를 맡고 들이닥친 채권자들한테 홀랑 다 뺏기고 말았다고 했다. 그래서 지난 1년간 물로 주린 배를 채우는 비참한 생활을 할 수밖에 없었다고 했다.

자신이 소영한테 다시 편지를 보냈다는 것을 아빠가 알면 이번에는 정말 온갖 법적 수단을 동원해 위해를 가해 오겠지만, 더 이상 무섭지 않다고도 했다. 어차피 이러다 얼마 못 가 굶어 죽을 것이 뻔한데, 이래 죽으나 저래 죽으나 마찬가지라며 죽기 전에 소영의 얼굴이라도 한 번 보고 죽고 싶다고 했다. 소영도 이젠 자신들이 있다는 사실을 아는데, 나중에 바람결에라도 자신들이 가난에 허덕이다 굶어 죽었다는 사실을 알게 된다면 그 충격이나 한이 오죽하겠느냐고 말이다.

차라리 아빠 모르게 돈을 더 보내 달라고 솔직하게 부탁을 해 왔다면, 소영의 마음은 덜 비참했을 것이다. 그런 내용의 편지를 두어 번 더 받은 후 소영은 결국 엄마라는 사람이 요구하는 돈을 송금해 주었다. 어차피 많은 돈도 아니었다. 그 정도 돈이라면 그녀 선에서 충분히 마련할 수 있었다. 대학 때문에 도쿄에서 혼자 생활하는 딸을 위해 아빠가 매달 보내 주는 생활비도 상당했고, 몇 해 전에 돌아가신 할아버지가 남겨 주신 신탁도 스무 살이 넘으면서 그녀 임의대로 사용할 수 있었기 때문이다.

그 후로 엄마는 3개월 혹은 4개월에 한 번씩 돈을 요구해 왔다. 레퍼토리는 늘 똑같았다. 그립다, 보고 싶다는 내용 끝에는 항상 이런 문구들이 적혀 있었다.

돈을 조금만 더 보내 주면 안 되겠니? 우리도 뼈가 부서져라 열심히 일하는데, 아직 청산할 빚이 너무 많이 남아서 남는 게 한 푼도 없구나. 한 달 넘게 밥 구경을 못 했어. 정말 미안하구나. 엄마, 언니라고 도움은 못 주고 번번이 신

세만 져서 어쩐다니. 염치가 없어서 널 어떻게 볼지 모르겠
다. 그래도 네가 너무 보고 싶구나. 엄마, 언니 보러 광에는
안 올 거니? 공부하느라 바빠서 시간 내기 힘들다는 건 아
는데, 그래도 한번 와라, 응? 우리는 돈이 없어서 가고 싶어
도 못 가잖니. 정말 보고 싶구나.

그럴 때마다 소영은 짧은 답신과 함께 돈을 송금해 주었다.
그런 지가 벌써 2년이 다 되어 간다. 대학생이었던 그녀는 모
교인 도쿄 대학교 로스쿨에 진학해 환경이 달라졌지만, 엄마
라는 사람과 언니라는 사람의 환경은 2년 전이나, 3년 전이나
하나도 달라진 것이 없었다. 빚이 얼마나 많았는지는 몰라도
그만큼 돈을 보내 줬는데도 그들은 늘 빚 타령이었고, 그것을
핑계로 늘 돈을 보내 달라는 말뿐이었다.

물론 처음부터 그 말을 믿고 돈을 보내 줬던 건 아니었다.
어쨌든 그녀를 낳아 준 생모라니까, 하나밖에 없는 쌍둥이 언
니라니까. 특히 아빠 곁에 쌍둥이 언니가 남고, 엄마가 자신을
데려갔다면, 지금 그 고초를 겪고 있는 것은 자신이었을지도
모른다는 생각에 속는 줄 알면서도 계속 돈을 보내 준 거였다.
어차피 자신한테는 남아도는 돈이니까, 따지고 보면 반은 그
쌍둥이 언니의 것이기도 하니 말이다.

그러나 언제까지 이 짓을 계속할 수 있을지는 그녀 자신도

잘 모르겠다. 할아버지가 남겨 주신 신탁의 반이 소진됐을 때? 글쎄, 모르겠다. 하나 확실한 건 하나 있다. 그들을 만나러 곰으로 가지는 않을 거라는 것.

더 이상 상처받고 싶지 않다. 더 이상 실망하고 싶지도 않다. 더는 부모라는 사람들 때문에 인생을 휘둘리고 싶지 않다.

소영은 5개월 전 로스쿨을 자퇴했다. 물론 아빠한테는 허락을 구하지도 않았고, 통보도 하지 않았다. 일본에 있고 싶지 않아 한국으로 도망쳐 왔다. 그리고 어느 누구에게도 알리지 않았다.

더 이상은 아빠 뜻대로 살지 않겠다고 결심했다. 아니, 정확하게는 요코라는 아빠의 죽은 첫사랑. 그 여자 대신 살지 않겠다고 결심했다는 것이 맞을 터였다.

6개월 전에 엄마가 뜬금없이 편지에 요코라는 여자에 대해서 처음 언급했을 때는 설마 했다. 근 30년이나 지난 케케묵은 얘기였다. 아빠도 십 대 때에는 사랑을 했던 감정이 있는 사람이었구나 싶어서 내심 신기하고 반갑다는 생각도 들었었다. 그 요코라는 여자가 스물한 살 꽃다운 나이에 뇌종양으로 죽었다는 얘기에 안됐다는 생각도 들었다.

그 때문에 아빠가 감정 없는 차가운 사람이 되었나 싶어서 아빠가 조금 안됐기도 했고, 아빠가 실은 첫사랑을 잊지 못하는 로맨티시스트였나? 싶어서 신기하기도 했고 말이다. 그래도 그 때문에 아빠가 먼저 외도를 했다는 이야기는 믿을 수 없었다.

그런데…….

엄마는 무슨 생각에선지 젊은 청년이었던 아빠가 요코라는 여자와 찍었다는 빛바랜 사진을 한 장 같이 보내왔다. 그 시절 아빠가 안규식이라는 사람한테 보냈다는 장문의 편지 사본과 함께.

그것들을 본 순간, 소영은 뒤통수를 강하게 한 대 얻어맞은 것 같았다. 사진 속의 여자는 어릴 때 그녀를 돌봐 주던 유모, 나츠미 상과 무척이나 닮아 있었다. 그리고 그 사진과 아빠가 친구에게 보냈던 거라는 편지를 보고서야 아빠가 왜 항상 그녀에게 짧은 단발머리를 고집했는지, 왜 꼭 도쿄대 법학과에 진학해서 법관이 되어야 한다고 입버릇처럼 말씀하셨는지, 그 이유를 알 것만 같았다.

요코라는 그 여자의 머리가 짧은 단발이었으니까. 그 여자가 합격만 하고 결국 병 때문에 다니지 못했던 대학이 도쿄대 법학과였다니까. 그 여자의 꿈이 법관이었다니까!

어떻게 그럴 수 있을까. 설마 나츠미 상이 엄마가 얘기한 바로 그 외도녀였을까? 요코라는 여자와 그렇게 많이 닮은 여자가 비슷한 시기에 둘이나 있을 수 있는 건가? 아니, 그럴 가능성은 극히 희박할 터였다. 그렇다면 정말 나츠미 상이?

맙소사!

그런데 그 외도녀를 집안에 들여 혼자 남은 딸을 키우게 해? 그럼 나츠미 상이 유모가 아니라 아빠의 정부였다는 말인가?

더욱 소름 끼치도록 끔찍한 건 어린 딸에게 죽은 여자의 망령을 덧씌워, 그 여자처럼, 그 여자가 못 이룬 꿈을 대신 이뤄 주기 위해서 아빠가 그녀를 키웠다는 점이었다.

과연 자신은 아빠한테 누구였을까. 아빠의 딸인 차소영이었을까 아니면 죽은 첫사랑의 한을 풀어 줄 대용품이었을까.

소영은 아빠가 정상이 아니라고 생각했다. 젊은 시절, 비극적으로 끝난 아련한 첫사랑의 추억을 가슴 깊이 간직하고 사는 것까지는 좋았다. 얼마든지 이해할 수 있다. 그러나 딸인 그녀한테 죽은 여자의 망령을 덧씌워 키운 것은 결코 정상이 아니었다. 미친 짓이었다, 병적인 집착이었다.

그래서 소영은 아빠가 정해 놓은 죽여 여자의 대체 삶에서 벗어나기 위해서 1년밖에 안 남은 로스쿨을 그만두고 한국으로 도망쳐 왔다. 머리도 더 짧게 커트했다.

요코가 아닌 차소영의 삶을 되찾기 위해서.

그동안 소영은 틈틈이 최희수라는 사람이 어떤 사람인지 알아보기도 했다. 한국에서 나고 자라 대학까지 다녔다고 하니, 20년 정도의 시간이 흘렀지만, 잘하면 엄마를 기억하는 사람이 있을지도 몰랐다.

소영이 가장 먼저 찾은 사람은 외조부모라는 분들이었다. 천신만고 끝에 두 분을 찾았으나, 너무도 열악한 환경에서 사는 두 분의 모습에 차라리 찾지 말 걸, 하는 후회가 들기까지 했다. 눈이 어두운 두 분은 엄마와 똑 닮은 그녀가 누구인지도 알아보지 못했다. '최희수'라는 이름을 꺼내지도 못하게 했다. 딸 이름을 듣자마자 대번에 두 분은, 일본으로 시집가 2년 만에 이혼한 뒤로 연락 끊긴 지 오래됐다고, 어디 가서 죽었는지 살았는지도 모른다고 했다.

썩을 년, 나쁜 년. 그런 딸년 죽었다고 생각한 지 이미 아주 오래됐으니, 그년 얘기는 꺼내지도 말라고 했다. 대체 누군데 이제 와 그년을 찾느냐고, 그년이 뭔 짓을 저질렀든 우린 그년하고 더 이상 상관없는 사람들이니 썩 꺼지라고 소영을 내쫓기까지 했다. 소영은 다음 날, 쓰레기 더미와 다름없는 단칸방에 천만 원을 몰래 넣어드리고 돌아왔다.

'누구? 아, 그 최희수!' 하며 간신히 그녀를 기억해 낸 대학 동창들도 대번에 고개를 절레절레 가로저으며 안규식이라는 사람만 불쌍하다고 입을 모았다.

"규식이 선배처럼 사람 좋고 정 많은 사람도 없었지. 그런데 여자 보는 눈 하나는 영 꽝이었다니까. 학교 다닐 때부터 최희수 여우 짓에 넘어가서는 간, 쓸개 다 빼줄 듯이 여왕처럼 떠받들더니, 결국 걔 꼬드김에 넘어가서 잘 다니던 대기업도 그만두고 괌으로 이민 가 버렸잖아. 친구까지 배신하고서. 쯧쯧, 규식 선배가 진짜 그럴 사람이 아닌데, 어쩌다 그랬는지 몰라. 하여튼 그땐 정말 우리 동문들 사이에서도 엄청나게 쇼킹한 사건이었다니까."

밤 은
아침을
꿈꾼다

"괌으로 놀러 갔던 동문 중 몇 명이 그러는데, 그래도 거기 가서 삼촌인가 누가 경영하던 여행사 물려받아서 잘 먹고 잘 살긴 했던 모양이야. 그런데 결국 그 여행사도 홀랑 말아먹고 망했다지, 아마? 들리는 말로는 그것도 다 최희수가 분수도 모르고 온갖 사치를 부리는 바람에 그렇게 됐다는데, 뭐 거기까지는 잘 모르겠고, 어쨌든 규식 선배는 몇 해 전에 죽었다고 하더라고."

사람들은 너 나 할 것 없이 혀를 끌끌 찼다.

"어휴, 진짜 여자 하나 잘못 만나서 멀쩡한 사람 인생 하나 망쳤지, 뭐야. 그런데 아가씨는 진짜 누구야? 누군데 최희수에 대해서 묻고 다니는 거지? 혹시…… 최희수 딸인가? 그러고 보니 젊었을 때 최희수랑 똑 닮았네."

"아닙니다. 저는 다른 분한테 의뢰받고 일하는 사람일 뿐이에요. 감사했습니다."

당황한 소영은 허겁지겁 가방을 챙겨 그 자리를 빠져나왔다. 나름 얼굴을 가린다고 안경까지 쓰고 나갔는데, 별반 소용이 없었던 모양이었다. 그렇게 엄마가 어떤 사람이었는지 알아가는 동안 소영이 느낀 감정은 씁쓸한 절망뿐이었다.

아빠, 엄마, 안규식이라는 사람, 아빠의 죽은 첫사랑 요코 그리고 쌍둥이 언니와 자신. 모두 지독한 운명에 꼬여 망가지고 뒤틀려 버린 불쌍한 사람들이라는 생각도 들었다. 죽어서도 벗어날 수 없는 지독한 운명에 갇혀 버린 사람들.

소영은 이제 어떻게 살아가야 할지를 모르겠다. 사랑을 갈구하며 아빠한테 자랑스러운 딸로 인정받기 위해 살아왔던 지난 삶들이 모두 허망하게만 느껴졌다. 스물다섯 살. 나이만 먹었지, 자신은 아직 걸음마도 떼지 못한 어린아이인지도 모르겠다.

하지만 이것 하나만은 확실했다. 두 번 다시는 아빠의 뜻대로 움직이는 순종적이던 이전의 차소영, 타카하시 베이카로는 돌아가지 않으리라는 것.

소영은 암담한 시선으로 번쩍거리는 불빛 아래 춤을 추는 사람들을 바라보며 내쳐 술만 들이켰다.

◉

"와, 대박. 딱 내 스타일인데!"

앞서가던 지성이 탄성을 내질렀다. 옆에 있던 민수가 호기심을 드러냈다.

"누구? 어디?"

"저기, 1층 바에 기대서 있는 애. 괜찮지 않냐?"

지성의 손가락질에 녀석들이 죄 걸음을 멈추고 난간에 매달려 1층을 내려다보았다.

"누구? 아, 저기 짧은 커트 머리! 쟤 맞지?"

"어. 괜찮지? 눈에 확 띄지 않냐?"

"오우, 완전 일본풍인데. 화장도 별로 하지 않은 것 같은데, 얼굴이 엄청 하얗네. 눈도 엄청 크고. 걔 닮았다. 거 누구냐, 러브레터 영화에 나왔던 여자 주인공."

"그렇지? 딱 내 스타일이라니까. 내가 나카야마 미호 엄청 좋아하잖아. 꾸미지 않은 순수의 결정체! 타고난 청순한 미모! 거기다 뭔가 아련하면서도 애틋한 분위기까지, 캬, 진짜 죽이지."

민수가 헛웃음을 쳤다.

"그런 여자 안 좋아하는 남자가 어디 있냐. 보고 즐기기에는 섹시한 게 좋아도 청순가련형은 남자들의 영원한 로망이지. 아마 정훈이 이 자식도 그럴걸? 아닌가? 이 자식은 워낙 외국 물을 먹어 놔서 섹시한 여자가 취향이려나?"

민수가 어때? 하며 정훈의 어깨를 툭 쳤다. 뒤에 빠져 있던 정훈이 심드렁하게 대답했다.

"글쎄, 딱히 정해 놓은 타입 같은 건 없어서 모르겠다. 하지만 드센 여자는 딱 질색이야. 당당하고 자존심이 강한 것까지는 좋은데, 자기 잘났다고 안하무인격으로 나대는 애들은 딱 질색이다. 골 빈 애들은 더더욱 싫고. 여자는 모름지기 우리 어머니처럼 지적이고 현명한 여자가 최고지. 외모야 아무려면 어때. 못 봐 줄 정도만 아니면 되는 거 아닌가?"

"네 어머님처럼? 야! 그게 어디 못 봐 줄 정도만 아니면 된다냐! 어머님처럼 지성과 미모를 겸비한 여자가 몇이나 된다고. 너, 눈이 높아도 너무 높은 거야. 기준을 어머님한테 맞춰 놓고 여자 고르다간 평생 가도 여자 못 만나는 수가 있다."

병호가 톡 끼어들었다.

"야, 그건 아닌 것 같다. 내가 저번에 말했잖아. 몇 달 전에 나 미국에 갔을 때, 이 자식 여자 친구 봤다고. 너희들도 내가 사진 보여 줘서 한 번 봤잖아. 브라질계의 섹시 미인, 나 그때 완전 무슨 빅토리아 시크릿 모델이 나온 줄 알았잖아. 거기다 걘 머리까지 좋더라고. 이 자식하고 같은 코넬 대학생이면 말 다했지, 뭐.”

“아, 맞다. 그랬지. 정훈아, 그럼 걔하고 어떻게 하기로 하고 귀국한 거냐? 설마 너 이번에 학교 졸업하면서 걔하고도 끝낸 건 아니지?”

정훈은 대수롭지 않다는 듯 어깨를 으쓱였다.

“헤어졌는데.”

“왜!”

녀석들이 더 안타깝다는 듯 소리쳤다.

“진지하게 만난 사이도 아니었어. 말했잖아. 난 드세고 잘난 척 나대는 타입, 딱 싫다고. 처음에는 괜찮은 앤 줄 알는데, 알고 보니까 걔가 딱 그런 타입이더라. 남자관계도 꽤 복잡했고. 그래서 깨끗하게 정리했다.”

“아, 자식, 그런 여자한테 그 정도는 기본 옵션으로 봐줘야지. 잘났으니까 잘난 척하는 걸 뭐라고 그러면 쓰겠냐? 그렇게 따지면 너도 마찬가지야.”

“솔직히 말해 봐. 그래도 조금 아쉽기는 하지?”

아니, 전혀. 오히려 잠깐이라도 왜 그런 여자를 만났는지 후회스럽기만 했다. 자신보다 조금 못한 사람들한테 어찌나 함부로 하는지, 몇 번 보다 질려서 그만 만나자고 했더니 나름 자존심이 꽤 상했는지 길길이 날뛰고 난리도 아니었다.

책임질 일 따위 하지 않고 키스 몇 번 한 것이 전부인데 말이다. 아니, 그래서 더 자존심이 상했을까? 하긴 레이나와 2개월 동안 데이트하면서 섹스를 안 한 놈은 그가 유일할 터였다.

그 때문이었는지, 그만 만나자는 그의 통보에 레이나는 집까지 쳐들어와 가재도구를 집어 던지고 난리도 아니었다. 칭크chink—찢어진 눈이라는 뜻으로 동양인을 비하하는 말—주제에 네가 잘났으면 얼마나 잘났느냐고 막말을 해 대는데, 생각했던 것보다 레이나의 수준은 최악이었다. 그런 여자인 줄 알았다면 애초에 사귀지도 않았을 터였다. 나름 사람 보는 눈이 정확하다고 자신했는데 레이나 일로 자신은 아직 멀었구나 싶어서 스스로 꽤 많이 반성했다.

"그래도 좀 참지. 사진 보니까 진짜 죽여주더구먼."

뭐가 그리 아쉬운지, 입맛을 다시는 민수에게 한마디 했다.

"그렇게 아쉬우면 네가 가서 만나 보든가. 난 레이나하고 깨끗하게 만났다가 헤어졌으니까 네가 걔랑 사귄다고 해도 문제될 거 없어."

"나도 그럴 수만 있다면 그러고 싶다. 그런데 그런 애가 미쳤다고 나랑 사귀겠냐? 말도 잘 안 통하고 일단 키 차이부터 엄청 날 텐데? 내가 너처럼 키가 190 정도만 되도 당장 미국으로 달려간다. 정훈아, 그러지 말고 나한테 네 키 딱 10센티미터만 잘라 주라. 그럼 나도 180은 된다 이거지."

초등학교 때도 친구 중에 제일 작고 말랐던 민수. 남들 다 클 때 뭐하고 아직까지 저 타령인지 모르겠다.

"재주 있으면 그렇게 하든가. 난 아무래도 상관없으니까."

"어이구, 저걸 그냥 확! 그렇게 얘기하는 게 더 얄미워, 이 자식아."

민수가 눈을 부라리며 성질을 냈다. 자식, 그러라고 해도 성질이다. 그럼, 뭐, 어쩌라구? 라고 대답하는 정훈의 입가에 빙긋이 미소가 지어졌다.

지성, 민수, 병호 등 이 자리에 함께 있는 다섯 명의 친구 모두 초등학교 때 친구들이다. 그것도 고작 1, 2학년만 같이 다녔던 친구들. 햇수로 치면 무려 20년이나 된 친구들, 시쳇말로 불알친구들이었다.

하나 말이 20년이지, 열 살에 스위스로 유학 간 이후 스물아홉 살이 된 지금의 긴 유학 생활 동안 실상 이 친구들하고 만난 횟수로 치자면 얼마 되지도 않는다. 3~4년에 한 번씩 방학에 귀국했을 때에만 가끔 본 것이 전부였다. 물론 편지나 메일은 계속 주고받았다. 최근에는 SNS로 서로의 안부를 수시로 확인했고. 그래도 지금까지 한 놈도 빠짐없이 꼬마 시절의 옛 우정을 유지하고 있다는 건 대단한 일임에는 틀림없었다.

그래서 정훈은 이 친구들이 너무 고맙다. 몇 년에 한 번씩 '나 왔다' 하고 전화하면 '오, 왔어? 보자!' 하고 모두 한달음에 나와 준 녀석들이니까. 하여 정훈도 오늘 바쁜 일정을 뒤로하고 바로 달려 나왔다. 2주 전 대학을 졸업하고 귀국하자마자 시차 적응을 할 새도 없이 바로 아버지 호텔에 입사해 업무를 익히느라 눈코 뜰 새 없이 바쁜 와중에도 말이다.

밤 은
아침을
꿈꾼다

귀국 후 다섯 놈 모두를 함께 보는 건 오늘이 처음이다. 이젠 다들 사회인이 돼서 어찌나 바쁜지, '문정훈이 드디어 영구귀국했는데, 거하게 환영회 해야지. 보자!' 하면서도 좀체 시간을 맞출 수 없었다. 이놈이 되면, 저놈이 안 되고, 저놈이 되면 이놈이 안 되고. 그런데 다들 갑자기 시간이 됐다고 나오라고 하는데, 만사 제쳐 놓고 달려 나올 수밖에 없었다.

한데 자식들, 환영회를 꼭 이렇게 시끄러운 클럽에서 해야 되냐? 보니까 여긴 죄 파릇파릇한 이십 대 초반 애들밖에 없구먼. 슈트에 넥타이를 맨 사람들은 우리뿐인 듯싶다. 어쨌든 간만에 넥타이 풀고 이십 대 초반으로 돌아가 신나게 놀아 보자는데, 굳이 초를 치고 싶은 생각은 없었다.

그런데 클럽에 왔으면 춤을 춰야 한다고 룸에서 억지로 끌고 나올 때는 언제고, 난간에 주르르 매달려 이 여자는 어떠네, 저 여자는 어떠네 잔뜩 헛소리들만 늘어놓고 있다. 아무래도 환영회는 핑계고 목적은 여자였던 모양이다. 훗, 하여튼 동서양, 나이 고하를 막론하고 어딜 가든 남자들은 다 똑같다. 젊고 예쁜 여자들만 보면 다들 흥분해서는 눈들이 벌겋다.

"아무래도 쟨 쉽지 않겠는데? 애들이 말을 걸어도 거들떠보지도 않잖아. 벌써 몇 번째야. 방금 퇴짜 맞고 간 쟤는 정말 괜찮은 것 같은데. 저런 놈까지 싫다고 거절하는 걸 보면 쟤는 여기에 부킹하러 온 애가 아니야. 딱 봐도 그런 타입으로는 안 보이잖아. 혼자 온 것 같기는 한데 놀러 온 게 아닌 것만은 확실한 것 같다. 놀러 왔으면 저렇게 수수하게 입고 뻣뻣하게 서 있기만 하겠어? 누굴 찾으러 왔나? 어쨌든 지성아, 쟨 안 되겠다. 일찌감치 포기하고 다른 애 찾아봐."

병호의 말에 지성이 한숨을 내쉬었다.

"이하동문이다. 하아, 근데 놓치기에는 진짜 너무 아깝다. 딱 내 스타일이거든. 저런 애 만나기가 어디 쉽냐?"

대체 얼마나 괜찮은 여자기에 그럴까. 그제야 정훈도 살짝 호기심이 동했다. 큰 키를 이용해 녀석들 머리통 너머로 1층을 내려다보았다.

"대체 어떤 앤데 그래? 누구?"

지성이 얼른 손가락으로 바 쪽을 가리켰다.

"저기 바 왼쪽에 혼자 서 있는 애 보이냐? 왜 짧은 커트 머리에 하얀색 남방 입고 혼자 가만히 서 있는 마른 여자 있잖아."

지성이 굳이 손가락질을 할 필요도 없었다. 정훈의 눈에도 여자는 단박에 들어왔다. 그만큼 여자는 번쩍이는 조명과 많은 사람들 속에서도 단연 눈에 확 띄었다. 지성과 다른 녀석들이 왜 감탄사를 내뱉었는지, 병호가 왜 방금 전 그런 말을 했는지도 알 것 같았다.

정훈이 보기에도 여자는 클럽에서 흔히 볼 수 있는 타입이 아니었다. 한껏 치장한 다른 여자들과 달리 수수하기 짝이 없는 복장도 그렇고 촌스럽게까지 느껴지는 평범한 커트 머리하며, 언뜻 봐선 화장도 거의 하지 않은 것 같았다. 거기다 어찌나 뻣뻣하게 서 있는지, 여자만 혼자 다른 세상에 동떨어져 있는 것 같았다.

어쩌면 그래서 더욱 눈에 띄는 건지도 모르겠다. 화려한 곳에서는 순백이 눈에 띄고, 새하얀 도화지에선 까만 점 하나가 눈에 띄기 마련이니까. 하나 아무리 그렇다고 해도 여자의 미모가 받쳐 주지 않았다면 이 정도로 시선을 모으지는 못했으리라.

멀리서 봐도 흔히 볼 수 없는 미인이라는 것을 알겠다. 입고 있는 새하얀 남방만큼이나 새하얀 피부에 작은 얼굴, 그 작은 얼굴의 반 이상을 차지하고 있는 것 같은 커다란 눈과 뚜렷한 이목구비. 화려하지는 않지만 뭔가 아련하면서 기품 있고 단아한 모습이 새벽이슬처럼 청초하고 깨끗했다. 손에 들고 있는 맥주병이 영 어색하게 느껴질 만큼.

'어? 그런데 잠깐만. 낯이 많이 익은데, 어디서 봤지?'

분명히 어디서 한 번 본, 아니 틀림없이 아는 얼굴이었다. 그것도 아주 오래전부터 알아 온 것 같은 사람…… . 최근에도 한번 본 적이 있는 것 같다. 어디서 봤더라? 생각이 날 듯 말 듯 했다. 정훈은 미간을 찌푸리고 고개를 갸웃거렸다.

"정훈아, 뭐해? 내려가자."

민수가 어깨를 툭 치며 빨리 오라고 손짓했다. 친구들은 어느새 벌써 저만치 앞서 계단을 내려가고 있었다. 지성은 아무래도 어렵겠다 생각했는지 짧은 커트 머리는 일찌감치 포기한 모양이다. 벌써 다른 여자들을 두리번거리며 열심히 시선을 맞추고 있었다. 하여튼 포기와 단념이 빠른 놈이었다.

월등한 신장과 운동으로 다져진 다부진 체격, 남자다운 강렬한 인상의 정훈에게 여자들의 시선이 득달같이 달라붙었다.

병호가 어깨를 툭 치며 소곤거렸다.

"문정훈, 역시 넌 여기서도 통하는구나. 하긴 그 끝장나는 브라질 미녀도 목매게 한 놈이 어디 가겠어. 요즘 애들이 또 킹카 알아보는 촉 하나는 기가 막히거든. 너만 믿는다."

정훈은 피식, 웃고 말았다. 미안하지만 당분간 여자라면 모나코 공주인 엘렌이 와서 다시 사귀자고 해도 사양이다. 진행 중인 프로모션과 호텔 경영 전반의 업무를 익히고 파악하느라 그럴 여유도 없고 생각도 없다.

자신보다 먼저 유학을 마치고 일찌감치 귀국해 호텔의 핵심 부서인 판촉부서에서 맹활약을 펼치고 있는 동생 정미가 툭하면 선배 행세를 하며 놀리는 통에 어찌나 약이 오르는지, 고 녀석 코를 납작하게 해 주기 전까지는……

아!

돌연 정훈이 깊은 눈매가 부릅떠졌다. 정미를 떠올리자마자 가물거리던 기억이 한달음에 떠올라 버렸다.

'이제 생각났다. 좀 전의 그 짧은 커트 머리가 누구인지!'

며칠 전에도 아버지가 사진을 보여 줬는데 바보처럼 이제야 생각이 나다니. 아무리 헤어스타일이 달라졌어도 그렇지, 바로 알아보지 못한 자신이 한심스러울 지경이었다.

차소영!

정훈은 곧장 몸을 휙 돌려 사람들을 헤치고 바를 향해 빠르게 뛰듯이 걸어갔다. 뒤에서 친구들이 깜짝 놀라 소리쳤다.

"야, 어디 가!"

친구들한테 설명하고 자시고 할 시간이 없었다. 만에 하나 소영이 맞다면, 아니 소영이 100퍼센트 확실했다. 그런데 자신이 바보처럼 바로 기억해 내지 못한 그 잠깐 새 소영이 사라져 놓쳐 버린다면, 큰일도 그만한 큰일이 없을 터였다.

소영이 분명했다. 정훈이 스위스로 유학 가기 전에 며칠간 그의 집에 머물며 함께 놀았던 아버지 친구의 딸, 차소영. 어렸을 때 아버지는 틈만 나면 농담처럼 이렇게 말씀하시고는 했다.

―얘가 소영이란다. 일본에 사는 아빠 친구의 딸인 차소영. 인형처럼 예쁘게 생겼지? 얘가 나중에 크면 네 색시가 될 아이야. 아빠끼리 그렇게 약속했거든.

그 후로는 소영을 직접 만나 본 적이 없었다. 할아버지의 바람대로 열 살 어린 나이에 스위스 르 로제에 유학을 간 정훈은 낯선 환경과 언어, 기숙사 생활에 적응하기 위해서 3, 4년간 한국에 나오지 못했고, 그 후 방학을 틈타 잠시 귀국했을 땐 소영은 일본에 있지도 않았다. 뇌신경외과 전문의인 부친이 미국 캐롤라이나의 뇌 연구소에 초청을 받아 가게 되면서 같이 갔다고 했다. 그 후로는 부모님을 통해서 간간이 그 아이의 소식을 전해 듣거나 사진을 본 것이 전부였다.

얼마 전에도 아버지를 통해 소영의 이야기를 한번 들었다. 이런저런 대화를 나누던 중에 나온 얘기였었다. 아버지는 소영이 잘 다니던 로스쿨을 그만두고 한국으로 들어왔다는데, 어디에 있는지 연락이 닿지 않는다고 했다. 그래서 동우 아저씨 걱정이 이만저만 아니라면서 아버지는 소영의 사진을 쓰다듬으며 한숨을 내쉬셨다.

그때 정훈도 그 사진을 봤다. 2년 전 대학 졸업식 때 찍었다는 소영의 최근 사진을. 사진 속의 소영은 단발 머리였다. 사진 속의 모습보다 머리가 짧아지기는 했지만, 그의 기억이 틀린 게 아니라면 저기 서 있는 짧은 커트 머리는 소영이 틀림없었다.

소영이 틀림없다는 확신이 서자마자 정훈은 지체 없이 친구들에게서 떨어져 나와 그녀에게 성큼성큼 다가갔다. 친구들이 '야, 어디 가.' 하면서 따라왔다. 그녀에게 간다는 것을 눈치챈 녀석들의 음성이 좀 더 커졌다.

"저 자식 지금 쟤한테 가는 거 맞지? 오, 대박!"

"역시 남자다, 문정훈. 성공해라, 파이팅!"

웅성거리는 친구들을 뒤로하고 정훈은 소영의 앞에 섰다. 소영이 짜증스러운 눈빛으로 그를 힐끔 올려다보고는 냉담하게 시선을 돌렸다.

정훈은 눈을 가늘게 뜨고 소영을 내려다보았다. 가까이서 보니 더욱 확실하게 알겠다. 애처로울 정도로 투명하도록 하얀 피부와 까맣고 커다란 눈. 꼬맹이 때도 소영은 그랬었다. 달라진 것이 있다면 수줍음 많던 말라깽이 꼬맹이가 어느새 훌쩍 자라서 차갑고 시니컬한 분위기를 풀풀 풍기고 있다는 것이 다를 뿐.

정훈이 피식, 헛웃음을 흘리며 말문을 열었다.

"오랜만이다."

소영은 빤하디빤한 수작이라고 생각하는지 그를 쳐다보지도 않았다.

"어른들 걱정시키고 고작 온다는 데가 여기니? 반항하기에는 너무 늦은 나이 아닌가?"

그제야 소영이 흠칫 놀라 그를 쳐다보았다. 경계 가득한 눈빛으로 그를 올려다보았다.

"누구……세요? 나를 알아요?"

"그럼, 당연히 알지. 이름도 다 아는데. 한국이름은 차소영, 일본이름은 타카하시 베이카."

경계 가득한 그녀의 눈이 더욱 크게 부릅떠졌다. 소영은 주춤, 뒤로 물러나기까지 했다.

"당신, 누구야? 당신이 그걸 어떻게 알아. 혹시 아빠가……."

"물론 타카하시 박사님, 아니, 차동우 박사님도 잘 알지. 하지만 차 박사님이 널 찾으라고 보낸 사람은 아니야."

"그, 그럼 어떻게……."

정훈이 빙긋이 미소 지으며 그녀에게 좀 더 가까이 다가갔다. 두려움과 경계심으로 가득 찬 까만 눈동자를 똑바로 응시하며 말했다.

"잘 봐. 내가 누군지 모르겠니? 난 너 보는 순간 바로 네가 누군지 기억이 났는데. 실망이군. 어렸을 때랑 내가 그렇게 많이 변했나? 그동안 넌 내 사진 본 적도 없니? 난 네 대학 졸업 사진도 봤는데 말이야."

이제 그녀의 까만 눈동자에는 불쾌함까지 가득 들어찼다. 미간을 좁히고 눈을 가늘게 뜬 소영이 그를 노려보았다.

"장난하지 마. 난 당신 같은 사람 몰라."

"차 박사님을 닮아서 머리가 비상한 줄 알았는데 아니었나 보네. 그런데 그 머리로 어떻게 도쿄대 법학과를 졸업했을까?"

소영의 차가운 음성이 조금 더 커졌다.

"이봐!"

"오케이, 알았어. 그럼 힌트를 주지. 내 입으로 내가 누군지 말하면 너무 재미없잖아."

정훈이 오른손 검지를 치켜들었다.

"첫 번째 힌트. 우린 아주 오래전에 만난 적이 있어. 햇수로 치면 정확히 20년 전이지. 넌 다섯 살, 난 아홉 살 때."

20년 전? 그때 누굴 만났는지 어떻게 기억한단 말인가. 이 남자의 말대로 나는 그때 고작 다섯 살밖에 되지 않……. 잠깐. 다섯 살 때라고? 이 남자는 아홉 살 때였고? 그렇다면 혹시? 잔뜩 일그러져 있던 소영의 눈매가 조금씩 커지기 시작했다.

정훈이 씩, 미소를 지었다.

"이제 조금씩 기억이 나나 보군. 그럼 그 기억을 도와주는 의미로 한 가지 힌트를 더 주지. ≪폭풍우 치는 밤에≫와 오르골."

연관성이 전혀 없을 것 같은 그의 말이 끝나기 무섭게 헉! 그녀의 입에서 목이 졸린 듯한 신음성이 흘러나왔다. 소영이 커다란 눈을 깜박거리며 믿을 수 없다는 듯 중얼거렸다.

"설마…… 정, 정훈 오빠?"

그제야 정훈이 환하게 미소 지었다.

"빙고! 이제야 제대로 맞췄네. 그래, 나 정훈 오빠다. 딱 한 번이었지만 어렸을 때 정미하고 셋이 매일 같이 놀았던 그 정훈 오빠. 너 일본으로 돌아갈 때 꼭 다시 만나자고 손가락 걸고 약속도 했지. 그 약속이 지켜지는데 무려 20년이나 걸렸군. 잘 있었냐, 꼬맹이?"

정훈은 손을 뻗어 어렸을 때처럼 그녀의 머리를 쓰다듬는 척하며 마구 헝클어트렸다. 소영은 그저 아직도 믿을 수 없다는 듯 환하게 미소 짓는 정훈을 멍하니 올려다볼 뿐이었다.

'우와, 저 녀석 뭐냐?' 하고 놀라는 친구들의 음성이 화려한 조명과 시끄러운 음악 사이로 요란하게 터져 나왔다.

상흔傷痕

"어떻게 된 거니? 아버지 말씀으로는 네가 차 박사님하고 상
의도 없이 로스쿨을 그만두고 서울로 들어와 잠적해 버렸다고
하던데, 진짜야?"

소영과 어떻게 아는 사이냐고 흥분해서 떠드는 친구들한테
나중에 얘기해 주겠다고 양해를 구하고 정훈은 그녀를 데리고
바로 클럽을 나왔다.

두 사람은 자정이 가까운 시간임에도 영업을 하고 있는 커
피숍에 자리를 잡았다. 그러나 소영은 입을 꾹 다문 채 아무
말이 없었다.

사실 그도 그녀한테 속 시원한 대답을 들을 수 있을 거라고
생각하고 물은 것은 아니었다. 자신 같아도 과거야 어쨌든 20
년 만에 만난 옛 추억의 인물한테 선뜻 자신의 복잡한 이야기

를 털어놓지는 않을 터였다.

그나마 그녀가 어릴 때의 추억을 잊지 않고 여기까지 순순히 따라와 준 것만도 고마운 일이었다.

대체 무슨 일이 있었던 걸까.

잘은 모르지만 소영은 한순간의 치기나 반항심으로 그 같은 일을 벌일 사람으로는 보이지 않았다. 모르긴 몰라도 그녀가 이럴 수밖에 없는 피치 못할 사연이 있을 것 같았다. 그리고 그 사연은 필시 그녀의 인생 전반을 뒤흔들 만큼 충격적인 사건이었으리라. 공부밖에 모르던 스물다섯 살의 모범생이 감당하기에는 너무 크고 엄청난 사건.

부모님을 통해서 그동안 간간이 소영의 얘기는 전해 들었다. 세계 최고의 뇌신경외과의로 인정받고 있는 차 박사님의 딸답게 그녀가 얼마나 명석한지, 차 박사님의 바람대로 얼마나 곧고 바르게 성장하고 있는지 등등, 아버지는 가끔 그를 만나러 오실 때마다 소영의 자랑을 한바탕 늘어놓고는 하셨다.

그때마다 정훈은 '아, 그래요?' 하며 한 귀로 듣고 한 귀로 흘려버리고는 했다. 어쩌면 케케묵은 아버지들끼리의 정혼 약속을 들먹이며 계속 그에게 소영의 소식을 전하는 아버지한테 질려서 부러 더 그랬던 건지도 모른다.

그가 보기에는 아버지 혼자 젊었을 때의 약속에 얽매어 애달아 하시는 것 같았다. 아버지의 은근한 종용과 협박에 못 이겨 사우스캐롤라이나의 뇌 연구소까지 차 박사님을 만나러 두어 번 간 적이 있었다. 그때마다 차 박사님 역시 아버지의 정혼 타령에 그만 좀 하라고 고개를 가로젓고는 하셨다.

그런데 소영을 보는 순간, 그동안 한 귀로 듣고 흘려버렸던 그녀에 대한 얘기들이 한달음에 모두 기억이 나 버렸다. 그도 모르게 아버지의 말씀들이 머릿속에 차곡차곡 쌓여 있었던 모양이다. 이래서 지속적인 반복 교육이 무섭다는 건지도.

"알았다. 자세한 건 묻지 않을게. 그런데 이렇게 널 본 이상, 모른 척할 수는 없어. 아버지가 너 엄청 걱정하시거든. 차 박사님도…….."

깊은 수면처럼 고요하던 소영의 얼굴에 미세한 균열이 생겼다. 시선을 돌린 채 소영이 나지막한 음성으로 말했다.

"부탁드려요. 아저씨한테든 아버지한테든 나 봤다는 얘기, 하지 말아 주세요. 그 말 하러…… 따라온 거예요."

"왜, 꼭 그래야만 되니?"

소영은 고집스레 입술을 앙다물었다. 정훈의 미간이 슬며시 찌푸려졌다.

"만약 내가 아버지한테 너 오늘 여기서 봤다는 거 말씀드리면 어떻게 할 건데? 어딘가로 또 잠적해 버릴 거니?"

소영은 대답 대신 시선을 돌려 버렸다.

그건 곤란하다는 표정으로 정훈이 눈매를 살짝 찌푸렸다. 긴 손끝으로 탁자를 탁탁, 두드렸다. 그는 긴 한숨을 흘리며 한참 만에야 다시 입을 열었다.

"알았다. 당분간은 네 뜻대로 해 주지. 네가 다른 곳으로 사라져 버리면 곤란하니까. 하지만 어떤 식으로든 네가 무사히 잘 지내고 있다는 사실만은 알려드려야 하지 않을까? 너, 연락 끊고 잠적한 지 벌써 5, 6개월쯤 됐다며. 어른들 걱정이 이만저만 아니시다. 전화 통화하는 것도 불편하면 편지라도 한 통 써서 보내드려. 잘 지내고 있으니까 걱정 마시라고. 그렇게 하겠다고 약속하면 오늘 너 여기서 봤다는 거 당분간 비밀로 해 줄게."

소영은 아랫입술을 지그시 깨물었다. 오늘 그 클럽에 가는 게 아니었다. 집에 얌전히 있었으면 문정훈과 만나는 일 따위, 없었을 텐데.

대영 아저씨와 아주머니하고만 마주치는 일이 없으면 될 거라고 생각했다. 그래서 두 분 집이 있는 성북동과 강남에 있는 아저씨 호텔 근처로는 되도록 발길도 하지 않았었다. 덕분에 그동안 두 분과 마주치지 않고 잘 지낼 수 있었다.

그래서 너무 방심하고 있었나 보다. 두 분 외에 한국에서 자신을 아는 사람이 또 있을 거라는 생각은 하지 못했다. 문정훈과 문정미, 두 사람이 얼핏 떠오르기는 했지만 어렸을 때 잠시 봤던 것이 전부이고, 그 후로 두 사람 모두 스위스로 유학을 갔다고 들어서 서울에 돌아와 있을 줄은 생각지도 못했다.

하긴 그때가 언젠가. 스물아홉, 스물넷이면 유학생활을 마치고 귀국할 나이이기는 했다. 그럼 정미도 서울에 돌아와 있는 건가? 몰라볼 정도로 어른이 된 정훈과 이렇게 갑작스럽게 마주치고 보니, 불현듯 정미는 또 얼마나 컸을까, 얼마나 변했을까 궁금하다는 생각이 들었다.

아마 정미와 자신은 눈앞에서 마주쳐도 서로가 누구인지 몰라보지 않을까 싶다. 기억조차 가물거리는 다섯 살, 네 살 때 봤던 것이 처음이자 마지막이었으니까. 그런데 정훈은 어떻게 자신을 단박에 알아본 걸까. 아홉 살 때라서 그녀보다 기억이 생생할 수는 있다고 해도 놀라운 일임에는 틀림없을 터였다.

'아 참, 아까 내 대학 졸업 사진을 봤다고 했지.'

대영 아저씨와 유정 아줌마는 그녀의 졸업식까지 잊지 않고 찾아와 축하해 줬다. 바쁜 연구 일정 때문에 다 함께 식사만 하고 바로 미국으로 돌아가야만 했던 아빠 대신 이틀이나 도쿄에 더 머물며 소영을 살뜰하게 챙겨 주셨다.

그때 대영 아저씨는 걱정 가득한 안쓰러운 눈빛으로 그녀를 바라보며 아무 말 없이 어깨를 토닥거려 주셨다. 아마 아빠가 말했을 것이다. 그 여자한테 편지가 왔었고 그 때문에 소영도 그 여자와 쌍둥이 언니의 존재를 알게 되었다는 사실을.

물론 아저씨는 그 일에 대해서 먼저 말씀을 꺼내지는 않으셨다. 그저 할 말 많은 눈빛으로 그녀를 안타깝게 바라보기만 하셨을 뿐.

만약 소영이 그 여자에 대해서 먼저 물었다면, 아저씨는 틀림없이 당신이 아는 대로 최선을 다해 솔직하게 말씀해 주셨을 것이다. 그러나 소영은 함구한 채 입을 열지 않았고, 그러자 아저씨 역시 입을 다문 채 무거운 한숨만 내쉬셨다.

아마도 정훈은 그때 그 사진을 본 모양이었다. 그러나 그녀한테 벌어진 일에 대해선 전혀 모르는 눈치였다. 아저씨가 거기까지는 말씀을 하지 않으신 모양이다. 감사하다는 생각도 들고 다행이라는 생각도 들었다.

편지라…… 편지라면 지긋지긋한데.

하지만 정훈과 마주친 이상 아빠나 아저씨한테 편지라도 써서 무사하다는 것을 알려야 하지 않을까 싶기도 하다. 하나 아직은 혼자만의 시간이 더 필요하다. 소영은 마지못해 고개를 끄덕거렸다.

남자다운 중저음의 목소리가 확답을 요구하며 못을 박았다.

"시간은 일주일 줄게. 일주일 안에 두 분한테 편지 보내서 안심시켜드려. 그럼 나도 약속 지켜 줄 테니까."

"네."

"그리고 조건이 하나 더 있어."

'또 뭐?'라는 짜증스러운 눈빛으로 소영이 정훈을 쳐다보았다.

"어디 사는지 말해. 아니, 지금 당장 같이 가 보자. 데려다줄게. 일어나."

정훈은 벌써 몸을 반쯤 일으켰다. 소영이 뜨악한 표정으로 그를 올려다보았다.

"그쪽, 아니 오빠……."

오빠라는 말은 아무래도 낯설고 어색했다. 어렸을 때야 어려서 그랬다지만 지금은 피차 다 커서 처음 본 사람이나 진배없는 사람한테 '오빠'라고 하려니 왠지 입안에 두드러기가 날 것만 같았다. 하나 '오빠' 외에는 정훈을 부를 만한 마땅한 호칭도 떠오르지가 않는다. 정말 생판 모르는 남남처럼 '저기',

'그쪽'이라고 부르기도 좀 그렇고, 딱딱하게 '문정훈 씨'라고 부르기도 좀 어색하고. 소영은 떨떠름하게 마저 말을 이었다.

"오빠가 왜요?"

"왜냐니, 당연하지. 나라도 네가 어디서 어떻게 잘 지내고 있는지 직접 보고 확인해 봐야 할 것 아니야. 그럼 이대로 알았다, 잘 가라, 하고 바이, 바이 할 줄 알았어? 그러다 너 영영 잠적해 버리거나 잘못되기라도 하면 그 책임을 내가 어떻게 지라고. 그럴 수는 없지. 일어나. 빨리 가 보자."

정훈은 시간을 확인했다. 시곗바늘은 벌써 새벽 1시를 향해 달려가고 있었다. 소영이 어디서 머물고 있는지는 모르나 거기 갔다가 집에 가면 출근 시간 전까지 1~2시간이나 잘 수 있을지 모르겠다.

그런데 소영은 미간을 잔뜩 찌푸린 채 도통 일어날 생각을 하지 않았다. 정훈이 낮은 한숨을 쉬었다.

"걱정 마. 네가 알아서 말씀드리기 전까진 아버지하고 차 박사님한테는 비밀로 할 테니까. 만일의 사태를 대비해서 알아 두자는 차원이니까 걱정할 필요 없어."

"오빠만 약속 지켜 주면 만일의 사태 같은 거, 생길 일 없어요. 지금까지 나 혼자서도 아무 일 없이 잘 살아왔어요."

고등학교 진학과 동시에 아빠와 떨어져 일본으로 건너와 할아버지와 함께 살았지만, 고3 때 할아버지가 돌아가신 후로는 지금껏 그녀 혼자 살아왔다. 새삼스레 갑자기 나타난 정훈의 도움이나 보살핌 따위, 필요 없었다.

막말로 정훈이 친오빠나 친척도 아니고, 이제껏 까마득하게 잊고 있었던 과거의 인물이 아닌가. 그와의 각별했던 기억과 추억은 가슴 깊이 아스라이 남아 있지만, 그녀가 기억하는 인물은 아홉 살짜리 문정훈이지, 지금 눈앞에 서 있는 장신의 성인 남자는 결코 아니었다.

지금 눈앞에 서 있는 문정훈은 그저 낯선 타인일 뿐이었다.

그런데 그런 남자한테 내가 어디에 사는지 알려 주라고? 지금 이 늦은 시간에 낯선 남자와 마주 앉아 있는 것만도 이례적인 일이건만, 절대 그럴 수는 없었다. 소영은 완강히 고개를 가로저었다.

"미안하지만 난 그러고 싶지 않아요. 어른들한테 오늘 나 봤다는 거, 말하고 싶으면 해요. 그럼 오빠 말대로 나는 또 잠적해 버리면 그만이니까. 그렇게 되면 오빠가 말한 그 만일의 사태라는 것이 정말 발생할지도 모르죠."

소영은 긴 속눈썹을 느리게 깜박이며 맑고도 깊은 눈망울로 정훈을 담담히 쳐다보았다.

"나도 어른들이 나 때문에 걱정하는 거 원하지 않아요. 문제가 여기서 더 복잡해지는 건 더더욱 원하지 않고요. 난 조용히 내 인생을 되돌아보고 정리할 시간이 필요할 뿐이에요. 누구와도 결부되지 않고 조용히."

생각이 정리되면 제자리로 돌아갈 것이다. 그때가 언제일지, 그 자리가 어디일지는 아직 모르지만.

"오빠가 뭘 걱정하고 뭣 때문에 그러는지는 알겠어요. 아저씨 때문이겠지만 어쨌든 어렸을 때의 기억을 잊지 않고 날 도와주고 싶어 하는 그 마음도 무척 고맙고요. 하지만 그 마음만 받을게요. 나, 다섯 살 때의 그 꼬맹이 아니에요. 20년이나 지났잖아요. 이젠 나도 스스로를 지킬 수 있을 만큼 자랐어요. 어른이라고요. 그러니까 거기까지만."

소영은 잠시 말을 멈추고 신중하게 말을 골랐다.

"솔직하게 말할게요. 난 지금 오빠하고 이렇게 마주 앉아서 '오빠'라는 말을 하는 것조차 굉장히 생소하고 어색해요. 불편하고 거북하기도 하고요. 물론 신기하고 반가운 마음도 들어요. 하지만 지금은 내 상황이 좀 그래요. 어렸을 때 즐거웠던 추억을 나눴던 반가운 사람을 만났는데도 마냥 기쁘고 좋아할 수만은 없는, 지금이 아니라 시간이 좀 더 흘러서 만났으면 좋았을 걸 그랬어요. 그랬으면 진심으로 기쁘고 반가웠을 수도 있었을 텐데 말이에요."

소영은 조용히 자리에서 일어났다. 마른 어깨에 가방을 메고 몸에 밴 습관대로 공손하게 고개를 숙여 인사했다.

"그래도 어쨌든 이렇게 다시 만나게 되어 반가웠습니다. 아빠와 아저씨한테는 편지 보낼게요. 오빠가 두 분께 오늘 일 말씀드리는 것과는 별개로요. 아저씨하고 아줌마, 정미한테도 안부 전해 주세요. 그럼, 안녕히 가세요."

술 한 모금 입에 대지 않은 사람처럼 소영은 맑게 정제된 고요한 물 같은 모습으로 꼿꼿이 몸을 세우고 돌아서 걸어갔다.

잠시 벙하니 서 있던 정훈이 번쩍 정신을 차리고 황급히 따라 나갔다.

"차소영, 거기 서."

택시를 잡기 위해 인도 끝으로 걸어가던 소영이 걸음을 멈췄다. 할 말이 남았느냐는 표정으로 정훈을 돌아보았다. 정훈이 흘러내려 온 앞머리를 쓸어 올리며 조금은 짜증 섞인 목소리로 말했다.

"그래서 어쩌겠다는 건데? 진짜 이대로 그냥 가겠다고?"

"네."

당연하지 않느냐는 투로 말하는 소영의 대답에 정훈은 기가 막혀 헛웃음을 흘렸다.

"네가 무슨 말을 하는지는 알겠는데, 나도 미안하지만 너 이대로 그냥 못 보내."

소영을 걱정하는 아버지 때문만은 아니었다. 몰랐으면 모를까. 뭔 일인지는 몰라도 혼자 힘든 시간을 보내고 있다는 것만은 확실하고, 행인지 불행인지 이렇게 우연히 만나기까지 했는데 어떻게 그냥 보낸단 말인가.

"네가 뭐라고 하든 난 너, 어디서 머물고 있는지 꼭 알아야겠다. 네가 나를 경계하고 낯설어하는 거 이해해. 나도 너, 사진으로 그렇게 자주 봤는데도 막상 이렇게 실제로 보니까 이상하고 어색하니까. 하지만 그렇다고 해도 네가 차 박사님의 딸이고, 아버지가 딸처럼 아끼는 그 차소영이라는 사실은 변하지 않아. 어설픈 발음으로 '오빠'하고 놀자고 달려오던 그 꼬맹이, 차소영. 그 사실은 네가 팔순 된 노인이 돼도 절대 변하지 않을 거다. 그러니까 좀 컸다고 까불지 말고 오빠가 하자는 대로 해. 네가 염려하는 일 같은 건 없을 테니까."

소영의 미간이 불쾌한 듯 찌푸려졌다.

"난 분명히 싫다고 말했어요."

"나도 안 돼."

"문정훈 씨."

정훈의 한쪽 눈썹이 휙 치켜 올라갔다.

"문정훈 씨? 어쭈, 이젠 막 나가자는 거냐?"

"사실 그렇게 부르는 게 더 자연스러운 것 아닌가요? 그쪽은 아저씨를 통해서 계속 내 얘기를 듣거나 사진을 봐 왔는지 모르지만 난 아니에요. 20년 만에 그쪽을 처음 본 거라고요. 나한테 그쪽은 낯선 타인일 뿐이에요."

정훈이 팔짱을 끼고 소영을 유심히 내려다보았다. 따지고 보면 소영의 틀린 건 아니었다. 1, 2년도 아니고 무려 20년이나 흐르지 않았는가. 다 큰 어른이 된 지금, 케케묵은 기억을 들추며 오빠, 동생 하는 것도 우스운 일이기는 할 터였다. 더욱이 소영은 자신과 달리 그동안 자신에 대한 소식이나 사진은 한 번도 접하지 못했던 것 같은데 말이다.

게다가 걱정하는 어른들한테 편지라도 보내서 안부를 전하겠다고 하지 않았는가. 소영의 말마따나 스물다섯이면 다 큰 성인이었다. 방황을 하든 어쨌든 제 인생 제가 책임질 만한 성인. 부친과 어떤 문제가 있든, 소영이 어떻게 살든 그건 소영이 선택하고 해결할 문제이지, 그가 상관할 일이 아니었다. 우연찮게 만나 걱정하는 어른들께 잘 있다는 연락이라도 하라고 훈수를 둔 것만도 그로서는 할 일을 다 한 셈이었다.

그런데 왜 이렇게 기분이 나쁘지? 왜 이렇게 불안하고 마음이 놓이질 않지? 어쩐지 이대로 소영을 보내서는 절대 안 될 것 같은 기분이었다.

"네 말이 맞을지도 모르지. 그럼 이제부터 다시 알아 가면 되겠네."

"뭐라고요?"

"지금부터 다시 알아 가자고. 처음 본 사람들처럼."

소영의 미간에 그어진 주름이 더욱 깊어졌다. 대체…… 뭐라고 하는 건가.

정훈이 한쪽 입술 꼬리를 늘이고 씩, 미소 지었다. 오른손을 척 앞으로 내밀었다.

"안녕, 내 이름은 그쪽이 아니라 문정훈이야. 만나서 반갑다."

"대체 무슨…… 장난해요?"

"아니, 난 지금 진지한데. 넌 내가 낯선 타인이나 다름없다며. 그래서 처음 만난 낯선 타인끼리 인사하는 건데 뭐가 잘못 됐나? 나이는 스물아홉. 학교는 다 졸업했고 지금은 프라임 호텔 기획실에 근무하고 있지. 그쪽은?"

소영은 기가 막혀 헛웃음을 쳤다. 뜨악한 표정으로 그를 올려다보았다.

"그만하시죠. 불쾌해지려고까지 하네요."

"내 기억이 맞다면 어렸을 때도 그랬던 것 같은데, 아닌가?

넌 내가 안녕, 하고 먼저 인사했는데도 빤히 쳐다보기만 하고 인사를 안 했지. 그래서 나중에 왜 나하고만 인사를 하지 않느냐고 따졌더니, 그때도 넌 꿀 먹은 벙어리였어. 내 이름은 아느냐고 물었더니, 그제야 대답했지. 문정훈이라고. 그래서 내가 한국에서는 오빠한테는 이름을 부르는 게 아니라 '정훈 오빠'라고 부르는 거라고 알려 준 것 같은데, 기억나니?"

그랬나? 글쎄, 거기까지는 기억이 잘 나지 않는다. 키 크고 자상한 오빠하고 통통하고 귀여운 정미와 함께, 태어나 처음으로 마음껏 뛰어놀았던 즐거운 기억밖에는 잘 나지 않는다. 헤어질 때 굉장히 아쉽고 슬펐던 기억과 그 오빠한테 선물로 받았던 오르골만이 선명하게 기억에 남아 있었다.

소영은 그 오르골을 아직도 소중하게 간직하고 있다. 5개월 전 서울로 올 때 가장 먼저 챙겼던 것도 그 오르골이었고, 그것은 어렸을 때나 지금이나 변함없이 그녀의 외로운 잠자리를 든든하게 지켜 주고 있었다.

매일 밤 오르골에서 흘러나오는 음악을 들으며 잠들었다. 어렸을 때는 그 음악이 무엇인지 몰랐다. 나중에 커서 그 음악이 쇼팽의 녹턴 제3번 〈사랑의 꿈〉 내림 가장조라는 것을 알고는 더욱 좋아져 버렸다. 〈사랑의 꿈〉. 그 제목이 너무 좋아서, '사랑'이라는 단어 하나만으로도 사무치도록 막연히 그립고 아름다워서.

소영은 요즘도 매일 밤 오르골을 켜고 잠이 든다. 이젠 그 오르골 없이는 단 하루도, 한 순간도 잠들 수 없게 되어 버렸다. 외롭고 지친 불면의 밤을 지켜 준 것은 그 오르골뿐이었다.

그런데…… 맞다. 그 오르골을 선물해 준 사람이 바로 눈앞에 있는 이 사람, 문정훈, 아니 정훈 오빠였다. 어딘가에서 그것을 보고 첫눈에 반해 넋을 놓고 있던 자신을 유심히 지켜보다가 그것과 똑같은 오르골을 선물해 줬던 멋지고 자상했던 오빠.

그때 그녀는 가장 아끼던 동화책 ≪폭풍우 치는 밤에≫를 정훈에게 선물로 줬다. 서로가 누군지도 모르고 친구가 되어 버린 늑대 가브와 염소 메이의 이야기. 일본어로 되어 있는 책이었는데, 정훈이 과연 그 책을 읽을 수 있었는지 모르겠다.

아까도 정훈이 자신이 누구인지 알아 맞춰보라고 힌트로 제시했던 것들이 ≪폭풍우 치는 밤에≫와 오르골이었다. 그렇다면 그도 아직 그것들을 기억하고 있다는 얘기……. 혹시 그 책을 아직 가지고 있을까? 소영은 문득 궁금해져 버렸다.

그런데 막상 물어보자니 얼굴이 화끈거려서 도저히 묻지를 못하겠다. 방금 전까지 낯선 타인이네, 어쨌네 하면서 쌀쌀맞게 밀어낼 때는 언제고, 금방 얼굴을 바꿔 혹시 그 책을 아직 가지고 있느냐고, 읽어는 봤느냐고 물어볼 수 있단 말인가.

소영은 입안의 여린 속살을 깨물며 슬며시 시선을 들어 정훈을 올려다보았다.

그러고 보니 어렸을 때의 얼굴이 아직 조금은 남아 있는 것 같았다. 젊었을 때의 대영 아저씨 얼굴도 많이 보이고. 아, 맞다. 그때도 정훈보고 대영 아저씨 축소판이라고 했더랬다. 깊은 눈매와 외국 배우처럼 뚜렷한 이목구비, 봄볕처럼 따스한 미소까지 아저씨하고 너무 똑같아서…….

그런데 지금은 젊은 시절의 아저씨보다 인상이 훨씬 더 강렬하고 날카롭다. 운동선수처럼 커다란 키와 떡 벌어진 다부진 체격 탓인지 남성적인 강인한 이목구비에서 뿜어져 나오는 인상이 한층 더 강렬하고 숨 막힐 정도로 위압적이었다.

어쩌면 그 때문인지도 모르겠다. 오르골처럼 가슴 깊이 소중하게 간직해 왔던 어린 시절의 근사한 왕자님, 유일하게 행복했던 추억을 선사해 준 그를 보고도 그리움이나 반가움보다 경계심이 먼저 발동해 버린 이유.

사실 그에게 이토록 날카롭게 발톱을 세울 이유는 없었다. 그는 그저 어린 시절의 그녀를 기억해 주고, 힘들어한다는 얘기에 그녀를 걱정해 주는 것뿐이었는데. 어쩌면 그에게 자신은 스물다섯 살이나 먹어 뒤늦게 반항이나 하고 있는 철없는 애송이로 보일지도 모르겠다.

만일의 사태를 대비해서 본인만 내가 어디 사는지를 알고 있겠다고? 대영 아저씨나 아빠한테는 다 비밀로 하고? 믿어도 될까? 아홉 살의 문정훈은 믿지만, 스물아홉 살이 된 문정훈은 어떤 사람인지 전혀 모르는데, 정말 그래도 괜찮을까?

확신이 서지 않았다.

정훈의 눈에는 소영이 갈등하는 것이 보였다. 어린 시절의 추억 한 자락을 꺼내 보인 전략이 주효했던 모양이다. 투명하고 맑은 커다란 눈동자가 흔들리더니 그를 바라보는 눈빛까지 조금씩 달라지는 것이 느껴졌다. 소영을 처음 보았을 때, 부친의 눈치를 살피며 쭈뼛거리던 모습이 아련하게 떠올랐다.

유난히 작고 경계심과 수줍음이 많던 아이였던 것으로 기억한다. 작았던 키는 껑충하게 자랐지만, 경계심은 신중함과 함께 한층 더 깊어진 모양이었다. 인형처럼 새하얀 얼굴과 커다란 눈, 안쓰러울 만큼 마른 체격은 여전한데 말이다.

소영의 커다란 눈동자에 진하게 배어 있는 외로움과 마른 몸 전체에서 저절로 느껴지는 쓸쓸함이 자꾸만 정훈의 가슴을, 바람에 흔들려 창문을 두드리는 가지처럼 툭툭 건드렸다. 그래서 이쯤하면 됐다, 할 만큼 했으니 그만 돌아서자 싶으면서도 선뜻 돌아서지지 않는 것인지도 모르겠다. 정훈은 소영이 갈등을 끝낼 때까지 잠시만 더 기다려 보자 싶었다.

소영 등 뒤의 횡단보도 신호등이 두 번이나 파란불로 바뀌었다가 다시 빨간불로 바뀌었다. 세 번째 켜진 파란불이 깜박거릴 즈음, 그제야 소영이 잘근거리며 깨물던 입술을 달싹거렸다.

"아까 한 약속, 지킬 수 있어요?"

정훈은 활짝 벌어지려는 입술을 꾹 다물고 고개만 끄덕거렸다. 물론, 당연하지!

"그럼 집 앞까지만요."

"좋을 대로. 어딘데, 여기서 멀어?"

"아니요, 가까워요. 연희동이요."

연희동이면 여기서 엎어지면 코 닿을 거리였다. 대리기사 부르고 기다리는 시간이면 그 사이에 택시 타고 다녀오고도 남겠다.

정훈은 오케이, 하며 택시를 잡기 위해 손을 뻗었다. 소영이 불안한 눈빛으로 그를 올려다보았다.

"차는요?"

"주차장에 있으니까 괜찮아. 연희동이면 금방이니까 택시 타고 움직이는 게 더 빨라. 아, 마침 저기 빈 택시 온다. 타자."

정훈은 소영을 돌아보며 환하게 미소 지었다. 주변의 화려한 네온사인 때문이었을까? 소영은 순간적으로 그의 미소가 무척이나 눈부시다는 생각이 들었다. 저도 모르게 눈까지 질끈 감아 버렸다.

괜한 일을 벌인다는 불안감 때문이었을까. 넝마가 되어 버린 가슴까지 이상스레 콩닥, 콩닥 뛰어 댔다.

※

"하아, 대니, 그만해."

가쁜 호흡과 함께 흘러나온 명백한 거부의 말에 대니는 바지춤을 파고들던 손길을 멈추고 거친 숨을 몰아쉬며 소희의 목덜미에 얼굴을 파묻었다.

"하아, 하아."

대체 언제까지 참아야 하는 걸까. 매번 전희로 실컷 몸만 달아오르게 해 놓고 정작 섹스는 안 된다고만 하니, 아주 미치고 환장하겠다. 결혼할 때까지 참기로 약속은 했지만, 이렇게까지 힘들 줄 알았으면 그런 약속 따위, 절대로 하지 않았을 거다. 아직 한 번도 섹스를 안 해 본 상대라면 또 모르겠다. 열여섯 살 때 이미 서로의 버진을 주고받고, 3년 가까이 공식 커플로 자주 사랑을 나눠 왔는데 갑자기 결혼할 때까지 섹스를 끊자니, 그게 어디 말이나 되는 소리인가.

2년 전에 소희가 그런 제안을 했을 땐, 충격이 너무 커서 그런 생각을 할 수도 있겠거니 싶은 마음에 덜컥 알았다고 약속을 하고 말았다. 과거의 안소희는 죽었다고, 새로운 자신이 되겠다는 결심도 워낙 대단했고 말이다.

그래도 솔직히 그땐 그 약속이 이렇게 오랫동안 지속될 거라고는 생각지도 못했다.

아버님이 불의의 사고로 돌아가신 지도 거의 5년이 지났고, 구제불능인 어머님과 독하게 마음먹고 절연까지 했으니, 제 힘으로 열심히 살겠다는 결심과는 별개로 그에게만은 과거의 소희로 돌아오지 않을까 싶었다.

그런데 웬걸. 소희는 독하게도 그 약속을 철저히 지켰다. 달라진 제 모습으로 대니의 부모님께 인정받아 진심으로 축복받으며 결혼하기 전까지는 그와 절대 섹스하지 않겠다는, 그 말도 안 되는 약속을 말이다!

그만큼 그녀의 결의가 대단하다는 것은 알겠다. 어머님 때문에 생긴 일종의 반발적 결벽증과 어머님과 자신은 다르다는, 다르게 살고 말겠다는 강한 의지의 또 다른 표현이라는 것도 충분히 알고 이해도 한다. 응원도 하고 지지도 한다. 그의 부모님이 그런 그녀를 진심으로 인정하고 축복해 주실 때까지 결혼하지 않겠다는 것도 100퍼센트 이해하지는 못하지만, 그래! 거기까지는 얼마든지 이해하고 기다릴 수도 있다.

하지만 이렇게 오랫동안 섹스를 못 하게 한다는 건 정말 너무한 것 아닌가! 내가 고자도 아니고 칠순, 팔순 된 노인도 아닌데 사랑하는 여자를 옆에 두고 안지를 말라니, 그깟 키스와 애무만 하고 참으라니!

하아, 안소희, 이건 정말 너무한 거다. 스물다섯 살의 혈기 왕성한 남자한테 2, 3년간 섹스를 금한다는 것이 얼마나 가혹한 형벌인지 알고나 이러는 거니? 이러다 섹스를 어떻게 하는 건지, 방법까지 잃어버리게 생겼다고!

"끙."

그래도 어떻게든 참긴 참아야겠지? 소희도 자신과의 약속을 지키기 위해서 그 고통을 다 이겨 내고 꿋꿋이 살아가고 있는데, 사내놈이 돼서 욕망 하나 마음대로 제어하지 못해서 약속을 어긴다는 것이 말이 되나. 예전에 소희가 자폐아처럼 방에 틀어박혀 세상과 담을 쌓았을 때, 그때를 생각하자. 그땐 정말 소희가 방 밖으로 나와 주기만 하면 무슨 짓이든 다 하겠다고 하지 않았는가.

그러니 고작 이 정도로 더 이상은 못 참겠다고 엄살떨지 말자. 2년을 참았는데, 까짓 1년을 더 못 참겠나. 어쩌면 1년씩이나 더 기다리지 않아도 될지 모른다.

그동안의 노력이 헛되지 않았는지 아빠는 얼마 전부터 달라진 소희를 인정하기 시작했다.

엄마야 뭐, 아무리 그녀의 철없던 과거와 어머님 때문에 소희를 탐탁지 않아 하셔도 하나밖에 없는 아들이 안소희 아니면 죽어도 안 되겠다고 하는데 어떡하시겠나. 아들이 총각 귀신으로 말라 죽는 꼴 보고 싶지 않으시면 이만 고집 꺾고 소희를 며느릿감으로 인정해 주셔야지.

으, 어쨌든 여자들 고집과 등살 때문에 자신만 왜 이 생고생을 해야 하는지 모르겠다. 부모님 인정과 축복이 뭐가 그리 중요하다고 고집을 피우고 버티는 소희나 여전히 소희만 보면 눈살을 찌푸리는 엄마나 아주 똑같다.

자신을 내리누르고 있는 그의 체중이 무거운지, 소희가 끙끙거리는 대니의 어깨를 톡톡 두드리며 바르작거렸다.

"대니."

"알았어, 잠깐만."

대니는 폭발 직전의 욕망을 가라앉히기 위해서 온몸에 힘을 주고 그악스럽게 차 시트를 움켜잡았다.

후우, 후우.

몇 번의 호흡을 거듭한 끝에 힘겹게 소희에게서 떨어져 운전석에 바로 앉았다. 온몸이 흠씬 두들겨 맞은 듯 욱신거리고 힘이 쭉 빠진다. 대니는 얼굴을 뒤로 젖히고 탄탄한 팔뚝으로 눈을 가렸다. 충족되지 못한 욕망으로 일그러진 못난 얼굴을 소희에게 보이고 싶지 않았다. 소희가 작게 중얼거렸다.

"미안해."

밤 은
아침을
꿈꾼다

그나마 소희의 음성도 그 못지않게 욕망으로 탁하게 가라앉아 있다는 것이 그에게는 위안이라면 위안이었다. 그래, 소희라고 왜 그를 원하지 않겠는가. 상황과 형편이 그녀를 몰아붙여 이렇게 됐을 뿐, 그를 사랑하는 마음은 예나 지금이나 변하지 않았을 터였다.

'다니엘 강, 못나게 굴지 말자.'

대니는 간신히 가쁜 숨을 가라앉히고 얼굴을 가리고 있던 손을 내려 소희를 바라보았다.

소희도 대니를 바라보고 있었다. 입술은 고집스레 앙다물려 있지만 그를 바라보는 커다란 눈동자에는 그를 걱정하는 마음과 고마움, 사랑, 욕망들이 하나로 뒤엉켜 눅진하게 눌어붙어 있었다. 그리고 그 아래에는 화석처럼 굳어져 버린 지난한 고통과 상처, 회한과 원망들이 여전히 깊이 침잠해 있었다.

안타깝다. 아프다. 대니는 저 달라진 소희의 어두운 눈빛을 볼 때마다 가슴이 너무도 아팠다.

사람들은, 심지어 그녀 자신마저도 십 대 때의 그녀를 싫어하고 손사래 치며 고개를 가로젓는다.

물론 과거의 그녀가 잘했다는 건 아니다. 잘못하긴 했다. 사치와 치장하는 것밖에 모르는 못 말리는 쇼핑중독자에 성격 또한 안하무인에 제멋대로였으니까. 하지만 그게 왜 소희만의 잘못이겠는가. 그때 소희는 고작 철없는 십 대 소녀였을 뿐이었다.

무엇보다 그때 소희는 누구보다 당당했다. 적어도 당시 소희의 눈빛은 저렇게 어둡고 죽어 있지 않았다. 누구보다 당당하고 반짝거리던 그녀가 뿌리째 뽑혀 바닥에 처박힌 나무처럼 시들어 버린 것이 대니는 안타깝고 가슴 아플 뿐이었다.

대니는 이런 소희를 볼 때마다 어머님이 정말 원망스럽다는 생각이 든다. 딸이 저렇게 아파하는데, 딸은 저렇게 달라지려고 악착같이 노력하는데 그런 딸을 위해서라도, 미안해서라도 조금만 다르게 살아 주시지, 조금만 정신 차리고 바르게 사는 모습을 보여 주시지……. 언제까지 과거에서 벗어나려는 딸의 발목을 잡고 새사람으로 인정받고자 하는 소희의 얼굴에 먹칠을 하시려는지 모르겠다.

대견하고도 가여운 내 사랑.

"괜찮아. 참을 수 있어. 금방 가라앉을 거야. 신경 쓰지 마."

대니는 손을 뻗어 화장기 하나 없이 바싹 마른 소희의 얼굴을 어루만졌다.

어째 점점 말라 가는 것 같다. 일하는 틈틈이 밥이라도 잊지 말고 챙겨 먹고 다니라니까. 보나 마나 오늘도 관광객들 가이드 하느라 정신없이 쫓아만 다니고 자신은 빵 쪼가리로 대충 끼니를 넘겼을 것이다. 그러니 위가 쪼그라들어서 조금만 먹어도 배부르다고 못 먹지. 아까 레스토랑에서도 소희는 스테이크를 반 이상 남겼다. 이러다 결혼도 하기 전에 말라비틀어져 쓰러지겠다.

섹스는 둘째 치고 삐쩍 말라 가는 소희를 살리기(?) 위해서라도 어떻게든 빨리 결혼을 서둘러야지 안 되겠다. 딱 올해까지만 참고 기다려 볼 거다. 올해 안에도 결판이 안 나면 그땐 나도 이판사판이다. 어떻게 소희만이라도 설득해서 확 결혼해 버려야지.

마린 클럽도 이젠 완전히 자리를 잡았으니, 부모님 도움 없이도 먹고살 걱정 따윈 없다. 유산 한 푼 안 남겨 주셔도 상관없다. 어차피 부모님의 재산에는 큰 욕심이 없다. 부모님 재산은 부모님 재산이고, 내 재산은 내가 열심히 일해서 벌면 된다. 나도 그만한 능력쯤은 있다.

"들어가. 들어가서 푹 쉬어. 많이 피곤해 보인다."

"응, 너도 빨리 가서 쉬어. 온종일 바다에서 관광객들 상대하느라 피곤했을 텐데."

대니가 피식 웃으며 소희의 콧잔등을 톡 건드렸다.

"너만 했을까."

낮은 한숨을 쉬며 소희를 꼭 끌어안았다.

"그래도 오늘은 다행이다. 새벽에 일어나서 공항으로 픽업 안 가도 되잖아. 덕분에 우리 소희, 모처럼 아침까지 푹 잘 수 있겠네. 이따 아빠한테 감사 인사라도 드려야겠다. 이참에 넌 공항 픽업에서 아예 빼 달라고 부탁드려 볼까?"

소희가 대니의 어깨를 밀어내며 굳은 표정으로 말했다.

"농담이라도 사장님한테 그런 말 하지 마. 그것도 다 내 일이야. 가이드라면 누구나 해야 되는 일."

또 사장님이란다. 여행사에서는 몰라도 사석에서나 나하고 있을 땐 예전처럼 아저씨라고 하거나 기왕이면 아버님이라고 하라니까. 하여튼 고집하고는.

"알았어. 나도 그냥 한번 해 본 말이야. 알잖아. 난 네가 싫어하는 일, 하지 말라는 일은 절대 하지 않는다는 거."

"알아, 그래서 미안하고 또 고마워. 대니, 사랑해."

소희가 빙긋이 미소 지으며 대니의 입술에 입을 맞췄다.

잠시 후 소희는 차에서 내려 바로 앞에 있는 2층짜리 낡은 건물로 걸어갔다. 가난한 독신자들이나 장기 체류자들이 모여 사는 하갓냐 시내 외곽의 이 공동주택이 소희가 2년 전부터 살고 있는 곳이었다.

소희가 2층 계단을 올라 긴 복도를 지나쳐 그녀의 방에 도착할 때까지 대니는 차에서 내려 그녀를 지켜보고 있었다. 소희는 방에 들어가기 전에 난간에 기대어 그만 가라고 대니에게 손짓했다. 그에 대한 화답으로 대니는 손바닥에 진한 키스를 해서 날렸다. 소희는 피식 웃으며 마주 손바닥 키스를 날려 주었다.

그녀가 방에 들어가 불을 켜고 무사하다는 것을 확인하기 전까지는 절대 먼저 돌아가지 않을 대니라는 것을 알기에 소희는 얼른 난간에서 떨어졌다. 열쇠로 문을 열고 10평 안팎의 좁은 방 안으로 들어갔다.

불을 켜고 잠시 기다리자, 대니의 차가 출발하는 소리가 들려왔다. 열쇠를 테이블에 내려놓는 소희의 입가에 절로 흐뭇한 미소가 지어졌다.

그러나 그도 잠시뿐이었다. 온종일 관광객들을 데리고 돌아다니느라 땀과 먼지를 뒤집어쓴 유니폼 티와 바지를 훌훌 벗어 던지고 침대와 작은 테이블 등 최소한의 가재도구밖에 없는 공간을 지나 욕실로 들어가는 소희의 얼굴에는 좀 전의 흐뭇한 미소 따위 흔적조차 남아 있지 않았다.

질끈 묶고 있던 긴 머리를 풀고 거울 속의 제 얼굴을 바라보는 소희의 얼굴은 차갑게 굳어 냉랭하기 그지없었다. 화장기 하나 없는 바싹 마른 얼굴에 뻥 뚫린 퀭한 두 눈이 자신을 빤히 노려보고 있었다. 눈 밑의 짙은 다크서클만큼이나 햇볕에 그을려 칙칙해진 피부는 만지기만 해도 부서질 만큼 퍼석해 보였다. 잡티 하나 없던 뺨에는 좁쌀만 한 주근깨까지 군데군데 흉하게 박혀 있었다.

이게 과연 나인가? 싶을 만큼 여전히 낯설고 익숙해지지 않는 모습이었다. 본인이 봐도 참 딱하고 청승맞게 보인다. 그나마 작은 얼굴에 커다란 눈이 있었기에 망정이지, 그마저도 없었다면 아무리 대니라고 해도 오만 정이 떨어져 멀리 도망가지 않았을까 싶다.

어느 모로 보나 여자로서의 매력은 눈을 씻고 찾아봐도 찾을 수가 없는 딱한 몰골. 이런 그녀라도 좋다고 볼 때마다 예쁘다, 사랑한다고 말해 주는 대니가 정말 이상한 거다.

"그러고 보면 다니엘 강, 너도 정상은 아니다, 그렇지?"

그래도 그녀는 과거의 자신보다 지금의 저 흉한 몰골의 자신이 훨씬 좋다. 하루하루 낯설어지는 제 얼굴을 볼 때마다 굳어 버린 마음이 조금씩 풀어진다. 제 얼굴에서 엄마의 모습이 사라져 가니까. 그것만으로도 소희는 대만족이다. 할 수만 있다면 엄마를 꼭 닮은 제 얼굴을 아예 다른 얼굴로 갈아 버리고 싶다. 예전에는 순백의 여신처럼 청초한 엄마의 미모를 고스란히 물려받아 다행이라고 생각했지만 이제는 아니다.

겉과 속이 다른 이 가증스러운 얼굴에 이제는 구역질이 치밀어 오른다. 그런데 이 얼굴과 똑같이 생긴 얼굴이 이 세상 어딘가에 또 있다니. 뭐 그런 개 같은 일이 다 있나 싶다.

소희는 차갑게 거울을 외면하고 샤워기 밑으로 걸어갔다. 차가운 냉수에 온몸을 빡빡 씻어 냈다. 씻겨 내려가는 땀과 먼지처럼 자신의 지난 과오도 모두 말끔히 씻겨 내려갔으면 좋겠다. 물론 말도 안 되는 뻔뻔한 바람이라는 건 그녀 자신이 잘 안다. 자신은 더 힘들고 고통을 당해야만 한다.

키워 주신 은혜도 모르고 아빠를 죽음으로 내몬 년은 그래도 싸다.

소희는 이가 덜덜 떨릴 정도로 한참을 더 찬물을 맞으며 스스로를 괴롭혔다. 그녀가 욕실에서 나온 것은 그로부터도 한참이 더 지난 후였다.

소희는 파랗게 질린 입술에 담배 한 대를 꺼내 물었다. 부들부들 떨며 침대에 걸터앉아 침대 밑에서 박스 하나를 꺼냈다. 폐 속 깊이 들이마신 연기를 내뿜으며 박스를 열었다. 차곡차곡 쌓여 있는 수많은 편지들과 노트들 중에서 맨 위에 놓여 있는 노트를 조심스레 꺼내 들었다.

아빠가 돌아가신 후 우마탁의 낡은 집 헛간에서 우연히 찾아낸 아빠의 유품들이었다. 대학 때부터 돌아가시기 얼마 전까지 틈틈이 써서 보관해 온 아빠의 일기장들. 그리고…… 십대 때부터 그녀의 친부라는 사람한테 받았던 편지들과 사진들, 아빠 혼자 몰래 그 친부라는 사람에 대한 기사를 꼼꼼히 모아 온 스크랩북들이었다.

소희는 그것들을 보기 전까지는 그날 밤 엄마가 했던 말들을 진실이라고 믿지 않았다. 하지만 그것들을 보고서야 그날 밤 엄마가 아빠한테 퍼부었던 악다구니 중에 일부는 부정할 수 없는 사실이었음을 알게 되었다. 그렇다고 해서 달라질 건 아무것도 없었지만.

"아빠……."

소희는 규식의 마지막 일기장을 품에 안고 두 눈을 질끈 감았다. 매캐한 담배 연기 때문이었을까. 아니면 규식에 대한 사무치는 그리움과 죄책감 때문이었을까. 바르르 떨리는 그녀의 눈에서 눈물이 주르륵 흘러내렸다.

소희는 어렸을 때부터 엄마보다 아빠를 더 좋아했다. 그녀가 무엇이든 말만 하면 무조건 다 해 주던 세상에서 가장 다정하고 따뜻하고 멋진 아빠였으니까.

엄하고 무서웠던 삼촌 할아버지가 돌아가시고 그 큰 집과 여행사, 요트 등 모든 것이 자신들 것이 됐을 땐, 엄마와 함께 쇼핑몰을 싹쓸이하는 것이 너무 재미있고 신나서 한동안 엄마와 죽이 맞아 둘도 없이 붙어 다니기는 했지만 그래도 사랑하는 건 엄마보다 아빠였다.

그런데 어느 순간부터 아빠와의 사이가 멀어지기 시작했다. 그건 아마도 두 분의 말다툼이 잦아지기 시작했을 때부터였을 것이다.

두 분이 말다툼하는 이유는 늘 하나였다. 엄마와 소희의 지나친 낭비와 사치. 아빠는 제발 그만하라고, 더 이상은 안 된다며 화를 냈고, 엄마는 그때마다 코웃음을 치며 쩨쩨하다고 아빠를 비웃으며 무시했다.

아빠가 대니의 부친인 찰리 아저씨한테 여행사를 급하게 넘긴 것도 아마 그 때문이었을 것이다. 카드를 막고 화를 내도 귀신같이 카드를 재발급받거나 다른 카드를 만들어 끊임없이 긁어 대는 부인과 딸의 병적인 낭비벽을 정상적으로는 더 이상 감당할 수가 없어서 말이다.

그러나 엄마와 소희는 위기의 현실을 직시하지도, 제정신을 차리지도 못했다. 급기야 엄마는 아빠 몰래 빚까지 내어 계속 흥청망청 돈을 써 댔고 그 결과 그녀의 집은 얼마 못 가 은행에 전 재산을 빼앗기고 파산하고 말았다. 삼촌 할아버지가 돌아가시고 딱 6년 만에 벌어진 파국이었다.

타무닝의 저택에서 쫓겨난 그들에게 남은 것은 빚 청산을 하고 남은 얼마 안 되는 푼돈과 엄마가 몰래 뒤로 빼돌려 들고 나온 보석 몇 개가 전부였다. 그나마도 원주민들이 모여 사는 작은 마을, 우마탁의 낡은 집과 픽업트럭, 졸업이 얼마 남지 않은 소희의 비싼 사립학교 학비를 대고 나자 몇 푼 남지도 않았다.

그 후로는 매일이 지옥의 연속이었다. 엄마는 그 모든 것이 무능한 아빠 탓이라며 아빠를 쥐 잡듯이 잡으며 악다구니를 퍼부어 댔고, 아빠는 어떻게든 생계를 꾸려 나가기 위해서 괌 건설 붐을 타고 들어온 투몬 베이의 고급 빌라 건설 현장에 나가서 막일을 하고 근근이 돈을 벌어오셨다.

소희는…… 공주에서 거지로 하루아침에 추락한 제 처지가 너무 창피해 학교에 가지 못하겠다며 매일 방에 처박혀 온종일 울기만 했다.

시간이 지날수록 상황은 점점 악화되어만 갔다. 소희는 출구 없는 지옥에 갇힌 것만 같았다. 대니와 친구들은 학교를 졸업하고 대학에 진학했는데, 그녀 혼자만 낭떠러지에 떨어져 구질구질한 우마탁을 영영 벗어날 수 없을 것 같았다.

끔찍한 건 엄마와 아빠도 마찬가지였을 것이다. 힘든 생활고에 시달리며 술에 의지하게 된 두 분은 매일 밤 언성을 높이며 싸우는 것이 일이었다.

그날 밤도 마찬가지였다. 고된 일과를 마치고 술에 취해 들어온 아빠는 소파에 널브러져 있었고, 엄마 역시 술에 취해 그런 아빠한테 쉴 새 없이 악담과 욕을 퍼부어 댔다. 그러다 갑자기 엄마가 방으로 뛰어 들어가 무언가를 가지고 나왔다. 엄마는 그것을 아빠 얼굴에 집어 던지며 소리쳤다.

"너도 눈이 있으면 똑똑히 봐. 내가 아까 마켓에 나갔다가 그걸 보고 얼마나 기가 막혔는지 알아? 미치는 줄 알았어. 분통이 터져서 죽는 줄 알았다고!"

엄마가 집어 던진 것은 신문이었다. 신문 중앙에는 어떤 중년의 동양인 남자 얼굴이 대문짝만하게 실려 있었다. 사진 위에는 다음과 같은 타이틀이 크게 쓰여 있었다.

세계적인 뇌 신경 전문의 타카하시 박사, 원숭이 뇌 이식수술 성공!

신문을 본 아빠의 얼굴이 삽시간에 시체처럼 하얗게 질렸다. 부릅떠진 눈동자가 경악에 차 무섭게 흔들렸다. 그런 아빠에게 엄마는 계속 악을 쓰며 소리를 질러 댔다.

"미국 사우스캐롤라이나에 있는 무슨 뇌 연구소에 있다더라. 기사를 보니까 세계적으로 엄청 유명한 박사가 돼서 이번에 성공했다는 그 원숭이 수술로 노벨상에 노미네이트도 됐다더라. 진작부터 알았지만 너 같은 건 진짜 발끝도 못 따라갈 대단한 사람 아니니?"

대체 저 사람과 아빠가 무슨 관계가 있다고 저러는 걸까. 소희는 엄마를 이해할 수 없었다.

"내가 미쳤지. 이런 대단한 사람을 두고 너 같은 놈하고 재혼을 했으니."

생각지도 못했던 말에 소희는 멍하니 엄마를 쳐다봤다. 재혼? 그게 무슨……. 그럼 엄마가 아빠랑 재혼했다는 말인가?

"너만 아니었어 봐. 내가 이 사람하고 왜 이혼을 해. 생때같은 내 자식을 떼어 놓고 내가 왜 너 같은 놈을 따라서 이 빌어

먹을 나라로 기어 들어왔겠느냐고! 내가 그 사람하고 어떻게 결혼을 했는데, 내가 그 사람을 얼마나 사랑했는데! 소희는 또 어떻고! 그때 네가 차동우 앞에서 날 안지만 않았어도……."

"최희수, 그만해! 닥쳐!"

아빠는 두려운 눈빛으로 기겁해서 소희를 쳐다봤다. 하지만 엄마는 결코 멈추지 않았다.

"왜? 꼴에 네가 어떤 인간이었는지 애 앞에서 까발려지니까 창피하니? 창피한 줄은 알아? 그런 놈이 애 딸린 친구의 부인은 왜 안았대? 내가 아무리 비참해서 안아 달라고 유혹했어도 그렇지. 인간이라면 참고 말렸어야 하는 거 아냐? 너도 알겠지만, 난 그때 제정신이 아니었어. 차동우 그 새끼 바람피우는 거 보고 완전히 눈이 돌아서 제정신이 아니었다고."

엄마의 언성은 점점 커져 갔다.

"제 새끼들 낳아 준 난 투명인간 취급하면서 거들떠보지도 않으면서 딴 년이랑 바람을 피우는데 돌지 않을 년이 어디 있니? 그러니까 난 그럴 만했다고. 그런데 넌 아니었잖아. 차동우가 너한테 어떤 친구였는데, 그런데도 너는 이때다 싶어서 그 둘도 없는 친구의 부인인 나를 냉큼 안아 버렸잖아. 그게 인간이니? 그게 인간이야!"

엄마는 충격으로 부들부들 떨고 있는 소희를 돌아보며 재차 소리쳤다.

"소희야, 이제 알았니? 이게 이제껏 네가 아빠라고 믿고 있었던 저 인간의 실체란다. 쓰레기 중에서도 완전 개 쓰레기지.

그래 놓고선 세상없이 좋은 사람인 척, 신의 있는 척 온갖 연기를 다 하고 살았던 거야, 저 뻔뻔한 인간이."

"아빠……."

"아빠라고 부르지도 마! 저 인간이 왜 네 아빠니? 네 아빠는 따로 있어. 저런 인간 망종은 감히 발뒤꿈치도 따라가지 못할 만큼 대단한 사람이 바로 네 친아빠라고. 자, 이거 봐. 여기 신문에 난 이 사람 있지? 이 사람이 바로 네 친아빠야. 어디 그뿐인 줄 알아? 내가 지금까지는 이혼할 때 그놈이랑 계약한 게 있어서 입 꾹 다물고 살았지만, 기왕 말 나온 김에 다 이야기해 줄게. 너도 이제 성인이잖니. 진실을 알아도 될 만큼 다 컸잖아."

엄마의 눈동자가 희번덕거렸다.

"소희야, 너한테는 이 대단한 친부 외에도 쌍둥이 동생이 한 명 더 있단다, 소영이라고. 이름이 소영이야, 차소영. 네 친아빠 이름은 타카하시 카즈마, 한국 이름으로는 차동우고. 너랑 소영이 이름도 다 네 아빠가 지어 준 거야. 그러니까 너는 원래 안소희가 아니라 차소희라고. 알겠니?"

엄마는 바닥에서 신문을 낚아채 소희의 눈앞에 들이밀며 악몽 같은 말들을 계속 쏟아 냈다.

"걱정 마, 이제 엄마만 믿어. 엄마가 이 구질구질한 집구석에서 벗어나게 해 줄 테니까. 이제 네 아빠가 어디 있는지 알았으니까 연락만 하면 돼. 그럼 널 생각해서라도 돈을 왕창 보내 줄 거야. 그 인간이 다른 건 몰라도 제 핏줄 하나는 끔찍하게 생각하는 인간이거든. 그런 사람이 제 핏줄인 네가 이렇게 생고생하고 있다는데 모른 척하겠어? 명색이 아빤데? 그럼 인간도 아니지. 돈이 없는 것도 아닌데 말이야."

엄마는 제정신이 아닌 것 같았다. 희번덕거리는 눈동자가 소름 끼쳤다.

"네 아빠네 집, 엄청 잘살거든. 그 부모, 그러니까 네 친할아버지가 일본에서 알아주는 알부자야. 도쿄 시내에 큰 빌딩을 두 개나 가지고 있다고. 아마 네 아빠가 박사질로 번 돈보다 제 부모가 물려준 재산이 몇 배는 더 많을걸? 그러니까 이제 내가 연락만 하면……."

"으아!"

갑자기 아빠가 상처 입은 맹수처럼 울부짖으며 엄마한테 달려들었다. 그다음은 지옥, 완전 그 자체였다.

"최희수, 네가 인간이냐? 네가 인간이라면 어떻게 나한테 이럴 수가 있어! 내가 누구 때문에 동우를 배신하고 나라와 부모님까지 버리고 곰으로 도망쳐 왔는데! 그러고도 널 너무 사랑해서, 소희한테 너무 미안하고 죄스러워서 해 달라는 거 다 해 주고 뼈가 부서져라 미친 듯이 일만 하고 살았는데!"

아빠의 부릅떠진 눈에서 피눈물이 흘러내렸다.

"그래도 난 이렇게 됐어도 널 원망한 적, 한 번도 없었다. 내가 자초한 원죄고 내 발로 뛰어든 지옥이었으니까. 그래서 이렇게 됐어도 널 탓하지 않았어. 네 말대로 내가 조금만 더 현명했더라면 이렇게까지는 되지 않았을 거라고 나 자신만 탓했다. 너하고 소희한테는 그저 미안하고 죄스럽기만 했다고!"

아빠의 전신이 사시나무처럼 떨렸다.

"그런데 넌 어떻게 이럴 수가 있니! 어떻게 끝까지 사람을 이토록 비참하게 만들 수가 있어. 소희가 나한테 어떤 딸인데, 어떻게 소희 앞에서 날! 죽어, 죽어 버려!"

아빠는 피눈물을 흘리며 엄마의 목을 졸랐고, 숨이 막힌 엄마는 눈을 까뒤집고 살려 달라며 발버둥 쳤다.

소희는 두려웠다. 너무 두렵고 무서워서 차라리 그대로 죽고 싶을 정도였다. 엄마의 말이 다 사실일까 봐, 저러다 정말 엄마가 죽을까 봐, 아니 아빠가 엄마를 죽여 버릴까 봐 모든 것이 너무 끔찍하고 무서웠다.

그래서 자신도 모르게 아빠한테 달려들었다. 그만하라고, 그러다 정말 엄마 죽겠다고 애원하고 소리치며 매달렸다. 찢어지는 소희의 비명에 아빠는 그제야 제정신이 든 듯 엄마의 목을 놔주었다. 소희는 쓰러지는 엄마를 부둥켜안고 함께 바닥에 나뒹굴었다.

충격과 공포에 얼이 빠진 아빠가 '소희야⋯⋯.'라고 부르며 다가오려고 했다. 소희는 그런 아빠의 손을 뿌리치며 미친 듯이 소리쳤다.

"내 이름 부르지 마! 친아빠도 아니라면서! 끔찍해! 아니, 오히려 천만다행이라고 해야 하나? 당신 같은 사람이 내 친아빠가 아니라서! 위선자, 거짓말쟁이, 이중인격자! 꺼져. 내 눈앞에서 꺼져 버리란 말이야! 당신 따위, 죽을 때까지 영원히 보

밤 은
아침을
꿈꾼다

고 싶지 않아!"

대체 무슨 정신으로 그따위 말을 지껄였는지 모르겠다. 말을 하면서도 이게 아닌데, 내가 미쳤나? 하는 생각이 들었더랬다. 하지만 멈춰지지 않았다. 소희 역시 제정신이 아니었다.

아빠를 사랑했다. 엄마보다 아빠를 몇 십 배는 더 사랑했다. 세상에서 가장 따뜻하고 다정했던 아빠였다. 집이 망한 뒤 엄마처럼 아빠를 원망했던 것 또한 사실이기는 했다. 하지만 그 또한 아빠를 누구보다 사랑하고 믿었기에 원망도 할 수 있었던 거였다.

그런데 그 순간에는 아빠에 대한 원망 어린 악담을 멈출 수가 없었다. 자신이 무슨 말을 하는지도 모른 채, 아빠의 존재를 부정하고, 아빠와 함께했던 어린 날의 행복했던 추억과 시간들을 모두 부정했다.

당신의 존재 자체를 부정하고 거부하는 딸의 절규에 아빠의 창백한 얼굴은 점점 더 처참하게 일그러져 갔다. 그러다 어느 한순간 고통에 짓물러 있던 아빠의 눈동자가 텅 비어 버렸다. 꺼져 버리라는 소희의 악다구니에 비틀거리며 집을 나서던 그 모습이 소희가 본 아빠의 마지막 모습이었다.

아빠는 다음 날 아침, 싸늘한 주검이 되어 돌아왔다.

사람들은 아빠가 술에 취해 발을 헛디뎌 실족사한 것으로 알고 있다. 하지만 소희와 엄마는 아빠가 자살한 것이라는 걸 알고 있었다. 아빠를 자살로 내몬 사람이 바로 자신들이라는 것도.

그런데도 엄마는 아빠가 멍청해서 술에 취해 실족사한 거라고 스스로에게까지 거짓말을 둘러댄다. 과연 엄마다웠다. 조금이라도 싫거나 불리하다 싶으면 제멋대로 각색해 자신마저 속이며 끝까지 밀어붙이는 사람이니까.

하지만 소희는 자신이 아빠를 죽음으로 내몰았다는 죄책감에서 벗어날 수 없었다.

아빠가 너무 불쌍했다. 대학 때 첫사랑이었던 엄마를 잊지 못해서 이용만 당한다는 것을 알면서도 번번이 그 사랑에 끌려 다녔던 어리석은 사랑이 가엽고 불쌍했다. 그러고는 항상 스스로를 죄인이라 칭하며 죄책감에 사로잡혀 살았던 아빠의 삶이 너무 비참하고 가슴 아팠다.

아빠가 자신을 위해 정관수술을 했다는 것도 헛간에서 발견한 아빠의 일기장을 보고 처음 알았다. 당신의 핏줄이 생기면 만에 하나라도 소희에게 소홀해지면 어쩌나 하는 두려움에 아빠는 계속 시달렸던 모양이었다. 일기장에는 '그래서는 안 된다. 내 아이는, 내 딸은 오직 소희밖에 없다'라는 말이 수없이 적혀 있었다.

그러면서도 아빠는 나중에 친부라는 사람이 소희를 찾을지도 모른다는 가능성을 늘 염두에 두고 계셨던 모양이었다. 그 때문에 절대 소희의 이름을 바꿔서는 안 된다고, 희수가 소희의 이름을 예쁜 영어 이름으로 바꾸자는 말을 제발 그만 좀 했으면 좋겠다는 글들이 여러 번 적혀 있었다.

심지어 아빠는 신문이나 의학 잡지 같은 곳에 실린 타카하시 카즈마 박사의 기사들을 꼼꼼히 스크랩해 놓고 있었다.

소희가 모든 것을 이해할 수 있을 만한 나이가 되면, 친부가 누구인지, 그 친부가 얼마나 대단하고 훌륭한 사람인지 전부 다 얘기해 줘야 한다. 동우가 제 딸을 버리고 싶어서 버린 게 아니라는 것도. 소영과 마찬가지로 소희를 얼마나 사랑하고 지키려고 했는지도 꼭 말해 줘야만 한다.

그런데 과연 소희가 그 모든 것을 이해할 수 있을까? 희수와 나를 용서해 주지 않으면 어떻게 하지? 두렵다. 소희에게 받을 원망과 미움이 두려운 것이 아니다. 내 예쁜 딸, 우리 소희를 영원히 잃게 될까, 그것이 두려울 뿐.

그래도 언젠가 때가 되면 모든 진실을 밝혀야만 하겠지? 그래, 언젠가는 꼭 그래야만 한다. 다른 누구도 아닌 소희를 위해서.

미안하다, 내 딸아. 아빠가 정말, 정말 미안해.

아빠의 비극적인 죽음으로 알게 된 진실 앞에서 소희는 처참하게 무너져 버렸다. 아빠의 바보 같은 사랑과 엄마의 이기적인 욕망, 친부라는 사람의 지독함 모두 이제 갓 스무 살이 된 그녀가 이해하기에는 너무 복잡하고 추하게만 느껴질 뿐이었다. 그래서 1년 반 넘게 세상과 담을 쌓고 혼자만의 세상에 갇혀 살았다.

친부라는 사람이 보냈다는 변호사가 그녀를 찾아온 적도 한 번 있었다. 아빠가 돌아가시고 4개월가량이 지난 후였는데, 집으로 그녀를 찾아왔었다. 밤마다 외출하기 시작한 엄마가 집에 없는 틈에 용케도.

변호사라는 사람은 아빠가 돌아가셨다는 사실을 알고 있었다. 그녀의 집안 형편이 어려워졌다는 것도. 아빠가 돌아가시고 나서 엄마가 진짜 그 사람한테 도와 달라는 편지를 보냈단다. 틀림없이 자신을 들먹이며 돈을 보내 달라는 내용이었을 것이다. 정말 대단한 엄마다.

변호사는 거금과 함께 그녀가 원한다면 미국으로 건너가 학업도 마치고 안정적으로 정착할 수 있도록 해 주겠다는 제안을 했다.

소희는 당연히 거절했다. 변호사가 건네준 수표도 그가 보는 앞에서 갈기갈기 찢어 던져 버렸다.

그리고 다시는 찾아오지 말라고 했다. 엄마가 뭐라고 했든 자신은 친부라는 사람의 존재를 인정하지 않는다고, 안소희의 아빠는 안규식, 오직 한 분뿐이라고, 그러니 모르는 사람의 도움 따위 필요 없다고 했다. 다시는 찾아오지 말라고, 연락 따위 하지 말라고 미친 듯이 소리를 질렀다.

그 후 소희는 1년 반 가까이 자폐아처럼 방 안에 틀어박혀 꼼짝도 하지 않았었다. 아빠를 따라가고 싶었다.

'아빠, 가엾은 우리 아빠. 죄송해요. 내가 잘못했어요. 나도

데리고 가요. 나, 더 이상 이렇게 살고 싶지 않아. 나도 아빠 따라갈래.'

매일 밤 아빠의 일기를 읽으며 숨죽여 울었다. 거의 먹지도 자지도 않았다.

그래도 어떻게든 살고는 싶었나 보다. 미친 짓 좀 그만하라고 분통을 터트리는 엄마와 매일 찾아와 문밖에서 애원하며 몇 시간 동안 이런저런 이야기들을 다정하게 속삭여 주던 대니가 문밖에 놓고 간 음식들을 밤이 되면 슬그머니 가지고 들어와 주린 배를 채우고는 했으니 말이다.

소희를 다시 세상으로 나오게 해 준 사람은 엄마나 아빠에 대한 죄책감이 아닌 대니였다. 차갑게 외면하고 밀어내기만 하는 그녀한테 끊임없이 찾아와 매일 몇 시간씩 방문 밖에 쪼그리고 앉아서 세상 돌아가는 이야기들을 들려주던 대니. 그가 없었다면 소희는 결코 세상 밖으로 나올 용기를 내지 못했을 것이다.

그런데 막상 나와 보니, 그녀를 둘러싼 세상은 이전보다 훨씬 더 엉망이 되어 있었다. 엄마는 친부라는 사람한테 연락이 왔었다는 사실을 모른다. 엄마는 그 사람이 끝까지 딸을 버렸다며 독하고 악랄한 놈이라고 한동안 뭔가를 집어 던지며 화를 내고는 했다.

그리고 어느 날부터 밤마다 외출하기 시작했는데…… 그 이유가 무엇 때문이었는지 그녀 뒤에서 수군거리는 사람들의 이야기를 듣고서야 알게 됐다.

밤마다 잔뜩 차려입고 투몬 베이나 타무닝의 고급 리조트 클럽을 드나들었단다. 마흔이 훌쩍 넘은 나이에도 여전히 늘씬하고 아름다운 미모를 이용해 돈 많은 관광객들을 유혹하고 다녔단다. 사람들은 최희수가 급기야 hooker(매춘부)가 되었다며 고개를 가로저어 댔다.

그럼에도 엄마는 당당했다. 사람들이 뭐라고 손가락질하며 수군대든 자신은 떳떳하다고.

"웃기지들 말라고 그래. 이거 왜 이래. 나 최희수야. 내가 미쳤다고 돈 몇 푼에 내 몸뚱이를 팔 것 같아?"

엄마는 매춘을 한 것이 아니라 재혼 상대를 구하고 다녔단다. 괌 현지인들 사이에서는 아빠 때문에 소문이 워낙 흉흉하게 나 있으니 재혼 상대를 구하기가 하늘의 별 따기일 테고, 그럼 남은 건 아무것도 모르는 관광객밖에 더 있느냐는 것이 엄마의 항변이었다.

"우리가 하루빨리 이 가난에서 벗어날 수 있는 방법은 그것밖에 없어. 돈 많은 홀아비 한 명 잡아서 팔자 고치는 것. 두고 봐. 반드시 그런 놈 하나 잡아서 이 지긋지긋한 섬 떠나고 말테니까."

엄마는 넌더리 난다는 듯 치를 떨며 그녀를 노려보았다.

"이게 다 너 때문이야. 네가 미친년처럼 방에만 틀어박혀 있으니까 나라도 뭐라도 해야지. 그럼 등신처럼 너랑 나랑 손 붙잡고 앉아서 굶어 죽니? 이제껏 굶어 죽지 않고 살고 있는 것도 다 내 덕인 줄 알아, 이년아. 내가 그 치들한테 받은 선물을 팔아서 연명하지 않았으면 너나 나나 진작 골로 갔어. 망할 계집애. 고마운 줄은 모르고 어디다 대고 감히 눈을 부라리고 대들어, 대들긴!"

끔찍했다. 절망스러웠다. 진작 아빠 따라 목숨을 끊지 못한 것이 한스러울 만큼.

그러나 아이러니하게도 어떻게든 악착같이 살아야겠다는 결심이 선 것도 그때였다. 대니를 위해서, 그녀를 위해 당신의 모든 것을 희생하셨던 아빠를 위해서 이제부터라도 제대로 살아 보겠다는 결심이, 무너지려는 그녀를 다시 일으켜 주었다.

그래서 창피함을 무릅쓰고 찰리 아저씨를 찾아가 일자리를 구걸했다. 대니 때문이었을까, 아니면 아저씨 맘 한편에도 그렇게 돌아가신 아빠에 대한 도의적 미안함이 남아 있었기 때문이었을까. 어쩌면 그녀의 달라진 눈빛과 모습에 일말의 희망을 본 것인지도 모르겠다.

찰리 아저씨의 선처로 아빠의 여행사였던 퍼시픽랜드 여행사에 가이드로 일하게 된 후부터 소희는 완전히 다른 사람이 되었다. 사치와 낭비만 일삼던 철부지 안소희가 아닌 완전히 다른 사람. 새벽부터 일어나 누구보다 먼저 출근해서 일을 배웠고 새벽까지 공항과 호텔을 돌아다니며 발바닥에 땀이 나도록 쉬지 않고 열심히 일만 했다.

엄마한테는 앞으로 돈은 자신이 벌 테니, 돈 많은 재혼 상대를 물색하러 다니는 헛짓은 제발 그만두라고 경고했다. 아빠와 자신의 얼굴에 먹칠하는 짓 따위 더 이상 두고 볼 수 없다

고, 엄마가 그토록 염원하는 게 돈 많은 남자와 결혼해서 한
방에 팔자 고치는 거라면 그 상대가 바로 대니이니, 자신이 대
니와 결혼하면 될 것 아니냐고. 그러니 제발 대니와 결혼하는
데 걸림돌이 될 만한 행동은 더 이상 하지 말아 달라고 간곡하
게 애원까지 했다.

다른 말에는 코웃음만 치던 엄마였지만, '대니와의 결혼'이
라는 말에는 눈이 번쩍 뜨인 모양이었다.

"그렇게만 된다면 더 이상 바랄 게 없지. 찰리 그 인간이 죽
으면 그 많은 재산이 다 대니 것이 되는 거 아니야. 대니가 결
혼하자든? 그런데 찰리랑 그 여편네가 순순히 그러라고 할까?
망한 집구석에 고등학교도 제대로 졸업하지 못한 너를 대니
짝으로 받아주겠느냐, 이 말이야. 그 인간들이 너랑 나를 얼마
나 얕보고 싫어하는데. 특히, 그 여편네. 옛날에 옆집에 살 때
부터 날 얼마나 시샘하고 깔보고 그랬게. 저는 고상하면 얼마
나 고상하다고, 하여튼 못생긴 것들은 속이 배배 꼬였다니까."

엄마는 이제 알겠다는 듯 손뼉을 짝! 마주쳤다.

"아, 그래서 네가 그 인간들 눈에 들려고 발악하는 거였구
나? 내가 옛날에 안규식이 삼촌한테 잘 보이려고 '나 죽었습니
다.' 하고 숨죽여 살았던 것처럼. 오, 그래, 그거 정말 괜찮은
방법이긴 하다. 알았어. 네 계획이 그렇다면 나도 기꺼이 협조
할게."

엄마의 입가에 야비한 미소가 떠올랐다.

"안 그래도 나도 요즘 되는 일도 없고, 나이가 들어서 그런

밤 은
아침을
꿈꾼다

지 기력이 달려서 힘들어 죽겠는데, 잘됐네. 나도 딸자식이 벌어다 주는 돈으로 편히 살면서 덕분에 호강 좀 하고 살자. 그런데 너, 나중에 잘돼서 딴소리하기 없기다? 나중에 나 모른 척하기만 해 봐, 그럼 너 천벌받아. 대니가 너한테 목매는 것도 다 내가 널 이렇게 예쁘게 낳아 준 덕분인데, 너도 그건 잘 알지?

그 후로 엄마는 더 이상 재혼 상대를 물색하러 다니지 않았다. 그러나 그도 얼마 가지 못했다. 집 안에만 있기 좀이 쑤시다며 툭하면 이전처럼 잔뜩 차려입고 나가서 밤늦게까지 술을 마시고 들어오고는 했다.

몇 번은 참았다. 그러나 끊임없이 반복되는 엄마의 기행과 추잡한 소문들에 소희는 결국 엄마를 포기했다. 그녀의 마지막 경고까지 어기고 아침이 되어서야 술에 잔뜩 취해 집에 돌아온 엄마에게 소희는 절연을 선언하고 바로 짐을 싸 집을 나왔다.

그게 2년 전이었다.

엄마는 여전히 밤마다 클럽을 돌아다니며 이런저런 추문을 몰고 다닌다. 얼마 전에는 그 지긋지긋해 하던 우마탁의 낡은 집에서 벗어나 데데도 외곽의 작지만 번듯한 집으로 이사까지 했다. 그 돈이 다 어디서 났는지는 모르겠다.

들리는 말로는 어렸을 때 잃어버렸던 딸하고 극적으로 연락이 닿아, 그 딸이 돈을 보내 주고 있다고 했다는데, 글쎄, 사실인지 아닌지는 모르겠다. 그 때문에 대니를 비롯해 그게 무슨 소리냐고 물어보는 사람들이 한둘이 아니긴 하지만, 소희는 그에 대해 아는 바도 없고 알고 싶지도 않다. 쌍둥이 동생이 있다더니, 그 아이와 어떻게 연락이 닿았나 보라고 나름 짐작만 할 뿐이었다.

엄마가 어떻게 살든 이젠 그녀와는 아무 상관이 없는 일이다. 오가며 가끔 거리에서나 마켓 같은 곳에서 마주치긴 하지만, 엄마나 그녀나 서로 모른 척 시선을 돌리고 지나쳐 버린다.

차라리 엄마가 어렵사리 찾았다는 그 아이한테 가 버렸으면 좋겠다. 괌에 사는 건 이제 지긋지긋하다고, 돈만 있으면 다른 나라에 가서 새롭게 다시 시작할 거라고 입버릇처럼 말하더니, 왜 아직 괌에 죽치고 살고 있는지 모르겠다. 누가 좋아한다고, 여기에 대체 무슨 미련이 있다고.

그래서 자신이 먼저 괌을 떠나 버릴까, 생각 중이다.

어느 정도 돈이 모이면 아빠의 부모님, 할아버지와 할머니가 계시다는 한국, 제주도로 두 분을 찾아가 볼까 싶다. 두 분이 과연 그녀를 손녀로 받아 주실지는 모르겠지만.

아빠의 결혼을 결사 반대하셨다는 두 분, 특히 할아버지는 그럼에도 불구하고 아빠가 엄마와의 결혼을 강행하자, 부모자식 간의 정마저 끊어버리고 고향인 제주도로 내려가 버리셨다고 한다.

그래도 할머니는 아빠를 보러 가끔 괌에 혼자 오시고는 하셨단다. 할머니의 동생인 삼촌 할아버지가 돌아가셨을 때도 오셔서 먼발치서 장례식을 보시고 돌아가셨단다.

그때 그녀도 할머니를 뵌 적이 있었다는데, 안타깝게도 소희는 할머니를 뵌 기억이 없었다. 언젠가 한번 아빠와 함께 단둘이 식사를 하러 갔다가 어떤 할머니를 본 기억까지는 얼핏 난다. 하지만 그분이 할머니인지는 모르겠다. 솔직히 아빠의 일기를 보기 전까지는 그조차 기억하지 못했었다.

일기장에는 삼촌 할아버지한테 받은 유산 중 일부를 할아버지와 엄마 모르게 할머니 편으로 보냈다는 내용도 적혀 있었다. 다행이라는 생각이 들었다. 그렇게라도 두 분이 고생하시지 않고 오래오래 살아 계셨으면 좋겠다. 언젠가 소희가 먼발치서라도 두 분을 찾아뵐 수 있도록.

그럼 그때 아빠가 돌아가셨다는 사실을 말씀드리고 용서를 구할 생각이다. 두 분이 과연 그녀를 용서해 주실지는 모르겠지만, 용서를 해 주시든 안 해 주시든 두 분 옆에 살며 아빠 대신 두 분을 곁을 지킬 생각이다.

대니는…….

그럼 대니와는 헤어질 수밖에 없겠지. 그녀 때문에 부모님과 나고 자란 고향을 등지게 하고 싶지 않다. 대학을 졸업하고 오픈한 마린 클럽도 이젠 완전히 자리를 잡았는데, 그 모든 것을 뒤로하고 그녀와 함께 낯선 곳으로 가자고 할 수는 없다.

그녀도 대니를 사랑한다. 그녀도 과거 따위 다 잊고 대니와 결혼해서 행복하게 살고 싶다.

퍼시픽랜드에 처음 들어갔을 때, 그녀도 엄마와 같은 생각을 하지 않았던 것은 아니었다. 찰리 아저씨와 아줌마한테 달라진 모습을 보여 드리고 인정받고 싶다는 바람을 가졌다. 그래서 진심으로 두 분에게 축복받으며 대니와 결혼하고 싶다는 바람을…….

하지만 지금은 아니다. 그것이 얼마나 헛되고 뻔뻔한 욕심이었는지 이제는 안다. 그녀가 어떤 노력을 한다고 해도 사람들은 과거의 그녀가 어떠했고, 그녀가 누구의 딸인지 절대 잊지 않을 터였다. 안소희의 이름 뒤에는 구제불능 최희수의 딸이라는 꼬리표가 영원히 따라붙을 터였다. 이젠 엄마 덕분(?)에 그녀가 아빠의 친딸이 아니라는 사실도 다들 알게 되었다.

찰리 아저씨나 대니처럼 그런 그녀를 딱하고 안타깝게 보는 사람들도 있지만, 아줌마처럼 질색하는 사람들도 있다. 대니는 아저씨처럼 아줌마도 달라진 그녀를 인정하고 받아 줄 것이라고 생각한다. 하지만 그녀의 생각은 다르다. 아줌마는 절대 그녀를 대니의 짝으로 인정해 주지 않으실 터였다.

자신마저 엄마처럼 제 욕심 때문에 남자를 부모에게서 뺏는 여자가 절대 될 수 없다. 그 때문에 아빠가 평생 혼자 짊어지고 있던 죄책감과 자책을 대니마저 짊어지게 할 수는 없다.

진심으로 그를 사랑한다면 놓아주어야만 한다.

그녀의 유일한 친구이자 때로는 든든한 오빠였고 때로는 개구쟁이 동생이기도 했으며 첫사랑이자 첫 남자, 영원한 사랑이기도 할 다니엘 강, 그를.

그래서 이런저런 핑계와 변명으로 떠날 기회를 줬는데도 대니는 바보처럼 그녀의 손을 놓지 못한다.

바보, 멍청이. 그만큼 했으면 알아들어야지, 질릴 때도 됐잖아. 나 같은 거 뭐가 좋다고. 이젠 예쁘지도 않고, 여자로서의 매력도 없는 나 같은 거 이제 그만 질렸다고 돌아서도 아무도 뭐라고 하지 않을 텐데.

그렇다고 그녀가 먼저 대니의 손을 놓을 수는 없다. 차마 그렇게까지는 못하겠다. 아니, 그렇게까지는 하고 싶지 않다. 그가 그녀한테 질려서 떠날 땐 떠나더라도 그의 지고지순하고 헌신적인 사랑을 먼저 배신한 나쁜 년으로는 기억되고 싶지 않기 때문이었다.

이기적인 여자의 어리석은 욕심이라고 해도 할 수 없다. 그에게만은 먼 훗날, 안타까운 사랑으로, 적어도 괜찮았던 여자로 기억되고 싶다.

"그러니까 다니엘 강, 이제 그만 참고 다른 사랑 찾아가. 미안해. 끝까지 너한테만 몹쓸 짓을 시켜서. 하지만 이해해 주라. 대신 나는 널…… 포기하잖아."

소희는 씁쓸하게 미소 지으며 꽁초만 남은 담배를 비벼 끄고 새로운 담배에 불을 붙였다.

후우.

희뿌연 연기를 내뱉으며 규식의 일기장을 손바닥으로 쓸어내렸다.

"아빠가 봤으면 당장 끊으라고 호통을 치셨겠지? 몸에도 안 좋은 걸 왜 피우느냐고."

소희는 콧잔등을 찡긋거렸다.

"하지만 나도 할 말 있다, 뭐. 그래도 나는 술은 안 마신다고요. 술보다는 담배가 훨씬 낫지."

담배는 폐만 망가질 뿐이지만 술은 간도 망가트리고 이성까지 마비시키지 않는가. 만약 아빠가 그날 밤 술에 취해 계시지 않았다면, 엄마와 자신이 용서받을 수 없는 말을 퍼부었다고 해도 죽음이라는 극단적인 선택만은 절대 안 하지 않으셨을까.

때문에 소희는 '술김에'라는 말만큼 무서운 말은 없다고 생각한다. 그 말은 즉, 그 사람이 이성을 상실한 상태라는 말과 다름없으니까.

적당한 긴장 완화는 건강에 좋다고? 개뿔. 그 느슨하게 풀어진 알딸딸한 상태 때문에 결국 이성을 잃고 하지 말아야 할 말과 행동으로 실수를 저지르게 되는 것이다. 따지고 보면 난동과 폭력, 강간과 살인 등 극단적인 범죄는 거의 술 때문에 벌어진 사건 사고라고 해도 과언이 아닐 터였다.

하지만 담배는 적어도 그딴 패악적인 죄악은 일으키지 않는다. 그저 저 자신의 건강만 야금야금 갉아먹을 뿐. 집에서 혼자 피우는데 남들한테 피해가 갈 것이 무엔가.

"그러니까 아빠, 담배 피우는 건 좀 봐주세요. 나도 숨 쉴 틈은 있어야지. 이거라도 없었으면 나, 가슴이 터져 죽어 버렸을 거야. 그래도 조금씩만 피울게요. 아빠가 걱정하니까. 나, 착한 딸이지?"

소희는 아빠의 일기장을 품에 꼭 안고 모로 누웠다. 거푸 몰아 핀 담배를 손을 뻗어 재떨이에 비벼 끄고 태아처럼 몸을 옹

송그렸다. 한기가 가시며 졸음이 밀려오기 시작했다. 퀭한 두 눈에 눈꺼풀이 스르르 감겼다. 메마른 입술을 달싹이며 웅얼 거렸다.

"아빠, 안녕히 주무세요."

첫걸음

밤 9시가 다 되어 울린 초인종 벨 소리에 소영은 깜짝 놀라 현관으로 달려갔다. 그녀의 집에 벨이 울린 건 2년 만에 처음 있는 일이었다.

"누구세요?"

"문정훈입니다."

누구? 소영은 순간 자신의 귀를 의심했다.

"누구……라고요?"

"정훈이 오빠라고."

이번에는 확실하게 들었다. 그러나 그녀의 표정은 더욱 뜨악해졌다.

정훈이 우리 집에는 웬일이지? 아니, 그것보다 내가 여기 사는지는 어떻게 알고? 일주일 전에 우연히 만났을 때, 이 앞까지 같이 오기는 했다. 하지만 집 호수까지는 가리켜 준 적이 없었는데 대체 어떻게 알고 찾아온 걸까?

소영은 의아한 목소리로 물었다.

"오빠가 여긴 어떻게?"

"뭐 전해 줄 게 있어서 왔어. 자세한 얘기는 얼굴 보고 차차 하기로 하고 일단 문 좀 열어 봐. 힘들어 죽겠다."

대체 뭘 전해 줄 게 있어서 찾아온 걸까. 집은 어떻게 찾았을까. 설마…… 아빠나 대영 아저씨하고 함께 온 건 아니겠지? 며칠 전에 정훈과의 약속대로 두 분한테 자신은 잘 지내고 있으니 걱정하지 마시라는 안부 편지를 보냈더랬다. 아빠한테 보낸 편지는 아직 도착하지 않았겠지만 대영 아저씨는 벌써 받아 보셨을 것이다.

하지만 그렇다고 해도 자신의 집이 어디인지는 아무도 모를 텐데 어찌 된 일인지 모르겠다. 소영은 일부러 편지봉투 발신자 란에 아무 주소나 대충 써서 보냈다. 그리고 분명히 적었다. 편지 봉투에 기재되어 있는 주소는 아무 주소나 대충 쓴 것이니 답장을 보내거나 찾아오셔도 그녀와 연락이 닿을 수 없을 거라고 말이다.

소영은 손톱을 깨물며 한참을 망설였다. 그러나 마침내 마음의 결정을 내리고 문고리로 손을 뻗었다. 어떻게 알아냈든지 간에 용케 여기까지 찾아온 정훈이었다. 그런 정훈이 쉬이 돌아갈 것 같지도 않고 어찌 된 영문인지 알아볼 필요도 있겠다 싶었다.

잠금장치를 풀고 문을 열자 짙은 색 슈트를 입은 정훈이 무언가를 들고 서 있었다. 장신인 데다가 단단한 체격 때문인지 위압감이 먼저 들었다.

　드디어 찾았다는 듯 지친 한숨을 폭 내쉰 정훈이 피식 웃으며 손에 들고 있던 쇼핑백을 들어 보였다.

　"이거 주려고. 덕분에 운동 좀 했다."

　낯익은 통신사 로고가 찍혀 있는 쇼핑백을 힐긋 바라본 소영이 무슨 소리냐는 눈빛으로 그를 올려다보았다.

　"이 건물은 확실한데 네가 몇 호에 사는지는 알 수가 있어야지. 그럼 별수 있나. 발로 뛰는 수밖에. 1층부터 일일이 확인하면서 올라온 참이다."

　소영의 표정이 더욱 뜨악해졌다. 1층부터 7층까지 일일이 확인하면서 걸어 올라왔다고? 층마다 방이 적어도 예닐곱씩은 될 텐데? 정훈은 왜 굳이 그렇게까지 하면서 자신을 찾으려고 한 걸까. 소영으로서는 이해할 수 없었다.

　정훈 역시 스스로를 이해할 수 없기는 마찬가지였다. 아무리 부친끼리 막역한 친구 사이이고 어렸을 때 좋았던 추억이 있는 소영이라지만 자신이 왜 굳이 이렇게까지 해서 소영을 다시 찾으려고 애를 썼는지, 수십 번 남의 집 벨을 누르며 여기까지 올라오는 동안 '내가 왜 이 짓을 하고 있나.' 하고 생각하며 연신 고개를 가로저었다.

　그러면서도 연신 쉬지 않고 여기까지 꾸역꾸역 찾아 올라왔다. 그리고 드디어 소영을 찾아냈다. 문 너머에서 '누구세요?'

하는 소영의 목소리가 들려온 순간, 아싸! 하며 주먹까지 불끈 쥐었더랬다.

"편지는 보냈더군. 네 편지 받아 보시고 그럭저럭 한시름은 놓으신 것 같다. 이제야 편지 한 장 달랑 보내고 그만이라고 고얀 놈이라고 섭섭해하시기는 하지만, 너를 어지간히 믿으시는 모양이다. 네가 괜찮다면 괜찮은 거라고, 잘 지내고 있다면 잘 지내고 있는 걸 거라고, 곧 다시 연락을 주겠다고 했으니 믿고 기다리는 수밖에 없지 않겠느냐고 하시더라. 네가 허튼짓할 애는 아니라면서. 어쨌든 고맙다. 약속, 지켜 줘서."

"그 말 하려고 날 찾은 거예요?"

"뭐, 그것도 있고 이거 주려고 왔다니까."

"그게 뭔데요?"

"휴대전화."

소영은 제 앞에 불쑥 내밀어진 쇼핑백을 잠시간 내려다보기만 할 뿐, 선뜻 받으려 하지 않았다.

"이걸 왜 나한테 줘요?"

정훈은 그녀의 품에 억지로 쇼핑백은 안겼다.

"그거라도 있어야 연락이 되지. 너, 선불 폰도 없다며. 집도 정확하게 안 가르쳐 줘, 집 전화도 휴대전화도 없다고 하고. 아는 건 달랑 네가 이 건물에 산다는 거 하나뿐인데 답답해서 참을 수가 있어야지. 몰랐으면 모를까, 너 혼자 여기 뚝 떨어져 산다는 걸 아는데 어떻게 모른 척해. 무슨 일이 생기면 바로 연락할 방법은 있어야 할 거 아니야."

"괜찮아요. 나 이런 거 필요 없어요. 어차피 전화할 데도 없는데⋯⋯."

"없긴 왜 없어. 나 있잖아, 나. 개통 다 해 놨고 단축 번호 1번에 내 번호 저장해 놨으니까 무슨 일 있으면 바로 전화해. Lock은 다이아몬드로 해 놨으니까 나중에 바꾸고 싶으면 바꿔. 미국이든 어디든 전화하고 싶으면 얼마든지 해. 요금 걱정하지 말고. 명의든 뭐든 다 내 앞으로 되어 있으니까 쓸데없는데 신경 쓰지 말고."

그러니까 왜 이런 걸 자신에게 주느냐 이 말이었다. 소영은 고개를 가로저으며 쇼핑백을 다시 정훈에게 돌려주려고 했다.

"필요 없어요. 가져가요. 정 필요하다 싶으면 내가 마련해요."

"가지고 있어. 내가 답답해서 그래. 갑자기 찾아와서 당황하게 만들었다면 미안하다. 하지만 입장을 바꿔 네가 나였어도 이랬을 거다. 뭔 일인지는 몰라도 나나 정미가 부모님하고 연락 끊고 도쿄에 혼자 담쌓고 살고 있는 걸 어쩌다 너 혼자 알았다고 쳐 봐. 너라고 '아, 그런가 보다.' 하고 모른 척할 수 있었을 것 같아?"

그건⋯⋯. 물론 그녀도 바뀐 입장이었다면 모른 척하지는 못했을 것이다. 그만한 사정이 있을 테니 섣불리 개입하지는 못하고, 그나마 마음을 정리할 때까지 그들의 의사를 존중해 부모님께 비밀은 지켜 주되, 그녀도 남몰래 연락을 주고받으며 도움을 주려고 하지 않았을까 싶다.

어쨌든 생판 모르는 남도 아니고 부친끼리의 관계를 떠나서라도 그들과는, 유년 시절의 추억을 공유한 오랜 친구 같은 존재들이니 말이다.

고맙다고 해야 하는 건가?

솔직히 생각지도 못한 정훈의 등장과 살가운 마음 씀씀이에 찬바람만 불던 마음 한구석에 따스한 훈풍이 스쳐 가는 것 또한 사실이기는 했다. 거북하고 불편하면서도 정훈의 등장이 불쾌하지만은 않다.

이래서 사람은 혼자 못 산다는 건지도 모르겠다. 외로움에 익숙해져 있는 그녀조차 지난 5개월은 지나치게 외롭고 고독했다. 때때로 더 이상 버티기 힘들다는 절망이 들 정도로……. 그래서 소영은 산뜻하게 잘 자라며 손을 흔들고 돌아서는 정훈에게 쇼핑백을 돌려주지 못했다.

그가 엘리베이터를 타고 사라지고도 한참 동안 현관문을 활짝 연 채 멍하니 서 있었다. 가까운 곳에서 현관문 열리는 소리가 들려오고서야 소영은 번쩍 정신을 차리고 재빨리 현관문을 닫았다.

거실 테이블에 쇼핑백을 올려놓고 또 한참을 물끄러미 쳐다보기만 했다. 그런데 갑자기 조용한 공간에 녹턴의 〈사랑의 꿈〉 선율이 흘러나오기 시작했다.

얼마나 놀랐는지 모른다. 순간적으로 오르골이 바닥에 떨어진 건가 싶어서 소파에서 벌떡 일어나 침실로 뛰어들려고까지 했다.

그런데 가만히 들어보니 그 선율은 〈사랑의 꿈〉이긴 하지만 오르골의 선율과는 확연하게 달랐다. 좀 더 선명한 음질의 피아노 선율. 더욱이 그 선율이 들려오는 곳은 침실이 아닌 테이블 위, 정확히는 쇼핑백 안이었다.

심장이 쿵쿵, 뛰었다.

유려하게 흘러나오던 피아노 선율이 툭 끊겼다. 그리고 잠시 후, 딩동 하는 소리가 희미하게 들려왔다.

소영은 주저하다 쇼핑백으로 손을 뻗었다. 마른침을 꿀꺽 삼키고 박스를 열어 그 안에 얌전히 누워 있는 휴대전화를 집어 들었다. 짐작대로 휴대전화는 이미 전원이 켜져 있는 상태였다. 부재중 전화가 1통 왔다는 표시와 문자 메시지가 1통 와 있다는 표시가 떠 있었다.

그런데 Lock이 걸려 있어서 어떻게 확인해 봐야 할지 모르겠다. 그러다 문득 생각이 났다. 좀 전에 정훈이 했던 말.

─Lock은 다이아몬드로 해 났으니까 나중에 바꾸고 싶으면 바꿔.

소영은 아랫입술을 지그시 깨물고 손끝으로 다이아몬드 도형을 그려보았다. Lock이 풀어지고 화면이 변했다.

소영은 부재중 전화 먼저 확인해 보았다. 아니나 다를까. 문정훈이라는 이름과 낯선 전화번호가 떠올랐다.

그것들을 한참을 바라보다가 문자 메시지를 확인했다.

─급할 때만 전화하지 말고 맛있는 거 먹고 싶거나 술 생각 날 때도 전화해라. 저번처럼 궁상맞게 혼자 다니지 말고. 오빠 됐다가 뭐해. 이럴 때 써먹어야지. 네 마음 정리될 때까지 부모님한테는 비밀로 해 줄 테니까 그건 걱정하지 말고. 설마 내가 네 집 어디인지 알았다고 몰래 이사 가지는 않을 거지? 믿는다. 잘 자라.

　"……정말 믿어도 될까?"
　그날 밤, 소영은 소파에 웅크리고 앉아 밤새도록 휴대전화와 눈씨름을 했다. 열어 놓은 베란다 창문으로 선선한 바람이 불어왔다. 드디어 사람을 지치고 힘들게 하던 무더운 열대야가 지나가고 지친 심신을 잔잔히 어루만져 주는 청명한 가을이 다가오는 모양이었다.
　그러고 보니 어느덧 9월이었다.

　왁자한 사람들의 음성과 시끄러운 음악 사이로 녹턴의 감미로운 선율이 울려 퍼졌다. 소영은 망설이다가 전화를 받았다.
　"여보세요."
　─잘 있었니?
　당연히 정훈이었다. 일전에 갑자기 집까지 찾아와 휴대전화를 건네주고 간 지 딱 일주일째 되는 날이었다.

"네."

－잘 지내고 있는지 궁금해서 전화했다. 그런데 너, 지금 밖이니?

손으로 막았는데도 음악 소리가 흘러 들어간 모양이다. 하긴 그럼 좀 어때. 내가 어디서 뭘 하든 그와 무슨 상관이라고, 왜 정훈의 눈치를 보는지 모르겠다. 소영은 얼른 송화구를 막고 있던 손을 내렸다.

"네."

－주변이 시끄러운 거 보니까 술집인 모양이군. 또 혼자 술 마시고 있는 거니?

대번에 언짢아하는 목소리가 날아왔다.

"네."

소영은 부러 고개를 빳빳이 들고 불퉁한 음성으로 대답했다. 그래, 혼자 술 마시고 있다. 그래서 뭐?

－……어딘데?

어딘지 알면 뭐 어쩌려고? 소영은 할끗 휴대전화를 노려보며 마시던 맥주나 마저 마셨다.

－어디냐고. 음악 소리를 들으니 클럽은 아닌 것 같고. 바야? 아니면 호프?

와, 귀는 엄청 밝다. 아니면 휴대전화 성능이 좋아서 그런가?

"호프요."

－혼자?

그럼 당연히 혼자지. 그녀한테 같이 마실 사람이 어디 있나.

"네."

─흠, 여자 혼자 이 시간에 호프에서 술을 마시고 있다 이거지. 이제 보니 차소영, 완전 술꾼이네.

술꾼? 그래, 이젠 그럴 수도 있겠다. 아빠의 꼭두각시가 아닌 차소영으로 살겠다는 결심을 하고 서울로 도망쳐 온 후부터 틈틈이 마시기 시작한 뒤로 이젠 제법 마시게 되었으니 말이다.

5개월 전까지만 해도 소영은 술은 입에 대지도 않았었다. 맛도 없고 쓰기만 한 걸 왜 마시나 싶었다. 그래서 처음엔 맥주 한 병만 마셔도 취해 쓰러졌다.

그런데 마셔 보니 나름 좋은 점도 있었다. 술에 알딸딸하게 취하면 아무 생각도 하지 않고 푹 쓰러져 잘 수 있으니까. 사람들이 이래서 술을 마시는구나, 싶었다. 그래서 한 병, 두 병 마시다 보니 이제는 앉은 자리에서 대여섯 병은 거뜬히 마실 수가 있게 되었다.

그래도 자주 마시지는 않는다. 불면의 시간이 길어져 머릿속이 온통 뒤죽박죽되어 숨조차 제대로 쉴 수 없게 되어 정 못 참겠다 싶을 때, 잠깐이라도 잠을 좀 자고 싶을 때 그럴 때만 마신다. 많아야 일주일에 한두 번? 그것도 많이 마시는 건가?

─잘됐네. 마침 나도 술 생각이 간절하던 참이었는데, 같이 마시자. 어디야?

"됐어요. 마시고 싶으면 오빠 혼자 마셔요. 난 나대로 잘 마시고 있으니까."

─야박하긴. 술을 혼자 무슨 맛으로 마시냐. 한 잔을 마셔도 같이 마셔

야 제맛이지. 잔말 말고 빨리 말해. 어디야?

싫다는데 왜 자꾸 이러는지 모르겠다. 귀찮아.

"맘대로 해요. 난 지금 집 앞에 있는 호프에 있으니까. 나는 지금부터 나는 딱 한 병만 더 마시고 일어날 거예요. 그때까지 올 수 있으면 한번 와 보시든가. 나중에 왔는데 없다고 딴소리 할 거면 아예 올 생각도 하지 말고요. 난 오빠 절대 안 기다릴 거니까."

─오케이. 정확한 위치나 말해. 집 앞 호프 어디?

소영은 상호와 위치를 말해 주며 슬쩍 시간을 확인했다. 저녁 8시 30분이 조금 지난 시간이었다. 저번에 정훈은 부친의 호텔인 프라임 호텔에 다니고 있다고 했다. 프라임 호텔이라면 강남 구청 근처에 위치하고 있었다. 그녀가 아무리 서울 지리를 잘 몰라도 거기서 연희동까지 2, 30분 내에 올 수 없다는 것 정도는 알고 있었다.

그런데 큰소리는. 설마 그녀가 말은 그렇게 해도 자신이 올 때까지 기다려 줄 거라고 생각하는 건가? 소영은 입술을 비죽이며 분명하게 말했다.

"혹시나 해서 하는 얘긴데요, 와서 나 없다고 전화하거나 집으로 찾아오지 마요. 전화기 꺼 놓고 난 그냥 잘 거니까. 만약 오빠가 또 말도 없이 찾아오고 그러면 난 거기서 더 이상 못 살아요. 오빠가 나 걱정돼서 그런다는 건 아는데, 지금 나는 다른 사람 형편 봐주고 그럴 만한 상황이 아니거든요. 내 말, 무슨 뜻인지 알죠?"

─나도 그럴 생각은 요만큼도 없으니까 괜한 걱정 붙들어 매고 술이나 마시고 있어. 금방 갈 테니까. 대신, 나 골탕 먹이려고 일부러 원 샷 하고 일어나기 없기다?

그를 기다려 줄 생각도 없지만 굳이 골탕 먹이고 싶다는 생각도 없다. 그녀는 원래 생각대로 다섯 병만 딱 마시고 일어날 거니까 그렇게 오고 싶다면 요령껏 한번 와 봐라, 그뿐이었다.

전화를 끊고 소영은 남은 맥주를 비웠다. 그리고 맥주 한 병을 더 시켰다.

그녀는 본인 페이스대로 맥주를 홀짝거리며 천천히 비워 나갔다. 그런데 왜 자꾸 시선이 휴대전화와 문 쪽으로 향하는지 모르겠다. 시계에도 자꾸만 시선이 갔다. 전화를 끊은 시간이 8시 41분이었으니까 정확히 13분이 지났다. 힐끗 시선을 내려 남은 맥주의 양을 확인했다. 벌써 3분의 1 정도를 마셔 버렸다.

'이걸 다 마시기 전에 과연 정훈이 올 수 있을까? 역시, 아무래도 무리겠지?'

아무려면 어떤가. 내가 먼저 오라고 한 것도 아니고, 난 분명히 내 의사를 말했는데도 그가 부득불 오겠다고 한 것을. 소영은 어깨를 으쓱이고 맥주를 다시 입으로 가져갔다. 그러나 그 후로 그녀가 맥주를 입으로 가져가는 횟수는 현저히 줄어들었다. 10여 분이 흐른 뒤에는 맥주의 양이 거의 줄어들지 않았다.

그러다 문득 '어머, 내가 지금 뭐하는 거야?'라는 생각이 들었다. 설마, 그를 기다리는 건가?

'아니야, 내가 왜.'

소영은 세차게 고개를 가로저었다. 두 눈을 질끈 감고 맥주병을 들어 벌컥벌컥 마셔 버렸다.

"이것 봐. 이럴 줄 알았다니까. 그럴 일 없으니까 요령껏 와 보라더니, 지금 그게 원 샷 하는 거 아니면 뭐냐?"

바로 앞에서 들려온 정훈의 목소리에 소영은 그야말로 소스라치게 놀랐다. 두 눈을 번쩍 뜨고 고개를 휙 돌렸다. 짙은 먹색에 자잘한 스트라이프 선이 새겨진 더블 버튼 슈트를 근사하게 차려입은 정훈이 바로 눈앞에 서 있었다.

그가 씩, 미소를 지었다.

그가 입고 있는 새하얀 와이셔츠만큼이나 새하얀 치아가 입술 사이로 살짝 드러나며 눈부시도록 반짝거렸다. 그가 흘러내린 앞머리를 쓸어 올리며 맞은편 의자에 앉았다.

잡지책 화보에서 툭 튀어나온 것 같은 슈트발 끝내주는 장신의 미남자한테 주변 사람들의 시선이 일제히 집중됐다. 그러나 소영은 너무 놀라서 주변의 시선 같은 건 알아차리지도 못했다. 그저 거짓말처럼, 불가능한 시간 내에 뿅! 하고 나타난 정훈을 멍하니 바라보기만 했다.

정훈이 주먹으로 입을 가리고 피식 웃었다.

"훗, 너 지금 표정이 얼마나 웃긴지 알아? 완전 넋 나간 표정이다. 왜, 나 오기 전에 그거 빨리 마시고 가려고 했는데, 내가 너무 빨리 나타나서 놀랐어?"

소영은 순순히 인정했다.

"네. 어떻게 이렇게 빨리 왔어요?"

소영은 얼른 시간을 다시 확인했다. 9시 5분. 아까 전화를 끊고 겨우 25분밖에 지나지 않았다. 날아오지 않은 이상, 이 시간에 강남에서 연희동까지 25분 만에 도착한다는 건 절대 불가능한 일일 터였다. 그런데 그가 지금 눈앞에 앉아 있다. 그렇다면?

"아까 호텔에서 나오면서 전화한 거 아니었어요? 이 근처에 있었어요?"

정훈은 대수롭지 않다는 듯 어깨를 으쓱였다.

"어, 연남동에. 그러니까 내가 온다고 그랬지, 안 그랬으면 내가 여길 왜 와. 반겨 주는 사람도 없는데. 일 때문에 이 근처에 왔다가 너 어떻게 지내는지 보고 갈까 해서 전화한 거였어. 뭐 마시는 거야? 아, 그거. 나도 그거 좋아하는데. 역시 술꾼이라서 맥주 맛을 아는구나. 저기요! 여기 이거 한 병."

번쩍 손을 들어 주문하다 말고 정훈이 소영을 돌아보았다.

"너도 더 마실래?"

소영은 고개를 가로저었다.

"아니요, 전 됐어요."

그래? 그럼 맘대로 하든가, 하는 표정을 다시 한 번 어깨를 으쓱인 정훈이 쪼르르 달려온 아르바이트 학생한테 마저 주문을 했다.

"여기 필스너 우르켈 한 병 더요."

그러다 거의 손도 대지 않은 마른안주를 보고는 미간을 찌푸렸다.

"여기 안주도 하나 더 줘요. 수제 소시지 같은 거 있나요?"

"네, 소시지 모듬 있어요."

"그걸로 줘요. 맥주에는 모름지기 소시지가 제격이지."

소영은 자신을 깜짝 놀라게 해 놓고 안주 타령이나 하고 있는 정훈이 어이가 없었다. 왠지 속은 기분이었다.

"아깐 왜 이 근처에 있다는 얘기를 하지 않았어요?"

"네가 묻지 않았잖아. 물어봤으면 당연히 얘기했겠지. 왜, 그게 무슨 큰 문제라도 되나?"

물론…… 문제가 될 것까지는 없었다. 그녀가 어디냐고 묻지 않고 제멋대로 당연히 그가 있는 곳이 호텔이겠거니 하고 속단한 것도 사실이고 말이다. 하나 만약 그가 이 근처에 있는 줄 알았다면, 절대로 와 보라고 하지는 않았을 것이다.

왠지 그가 그녀가 어떻게 나올 줄 미리 알고 일부러 말을 빙빙 돌려 속단하게끔 만든 것이 아닌가, 싶었다. 너무 과한 생각인가?

소영은 정훈을 찌릿, 째려보고는 남은 술을 마저 마셨다.

"천천히 마셔. 너 그거 다 마시기 전까지 내가 오면 같이 마시기로 해 놓고 혼자 달리는 게 어디 있어. 난 아직 시작도 안 했는데."

정훈이 맥주를 들고 건배하는 제스처를 취해 보였다. 소영은 떨떠름한 표정으로 시선을 돌리고 남은 맥주를 홀짝였다.

정훈이 세 병의 맥주를 더 주문해 마시는 동안 소영도 한 병을 더 마셨다.

이제 정말 그만 마셔야겠다. 취기에 머리가 멍해져 가고 있었다. 이 정도가 딱 좋다. 이대로 바로 집에 가면 푹 잘 수 있을 텐데 정훈이 앞에 있으니 나 몰라라 하고 일어날 수도 없고, 정말 괜히 불렀다는 생각이 드는 소영이었다.

"귀찮아."

"뭐라고?"

이런, 나도 모르게 생각이 말로 흘러 나갔나 보다. 소영은 별것 아니라는 듯 손을 한 번 흔들고 턱을 괴었다. 재킷까지 벗고 맛나게도 맥주를 마시는 정훈을 물끄러미 바라보았다.

"맥주를 정말 좋아하나 보다. 맛나게도 마시네요."

"맛있잖아. 그러는 너는 맛있어서 마시는 거 아니야?"

소영은 살짝 인상을 찌푸렸다.

"난 그냥 마시는 건데. 솔직히 맛있다는 생각은 한 번도 해본 적 없어요. 그냥…… 그냥 마시는 거지."

정훈은 무심히 허공을 응시하는 소영을 가만히 바라보았다. 느리게 깜박이는 눈꺼풀이나 긴장이 이완된 어깨를 보니 소영은 어느 정도 취한 것 같아 보였다. 생각했던 것보다 술이 그다지 세진 않은 모양이었다. 그런 주제에 혼자 왜 그렇게 술은 마셔 대는 건지. 맛도 잘 모른다면서. 허공을 응시하는 무심한 눈빛이 무척이나 쓸쓸해 보였다.

"그래서 그냥 매일 마시는 거야?"

밤 은
아침을
꿈꾼다

"매일 마시는 건 아니에요 3, 4일에 한 번, 너무 자고 싶을 때 그럴 때만 마셔요. 집에서는 안 마셔요."

처음에는 집에서 혼자 마셨다. 그런데 어느 날 문득 이건 아니다 싶은 생각이 들었더랬다. 이러다 정말 망가지고 말겠다는 위기감 같은 것이 들었다.

밖에 나와 세상 근심 걱정 따위 하나도 없는 듯 왁자하게 떠들며 웃고 마시는 사람들을 보고 있노라면 나만 왜 이럴까, 하는 자괴감이 들기도 하지만 부럽다는 생각도 들고, 무엇보다 적당한 긴장감을 유지할 수 있어서 좋았다. 최소한의 자신을 지키려는 방어기제인지도 모르겠다.

그러면서 생각한다. 힘들더라도 이겨 내자. 조금만 더 참고 덜 아파하자. 이 시간도 언젠가는 지나가리라. 나도 언젠가는 저들처럼 웃고 떠들며 인생을 향유할 수 있는 날이 올 것이다. 이렇게 조금씩이라도 세상의 끈을 놓지 말고 나 자신을 찾아가자. 내가 누구인지, 내가 진정 원하는 삶이란 어떤 것인지, 어떻게 살아가야 할지 더디지만 내 스스로 깨닫고 한 발씩 나아가 보자.

지금은 다른 누구의 딸도, 대용품도 아닌 나 자신, 차소영의 삶을 찾기 위해 잠시 웅크리고 있을 뿐이다.

그런데 오늘은 예상치 못한 불청객 때문에 계획이 틀어져 버렸다. 문정훈 이 사람은 왜 나를 가만히 내버려 두지 않는가. 왜 자꾸 찾아와 귀찮게 하는 걸까.

소영은 물끄러미 정훈을 바라보았다.

"왜 자꾸 찾아와요?"

정훈의 한쪽 눈썹이 힐끗 치켜 올라갔다.

"이 얘기는 저번에 이미 다 한 것 같은데. 네가 모르는 사람도 아니고 아버님들끼리……."

"거기까지는 나도 이해해요. 하지만 온 건물을 뒤져서 내가 어디 사는지 기어코 찾아낸 것도 그렇고, 이것도 그래요."

소영이 테이블에 놓여 있던 휴대전화를 들어 그의 눈앞에 흔들어 보였다.

"굳이 이런 것까지 사 들고 와서 던져 주고 간 것이나 오늘도 근처에 왔으면 온 거지, 전화 한 통화만 하면 될 것 가지고 여기까지 달려온 것도 내 상식으로는 잘 이해가 가지 않아요. 이런저런 사정을 다 떠나서 솔직히 좀 지나친 것 아닌가요?"

"그러니 그만해라. 귀찮아 죽겠다, 이런 뜻인가?"

소영은 긍정도 부정도 하지 않은 채 고요한 시선으로 정훈을 바라보았다.

정훈이 피식, 웃었다.

"그럼 네가 더 피곤해질 텐데?"

"무슨 소리예요?"

"듣자 하니 너 도쿄대 법학과 최고 수재였다며. 그 똑똑한 머리로 한번 잘 생각해 봐."

정훈은 의자 등받이에 편히 기대어 앉아 팔짱을 꼈다. 담담한 어투로 말을 이어 나갔다.

"네가 갑자기 로스쿨을 그만두고 서울로 잠적을 했어. 그럴 만한 사정은 있었겠지. 차 박사님과의 문제가 아닐까 싶은데, 그건 그렇다고 치고. 어쨌든 그렇게 잠적한 너를 차 박사님과 우리 아버지가 찾을 노력을 전혀 하지 않았을까? 잘 있으니 걱정 말라는 편지도 최근에야 겨우 한 통 달랑 보냈잖아. 차 박사님은 어떠신지 몰라도 내가 아는 우리 아버지라면 모든 걸 동원해서 널 백방으로 찾으셨을 거다."

소영의 미간에 미세한 홈이 파였다.

"그리고 내 생각으로는 최근에, 그러니까 네 편지를 받은 전후로 널 찾으신 게 아닌가 싶다. 그 편지와는 별개로 말이야."

소영이 흠칫, 놀랐다.

"무슨 근거로 그런 말을 하는 거죠?"

"근거는 없어. 내 감이 그렇다는 거지."

난 또 뭐라고.

소영이 괜한 소리를 한다는 양 피식, 헛웃음을 흘렸다. 정훈이 우습게 보지 말라며 손가락을 살짝 흔들었다.

"이래 봬도 나, 감이 꽤 정확한 편이다. 특히 아버지에 대해선 백발백중이라고 할 수 있지. 그런데 요즘 아버지 행동이 많이 수상해. 일주일 전에 내가 네 집에 갔다 온 걸 아시는 눈치야. 괜히 내 사무실까지 오셔서 별로 중요하지도 않은 얘기를 하시다가 뜬금없이 네 얘기를 꺼내며 내 반응을 살피시거든."

물론 정훈은 그때마다 '그래요? 너무 걱정 마세요. 잘 있다고 했으니까 어딘가에 잘 있겠죠.' 하고 대수롭지 않은 척 넘겼다. 그때마다 아버지는 눈빛을 반짝이며 미소를 참느라 입가를 실룩거렸다.

　－그래. 그렇겠지. 그런데 말이다. 내가 혹시나 해서 하는 말인데 만약 오다가면서 어쩌다 우연히 소영이 만나게 되면, 뭐, 살다 보면 그런 우연이 생길 수도 있다 이 말이야. 어쨌든 그런 일이 생기면 소영이 꼭 붙잡고 너라도 그 애 편이 되어 주거라. 나나 차 박사를 아직 보고 싶지 않다고 그러면 굳이 설득할 필요 없다. 그냥 아무 말 말고 걔 하고 싶다는 대로 해 주고 조용히 곁만 지켜 줘. 나나 차 박사한테도 굳이 얘기할 필요 없고. 내 말, 무슨 뜻인지 알지?

　그러면서 부득불 '만약에 그런 일이 생기면'이라는 단서를 덧붙이시는데, 딱 감이 왔다. '아버지가 뭔가를 알고 계시는구나.' 하는 감이. 그리고 그 뭔가는 당연히 소영의 거처와 그가 소영하고 연락이 닿았음에도 당신에게 비밀로 부치고 있다는 사실일 터였다.
　정훈은 그 얘기를 소영에게 간단하게 말하며 피식, 웃었다.
　"내 짐작이 맞는다면, 아버지가 왜 그러신다고 생각하니?"
　"글쎄요, 나로서는 전제부터 동의할 수가 없어서 그 물음에는 답할 말이 없는데요."
　"이유는 딱 하나야. 이번 일이 전화위복이 돼서 너와 내가 가까워지기를 바라시는 거지. 좀 더 정확하게 말하자면 특별한 관계로 발전했으면 하는 바람이라고나 할까."

밤 은
아침을
꿈꾼다

소영이 말도 안 된다는 표정으로 정훈을 뜨악하게 바라보았다. 그러자 정훈이 되레 의외라는 표정을 지어 보였다.

"몰랐어? 문대영 씨 최고 숙원이 당신 아들과 차소영을 결혼시키는 거라는 것?"

"설마."

"어렸을 때 아버지들끼리 정혼 약속을 했다, 뭐 그런 얘기, 못 들었니?"

소영은 미간을 찌푸리고 기억을 더듬었다.

"어렸을 때 그와 비슷한 얘기를 들었던 기억은 있어요. 농담 삼아 대영 아저씨가 그런 말씀을 몇 번 하셨던 것 같아요."

"말도 마라. 나는 어렸을 때 귀에 못이 박히도록 그 얘기를 들었다. 농담으로 하신 말씀이 절대 아니었다고."

물론 시간이 흘러 그가 십 대 후반이 되면서는 아버지도 대놓고 정혼 타령을 하시지는 않으셨다. 아버지 생각에도 그와 소영이 계속 길이 엇갈려 만날 기회가 없자, 인연이 아닌가 싶으셨던 모양이다. 정혼 얘기에 코웃음 치며, 아름다운 소녀로 성장한 소영의 사진을 보여 줘도 영 시큰둥해하는 아들의 반응도 그렇고, 마침 그때는 정훈이 한창 이성에 눈을 떠 동급생인 모나코 공주와 목하 열애 중이기도 했으니, 소영을 며느리로 삼겠다는 욕심은 물 건너갔구나, 하고 반쯤 포기하시지 않았을까 싶다.

엘렌과는 르 로제를 졸업하고 그녀는 영국 옥스퍼드로, 정훈은 미국 코넬로 대학 진학을 하면서 자연스럽게 헤어졌다.

지금은 가끔 연락을 주고받는 편한 친구 사이로 지내고 있다.

정훈은 엘렌과 헤어지고 두 명의 여자를 더 사귀었다. 엘렌만큼 사랑한다는 닭살스러운 말을 주고받을 만큼 진지하게 사귄 사이는 아니었지만, 그럭저럭 좋은 감정으로 만났던 괜찮은 여자들이었다. 막판에 레이나는 영 아니었지만.

그렇다고 정훈이 바람둥이인가, 하면 그건 절대 아니다. 스물아홉 살 된 남자한테 그 정도 연애 경험은 당연한 것 아닌가. 오히려 그는 대학을 다니는 내내 꽤 보수적이고 고지식한 남자로 통했다. 아무 여자나 만나지 않고 한번 사귀면 기본적으로 2, 3년은 만나는 타입이니까.

가끔 미국으로 아들을 만나러 오는 아버지도 그러한 사실을 얼추 알고 계셨다. 그래서 장성한 아들의 연애에 뭐라 말씀은 못 하시고 그저 못내 아쉬운 얼굴로 소영의 소식만 간간이 전하셨을 뿐이었다.

그런데 그런 아들이 귀국 후 얼마 되지 않아서 당신도 찾지 못하고 있던 소영과 우연히 만났고, 무슨 이유에선지—뭐, 이유라고 해봤자 소영의 요구 때문이라는 것은 아버지도 바로 짐작하셨겠지만— 그 사실을 당신한테 비밀로 하고 있다는 사실을 알게 되었다면? 보나 마나 아버지는 또 역시 운명이네, 뭐네 하며 헛꿈을 꾸고 계실 것이 빤했다.

"어쩌면 지금도 아버지가 고용한 사람들이 어딘가에서 우리를 비켜보고 있을지도 몰라."

설마, 하면서도 움찔한 소영이 재빨리 주변을 돌아보았다.

정훈이 재빨리 손을 뻗어 그런 소영의 턱을 잡아 고정시켰다.

"돌아보지 마. 그러면 그들도 우리가 눈치챘다는 것을 눈치채잖아."

커다래진 소영의 눈동자가 불안하게 흔들렸다.

그러나 이내 소영은 딱딱하게 굳은 얼굴로 정훈의 손을 휙, 쳐냈다.

"뭐하는 거예요?"

"성질내지 마. 난 너를 도와주려는 거니까."

"대체 뭘 어떻게……."

정훈이 테이블 위로 상체를 숙이고 그녀와의 거리를 좁혔다. 흠칫 뒤로 물러나는 소영의 굳은 얼굴을 빤히 쳐다보며 낮은 목소리로 속삭이듯이 말했다.

"나는 네가 왜 잘 다니던 로스쿨까지 그만두고 때늦은 반항을 하고 있는지, 그 이유는 몰라. 솔직히 그다지 알고 싶은 생각도 없어. 궁금하기는 하지만 그건 어디까지나 네 개인사고 그럴 만한 사정이 있으니까 이러는 걸 거라고 생각해. 하지만 이거 하나는 분명하게 알지. 차 박사님이 이 모든 일의 발단일 거라는 것. 그리고 넌 아직 그런 차 박사님을 용서하거나 대면할 마음이 없다는 것."

"그래서요?"

"그래서긴 뭐가 그래서야. 나는 널 돕고 싶다니까."

"그러니까 왜, 무엇 때문에요? 날 잘 알지도 못하고 무슨 일인지 알지도 못하면서. 그리고 날 돕는다니, 뭘 어떻게 돕겠다는 거죠?"

정훈이 미간을 찌푸리고 잠시 신중하게 할 말을 골랐다.

"이상하게 들리겠지만 오해하지 말고 들어. 나는 어렸을 때부터 차 박사님의 방식이 별로 맘에 안 들었어. 다섯 살짜리 여자애가 무슨 말을 하거나 행동을 할 때마다 연신 아빠 눈치를 볼 정도로 엄하게 키운다는 거, 어린 내 눈에 보기에도 영 아니다 싶었거든. 크면서도 마찬가지였어. 아버지가 가끔 네 사진을 보여 줬는데, 사진으로도 빤히 보이더라. 네가 얼마나 엄한 환경에서 긴장한 채 살고 있는지."

초등학교, 중학교, 고등학교 심지어 대학교 졸업사진도 다 똑같았다. 아이에서 소녀로, 소녀에서 여인으로 외모만 성숙했을 뿐, 늘 똑같은 헤어스타일에 차갑게 정제되어 있는 분위기, 웃음마저도 어색한 굳은 표정, 깊은 수면처럼 고요한 눈빛. 사진을 보는 그마저도 숨이 막힐 정도였다. 그러니 그녀 자신은 어땠겠는가. 굳이 물어볼 필요도 없을 터였다.

"물론 난 차 박사님을 존경해. 한 세기에 한 번 날까 말까 한 천재로 대단한 분이시니까. 그런 분과 동시대에 살고 있다는 사실만으로, 그런 분이 아버지의 막역한 친구라는 사실이 자랑스러울 만큼 차 박사님을 진심으로 존경해. 하지만 그건 어디까지나 한 인간으로서 그분의 업적을 존경하는 거고, 아버지로서는 글쎄. 만약 내 아버지가 차 박사님 같은 분이었다면 진작 숨 막혀서 못 살겠다고 뛰쳐나오지 않았을까 싶다."

작년에도 부친과 함께 연구소로 동우를 만나러 갔던 정훈은 그가 뿜어내는 차가운 예기와 냉철한 지성, 이성으로 똘똘 뭉친 위엄에 숨이 막힐 것 같았다. 자신이든 타인이든 한 치의 실수도 용납하지 않을 것 같은 날카로움이 소름 끼치도록 무섭게 느껴질 정도였다.

"그래서 무슨 연유인지는 몰라도 이제라도 보장된 미래와 모든 것을 내던지고 뛰쳐나온 너를 지지하고 싶다는 생각이 들어. 혼자 힘들어하는 네가 위태로워 보이기도 하고. 네가 너 혼자 일어설 수 있을 때까지, 당당히 현실을 직면하고 차 박사님과 대면해서 문제를 해결할 자신감이 생길 때까지 나라도 널 지지하고 도와줘야겠다, 그런 생각이 든다고."

"말은 고맙지만 필요 없어요. 나 혼자 충분히……."

"날 이용해라, 차소영."

소영이 부릅떠진 눈을 빠르게 깜박거렸다.

"뭐라고요?"

"날 방패막이로 이용해서 시간을 벌라고. 내 짐작이 맞다면, 우리가 이렇게 가끔 만나는 동안에는 아버지도, 차 박사님도 널 가만 내버려 두실 거다. 네가 또 어딘가로 도망칠 궁리만 하지 않는다면 말이야."

소영이 기가 차다는 듯 헛웃음을 터트렸다.

"오빠와 사귀는 척이라도 하자, 이 말이에요? 아저씨나 아빠가 날 잡으러 올지도 모르니까?"

"사귀는 척할 필요까지는 없어. 그냥 그대로 네가 그 집에 있으면서 가끔 나와 만나며 무사하다는 것만 확인시켜 드리면 한동안은 잠자코 지켜보기만 하실 테니까."

"안 그러면 아저씨나 아빠가 날 잡으러 들이닥칠 거다, 이 말인가요?"

"내 생각에는 그래. 못 믿겠으면 내일 당장 짐 싸들고 나가 보든가. 아마 바로 웬 건장한 남자들한테 가로막힐걸? 그리고 바로 우리 집으로 끌려오겠지. 그리고 이삼일 뒤에는 차 박사님이 오셔서 널 미국으로 데려간다고 하실 것 같은데, 정 못 믿겠으면 한번 해 봐. 그 날로 네 도피 생활은 끝날 거라는 데 내 전 재산을 걸지."

소영은 어이가 없다는 듯 고개를 절레절레 가로저었다.

"보기보다 상상력이 대단하네요. 호텔 일 말고 소설을 한번 써 보는 게 어때요?"

"기껏 생각해서 도와주겠다는 사람을 그렇게 비꼬면 안 되지. 내 말대로 하면 적어도 5, 6개월은 더 버틸 수 있을 거다. 어른들 인내심이 그 이상은 무리일 테니까 그 안에 어떤 식으로든 너 자신이나 차 박사님하고 해결을 보든, 정리를 하든 해. 그 이상 이런 식으로 시간을 끄는 건 너 자신한테도 안 좋아. 넘어진 김에 쉬어 간다지만, 주저앉아 쉬는 시간이 너무 길어지면 걷고 싶어도 다시 걷기 힘들어질 수도 있어."

소영은 정훈의 말이 황당하고 주제넘는다고 생각했다. 아무것도 모르면서 마치 다 안다는 양, 제 말이 옳다는 양 제멋대로 판단하고 넘겨짚고 결론까지 내리는 그가 무척이나 오만한 인간이라는 생각까지 들었다.

밤 은
아침을
꿈꾼다

그러다 불현듯 마음 한구석에서 그의 말에 고개를 끄덕이고 있는 자신을 발견했다. 그의 상상력에서 비롯된 근거 없는 황당한 가설이라는 생각을 하면서도 그의 말이 맞을지도 모른다는 생각이 내면 깊숙한 곳에서 조금씩 커져 가고 있었다.

'그의 말이 모두 맞을지도 몰라. 그의 말대로 아빠나 아저씨가 내가 스스로 정리하고 돌아갈 때까지 두 손 놓고 기다리고 계실 분들은 아니잖아.'

지금쯤 아빠는 그녀 앞으로 된 신탁의 일부가 목돈으로 인출되어 꽴으로, 엄마라는 그 여자한테 흘러갔다는 것을 알아내셨을 것이다. 서울에 와서도 두 번 보냈으니까 어쩌면 그 때문에 꼬리가 밟힌 건지도 모르겠다.

그런 줄도 모르고 일주일 전에도 돈을 보냈으니…… 바보. 날 좀 찾아주세요, 하고 열심히 흔적을 남긴 것이나 다름없을 터였다. 보나 마나 아빠는 엄청 대노하셨을 것이다.

그런데 그녀가 어디 있는지 찾아내고도 찾아오지 않는다? 왜? 정말 정훈의 말대로 대영 아저씨가 그 때문에 막고 있는 것일까? 정말 그녀 주변에 사람을 심어 두셨을까? 그렇다면 난 이제 어떻게 해야 하지?

아직은 아빠를 보고 싶지 않다. 아직은 앞으로 어떻게 살아야 하는지, 어떻게 살고 싶은지 어떠한 결론도 내리지 못했다. 아직은 아빠를 용서하지 못했다.

무엇보다 아빠에 대한 두려움을 아직 극복하지 못했다.

아직은 시간이 더 필요하다.

그를 방패막이로 이용해 시간을 벌라고? 꼭 그렇게까지 해야 하나? 시간을 벌기 위해선 그 방법밖에 없는 건가? 그의 추측이 틀릴지도 모르는데?

하지만 그가 틀렸다는 것을 확인해 볼 용기가 그녀에게는 아직 없었다. 만에 하나라도 그의 생각이 맞는다면…… 그 이후에 벌어질 상황은 생각하고 싶지도 않다. 아직은 시간이 필요했다. 그녀가 바라던 온전히 혼자만의 시간은 아닐지라도, 각기 다른 바람과 의도로 서로를 속고 속이는 시간일지라도 그녀에게는 혼자 있을 시간이 절실하게 필요했다.

그런데 정훈을 믿을 수 있을까?

모르겠다. 하나 지금은 정훈밖에는 달리 믿을 수 있는 사람이 없지 않은가.

소영은 고요해진 시선을 들어 정훈을 응시했다.

"그럼 그 도움이라는 거, 한번 받아 보죠."

귀찮기는 하겠지만, 아빠를 다시 볼 위험을 감수하는 것보다는 훨씬 낫다.

정훈은 피식, 헛웃음을 흘리며 고개를 가로저었다. 기껏 없는 시간을 쪼개서 도와주겠다는데도 고맙다는 인사 한마디 못 받는데, 왜 굳이 귀찮은 일을 자청한 건지, 생각할수록 스스로가 어이가 없었다.

그런데 왜…… 가슴 한쪽이 두근거리는 거지? 마치 맘에 드는 여학생한테 대시해서 성공한 십 대 철부지처럼 잔뜩 긴장해서 졸아들었던 심장이 쿵쾅거리며 빠르게 뛰기 시작했다.

밤 은
아침을
꿈꾼다

'뭐냐, 문정훈. 너 설마······.'

제풀에 흠칫 놀라 소영을 바라보는 정훈의 눈동자가 미세하게 흔들렸다.

설 렘

소영은 미용실을 나서며 주변을 슬쩍 돌아보았다. 최근 한 달 새 새로 생긴 습관이라면 습관이었다. 자신을 지켜보는 사람이 있나 없나, 살펴보는 습관. 행인지 불행인지 아직까지는 이렇다 하게 의심스러운 사람은 발견하지 못했다.

정훈이 괜히 오버한 게 아닌가 싶기는 한데, 조심해서 나쁠 건 없다는 생각이 들기도 한다.

지난 한 달 새 정훈과는 매주 한 번씩 만났다. 평일에는 그가 바빠서 주말을 이용해서 만났는데, 밥도 먹고 술도 마시고 생각보다 나름 괜찮았다.

그는 사람을 편하게 해 주고 분위기를 주도적으로 이끌 줄 아는 사람이었다. 적당한 유머와 유려한 말솜씨로 사람을 가끔 웃게도 만들고 자연스럽게 그의 이야기에 귀 기울이게 만드는 능력이 탁월한 사람이었다.

190센티미터가 넘는 장신에 단단한 체격, 기품 있는 강인한 이목구비에서 풍기는 위압감은 절로 경계심이 돋아날 만큼 상당한데, 막상 마주 앉아 이야기를 나누고 있노라면 경계심 따위는 어느덧 사라지고 그가 보여 주는 부드러운 카리스마에 스르르 빨려 들어가고 만다.

아저씨가 아들 하나는 정말 잘 키웠구나, 라는 생각이 든다고나 할까?

하긴 아저씨도 그러니까 당연한 일이기는 할 터이다. 그 아버지에 그 아들이라는 말이 괜히 있겠나. 게다가 그는 다정하고 인격적으로 훌륭한 부모님의 사랑을 담뿍 받으며 유년시절부터 최고의 환경에서 유능한 리더가 되도록 교육을 받으면서 성장한 사람이니, 뒤틀리지 않고 당당한 어른으로 성장한 건 당연한 결과일 터였다.

정훈을 보고 있노라면 부러운 생각까지 든다. 정미도 그와 같을까? 아마 정미도 그와 크게 다르지 않을까 싶다. 여자, 남자라는 성별만 다를 뿐, 정미도 틀림없이 그처럼 근사하고 멋진 어른으로 성장해 있을 것이다.

따뜻한 가슴과 냉철한 이성을 가지고 세상을 주도적으로 근사하게 살아가는 사람들. 그녀나…… 아빠와는 근본적으로 다른 사람들. 솔직히 부러웠다. 그러고 보니 어렸을 때도 정훈과 정미를 무척 부러워했었다. 그런데 20년이 지난 지금도 그들을 마냥 부러워하고 있다니, 난 그동안 대체 뭘 하고 살았나,

새삼 회의감이 밀려오는 소영이었다.

"그래서 이제부터라도 제대로 살아 보려고 이러는 거잖아."

그러니 너무 우울해할 필요는 없다. 이제부터라도 내 삶을 찾아가면 된다. 누구에게도 휘둘리지 않는 내 삶을……. 그 전에 내가 무엇을 원하는지, 어떻게 살아가고 싶은 것인지 알아내는 것이 급선무겠지만 말이다.

정훈의 말대로 너무 오래 주저앉아 있는 건 아닌지 모르겠다. 이러다 정말 다시 일어나 걷고 싶어도 걸을 수 없게 되는 것은 아닐까, 살짝 걱정이 된다. 넘어지는 것을 두려워해서는 아무것도 할 수가 없는데, 순종적인 겁쟁이로 산 세월이 너무 길어서 선뜻 일어나지지 않는다.

그래도 이만큼 크게 한 걸음 뗀 것이 어딘가. 그 한 걸음의 파장이 너무 커서 그 자리에 다시 웅크리고 주저앉아 버렸지만, 그래, 이제라도 다시 심호흡을 하고 일어날 준비를 해야겠다.

생각해 보면 정훈이 참 고맙다. 주저앉은 채 점점 더 깊이 땅을 파고 들어가려고만 하는 그녀에게 어떤 식으로든 자극제가 되어 주고 있으니 말이다. 그의 짐작이 틀렸을지는 몰라도 도와주겠다고 내민 그의 손을 잡은 것은 결과적으로 잘한 일이었던 것 같다.

오늘은 그와 시내에 있는 대형 서점에서 만나기로 했다. 책을 읽어 보고 싶다는 생각이 든 것도 참으로 오랜만이었다. 그동안은 생각만 해도 지긋지긋해서 활자라면 꼴도 보기 싫었는데 며칠 전부터 갑자기 다시 책이 읽고 싶어졌다. 정훈은 호텔에서 서점으로 바로 온다고 했다. 일요일인데도 일이 많은 모양이었다.

정훈과 만나기로 약속한 시간은 오후 2시였지만, 그녀는 먼저 가 볼 요량으로 일찍부터 서둘렀다. 그를 만나기 전에 혼자 서점을 둘러보며 시간을 보내고 싶었다.

"머리를 너무 짧게 잘랐나?"

뒷목에 닿는 바람이 유난히 서늘했다. 완연한 가을에 접어든 10월이라서 바람이 서늘해진 탓도 있겠지만 매달 조금만 자라도 싹둑 잘라 내는 통에 머리가 점점 더 짧아지는 것 같았다. 쇼윈도에 비치는 옆모습이 마치 중학교 남학생 같았다.

변성기도 지나지 않은 빼빼 마른 남학생.

"이러니 치마가 어울릴 턱이 있나."

소영은 쇼윈도에 비친 제 모습을 보며 혀를 끌끌 찼다. 아침에 불현듯 치마를 입어 볼까? 하는 생각이 들어서 옷장을 뒤져 원피스를 입어 보았다. 6개월 전만 해도 잘 맞던 원피스였는데, 살이 얼마나 내렸는지 헐렁하니 영 볼품이 없었다. 거기다 머리까지 요 모양이니 마치 사내아이가 장난삼아 누나 옷을 걸친 것처럼 우스꽝스럽기 그지없었다.

그래서 냉큼 벗어 던지고 평소처럼 청바지나 주워 입었다. '내가 왜 갑자기 치마를 입을 생각이 들었지?' 하고 고개를 갸웃거리면서. '왜긴 왜야?' 하며 옆구리를 쿡 찔러 오는 불편한 무언가가 있었지만 소영은 재빨리 고개를 가로젓고 바로 미용실로 달려갔다. 그러고는 머리를 더 짧게 잘라 버렸다.

그런데 아무래도 너무 멋없이 싹둑 잘라 버린 것 같다. 소영은 못마땅한 눈빛으로 연신 쇼윈도에 비치는 제 모습을 힐끔거렸다.

⁂

"뭘 그렇게 심각하게 읽고 있어?"

불현듯 나지막한 중저음이 바로 옆에서 들려왔다. 소영은 깜짝 놀라 시선을 들었다. 변함없이 화보 속 모델처럼 완벽한 슈트 차림의 정훈이 입가에 잔잔한 미소를 띠고 그녀를 내려다보고 있었다.

"왔어요?"

소영은 얼른 보던 책을 덮고 책꽂이에 꽂았다. 재빨리 책 제목을 살핀 정훈의 미소가 조금 더 깊어졌다. 제 버릇 남 못 준다더니, 배운 게 도둑질이라고 소영은 법전을 읽고 있었다. 로스쿨이 싫다고 제 발로 뛰쳐나올 때는 언제고 서점에 오니 법관련 서적이 가장 먼저 눈에 들어왔나 보다. 그녀가 주섬주섬 챙기는 책들을 보니 그것들도 모두 ≪대한민국 헌법의 개요≫ 뭐 이런 책들뿐이었다.

걸음을 옮기는 소영을 따라가며 정훈이 말했다.

"다 봤어? 더 보지?"

"여기는 얼추 다 봤어요."

"일찍 왔나 보네. 언제 온 거야?"

"얼마 안 됐어요. 한 1시간쯤 됐나?"

정훈이 그녀의 손에서 얼른 묵직한 책들을 빼앗아 들었다. 깜짝 놀란 소영이 재빨리 책으로 손을 뻗었다.

"내가 들게요. 줘요."

"됐어. 힘 좋은 돌쇠 놔뒀다가 뭐에 써먹으려고. 이럴 때나 팍팍 부려 먹어라."

돌쇠는 무슨. 돌쇠가 다 얼어 죽었다. 소영은 속으로 피식, 헛웃음을 흘렸다.

"일찍 올 거였으면 전화를 하지 그랬어. 그랬으면 나도 일찍 왔을 텐데. 생각보다 일이 빨리 끝났거든. 약속 시간 맞춘다고 괜히 혼자 빈둥거렸네."

"무슨 중요한 국제 포럼 있다고 하지 않았어요?"

"오늘부로 다 끝났어. 포럼 인사들 체크아웃하고 마무리되는 것 보고 오는 길이야. 나머지는 담당자인 정미 몫이고. 그런데 무슨 책을 이렇게 많이 골랐어. 이거 다 살 거니?"

정훈은 일곱 권이나 되는 두꺼운 책들을 내려다보며 한쪽 눈썹을 치켜세웠다.

"네, 고르다 보니 다 읽어 보고 싶은 책들이라서. 그런데 정미가 행사 담당자예요?"

"응, 걔가 우리 호텔 판촉부서의 핵심이거든. 최근 우리 호텔에서 열린 굵직굵직한 국제 행사는 거의 정미가 유치한 거라고 해도 과언이 아니야. 일 욕심도 많고 능력도 출중하고, 특히 인맥 관리 하는 거 보면 동생인데도 무서울 정도라니까.

아마 아버지나 나보다도 닿는 라인이 더 많지 않을까 싶다."

호텔 판촉부서 직원의 능력은 자국 및 전 세계의 각계각층 주요 인사들과 얼마나 긴밀한 인맥이 형성되어 있는가, 그것으로 판가름이 나는데, 그런 측면에서 봤을 때 정미는 절대 다른 호텔에 빼앗겨서는 안 되는 유능한 직원이었다. 벌써부터 안 닿는 인맥이 거의 없을 정도니까. 르 로제에 다닐 때부터도 그랬다. 동문 중에 문정훈은 몰라도 문정미 모르는 사람은 한 명도 없지 않을까 싶다.

우와, 소영은 진심에서 우러나온 탄성을 터트렸다.

"대단하네요. 정미 이제 스물네 살이잖아요. 그럼 대학 졸업하고 귀국한 지 1년도 채 안 됐을 텐데, 벌써 그렇게 능력을 발휘하고 있는 거예요?"

"본격적으로 공식 업무를 시작한 건 귀국 후부터지만, 레로쉬에 다닐 때부터 사이드로 계속 업무를 봤으니까, 경력으로 치자면 벌써 3년 차지. 갠 천상 호텔리어야. 개만큼 목표와 야망이 뚜렷한 애도 없어. 가끔 의욕이 너무 앞서서 서두르는 게 탈이기는 하지만."

그런데 나는 지금 뭘 하고 있는 건가. 소영은 새삼 스스로에 대한 회의감이 들었다. 그와 동시에 정미가 무척이나 궁금해진 소영이었다.

"저기, 오빠, 혹시 정미한테도 내 얘기 안 했어요?"

"안 했어. 약속했잖아, 네가 오케이하기 전까지는 아무한테도 얘기하지 않기로. 왜, 정미한테 얘기했을까 봐 불안하니?"

"아니요. 그런 게 아니라……."

소영은 끝말을 얼버무렸다. 정훈이 곁눈질로 소영을 힐끔 내려다보았다.

"그럼, 정미가 얼마나 많이 변했을지 궁금해서? 보고 싶니?"

"솔직히 네, 궁금해요. 오빠 얘기를 들으면 정말 멋지고 근사한 어른이 되어 있을 것 같거든요. 당차고 똑똑하고 자기 주관 확실하고, 보는 것만으로도 긍정적인 에너지가 넘치는 그런 멋진 여자로요. 어쩐지 나보다 훨씬 어른스러울 것 같아요."

"그건 어렸을 때부터 그랬던 것 같은데?"

정훈이 소영의 어깨를 툭 치며 한쪽 눈을 찡긋거렸다.

"꼬맹이 때도 정미가 너보다 더 언니 같았어. 덩치나 보나 뭐로 보나 다."

하긴, 그 말도 틀린 말은 아니었다. 네 살밖에 안 된 애가 키도 크고 덩치도 크고, 고집이나 주관은 또 어찌나 뚜렷한지 언니, 언니 하면서도 소영을 늘 동생처럼 끌고 다녔더랬다. 옛날 생각에 소영의 입가에 슬며시 미소가 어렸다.

"한번 만나 볼래? 정미도 너 만나면 굉장히 반가워할 텐데. 아버지한테 네 얘기가 흘러 들어갈 걸 걱정하는 거라면 그런 걱정은 안 해도 될 거다. 어차피 아버지도 너 어떻게 지내는지 다 알고 계시기도 하거니와, 정미도 네가 차 박사님과의 불화 때문에 가출했다는 것 정도는 대충 알고 있으니까, 너 이렇게 혼자 지내고 있다는 거 알면 아마 자기가 더 기를 쓰고 널 보호하려고 할걸? 내 동생이라서가 아니라 그 녀석 정말 괜찮은 녀석이거든."

정미 얘기를 하는 그의 눈빛에 뿌듯해하는 자랑스러움이 넘쳐흘렀다. 남매 사이의 우애가 얼마나 좋은지, 굳이 눈으로 보지 않아도 알 것 같았다. 두 사람에 대한 부러움이 한 뼘쯤 더 깊어졌다. 더불어 '그런데 나는 왜 이럴까' 하는 씁쓸한 회의감 또한 한 뼘쯤 더 깊어졌다.

그녀한테도 쌍둥이 언니가 있다고 했다. 한 번도 본 적도 없고 심지어 성까지 다르지만 그녀와 피를 나눈 쌍둥이 언니가. 갓난아기 때 헤어지지 않고 함께 자랐으면 그녀와 자신도 정훈과 정미처럼 생각만 해도 가슴이 뿌듯하게 차오르는 우애 좋은 자매로 자랄 수 있었을까. 소영은 문득 소희가 무척이나 궁금해졌다.

소영의 눈빛이 차분하게 가라앉다 못해 무겁게 가라앉았다. 형언하기 힘든 씁쓸함이 그녀의 전신을 에워싸고 시나브로 흘러나왔다. 정훈의 눈매가 가늘어졌다. 자신이 괜한 얘기를 꺼낸 것인가 싶어 아차 싶었다.

소영이 찬찬히 고개를 가로저었다.

"나중에요. 아직은 그냥 이대로 있고 싶어요."

"너 편한 대로 해. 시간은 아직 많으니까."

정훈은 재빨리 화제를 바꿨다.

"그런데 다 법과 관련된 책들이네. 다시 공부 시작하려고?"

"아니요, 그냥 한국의 법은 어떤가, 궁금해서요. 전문서적들도 아닌데요, 뭐. 대충 어떤지 훑어만 보려고요."

"대충 훑어보다가 머리에 쥐 나겠다. 가볍게 읽을 소설도 좀 사. 요즘 괜찮은 책 많이 나온 것 같은데."

말은 그렇게 하면서도 정훈은 속으로 이참에 소영이 다시 공부를 시작해서 한국에서 사시에 합격해 법관으로 살아도 괜찮지 않을까, 싶었다. 도쿄대학교 법학과를 졸업한 학점이 국내에서도 동일하게 인정되는지는 모르겠지만 말이다.

그나저나 소영이 가볍게 읽을 책이라면 뭐가 좋을까? 순간 그의 뇌리를 번쩍하고 스치는 생각 하나가 있었다.

'그거라면 딱일 듯싶은데, 벌써 다 읽었으려나?'

정훈은 그 책이 있을 만한 코너를 살피며 대수롭지 않은 어투로 가볍게 말했다.

"요즘엔 어른들을 위한 동화가 괜찮다고 하던데, 그런 책 중에서 뭐 읽어 본 거 있어?"

"어른들을 위한 동화요? 글쎄요, 없는 것 같은데요."

소영은 그렇게 대답하며 정훈을 의아한 눈빛으로 쳐다보았다. 어른들을 위한 동화…… . 다른 사람은 몰라도 정훈의 입에서 '동화'라는 말이 나오니까 영 어색하고 어울리질 않았다. 심도 깊은 철학 서적이나 골치 아픈 경영서적이라면 모를까.

"오빠가 정말 그런 책을 읽는다고요?"

정훈이 어딘가로 향하던 걸음을 멈추고 그녀를 돌아보았다.

"왜, 난 동화 읽으면 안 되나?"

"솔직히…… 안 어울리잖아요. 오빠하고 동화."

"그냥 동화가 아니라 어른들을 위한 동화라니까."

"그래도요. 어쨌든 동화라면 일단 그림이 반 이상을 차지할 텐데, 오빠하고 동화라니…… 훗, 상상이 안 되는데요?"

그 덩치에 그림이 잔뜩 그려진 동화가 가당키나 하냐는 듯 소영이 정훈을 발밑에서부터 남들보다 머리 하나는 더 큰 정수리까지 천천히 거슬러 쳐다보았다. 정훈이 애처럼 입술을 비죽거렸다.

"이거 왜 이래. 이래 봬도 나도 속은 솜털처럼 보드라운 사람이라고."

소영이 어련하시겠느냐는 듯 심드렁한 표정으로 고개를 끄덕거렸다. 어쭈! 하며 괜스레 눈을 부릅뜬 정훈이 이내 피식, 웃음을 흘렸다.

"그래, 솔직히 어렸을 때 외에는 그림 있는 책 본 적이 없기는 하다. 네가 옛날에 주고 갔던 ≪폭풍우 치는 밤에≫ 말고는."

"그 책, 아직도 가지고 있어요?"

정훈이 어깨를 으쓱이며 고개를 끄덕거렸다. 설마, 하던 소영의 눈이 커다래졌다.

"진짜요? 그걸 아직도 가지고 있다고요? 혹시, 그 책 읽어 봤어요?"

"너한테 받았을 때는 바로 못 읽어 봤지. 일본어로 되어 있는 걸 내가 무슨 수로 읽어. 그땐 대충 그림만 봤었어. 어머니가 번역하는 사람한테 부탁해서 한국어로 번역해 주겠다고 하셨는데, 그건 또 싫다고 했고. 다섯 살 꼬맹이도 읽는 책, 나라고 못 읽을쏘냐. 두고 봐라. 나도 일본어 공부해서 내가 직접 읽고 말 테다, 그러면서 오기를 부렸지.”

“그래서요, 정말 일본어를 공부했어요?”

“한참 더 지나서. 그땐 르 로제 입학 때문에 영어와 프랑스어를 익히는 게 더 급했거든. 입학하고 나서도 낯선 환경과 사람들, 언어에 적응하느라 그 책 하나 읽겠다고 일본어를 따로 공부할 여력이나 시간은 없었어.”

사실, ≪폭풍우 치는 밤에≫를 스위스까지 가지고 왔는지도 한동안 까맣게 잊고 있었다. 그러다 몇 년 후 일본인 친구 한 명이 르 로제에 새로 입학을 했었다. 그 친구를 보고서야 그 책이 생각났다. 같은 동양인이라는 사실만으로 친해진 그 친구한테 일본어를 배웠다. 그때가 정훈이 열여섯 살 때였으니까 소영한테 그 책을 선물 받은 뒤 꼬박 7년이 지나서야 그 책을 겨우 끝까지 읽을 수 있었다.

“그럼 지금은요? 일본어 잘해요?”

“아니, 간단한 회화 정도밖에. 읽고 듣는 건 어느 정도 하겠는데 말하는 거나 쓰는 건 영 어렵더라고. 그래도 그 책은 나 혼자 힘으로 끝까지 읽기는 다 읽었어. 나중에 영어로 번역된 책을 구해서 내가 읽은 내용이 맞나 확인까지 해 봤는데, 대충 맞더라고.”

그때의 그 뿌듯함이란, 높은 산을 정복한 듯 꽤나 나 자신이 대견했다.

“그런데 그 책이 그거 말고도 시리즈가 꽤 많더라? 5권인가 6권인가 더 되는 것 같던데, 다 읽었어?”

"그럼요, 내가 그 책을 얼마나 좋아하는데. 오빠한테 그 책 주고 나서 집에 돌아와서 바로 하나 더 샀고, 한참 뒤에 나온 마지막 편까지 사서 다 읽은 걸요. 오빠는 그다음 작품들은 전혀 안 읽었어요?"

정훈은 '그렇지, 뭐' 하고 어깨를 으쓱거렸다. 당연하지 않은가. 그때가 몇 살 때였는데. 이성에 막 눈을 떠 연애까지 시작한 다 큰 사내놈이 애처럼 동화책이나 사서 읽었겠는가. ≪폭풍우 치는 밤에≫야 오기 때문에라도 일본어 공부하는 셈 치고 읽었지만 말이다.

소영이 안타깝다는 듯 콧잔등을 찡긋거렸다.

"흐음, 한번 읽어 보지. 그다음 내용들도 되게 재미있고 좋았는데."

정훈은 그래? 하고 건성으로 답하며 입맛을 다셨다. 불현듯 옛날 생각이 나서 소영이 나머지 책들을 안 읽었으면 그것들을 사 줄까 싶었는데, 벌써 다 읽었다니 그것도 안 되겠다. 그럼 소영이 가볍게 읽을 책으로 뭐가 좋을까? 주변을 두리번거리는데 소영이 그의 팔을 잡아끌었다. 정훈이 깜짝 놀라 물었다.

"왜, 뭐?"

"이리 와 봐요. 말 나온 김에 그 책들 내가 선물해 줄게요."

나한테? 뜨악해진 정훈이 됐다며 손사래를 쳤다.

"됐어, 이 나이에 무슨."

"아깐 어른들을 위한 동화가 괜찮다면서요? 이래 봬도 속이 솜털처럼 보드랍다고 한 사람이 누구였더라?"

"아, 그건……."

"한번 읽어 봐요. 절대 시간 낭비했다는 생각은 들지 않을 거예요. 오빠도 일 때문에 머리 복잡하고 피곤할 텐데 그럴 때 한번씩 읽으면 기분전환도 되고 좋을 거예요. 그런데 여기에 7권까지 다 있으려나 모르겠네."

소영은 동화책 코너를 찾아 두리번거리며 정훈의 팔을 연신 끌어당겼다. 두 사람이 서점을 나왔을 때, 정훈의 손에는 커다란 쇼핑백이 두 개나 들려 있었다. 하나는 당연히 소영의 법 관련 책들이었고, 나머지 하나는 소영이 정훈에게 선물한 ≪폭풍우 치는 밤에≫ 시리즈들이었다.

일곱 권이나 되는 동화책을 내려다보며 정훈은 허탈한 미소를 머금었다.

'2개월 후면 서른이 될 남자가 동화책을 일곱 권이나 선물 받다니, 나 원 참.'

기가 막힐 노릇이었다.

그러나 더욱 기가 막힌 건 그 날 밤 그 남자가 침대에 앉아 밤새도록 그 동화책들을 두 번이나 독파했다는 사실이었다.

처음에는 집에 들어오자마자 두 권이면 모를까. 일곱 권이나 늘어난 동화책을 책꽂이에 꽂아 두는 것조차 남우세스러워서 봉투째 침대 사이에 슬쩍 밀어놨다. 그러다 씻고 침대에 누워 있자니 누런 봉투가 눈에 들어왔고, 소영의 성의가 괘씸하니 한번 들춰나 보자, 싶어서 한번 꺼내 보았을 뿐이었다.

그런데 읽다 보니 어느덧 가부와 메이의 이야기에 흠뻑 빠져서는 시간 가는 줄 모르고 7권을 전부 읽어 버렸다. 그러고도 괜스레 마음이 싱숭생숭 이상해져서는 도로 일어나 불을 켜서 다시 한 번 읽고 말았다.

다음 날 아침, 그의 침실 한쪽을 차지하고 있는 책꽂이에는 일본어와 영어로 쓰여 있는 낡은 ≪폭풍우 치는 밤에≫부터 한글로 쓰여 있는 빳빳한 ≪폭풍우 치는 밤에≫ 시리즈가 책꽂이 정 중앙에 주르륵 나란히 꽂혀 있었다.

3일간 통 잠을 자지 못해서 신경이 날카로워질 대로 날카로워진 소영은 초조하게 손톱을 물어뜯다가 자리를 박차고 일어나 침실로 들어갔다.

"안 되겠어. 나가서 술이라고 한잔하고 와야지."

외투와 지갑을 챙겨 들고 방을 나섰다. 그러다 문득 걸음을 멈췄다. 잠시 망설이다가 도로 방으로 들어갔다. 충전기에 꽂아 둔 휴대전화를 노려보다가 확 빼 들었다. 그와 동시에 휴대전화에서 기다렸다는 듯이 녹턴의 감미로운 멜로디가 흘러나왔다.

정훈이었다.

반가운 마음에 재빨리 통화버튼으로 손을 뻗었다. 그러다 소영은 일순 멈칫했다. 뭐가 그렇게 반갑다고 기다렸다는 듯이 가슴까지 콩닥거리며 부리나케 전화를 받으려고 했는지,

저 자신이 의아하고 어이가 없었다. 신경 써 주고 찾아오는 그를 싫다고 밀어내고 귀찮아할 때는 언제고, 대체 왜 이러는지 모르겠다.

"받지 말아 버릴까?"

그러나 그땐 이미 손가락이 제멋대로 통화버튼을 밀어낸 후였다.

─뭐하니?

나다, 누구다, 라는 형식적인 인사도 생략한 채 당연하다는 듯이 거두절미하고 '뭐하니?'라고 물어 오는 그의 다정한 음성에 소영은 아랫입술을 질끈 깨물었다.

─소영아. 뭐야…… 안 들리나. 차소영, 오빠 목소리 안 들려?

소영은 숨을 크게 들이마시고 휴대전화를 얼굴로 가져갔다.

"들려요. 웬일이에요?"

안 그래도 신경까지 날카로워져 있던 터라 목소리가 절로 차갑게 흘러 나갔다. 정훈은 잠시 말이 없었다. 잔잔한 음악 소리가 들리는 걸 보면 통화 상태 불량이나 끊어진 것은 아닌 것 같은데, 그는 잠시 침묵을 지켰다. 하긴 지금 불량한 건 그녀의 상태이지, 통화 상태는 아니었다. 그도 그 사실을 바로 눈치챈 모양이었다.

그러나 그는 바로 아무렇지 않은 듯 담담하게 대답했다.

─나와라.

"네?"

─술이나 한잔하자고. 너 지금 술 엄청 당길 것 아니야. 나도 오늘따라

술이 엄청 당기네. 나와. 술이나 한잔하자.

소영은 빠르게 속눈썹을 깜박거렸다. 이상스레 가슴도 두근두근 빠르게 뛰어 댔다. 이젠 그도 그녀가 3, 4일에 한 번, 참다못해 술을 마신다는 사실을 눈치챈 모양이었다. 주 중에 한 번, 주말에 한 번. 물론 그녀 입으로 단 한 번도 말한 적이 없었다. 그럼에도 불구하고 그는 그 사실뿐 아니라 이유까지도 훤히 꿰뚫고 있는 것 같았다.

─소영이 오늘은 푹 잘 수 있겠네. 빨리 들어가서 자. 괜히 씻는다고 바지런 떨지 말고. 잘 자라.

얼마 전 주말부터 술 한 잔씩 하고 헤어질 때마다 그가 빼놓지 않고 건네던 말이었다. 그러고는 매주 수요일, 목요일 저녁마다 잊지 않고 항상 전화를 해 왔더랬다. 뭐하냐고, 어디냐고, 너무 많이 마시지 말라고 매번 같은 말을 묻고, 매번 같은 말로 걱정을 했다.

그리고 오늘은…… 수요일이었다.

소영은 이상스레 뛰어 대는 왼쪽 가슴을 손바닥으로 지그시 누르며 마른침을 삼켰다.

"오늘은 주말이…… 아닌데요."

─고지식하기는. 융통성을 좀 발휘해 봐. 주말에만 보는 거 식상하잖아. 아버지 보시기에도 그편이 자연스러울 테고. 조금씩 진도 좀 빼자. 나와. 집 앞이다.

"집 앞이라고요? 지금 여기 와 있다는 거예요?"

―뭘 그렇게 놀라. 10분이면 되나? 더 걸려도 상관없고. 기다릴 테니까 천천히 준비하고 나와.

전화가 툭 끊겼다. 소영은 멍하니 휴대전화를 내려다보다가 후다닥 거실 베란다로 뛰어갔다. 난간 밖으로 머리를 길게 빼고 어두컴컴한 거리를 살폈다. 오래 살피고 자시고 할 것도 없었다. 이제는 어두운 밤이든 어디서든 한눈에 알아볼 만큼 눈에 익어 버린 그의 차가 건물 바로 앞에 떡하니 서 있었으니까. 생각지도 못했던 그의 갑작스러운 등장에 안 그래도 두근거리던 심장이 더욱 가파르게 뛰었다.

소영은 제풀에 깜짝 놀라 후다닥 난간에서 떨어져 거실로 도망쳤다. 비정상적으로 빠르게 뛰어 대는 왼쪽 가슴을 주먹으로 두드리며 바싹 말라 버린 입술을 혀로 축였다.

"진정해. 뭐가 어떻다고 이러는 거야. 문정훈이 제멋대로 나타나는 게 뭐 하루 이틀이야? 새삼스러울 것도 없는데, 괜히 난리야. 후우, 후우."

소영은 연신 숨을 몰아쉬었다.

◉

"여기가 어디예요?"

소영은 처음 와 보는 이색적인 골목을 두리번거리며 물었다. 정훈이 씩, 미소 지으며 그녀를 돌아보았다.

밤 은
아침을
꿈꾼다

"이화마을이라는 곳이야. 처음 와 보지?"

소영은 좁은 골목의 담벼락마다 그려져 있는 근사한 벽화들을 둘러보며 고개를 끄덕거렸다. 서울 시내에 이런 곳이 있는지 처음 알았다. 그녀도 대학로에는 두어 번 와 봤다. 조금 전 지나쳐 온 마로니에 공원도 그때 와 봤고 말이다. 그런데 그 윗동네에 이런 신세계가 펼쳐져 있는지는 오늘 처음 알았다.

처음에는 사람을 왜 갑자기 대학로까지 끌고 왔나, 어딜 가는데 이렇게 오래 걷는 건가, 정훈한테 신경질도 나고 짜증도 나고 그랬는데 막상 이곳에 들어서니 짜증이 한달음에 싹 사라져 버렸다. 다리가 아픈지도, 힘든지도 모르겠다.

"우와!"

소영의 입에서 절로 탄성이 터져 나왔다. 기다란 담벼락을 가득 채운 화려한 꽃 벽화나 아기자기한 커피숍 앞에 서 있는 재미난 인형들, 담벼락 위에 서 있는 인형들과는 또 다른 근사한 조형물이 눈에 들어왔기 때문이다. 하늘 높이 곡선으로 휜 철근 끝에 중절모를 쓴 신사와 강아지가 서 있었다. 언뜻 보면 신사와 강아지가 밤하늘을 뚜벅뚜벅 걸어가고 있는 것 같은 착각이 들 정도였다. 그 밑에서 사람들이 열심히 카메라 셔터를 누르고 있었다.

커다래진 눈을 반짝이며 조형물을 올려다보는 소영을 흐뭇하게 내려다보며 정훈이 말했다.

"여기가 이곳에서 가장 유명한 포토존이야. 재미있는 조형물이지?"

"네, 멋져요."

"너도 한 장 찍을래?"

소영이 그를 힐끗 올려다보았다.

"됐어요. 카메라도 없는데요, 뭐."

"없긴 왜 없어. 휴대전화 있잖아. 가지고 왔지?"

물론 가지고는 왔다. 하지만 굳이 사진까지 찍으며 호들갑 떨고 싶지는 않았다. 소영은 고개를 가로저었다.

"굳이 뭐……. 그냥 눈으로만 담을래요."

"가끔은 남들이 하는 대로 따라 하는 것도 나쁘지 않아. 당장은 번거롭고 유치하게 느껴져도 시간이 지나면 이런 것도 다 추억으로 남는 법이다."

정훈이 그녀 대신 휴대전화를 꺼내 사진을 찍었다. 소영은 그를 힐끗 쳐다보았다. 선선한 바람이 그의 머리카락을 희롱하듯 흐트러트리고 있었다. 반짝이는 불빛 아래 벨벳처럼 부드럽게 나부끼는 머리카락이 그의 짙은 눈썹을 쓸어내리고 오뚝한 콧날을 어루만졌다. 자유롭고 이국적인 분위기 탓인지 거만하도록 강인해 보이는 그의 얼굴이…… 지나칠 정도로 감미롭게 느껴졌다.

두근두근.

또다시 그녀의 심장이 이상 증세를 보이며 빠르게 뛰어 댔다.

정훈은 몇 장의 사진을 더 찍었다. 걸음을 옮기면서도 몇 번의 셔터를 더 눌렀다. 어쩐지 그녀보다 그가 더 처음 와 보는 관광객인 양 신난 듯이 보였다.

밤 9시가 가까워진 시간임에도 벽화를 즐기며 산책을 하고 여유를 만끽하는 사람들이 많았다. 사진 촬영이 목적인 듯 혼자서 부지런히 사진을 찍으며 돌아다니는 사람도 있었고, 삼삼오오 친구끼리 몰려온 사람들, 데이트를 즐기는 연인들, 심지어 등산복 차림의 무리들도 간간이 눈에 띄었다.

다들 한결같이 여유 있고 즐거워 보였다. 인상을 찌푸리거나 바삐 뛰어다니는 사람도 없었다. 바쁜 일상을 끝내고 한가롭게 여유를 만끽하고 데이트를 즐기는 사람들 속에 뒤섞여 두 사람도 느릿느릿 걸음을 옮겼다.

간절했던 술 생각은 어느덧 사라져 버렸는지 술 한잔하자고 불러낸 사람도, 술에 의지해 빨리 잠이나 자고 싶다고 안달하던 사람도 더 이상 술 얘기는 입에 담지 않았다.

어느 골목길, 아담한 레스토랑의 벽화에 그려진 글을 보고 새로운 단어도 배웠다. 빵 수레를 끄는 사람과 강아지가 그려져 있는 벽화였는데, 그 위에 '개미지다'라는 글자가 쓰여 있었다. 감칠맛 난다, 특별한 맛이 있다는 남도 방언이란다. 재미있는 말이었다.

소영은 자신도 모르게 입술을 늘여 빙긋 미소 지었고, 정훈은 이번에도 여지없이 셔터를 눌렀더랬다.

아름다운 골목, 골목을 누비며 한참을 올라가다 보니, 낙산공원이라는 이정표가 나왔다. 정훈은 말없이 그리로 그녀를 이끌었다. 소영도 말없이 그가 이끄는 대로 묵묵히 따라갔다.

좁은 출입구를 지나 올라가니 근사한 성벽이 끝없이 펼쳐져 있었다. 검은 밤하늘 아래 반짝이는 서울의 야경이 눈앞에 펼쳐졌다. 고층 빌딩의 야경과는 또 달랐다. 수천, 수만의 반딧불이 옹기종이 모여 있는 것처럼 발밑에 소담스럽고 아기자기하게 펼쳐져 있는 불빛들은 정답기 그지없었다.

고급 슈트가 더러워지는 것도 아랑곳하지 않고 정훈이 성벽에 팔을 괴고 기대었다. 낮은 탄성과 함께 미소를 머금었다.

"와, 진짜 좋다. 서울에 이런 곳이 다 있었네."

바람결에 들려온 그의 낮은 목소리에 소영이 그를 획, 쳐다보았다.

"오빠도 여기 오늘 처음 와 본 거예요?"

응? 하고 되물은 그가 피식, 웃음을 흘렸다.

"어. 얘기만 듣고 와 본 건 나도 오늘이 처음이다. 나, 졸업하고 귀국한 지 겨우 4개월 됐다. 기간으로만 따지면 네가 나보다 서울 생활을 더 오래 한 셈이야."

그러면서 많이 와 본 척 포토존이 이러쿵저러쿵 이것저것 설명을 해 줬단 말인가. 난 또, 깜박 속을 뻔했네. 소영은 슬쩍 눈을 흘겼다. 정훈이 어깨로 그녀의 어깨를 툭 쳤다.

"그래도 내 덕에 좋은 구경했잖아. 모처럼 땀도 흘리고 눈도 즐겁고 바람도 좋고. 가슴이 확 트이는 것 같다. 역시 계절 중에 가을이 최고라니까. 아, 시원하다."

정훈은 눈을 지그시 감고 하늘을 향해 얼굴을 들어 올렸다. 빙긋이 벌어지는 입술 사이로 만족 어린 한숨을 흘렸다. 정훈은 그대로 한참을 가만히 있었다. 적당히 흘린 땀을 시원하게

밤 은
아침을
꿈꾼다

말려 주는 바람을 온몸으로 느끼며 가을밤의 정취를 만끽했다. 소곤거리며 다정하게 이야기를 주고받는 사람들의 음성들 사이로 지르르, 속삭이는 풀벌레의 소리도 간간이 들려왔다. 아닌 게 아니라 하루 내 쌓였던 피로가 말끔히 가시는 것 같았다.

정훈을 물끄러미 바라보던 소영도 천천히 눈을 감고 고개를 들었다. 살랑거리는 바람에 몸을 맡기고 아련히 들려오는 풀벌레의 울음소리에 귀를 기울였다. 잠시 후, 그녀의 입가에도 잔잔한 미소가 어렸다.

두 사람은 그렇게 깊어가는 가을밤, 나란히 성벽에 기대어 고즈넉한 가을이 선사해 주는 평온함을 온몸으로 만끽했다. 땀에 젖은 이마를 어루만지고 가만가만 머리카락을 쓰다듬는 바람에 자신을 맡겼다.

시원하고도 따스한 바람이 가슴속으로 밀려 들여왔다. 복작거리던 마음이 차분히 가라앉았다. 눈에 보이지 않는 만월이 두 사람의 가슴속에 떠올랐다. 요란하지 않은 둥근 만월의 따스한 기운이 둥근 파문을 일으키며 온몸으로 잔잔하게 퍼져 나갔다.

둥근 만월의 따스한 기운은 그이기도 하고 그녀이기도 했다.

그의 향기가, 그녀의 향기가 코끝이 아닌 내면 깊은 곳에서부터 시나브로 피어올랐다.

닿을 듯 말 듯 가까워진 두 사람의 어깨가 정답기 그지없었다. 바르르 떨리는 그 미세한 떨림까지도…….

한 걸음 더 가까이

　새로 확충할 주차장 인허가 문제부터 홍보팀이 추진 중인 드라마 촬영 장소 제공 건과 2주 뒤에 있을 모 유명 연예인의 결혼식 진행 상황, 판촉부에서 최근 가장 유치에 공을 들이고 있는 아시아정당 국제회의 진행 상황까지 B/O(Back Office)에서 진행되는 모든 업무를 부서별로 체크, 조율하고 그에 따른 F/O(Front Office)의 준비 상황을 체크하느라 오후 내내 마라톤 회의를 주관했던 정훈은 퇴근 시간이 다 되어서야 겨우 휴식을 취할 수 있게 되었다.

　호텔 내의 모든 부서를 총괄, 감독하고 조율해야 하는 기획팀, 그중에서도 기획팀을 맡고 있는 수장으로서 당연히 해야 하는 업무지만 요즘 같아서는 정말 단 5분이라도 편히 쉴 시간이 없었다.

뻐근한 목을 좌우로 돌리며 데스크 의자에 앉았다. 넥타이를 느슨하게 푸는데 노크 소리가 들려왔다. 오 비서인 줄 알았는데 문을 빼꼼 열고 들어오는 사람은 방금 전 회의를 마치고 제 사무실로 돌아간 줄 알았던 정미였다.

"문 이사님, 드릴 말씀이 있는데 잠깐 시간 좀 내주시죠."

벌써 들어와 소파에 앉아 놓고선 뻔뻔하게 시간을 내달란다. 2시간 가까이 회의를 해 놓고 또 무슨 할 말이 남았다고 어울리지 않게 코맹맹이 소리를 내며 '문 이사님' 하고 살랑거리는지 모르겠다.

문정미가 단둘이 있는데도 '문 이사님'이라고 부르며 살랑거릴 때는 조심해야 한다. 저 필요하고 아쉬울 때만 코맹맹이 소리를 내며 아양을 떠는데, 저럴 때 보면 덩치는 산만 한 게 꼬리 아홉 개 달린 여우가 따로 없었다.

정훈이 투박한 목소리로 말했다.

"왜, 또 뭐? 할 말 있으면 그냥 해. 어울리지 않게 여우 짓하지 말고. 네가 그러면 징그럽다 못해서 무섭다고 그랬지."

그러자 정미가 에이 씨, 하며 본색을 드러냈다.

"징그럽다 못해 무섭다니, 무슨 말을 그렇게 섭섭하게 하냐? 하나밖에 없는 사랑하는 동생한테 거 말 좀 가려서 합시다."

그러면서 노트와 태블릿 PC를 옆에 휙 던지고 다리를 아저씨처럼 '4' 자로 꼬고 소파 등받이에 한 팔을 척 걸치는데, 저게 여자인지 사내놈인지 헷갈릴 정도였다.

180센티미터의 장신에 나름대로 섹시한 미모를 자랑하는 프라임 호텔의 문정미 과장이 겉모습과 다르게 속은 순 오십대 능구렁이 아저씨라는 사실은 아마 그와 부모님밖에는 모를 터였다.

"오빠, 나 부탁이 하나 있는데 말이야. 이유 불문하고 오빠가 꼭 들어줘야 하는 거야. 날 위해서가 아니라 우리 프라임을 위해서. 따지고 보면 부탁도 아니다, 뭐. 오빠가 당연히 해 줘야 하는 일이지."

"뭔데 그렇게 거창해? 각설하고 요점만 말해."

"어려울 건 없어. 전화 딱 한 통화만 해 주면 되거든."

"그러니까 그게 뭐냐고."

정훈이 자리에서 일어나 기다란 데스크를 돌아 나왔다. 소파에 앉지 않고 책상에 엉덩이를 걸치고 기대어 섰다. 가슴 앞으로 팔짱을 끼고 '그게 그러니까'라며 그녀답지 않게 끝말을 늘이는 정미를 빤히 내려다보았다. 그의 등 뒤로 붉게 물들어가는 노을이 전면 유리창으로 통해 그림처럼 펼쳐졌다.

정미가 괜히 캬! 하며 탄성을 터트렸다.

"누구 오빠인지 진짜 멋있다. 등 뒤로 펼쳐진 붉은 노을하며 저 자신만만하고 여유로운 포즈와 미끈한 몸매가 크아, 완전 죽음이다. 우리 오빠가 슈트발 하나는 진짜 끝내준다니까. 오빠 나중에 인터뷰할 일 있으면 딱 이 시간에 그러고 사진 한 장 찍어라. 여자들이 그 사진 보면 다들 한방에 뿅 갈 거다."

"문정미."

쓸데없는 소리 그만하고 빨리 용건이나 털어놓으라는 정훈의 엄한 눈빛에 정미는 쓴맛을 다시며 뺨을 긁적거렸다.

"그게 그러니까 내가 그제 접수한 정보에 의하면 말이지, 엘렌이 다음 달에 한국에 온다고 하더라고. 몬테카를로 발레단 내한 공연 시기에 맞춰서. 엘렌이 거기 후원자잖아."

"그런데?"

"그래서 내가 바로 엘렌한테 전화를 했거든? 서울에 오면 당연히 우리 호텔에서 묵어야 되지 않겠느냐고 말이야. 우리가 모르는 사이도 아니고 르 로제에서 수년간 한솥밥을 먹고 자란 동문에다가 오빠하고도 응? 보통 사이는 아니었잖아. 왕년에 둘이 좀 뜨거웠었느냐고. 지금은 비록 각자 제 갈 길 찾아서 헤어진 엑스 관계라지만, 둘이 안 좋게 헤어진 것도 아니고 둘이 여전히 친구로 좋게 지내고 있는데, 기왕이면 아니, 당연히 우리 호텔에 묵어야 되는 거 아니야?"

모나코 공주가 우리나라에 공식적으로 처음 방문하는 건데, 엘렌이 프라임 호텔에 묵는다면 홍보 효과가 엄청 날 것은 두말하면 잔소리일 터였다. 그런데 나한테 무슨 전화를 해 달라는 건가. 저가 알아서 연락도 먼저 했다면서.

"그런데 걔가 뭐라고 그랬는지 알아? 곤란하대. 초청해 준 곳하고 호텔이랑 일정까지 이미 협의가 다 끝났다고. 개인 자격으로 오는 거면 얼마든지 변경할 수가 있는데, 공식적으로 초청받아서 오는 거라서 마음대로 변경할 수가 없다고 하더라. 나 참. 기가 막혀서."

"협의가 벌써 끝났다면 맞는 얘기긴 하네. 그런데 뭐가 문제라는 거야?"

정미가 답답하다는 듯 소리쳤다.

"맞긴 뭐가 맞아! 아직 한 달이나 남았고 걔가 숙소 바꾸겠다고 그러면 얼마든지 바꿀 수 있는 건데. 모나코 공주가 프라임에서 묵겠다는데 누가 뭐라고 그럴 거야. 그런데 치사하게 남핑계 대면서 뒤로 빼잖아. 게다가 내가 더 열 받는 게 뭔지 알아? 이미 정해졌다는 호텔이 강남 노보텔이래. 재수 없는 저 노보텔!"

그제야 정훈의 짙은 눈썹이 꿈틀거렸다.

'강남 노보텔이라고? 왜 하필.'

강남 노보텔이라면 프라임 호텔과 네 블록을 사이에 두고 인접해 있는 탓에 다른 호텔들보다 유독 부친 때부터 팽팽한 라이벌 구도가 형성되어 있는 호텔이었다. 어디 그뿐인가. 7년 전 프라임 호텔이 할아버지의 숙원대로 특 1급 호텔로 인정받아 등급심사를 통과했을 때 물밑에서 알게 모르게 가장 많은 방해 공작을 펼쳤던 곳 또한 바로 강남 노보텔이었다.

그런데 엘렌이 강남 노보텔에서 묵는다니, 그건 이쪽에서 무척 곤란한 일이 아닐 수 없었다.

"확실한 거야?"

"엘렌한테 직접 들은 얘기라니까."

"예약 취소에 따른 비용이 발생하면 우리가 부담하겠다는 얘기도 했어?"

"당연히 했지. 그런데도 계속 곤란하다고만 했다니까. 이제 와서 협의 내용을 번복하면 왕실의 격이 떨어지네, 어쩌네 쓸데없는 소리만 찍찍 해 대면서. 격 좋아하시네. 저가 언제부터 그랬다고. 그런 애가 축구 선수나 배우들하고 계속 염문이나 뿌리고 다녀?"

정미가 입바람으로 머리카락을 날리며 분통을 터트렸다.

"내가 보기엔 고거, 오빠 때문에 그러는 거야."

정훈의 짙은 눈썹이 휙, 위로 치켜 올라갔다.

"가만 보니까 말하는 뉘앙스가 딱 그거더라고. 문정훈을 놔두고 왜 네가 전화를 했느냐. 나 모나코 공주다. 더 높은 놈 나오라고 그래. 날 모셔 가고 싶으면 문정훈이 직접 나서라고 해라, 뭐 이런 거. 걔 품위 있고 교양 있는 척하면서 뒤로 사람 은근히 깔보고 무시하는 거 있잖아. 동문이라 그럭저럭 친분은 유지해 줘도 저를 상대하기에는 내가 격이 안 맞는다, 이거지."

정미가 가소롭다는 듯 코웃음을 쳤다.

"정말 성질 같아서는 확 몇 마디 해 주고 싶었는데 내가 우리 호텔을 위해서 꾹 참았다. 뭐, 그런 인간들 한두 번 겪어 본 것도 아니고 무엇보다 난 프로니까."

웨이브진 긴 머리카락을 손으로 팔락거리며 정미가 도도한 척 으스댔다.

자식, 괜스레 프로 운운하며 으스대는 걸 보니 자존심이 상해도 꽤 상했던 모양이다. 그리고 자신을 은근히 무시한 엘렌보다 그녀의 방한 정보를 미리 캐치하지 못한 자신한테 엄청 화가 나 있는 것 같았다.

엄밀히 말하면 그건 정미의 명백한 실수라고도 할 수 있을 터였다. 다른 누구도 아니고 동문인 엘렌의 방한 계획을 놓쳤다니, 정미답지 않은 실수였다.

  그러니 그제 엘렌과의 통화 이후 자신의 실수를 만회하기 위해서 혼자 엄청나게 고군분투했을 것이 틀림없었다. 그러다 엘렌이 결정을 번복하기 전에는 다른 방법이 없다는 것을 확인하고는 그에게 도와달라는 SOS를 청한 것이리라. 곧 죽어도 호텔에서는 저가 선배라고 으스대던 녀석이 말이다.

  "그런데 프로답지 않은 실수를 했군요, 문정미 과장님."

  정훈이 다소 엄한 표정으로 딱 꼬집어 지적하자, 정미가 떨떠름한 표정으로 쓴맛을 다시며 슬쩍 그의 눈치를 살폈다.

  "알아, 내가 실수했다는 거. 미안해. 아이 씨, 그런데 진짜 생각할수록 어이가 없다니까. 내가 왜 그걸 놓쳤지? 정신머리를 대체 어디다 두고 다니는 건지, 잠깐 정신이 나갔었나 봐. 분명히 최소 몇 달 전에는 몬테카를로 발레단 내한공연에 맞춰서 엘렌 방한 일정이 논의되고 있다는 얘기를 어디선가 한 번은 들었을 텐데, 까마귀 고기를 먹었나. 들었던 기억이 전혀 안 나. 아무래도 나, 바본가 봐."

  울상이 된 정미가 주먹으로 제 머리를 쥐어박으며 한숨을 폭폭 내쉬었다. 그러다 슬금슬금 일어나 그에게 다가왔다. 은근슬쩍 팔짱을 끼며 또다시 어울리지 않는 아양을 부려 댔다.

  "그러니까 오빠가 이 불쌍한 동생을 대신해서 엘렌한테 전화 한번 해 봐. 오빠가 우리 호텔에 초대하겠다, 와라, 그러면 금방 오케이할 거야. 걔, 남자 여자, 엑스 관계 이런 거 다 떠나서 인간적으로 오빠 엄청 좋아하잖아. 은근히 오빠 전화 기다리는 눈치더라니까? 오빠, 엘렌하고 언제 마지막으로 연락했어? 꽤 됐지?"

코넬 졸업할 때 그녀한테 축하 전화를 받은 뒤로 서로 연락을 주고받은 적이 없었으니, 족히 4, 5개월은 됐을 터였다. 그런데 그게 뭐가 오래 됐다고? 그녀와 연인관계를 깨끗이 정리하고 친구로 지내 온 지가 햇수로 어언 8년째다.

서로 새로 사귀는 사람들에 대해서 자랑도 하고 푸념도 늘어놓을 만큼 쿨한 친구 관계를 유지하고 있지만, 남들이 생각하는 것만큼 수시로 자주 연락을 주고받지는 않는다. 서로 바빠서 1, 2년에 겨우 한두 번 연락을 주고받은 적도 부지기수였다.

그런데 엘렌이 그의 전화를 기다리는 눈치라고? 왜? 할 말이 있거나 죽지 않고 잘 살고 있는지 궁금하면 그동안 해 오던대로 아무 때나 편하게 전화하면 될 것 가지고 새삼 뭘 기다리고 자시고 한단 말인가.

그럼에도 불구하고 만약 정미의 추측이 맞는다면, 그건 아마 정미의 말대로 엘렌이 자신에게 맞는 대우를 해 달라는 요구이지 않을까 싶다. 그리고 그러한 심중에는 '드디어 문정훈이 아쉬운 소리 하는 것을 보겠구나!' 하는 유치한 자존심도 단단히 한 몫하고 있을 터였다.

쿨하게 헤어져 줬을 땐 좋다고 하더니, 시간이 지나니 그게 또 대단한 공주님 자존심에 꽤나 기분 나쁜 일이었던 모양이었다. 툭하면 농담 반 진담 반으로 그때 자신이 얼마나 내심 자존심이 상했었는지 아느냐고 씨근덕거리고는 했으니 말이다.

하여튼 여자들이란, 알다가도 모르겠다. 누구는…… 그렇지 않은데.

순간적으로 투명하도록 새하얀 얼굴에 애처로운 커다란 눈망울을 한 누군가의 얼굴이 뇌리를 스쳐 지나갔다.

"알았다. 이제부턴 오빠가 알아서 할 테니까, 가서 기다려."

"정말?"

정미가 눈을 반짝이며 얼굴을 바짝 들이밀었다. 정훈이 중지 끝으로 정미의 이마를 꾹 밀었다.

"그래. 그러니까 좀 떨어져. 징그럽다."

뒤통수가 등에 닿을 정도로 얼굴이 뒤로 젖혀지고도 뭐가 그리 좋다고 정미는 아싸! 하며 환호성을 터트렸다.

"오빠만 나서 준다면 다 된 것이나 진배없지, 뭐. 그럼 난 오빠만 믿고 물러간다."

그의 팔에서 냉큼 떨어진 정미는 룰루랄라, 휘파람까지 불며 태블릿PC와 노트를 챙겨 문 쪽으로 걸어갔다. 그러다 문득 걸음을 멈추고 그를 돌아보았다.

"결정되면 바로 연락 줘. 기다릴게. 오빠, 사랑해!"

정미는 능글맞게 웃으며 손으로 만든 하트까지 마구 발사했다. 정훈이 못 볼 것을 봤다는 양 웩! 하며 진저리를 쳤다. 그러자 정미는 부러 더 깜찍하다 못해 끔찍한 표정으로 손 키스까지 날리며 사무실을 나갔다.

정훈은 못 말리겠다는 듯 고개를 가로저으며 피식, 웃음을 터뜨렸다. 말로는 징그럽다, 무섭다고 하지만 진심이야 어디 그렇겠는가. 정미가 1톤이 넘는 육중한 덩치의 파파 할머니가 된다고 해도 그에게는 하나밖에 없는 귀여운 여동생일 터였다.

정훈은 천천히 테스크를 돌아 회전의자로 가 앉았다. 시간을 확인했다. 모나코는 늦은 오전시간이었다. 전화하기에 적당한 시간. 정훈은 휴대전화를 들었다. 잠시 후 그의 입에서 유창한 불어가 흘러나왔다.

"안녕, 엘렌. 오랜만이다. 잘 있었니?"

◉

소영은 술 생각이 간절했다.

머릿속이 엉킨 실타래처럼 복잡했다. 의지할 자식 한 명 없이 힘들게 살아가는 두 분을 생각하면 분명 잘된 일인데, 어찌된 일인지 마음은 한층 더 무겁고 머릿속은 혼란스럽기만 했다.

소영은 외조부모님 댁에 갔다 오는 길이었다.

아직은 한없이 멀고 낯설게 느껴지는 이름이지만, 심지어 자신이 누구인지 떳떳하게 밝히지도 못했고 스스로도 선뜻 인정이 안 되는 두 분이지만, 두 분이 생모라는 사람을 낳아 준 분들이 맞는 이상, 그녀에게는 그분들이 외할아버지, 외할머니라는 사실 또한 부정할 수 없는 명백한 사실일 터였다.

그래서 오늘도 두 분을 찾아갔다. 자신이라도 두 분이 잘 계신지, 먼발치에서라도 가끔 찾아뵈어야 할 것 같아서 말이다. 그런데 오늘은 아무리 기다려도 두 분의 모습이 보이지 않았다. 리어카를 끌고 매일 폐지를 줍고 다니신다는데 무슨 변고가 생긴 것은 아닐까, 덜컥 겁이 났다.

고심 끝에 용기를 내어 가까이 다가가 보았다. 문 하나도 변변치 않은, 집이라고 하기에도 무색한 집 주변을 두리번거렸었다. 누군가 그 집에서 나왔다. 소스라치게 놀라 뒷걸음을 쳤다. 그러다 처음 보는 노인의 '누구냐, 누구를 찾아왔느냐' 하고 묻는 말에 용기를 내어 물어보았다.

최영수 어르신을 찾아왔는데 어디 가셨느냐고, 할머니는 혹시 안에 계시느냐고 말이다. 허리가 굽은 노인은 고개를 갸웃거리며 중얼거렸다.

"누구? 최영수? 그기 누구여. 아, 최가네를 말하는 모양이고만. 그려. 이 집에 살던 노부부라면 최가네밖에 없지. 근데 최가네는 와? 그치들 여그 인자 안 사는디. 저번 달인가, 저저번 달인가. 하여튼 딴 데로 갔어."

"어디로요?"

"글쎄, 어디로 간다고 혔더라? 야기를 듣기는 혔는데 아이고, 모르겠네. 기억이 하나도 안 나. 머리가 인자 다 되어서 오늘 낮에 헌 야그도 기억이 하나도 안 난당께. 근디 한참 전에 들은 야그가 기억이 나겄는가. 근디 허벌나게 좋은 곳으로 간 것은 맞아. 죽을 날 받아 놓은 늙은이들이 인자 운이 피는가, 이전에는 하늘에서 갑자기 목돈이 뚝 떨어졌다고 좋다고 난리더만, 그 후로 또 무신 독지간가 뭐시깽이가 나타나서는 뭔 사연인지는 몰라도 저그 어디야. 실, 실, 기 뭐더라? 왜 기 있잖여. 돈 많은 늙은이들 드가서 편히 가는데."

"실버타운이요?"

노인이 손바닥을 치며 크게 고개를 끄덕거렸다.

"그려, 거기! 거기에 운 좋게 자리가 났다꼬 데꼬 가 버렸당께. 어디서 우덜처럼 자석도 없고 나라에서 주는 돈 고거 몇 푼 받아가 간신히 사는 늙은이들을 대상으로 뭔 추첨인가 행산가를 혔는데, 그그에 최가네가 딱 붙었다고 하더라고. 아따, 참말로 운도 좋지. 시상에 그란 운이 다 있을지 우째 알았어."

"정말이요? 거기가 어딘데요?"

"어디라더라. 일산 저쪽에 문산인가, 어디라고 허는 것 같던디. 자세한 건 잘 모르겠고만. 어쨌든 최가네는 완전 노났지, 뭐. 한번 답산가 뭔가 댕겨 왔는디, 아주 자랑이 늘어지더라고. 부부용으로 방도 큰 거 하나 주고, 삼시 세끼를 거서 다 공짜로 준댜. 간호사들도 항시 거기 같이 있어서 건강도 알아서 챙겨 주고 청소도 다 해 주고. 같이 있는 늙은이들끼리 허고 놀 것도 엄청나게 많다더라고. 말년에 팔자 한번 지대로 핀 거지. 공짜로 그 호사를 다 누리게 생겼응께. 으 퉤! 염병할."

노인은 바닥에 누런 가래침을 뱉으며 한참 동안 당신의 신세한탄을 늘어놓았다. 그러다 새삼스러운 눈빛으로 그녀를 쳐다보았다.

"근디 아가씨는 누군디, 최가네를 찾는가? 딸년 하나 있는 건 고리골짝 적에 딴 나라로 떠서는 죽었는지 살았는지 연락 끊긴 지가 오래라고 하던디. 최가하고는 어떻게 아는 사이요?"

"아닙니다. 예전에…… 할아버지한테 도움을 받았던 적이 있어서요. 어떻게 잘 계시나 궁금해서 한번 들러 본 거예요. 좋은 곳으로 가서 잘 살고 계시다니 다행이네요. 감사했습니다. 안녕히 계세요."

그러고는 서둘러 돌아서 나온 길이었다. 어떻게 된 일인지는 몰라도 노인분의 말씀이 사실이라면, 참으로 잘된 일이다 싶었다. 독지가라는 분이 누군지는 몰라도 큰 은혜를 입었다는 생각도 들었다.

그런데 왜 자꾸 마음 한구석이 찜찜하고 묵직한 걸까. 정훈과 우연히 만난 후 그에게 아저씨와 아빠가 그녀를 찾아낸 것 같다는 얘기를 들었던 시점과 두 분한테 갑자기 독지가가 나타났다는 시점이 공교롭게 겹친다는 생각이 드는 것은 너무 과한 걸까?

소영은 어쩌면 그 독지가가 아빠일지도 모른다는 의심이 자꾸만 들었다. 근거는 없었다. 그런데도 자꾸만 생각이 그쪽으로 달려 나갔다. 소영이 그분들을 찾아가 멀리서나마 지켜보고 돕는 것 자체를 원하지 않는 아빠가 그분들한테서 소영을 멀리 떼어놓기 위해서 할 수 없이 그러한 조치를 취한 것은 아닐까 하는 생각.

그렇다면…… 아빠의 의도는 불순했더라도 결과적으로는 두 분한테 무척 잘된 일이 아닐 수 없었다. 더 이상 힘들게 고생을 하지 않고 여생을 편히 사실 수 있게 되었으니까.

그런데 왜 이렇게 마음이 무거운 걸까. 왜 이렇게 머리가 혼란스러운 걸까.

소영은 집으로 들어가는 골목 앞에서 잠시 걸음을 멈췄다. 간절한 술 생각에 큰길가를 돌아보았다. 그대로 한참을 머뭇거렸다.

2개월 전, 아니 불과 1개월 전까지만 해도 망설임 없이 바로 술집으로 달려갔을 텐데, 왜 주저하는지 모르겠다. 자꾸만 누군가의 얼굴이 뇌리를 스치며 그녀의 발목을 잡아당겼다. 담담한 어투의 중저음의 음성이 귓가에 어른거렸다.

—급할 때만 전화하지 말고 맛있는 거 먹고 싶거나 술 생각날 때도 전화해라. 저번처럼 궁상맞게 혼자 다니지 말고. 오빠 뒀다가 뭐해. 이럴 때 써먹어야지.

—술 마시는 건 좋은데 혼자 마시지 마. 언제든지 내가 술친구 해 줄 테니까. 오늘부터 차소영이 술 마시는 자리에는 항상 문정훈이 같이 있는 거다. 잊지 마.

그리고 그는 매번 그 약속을 지켜 주었다. 2주 전 이화마을을 찾았던 그 날부터 그녀가 술잔을 기울이는 자리에는 정훈이 항상 같이 있었다.

그러나 오늘은 수요일이 아니었다. 주말은 더더욱 아니었다.

밤 은
아침을
꿈꾼다

오늘은 화요일이었다. 그를 보려면 하루를 더 기다려야 한다.

기다……려야 하나?

아니, 왜? 굳이 그럴 필요가 있나? 정훈은 그저 그녀가 처한 사정이 가여워서 도와주는 친한 오빠일 뿐이었다. 그마저도 20년 만에 다시 만난 지 이제 겨우 2개월밖에 되지도 않았다. 그런데 왜 그의 말 한마디에 신경을 쓰고 주저하는 거지?

왜 자꾸 그가…… 생각나는 거지?

왜 자꾸 그를 볼 때마다, 무심코 그가 생각이 날 때마다…… 가슴이 가파르게 뛰어 대는 걸까.

그를…… 좋아하나?

문정훈을…… 남자로 좋아해?

"말도 안 돼. 내가 왜!"

아직 어떻게 살아갈지도 모르는 주제에, 다 싫다고 뛰쳐나온 주제에 무슨 말도 안 되는 연애 감정이란 말인가!

"어이없다, 차소영. 네가 지금 팔자 좋게 남자 생각이나 하고 있을 때니? 앞으로 어떻게 살아가야 할지, 그 궁리나 해. 게다가 그는 나를 동생 이상으로는 보지도 않는다고!"

소영은 아랫입술을 질끈 깨물었다. 두 눈을 감고 고개도 세차게 흔들었다. 그러나 끝내 그녀는 큰길가로 나아가지 못했다. 허탈한 웃음을 흘렸다.

"훗, 한심해서 못 봐 주겠네."

별 하나 보이지 않는 어두컴컴한 밤하늘을 올려다보았다. 한숨처럼 나지막이 중얼거렸다.

"편의점에 가서 맥주나 몇 병 사 가자. 집에서 혼자 마시는데 누가 뭐라고 그럴 거야."

골목으로 터벅터벅 걸음을 옮겼다. 이제 겨우 저녁 8시가 조금 넘은 시간임에도 오늘따라 유난히 사방이 고요했다. 달그락, 달그락. 때문에 손에 든 검은 봉지 속에서 들리는 병 소리가 더욱 크게 들리는 것 같았다.

소영은 한 손에는 묵직한 비닐봉투를 들고 다른 한 손으로는 휴대전화를 만지작거리며 고개를 푹 숙인 채 걸었다. 오늘은 화요일. 오늘은 절대 울릴 일 없는 휴대전화였다. 그녀가 먼저 전화를 걸 일도 절대 없을 터였다. 대신 소영은 유일하게 저장되어 있는 번호만 하릴없이 바라보며 휴대전화 모서리만 만지작거렸다.

그때였다.

절대 울릴 일 없는 녹턴의 아름다운 선율 대신 연신 귓가에 아른거리던 매혹적인 중저음의 목소리가 바로 앞에서 들려온 것은.

"어디 갔다 오는 거야?"

소스라치게 놀란 소영은 걸음을 우뚝 멈추고 고개를 휙 들었다. 빨간 미등을 밝히고 있는 검은 차체를 배경으로 그가 서 있었다. 바람이 불어왔다. 서늘하지만 지친 마음을 어루만져 주는 상쾌하고 부드러운 바람이었다. 그 바람처럼 그가 웃고 있었다.

"내가 딱 맞춰서 왔구나. 안 그래도 네 집에 불이 꺼져 있어서 막 전화하려던 참이었는데. 혹시 너도 나한테 전화하려던 거였어? 음, 그런 줄 알았으면 기다릴 걸 그랬군. 차소영 전화를 받는 역사적인 날이 될 뻔했는데 말이야. 훗, 어쨌든 마음이 통한 것 같아서 기쁘다."

소영이 멍하니 물었다.

"어쩐…… 일이에요?"

"넌 어째 맨날 똑같니. 그런 질문, 이젠 안 할 때도 되지 않았나? 예상 가능해서 한결같은 건 좋은데, 변화를 꾀해 보는 것도 나쁘지는 않아. 가끔은 '어머, 오빠!' 하면서 반갑게 맞아 주기도 좀 해라."

정훈이 손을 뻗어 그녀의 앞머리를 헝클어트렸다. 마치 귀여운 여동생한테 하듯이, 어렸을 때 꼬맹이 때처럼. 소영은 불쾌한 듯 그의 손을 피해 고개를 돌려 버렸다. 정훈의 눈매가 슬쩍 가늘어졌다.

양복바지 주머니에 양손을 찔러 넣고 그녀를 굽어보았다. 무슨 안 좋은 일이라도 있었나? 오늘따라 그녀의 얼굴은 한층 더 긴장한 듯 딱딱하게 굳어 있었다. 희끄무레한 어둠 속에서 또렷이 도드라지는 하얀 얼굴도 평소보다 창백하니 부쩍 지친 듯 보였다. 어제 또 한숨도 자지 못한 모양이었다. 검은 봉투에 들어 있는 맥주도 그 때문일 터였다.

하나 오늘 그녀의 안색이 유난히 안 좋은 이유는 비단 하룻밤 못 잔 탓만은 아닐 듯싶었다. 뭔지는 몰라도 그녀의 신경을 건드리는 어떤 일이 생기지 않았을까 싶다.

'오기를 잘했군.'

쉴 틈 없이 바쁘게 일하는 와중에도 틈틈이 불쑥불쑥 소영의 생각이 났었다. 지금쯤 소영은 뭘 하고 있을까. 밥은 먹었을까. 온종일 집에만 있으면 답답할 텐데 산책이라도 좀 나가지. 책을 읽고 있을까? 잠은 좀 잤나? 전화를 한번 해 볼까? 그러다 충동적으로 휴대전화를 들어 전화는 걸지 않고 얼마 전에 이화 마을에서 몰래 찍었던 그녀의 사진을 보며 혼자 얼빠진 놈처럼 히죽거리고 있는 자신을 발견하고는 했다.

비단 오늘만의 일이 아니었다. 요 며칠 반복되는 일이었다. 아니, 실은 2개월 전 클럽에서 그녀를 다시 만난 뒤로 거의 그랬던 것 같다. 하나 그때는 이 정도는 아니었다. 소영과 만난 일을 부친에게 비밀로 하기로 한 것이 정말 잘한 짓일까 고민하며 방황하는 사촌동생을 걱정하는 마음으로 잘 있나 가끔 걱정했을 뿐이었다.

그런데 최근 얼마 전부터는 그녀를 떠올리는 빈도가 급격히 잦아졌다. 머릿속의 제일 앞줄에 차소영을 앉혀 놓고 무의식적으로 매 순간 그녀를 생각하는 것 같다. 첫사랑이었던 엘렌과 한창 뜨거웠을 때에도 그런 적이 없었는데 말이다.

사촌 동생 같은 애한테 내가 왜 이러지? 하고 고개를 흔들고는 또다시 그녀를 생각한다.

다음에는 소영하고 어디를 갈까. 어떻게 하면 그녀를 한 번 더 웃게 만들 수 있을까. 어떻게 하면 그녀를 조금 더 편하게 해 줄 수 있을까. 오늘은 온종일 혼자 뭘 하고 지냈을까. 오늘

밤에는 편히 잘 수 있을까? 잘 잤을까? 또 뜬눈으로 밤을 지 새운 건 아니겠지?

그러면서 하루를 마감하고 또 새로운 하루를 시작한다.

일요일에 그녀를 집에 데려다주고 집에 돌아와 침대에 누워 서도 그랬고, 어제도 그랬고 오늘도 온종일 그랬다.

그래서 일이 끝나자마자 부리나케 연희동으로 달려왔다. 걱 정만 하고 생각만 하느니 직접 가서 얼굴이라도 잠깐 보고 가 자 싶어서.

그리고 지금.

불 꺼진 거실을 올려다보고 들었던 순간적인 조바심과 룸미 러로 멀리서 타박거리며 걸어오는 소영의 인영을 본 순간 들 었던 기쁨, 안도감, 순간적으로 최고치를 찍으며 뛰어 대던 세 찬 심장의 박동으로 깨달아 버렸다.

문정훈이 차소영을 한 사람의 여자로 좋아하게 되어 버렸다 는 사실을.

언제부터 소영을 안쓰러워 지켜 주고 싶은 동생이 아닌 여 자로 바라보게 되었는지는 모르겠다. 그냥…… 어느 순간부터 자연스럽게 그렇게 되어 버렸다. 스펀지에 물이 스며들듯 그 렇게 그녀가 그의 심장으로 스며들어 버렸다.

불쑥 찾아오기를 잘했다.

차소영, 내 앞에 나타나 주어 고맙다.

정훈은 다소 가라앉은 음성으로 담담하게 말했다.

"저녁 먹었니?"

"……네."

거짓말. 온종일 한 끼도 안 먹은 얼굴이구면.

"난 아직 전인데. 바빠서 점심도 샌드위치로 대충 때웠더니 배고파 돌아가시겠다. 이 근처에 삼대째 내려오는 엄청 유명한 설렁탕집이 있다던데, 혹시 가 봤어?"

"아니요. 왜 호텔에 있는 사람이 이 시간까지 밥도 안 먹고 다녀요."

소영이 곁눈질로 그를 타박하듯 힐끗 쳐다보고는 시선을 돌렸다.

"거기가 어딘데요?"

"연희 초등학교 근처라고 하는 것 같던데, 같이 가 줄 거야?"

소영은 낮은 한숨을 쉬었다.

"가요."

몸을 돌리려는 그녀의 손에서 정훈이 검은 봉투를 빼앗아 들었다. 어! 하고 놀라는 그녀를 바라보며 그가 한쪽 눈을 찡 긋거렸다.

"이건 차에 두고 가자. 한두 블록을 걸어가야 할 텐데 무겁게 들고 다닐 필요 없잖아. 거기 가서 마실 것도 아니고."

소영이 뭐라고 할 새도 없이 정훈은 검은 봉투를 차 뒷좌석에 넣었다. 문을 잠그고 돌아서 인상을 쓰고 있는 그녀의 앞머리를 또 제 맘대로 헝클어트렸다.

"인상 쓰지 마. 누가 안 뺏어 가. 정 마시고 싶으면 가서 딴 거 마시면 되지. 오빠가 쏠게."

소영이 뒤로 한 걸음 물러나며 그의 손을 툭, 쳐냈다.

"하지 마요. 나…… 애 아니에요. 예전의 다섯 살배기 꼬마 아니라고요."

누가 뭐라나. 그럼 큰일 나지. 정훈은 슬며시 미소 지었다.

두 사람은 소영이 걸어온 길을 거슬러 큰길가로 나란히 걸어갔다. 고요하고 한적하던 골목을 벗어나니 차도를 달리는 차 소리가 유난히 시끄럽게 느껴졌다.

모퉁이를 돌아 자박자박 걸어가던 정훈이 소리쳤다.

"어, 저기 택시 서 있다. 우리 택시 타고 가자."

"에?"

"어, 파란불. 뛰어!"

갑자기 정훈이 소영의 손을 낚아채듯 움켜잡았다. 흠칫 놀라는 소영을 돌아보며 그는 개구쟁이 소년처럼 환하게 미소 지었다.

"뭐해, 빨리 뛰어."

소영은 어어, 하며 얼떨결에 그와 함께 뛰었다. 심장이 미친 듯이 뛰어 댔다. 그에게 잡혀 있는 손이 불에 덴 듯 뜨거웠다. 커다란 눈을 깜박거리지도 못한 채 그의 얼굴만 멍하니 올려다보았다. 주변의 환한 불빛에 감싸인 그의 미소가 눈부시도록 아름다웠다. 환한 빛을 밝히고 횡단보도 앞에 멈춰 선 차들이, 시간이 그와 그녀를 위해 순간적으로 멈춘 것만 같았다.

그녀의 손을 꼭 움켜쥔 커다란 손은 괜스레 콧날이 시큰해질 만큼 따스했다.

"소주 마셔 본 적 있어?"

설렁탕도 처음 먹어 보는데 소주를 마셔 본 적이 있을 턱이 없었다. 소영은 고개를 가로저었다.

"나도 마셔 본 적은 없는데 설렁탕에는 소주가 제격인가 보다. 술 마시는 사람들은 거의 다 소주나 막걸리를 마시는데? 우리도 한 잔 해 볼까?"

소주라…… 꽤 독하다던데 괜찮을까? 그래도 뭐, 술이 다 거기서 거기지 별것 있겠나 싶었다. 소영은 맘대로 하라는 뜻으로 어깨를 으쓱거렸다.

메뉴판을 꼼꼼히 살피며 종업원에게 이것저것을 물어본 정훈은 설렁탕 대신 모듬 수육 전골과 소주 한 병을 주문했다. 한 눈에 봐도 엄청 매워 보이는 깍두기와 김치가 상에 놓이고 이내 뚝배기처럼 생긴 커다란 냄비가 불판 위에 놓였다. 팔팔 끓는 우윳빛갈의 뽀얀 육수에 도톰하게 썬 고기들이 잔뜩 담겨 있었다. 쇠고기 전골인 스키야키와 비슷해 보였다.

고추냉이를 푼 양념장에 고기를 한 점씩 찍어 먹었다. 육류를 즐겨 먹지 않는 소영임에도 생각보다 담백하고 맛있어서 깜짝 놀랐다. 온종일 텅 비어 있던 위장이 새삼 빨리 달라고 아우성을 쳐댔다.

배가 고파 돌아가실 지경이라더니 사실이었나 보다. 정훈도 연신 만족스러운 듯 고개를 끄덕이며 부지런히 젓가락을 놀렸다. 저녁을 먹었다더니, 너는 왜 그렇게 잘 먹느냐고 그가 놀리듯 한 소리 할 줄 알았는데 다행히 그는 아무 말도 하지 않았다. 두 사람은 한동안 먹는 데만 집중했다.

칼칼하고 구수한 고기 국물에 냄비 가득 담겨 있는 고기를 반쯤 먹고 나자, 그제야 정훈이 소주를 따서 각자의 잔에 한 잔씩 따랐다. 그가 잔을 슬쩍 들어 보였다.

"건배."

소영도 잔을 슬쩍 들어 보였다.

"내가 먼저 마셔 보고 어떤지 얘기해 줄게, 잠깐 기다려."

향을 한번 맡아 본 그가 잔을 입으로 가져갔다. 반을 홀랑 마시고는 살짝 미간을 찌푸렸다.

"향이 강해서 그렇지, 마셔 보니까 의외로 꽤 약한데? 괜찮아. 그런데 너한테는 좀 강할 수도 있겠다. 조금만 마셔."

소영도 조심스럽게 잔을 입으로 가져갔다. 으, 향은 진짜 강하다. 색은 똑같은데 사케와는 또 다른 향이었다. 맛은 어떨지 모르겠다. 사케도 마셔 본 적이 없어서 비교할 수는 없겠지만 말이다. 살짝 입술을 축이고 한 모금을 꿀떡 삼켰다.

크. 엄청 쓰다.

입안에 맴도는 쓴맛에 잘게 진저리를 치는데 그가 키득거리며 웃었다.

"쓰지? 어때, 계속 마실 수 있겠어? 그냥 맥주 마실래? 맥주 시켜 줄까?"

"아니요, 그냥 마셔 볼래요. 처음이라서 그래요. 계속 마시면 나아지겠죠."

맥주도 처음 마셨을 때 그랬다. 지금도 쓴맛만 느껴질 뿐 맛
있다는 건 통 모르겠지만. 어쨌든 뭐든 처음이 어려운 법이지,
나중에는 익숙해지는 법이었다.

소영은 소주 한 모금에 뜨거운 국물과 고기 한 점씩을 먹으
며 한 잔을 다 마셨다. 그가 어쭈? 하는 눈빛으로 쳐다보며 한
잔을 더 따라 주었다. 그가 한 잔 더 마시는 걸 보고 그녀도 잔
을 입으로 가져갔다.

그렇게 홀짝홀짝 마시다 보니 어느새 둘이 소주 한 병을 깨
끗이 해치워 버렸다. 그가 '한 병 더?' 하고 물었다. 소영은 고
개를 흔들었다. 머리가 띵! 해 오는 것이 더 이상은 무리였다.
숨을 내쉴 때마다 소주 냄새가 맡아지는 것 같았다. 소주 반 병
에 맥주 예닐곱 병을 마신 양 호흡도 가빠지고 눈꺼풀도 무
거워져 버렸다.

흐음, 앞으로는 맥주 말고 이걸 마셔야겠다.

턱을 괴고선 자신을 귀엽다는 듯 흐뭇한 미소를 짓고 바라
보는 정훈의 얼굴이 어른어른 두 개로 보였다. 심장을 덜커덕
거리게 만드는 그의 매력적인 미소는 마음에 들지만 어린 동
생을 바라보는 듯한 저 자상한 눈빛은 영 마음에 들지 않는다.

소영은 가물거리는 눈에 잔뜩 힘을 주고 손가락으로 삿대질
하듯 그를 가리켰다. 혼잣말처럼 중얼거렸다.

"그런 눈으로 보지 말아요."

"뭐?"

밤 은
아침을
꿈꾼다

"기분 나빠. 나하고 겨우 다섯 살 차이밖에 안 나면서 엄청 어른인 척하고 있어."

그가 큭, 낮은 웃음을 터트렸다.

"그럼 어떻게 봐 줄까. 이렇게?"

갑자기 그의 눈빛이 확 달라졌다. 뭐라고 그럴까. 뭉근하게 데워지던 비커의 물이 한순간에 비등점까지 확 끓어오른 것 같다고나 할까? 아니 아니, 그게 아니라…… 오빠가 아닌 여자를 바라보는 남자의 강렬한 눈빛. 그래, 바로 그런 눈빛이었다.

동공을 찔러 오는 강렬한 눈빛에 숨이 목 끝까지 차올랐다. 쿵쿵, 뛰어 대는 가슴이 한 박자씩 더 빠르게 뛰어 댔다. 뭔가 터질 듯한 아슬아슬한 기분. 낯선 만큼 겁이 왈칵 날 정도로 두려웠지만 허리춤에서 찌릿한 전율이 치밀어 오르는 것이 기분이 가히 나쁘지는 않았다. 아니, 솔직히…… 무척 마음에 들었다.

소영은 마른침을 꿀꺽 삼켰다.

"오빠는 참…… 이상한 사람이에요."

"뭐가?"

"어떤 사람인지 잘 모르겠어요. 뭐든 다 제멋대로에, 자신감으로 똘똘 뭉친 거만한 사람 같다가도 다시 보면 한없이 다정하고 따뜻하고 사려 깊은 사람 같기도 하고, 또 어떨 때 보면 엄청 큰 어른에 가까이하기 힘든 냉철하고 위압적인 사람같이 보이기도 하고, 또다시 보면 마냥 애 같기도 하고……. 정말 모르겠어. 어려워. 말해 봐요. 오빠는 어떤 사람이에요?"

정훈이 기가 막힌다는 듯 뜨악한 표정을 지었다.

"남들이 들으면 내가 무슨 다중인격자인 줄 알겠다."

헛웃음을 흘리며 고개를 가로저은 정훈이 글쎄, 하며 말을 이었다.

"그건 한마디로 대답하기 어려운 질문인데? 네가 보고 느낀 그 모든 모습들이 바로 나니까. 그런데 모든 사람들이 그렇지 않나? 강한 사람이라고 해서 언제나 강하고 약한 사람이라고 해서 언제나 약한 건 아니잖아. 어떤 한 측면이 강하고 약할 수는 있겠지만 말이야. 그보다는 좋은 놈, 나쁜 놈 혹은 믿을 수 있는 사람, 믿을 수 없는 사람으로 구분하는 게 낫겠다. 네가 생각하기에 나는 어떤 사람 같은데? 믿을 수 있는 사람? 아니면 믿을 수 없는 사람?"

두 사람의 시선이 허공에서 한동안 말없이 뒤엉켰다. 소영의 눈가가 미세하게 떨렸다.

"……믿을 수 있는 사람."

입술보다 그의 눈이 먼저 미소 지었다. 서로를 빨아들일 듯 응시하는 두 사람의 시선은 한동안 떨어질 줄 몰랐다.

놀랍도록 이상한 일이었다. 엊그제까지만 해도 서로의 눈을 뜨겁게 응시한 적도, 서로를 이토록 예민하게 느낀 적도 없었다. 그런데 왜 갑자기 이렇게 된 걸까. 왜 한순간에 세상이 뒤바뀐 건만 같을까. 서로에게 이끌리던 감정의 실체를 인정하고 자각한 순간부터 두 사람을 휘감고 있던 공기의 흐름마저 다른 세상의 것인 양 달라진 것 같았다.

"저기……."

"소영아."

　동시에 흘러나온 서로의 음성에 두 사람 모두 일순 말을 멈췄다. 그가 어색한 미소를 지으며 말했다.

"네가 먼저 말해."

"아니에요, 오빠가 먼저 말해요."

"말해. 난 네 얘기 먼저 듣고 말할 테니까."

"별말 아닌데."

"그러니까 먼저 하라고."

　소영이 입술을 달싹거리다가 이내 아니라며 고개를 가로저었다. 불현듯 묻고 싶었다. 그는 왜 그녀가 로스쿨을 그만두고 서울로 도망쳐 왔는지, 왜 아빠와 아저씨를 만나려고 하지 않는지, 그 이유를 물어보지 않는 거냐고 말이다.

　그런데 아무래도 묻지 않는 것이 낫겠다. 그렇게 물어봐 놓고는 정작 그가 '왜?'라고 되물어 본다면 사실대로 대답해 주지도 못할 테니까. 잠시 머리가 어떻게 됐던 모양이다. 순간적인 감정에 이끌려 쓸데없는 말을 꺼내려던 자신의 입을 막아 준 그가 고마울 따름이었다.

"……잊어버렸어요. 나중에 생각나면 그때 말할게요. 말해요. 뭐요?"

　그의 눈매가 실쭉하니 가늘어졌다. 테이블에 팔을 대고 기댄 채 무언가 골똘히 생각을 정리하듯 시선을 내리고 미간을 찌푸렸다. 그러다 마침내 결심이 선 듯 자못 진지해진 얼굴로 그녀를 똑바로 바라보았다.

"소영아."

목소리조차 더할 나위 없이 심각하고 진지해졌다. 그의 진지해진 표정과 목소리에 공기의 흐름이 또 한 번 바뀌었다. 뺨을 스치고 지나가는 긴장된 기류에 소영의 뺨이 꿈틀거렸다.

"네."

"차소영."

"……네, 말해요."

"우리 진짜로 한번 사귀어 보자. 오빠, 동생, 아버님들끼리의 관계 이런 것 다 떠나서 너 나, 문정훈과 차소영, 남자와 여자로."

소영의 눈이 뒤집어질 듯 부릅떠졌다. 급하게 들이켜 쉰 숨 뒤로는 심장마저 놀라서 멈춰 버렸는지, 더 이상 뛰지 않는 것 같았다.

"술김에 하는 말도, 순간적인 감정으로 하는 말도, 장난으로 하는 말도 아니다. 아무래도 너를 좋아하게 된 것 같다. 아니, 온종일, 한 순간도 네 생각이 끊이질 않는 걸 보면 너를 좋아하는 게 확실해. 이런 경우는 나도 처음이라서 아직 얼떨떨하고 당황스럽기는 한데, 그렇다고 내 마음도 모를 정도로 어리석은 놈은 아니다. 지금 네 눈에 담겨 있는 감정을 못 읽을 만큼 아둔한 놈도 아니고. 너하고 오빠, 동생이 아닌 남자, 여자로 만나보고 싶다."

"나, 나는……."

밤 은
아침을
꿈꾼다

아니다, 나는 지금 팔자 좋게 연애나 하고 있을 상황이 아니다. 알겠지만 나는 지금 내 문제만으로도 머리가 터질 것 같다. 그러니 나를 좋게 생각해 준 것은 고맙지만 못 들은 것으로 하겠다, 뭐 이런 말을 해야 하는데…… 어쩐 일인지 소영은 입이 떨어지지 않았다.

미친 듯이 뛰어 대는 심장이 오른 손바닥으로 옮겨 갔나 보다. 그의 따스한 체온이 남아 있는 손바닥이 찌르르 울리며 아프도록 세차게 뛰어 댔다.

그대가 있음에

"내가 계산할게요. 나 돈 있어요."

"또 그런다. 누가 뭐래? 그런데 이건 내가 사 준다고 그랬잖아. 싫다는 사람 억지로 산에 끌고 가면서 당연히 이 정도는 내가 사 줘야지. 이걸로 계산해 줘요."

정훈이 소영의 손을 물리며 계산대 앞에 서 있는 여직원한테 카드를 내밀었다. 소영도 지지 않고 그의 긴 팔을 잡아끌며 자신의 카드를 내밀었다. 난감해하는 캐셔 대신 쇼핑을 도와주던 또 다른 여직원이 재빨리 정훈의 카드를 받아 들었다. 황당해하는 소영을 바라보며 한쪽 눈을 찡긋거렸다.

"애인이 선물해 주겠다는 왜 마다하세요. 애인분 성의도 생각해 주셔야죠."

애인이라니, 누가?

뜨악한 것도 잠시, 소영의 투명하도록 하얀 얼굴이 삽시간에 붉게 달아올랐다.

"아니에요. 그런 거……."

며칠 전에 정훈한테 정식으로 사귀자는 제안을 받기는 했지만, 아직 가타부타 대답은 하지 않았다. 정훈도 싱긋 미소만 지을 뿐, 확답을 요구하지도 않았고 말이다. 그저 서로 유야무야 구렁이 담 넘어가듯이 넘어가고 있을 뿐이었다.

물론 그 날 이후로 정훈의 태도가 확실히 달라지기는 했다. 며칠에 한 번 전화하던 사람이 매일 하루에 세 번 이상씩 전화를 걸어와 잘 잤느냐는 아침 인사부터 밥 챙겨 먹어라, 뭐하고 있느냐는 등 귀찮을 만큼 특별한 용건도 없이 수시로 전화를 해 오고, 소영이 짜증을 내며 뭐하는 거냐고 한 마디 했더니 당연하다는 듯이 이렇게 말해서 사람을 기함하게 만들고는 했다.

—보고 싶어서.

혹은.

—그냥 갑자기 생각이 나서.

—잠깐 짬이 나서. 목소리 들었으니 됐다. 쉬어.

그러고는 그녀가 뭐라고 대답할 새도 없이 전화를 끊어 버

밤은
아침을
꿈꾼다

리고는 했다. 어지간히 바쁜지 길게 통화하는 법은 없었다. 몇 마디 주고받고는 회의 들어가야 된다, 뭐다 하며 '다시 할게.' 하고 급하게 전화를 끊어 버리기 일쑤였다.

뭐하자는 건지.

그런데 더욱 황당한 건 그보다 그녀 자신이었다. 쓸데없이 수시로 전화해 대는 그가 귀찮고 짜증 나면 전화를 안 받으면 될 것이지, 그 전화를 또 일일이 다 받고 앉았다. 말로는 틱틱거리면서 속으로는 콩닥콩닥, 발그레 미소까지 지으면서 말이다.

오늘만 해도 그랬다. 어젯밤, 오늘 보자는 그의 말에 새삼스러운 일도 아니건만, 하루 앞당겨진 만남에 괜스레 가슴이 떨려 뭐 마려운 강아지마냥 밤새 침실과 거실을 왔다 갔다 했다. 그러고는 약속 시간 1시간 전부터 준비를 하고 있다가 도착했다는 그의 전화가 오기 무섭게 1층으로 뛰어 내려갔었다. 기다렸다는 내색을 내지 않으려고 일부러 시큰둥한 표정을 짓느라 얼마나 힘들었는지 모른다.

그와 늦은 점심을 먹고 이런저런 얘기를 나누는 동안에도 내내 그랬다. 외조부모님 일로 막연히 생각만 하고 있던 독거노인을 돕는 일을 해 볼까 한다는 얘기도 그 때문에 얼떨결에 나왔다. 잠시 대화가 끊어진 사이에 그녀를 지그시 응시하는 그의 시선이 너무도 강렬하고 가슴 떨려서 그만 자신도 모르게 덜컥 그 얘기를 꺼내고 말았더랬다.

정훈은 그녀의 이야기를 진지하게 들어 주었다.

"어떤 방법으로 돕고 싶은 건데?"

"아직은 잘 모르겠어요. 구체적으로 생각해 본 건 아니라서. 그냥 어떤 식으로든 사회에 보탬이 되는 일을 해 보고 싶다, 그런 생각만 막연히 하고 있을 뿐이에요. 그동안 내가 공부해 온 것을 활용할 수 있으면 좋겠지만, 한국 사회에서 그게 어디까지 통용될 수 있을지도 모르겠고요. 시민단체에서 일하는 것도 괜찮을 것 같기는 한데 한국에는 어떤 시민단체가 있고 시스템은 어떤지, 전혀 아는 바가 없어서 말이에요."

정훈은 무언가를 골똘히 생각하며 고개를 끄덕거렸다.

"내가 한번 알아보지. 네가 일할 만한 단체가 뭐가 있는지, 거기서 네가 할 수 있는 일은 뭐가 있는지 말이야."

그러면서 기특하다는 눈빛으로 그녀를 바라보았다. 그렇게 이런저런 이야기를 주고받던 중에 그가 '내일은 뭐할까?'라고 물어보았다. 토요일인 오늘 만나서 내일은 당연히 안 만나는 줄 알았는데, 내일도 만나자는 말에 소영은 깜짝 놀랐었다.

"내일도 만나요?"

그가 당연하다는 듯 흔연스레 말했다.

"그럼, 안 만나? 내일 일요일이잖아. 나 내일은 온종일 풀로 비니까 좀 일찍 만나자. 음, 일찍 만나서 할 수 있는 게 뭐가 있을까. 가까운 시외로 나갔다 올까? 아니면…… 아, 그게 좋겠다. 산 좋아해?"

그렇게 시작된 산 얘기에 자연스럽게 내일 일정은 산행으로 귀결되었다. 소영은 아무래도 상관없다는 것처럼 어깨를 으쓱거렸지만 사실은 산을 그다지 좋아하지 않는다. 도쿄 도심 근처에는 산 같은 산도 별로 없고, 신주쿠에서 급행으로 1시간 거리에 도쿄에서 가장 가까운 타카오라는 산이 하나 있기는 한데, 가 본 적은 한 번도 없었다. 고등학생 때 후지산을 한 번 가 본 적은 있으나 등반을 한 적은 없었다.

때문에 소영은 등산복은커녕 등산화조차 가지고 있지 않았다. 그런데 정훈은 하이킹을 무척 좋아한단다. 대학 땐 자주 산을 타고 암벽등반까지 했다니, 그의 건장한 체격과 근육이 괜히 생긴 건 아니구나 싶었다.

그도 귀국 후에는 너무 바빠서 산을 타 본 적이 없다고 했다. 도심 내에 산이 있는 도시가 별로 없는데, 그런 측면에서 서울은 무척 아름다운 도시라면서 그는 그 자리에서 휴대전화로 초보자도 쉽게 오를 수 있는 산과 산행코스를 검색했다. 그에게 낙점된 산은 북한산이었다.

"그럼 넌 산을 한 번도 타 본 적이 없어?"

"네."

"으음, 그럼 당연히 등산화도 없겠네?"

"그런 게 꼭 필요한가요? 에베레스트 등반하는 것도 아닌데, 그냥 운동화 신고 가면 되죠. 그렇게 높은 곳도 아니라면서요."

그러자 그는 못마땅한 듯 눈살을 찌푸렸다.

"그렇다고 만만하게 생각하면 안 돼. 그래도 산은 산이니까. 나처럼 경험 많은 사람은 몰라도 너처럼 초보자는 더욱 각별히 조심해야 한다고. 잘못하면 미끄러져서 크게 다칠 수도 있으니까. 안 되겠다. 일어나자."

그가 자리에서 벌떡 일어나 그녀의 손목을 잡아끌었다.

"왜요? 어디 가게요?"

"등산화 사러."

"됐어요. 또 언제 신는다고. 난 그냥……."

"아깝다고 생각하지 마. 다쳐서 괜히 병원비 들고 고생하는 것보다는 안전하게 등산화 신고 가는 편이 훨씬 나으니까. 그리고 한번 올라가 보면 너도 반하게 될 거다. 힘들었던 만큼 정상에 올라가 보면 속이 탁 트이면 세상을 다 얻은 것 같은 기분을 느끼게 되거든. 내가 왜 진작 이런 기쁨을 몰랐을까, 후회하게 될걸? 두고 봐. 나중에는 네가 먼저 가자고 조르게 될 테니까."

　그래서 그길로 그의 손에 이끌려 백화점에 오게 된 소영이 었다. 그런데 등산화 하나 사자던 사람이 실은 북한산이 아니라 에베레스트로 데려갈 심산인지, 등산화부터 등산복, 심지어 배낭에 스틱까지 그야말로 별의별 것들을 다 쓸어 담았다. 그러고는 그게 다 자신이 주는 선물이란다.

　말도 안 돼.

　한두 푼 하는 것도 아니고 보니까 다 꽤 값들이 나가던데, 이유도 없이 그에게 그런 비싼 선물들을 받을 수는 없었다. 하여 꼭 사야 한다면 내가 사겠다고 실랑이를 벌이는데, 여직원이 남자—그녀는 애인이라고 했지만—가 사 주겠다는데 왜 마다하느냐며 그의 카드만 쏙 빼 간 것이었다.

　소영이 단호한 눈빛으로 여직원을 바라보았다.

"그 카드 이리 주고 이걸로 계산해 줘요."

그러자 캐셔 직원한테 카드를 넘겨주려던 여직원이 주춤거리며 정훈의 눈치를 살폈다. 왜 자신이 아닌 그의 눈치를 살피는지 모르겠다.

정훈이 못 말리겠다는 듯 피식, 웃으며 소영을 바라보았다.

"그럼 이렇게 하자."

그가 그녀의 손에서 카드를 쏙 뽑아 가더니 그녀의 눈앞에 카드를 흔들었다.

"너도 나한테 뭐 하나 사 줘. 그럼 공평하지?"

정훈이 여직원을 돌아보며 말했다.

"등산화 하나 더 줘요. 이것과 같은 라싸 GT 310밀리미터로."

소영이 겨우? 하는 눈빛으로 그를 올려다보았다. 정훈이 한쪽 눈썹을 휙 치켜뜨고 소영을 내려다보았다.

"그런 눈으로 보지 마. 이것도 네가 하도 까칠하게 굴어서 할 수 없이 사는 거니까. 등산화는 한 켤레쯤 더 있어도 되겠다, 싶어서 사는 거야. 그러니까 이걸로 그냥 딜deal하자."

눈치 빠른 여직원이 톡 끼어들었다.

"어머, 그것도 좋은 생각이시네요. 원래 연인 사이에는 신발 사 주는 게 아니라잖아요. 신발 사 주면 도망간다고. 그러니까 여자분도 남자분한테 등산화 사 주시면 딱 되겠네요. 그거 신고 쫓아오라고. 호호호."

정훈이 싱긋 미소 지으며 부러 상체를 숙이고 그녀와 눈높이를 맞췄다. 흠칫 놀라는 소영의 커다란 눈동자를 깊숙이 응시하며 속삭이듯이 말했다.

"재미있는 말이네. 그럼 무슨 일이 있어도 너한테 등산화를 꼭 선물 받아야겠군. 차소영을 놓치지 않고 부지런히 쫓아가려면 말이야."

◎

"잡았다."

발을 헛디뎌 넘어지려는 소영을 재빨리 뒤에서 받아 낸 정훈이 그녀에게만 들릴 만한 낮은 목소리로 말했다. 놀란 눈으로 시선을 들어 올려다보니 야릇한 미소를 띠고 내려다보는 정훈이 얼굴이 바로 코앞에 있었다.

화들짝 놀라 수직낙하로 급전직하한 그녀의 심장이 바닥을 쿵 찧고 반등하듯 치솟아 올라 목 끝에서 미친 듯이 뛰어 댔다. 등에서 느껴지는 그의 단단한 가슴과 어깨를 끌어안듯이 잡고 있는 커다란 손이 용광로처럼 뜨겁게 느껴졌다. 소영은 허우적거리며 얼른 그의 품에서 빠져나왔다.

"조심해. 거의 다 왔다고 방심하다가 다치는 거야. 힘드니? 조금 쉬었다 갈까?"

그의 다정한 어조에 소영은 빨개진 얼굴을 가로저었다.

"아니요. 괜찮아요. 그냥 가요."

안 그래도 처음 오르는 산행에 턱 끝까지 차오른 숨이 연신 가쁘게 터져 나왔다. 북한산 등산 코스 중 해발 505미터밖에 안 되는 원효봉 코스는 초보자에게 가장 무난한 코스라더니, 무난하기는 개뿔. 3시간 넘게 오르막을 오르고 또 올랐더니— 틈틈이 계속 쉬기는 했지만—, 다리는 후들거리고 깊어진 가을임에도 불구하고 온몸은 땀으로 흠뻑 젖어 버리고 말았다.

그런데 정훈은 뒷동산에 산책 나온 사람마냥 숨도 가빠하지 않고 땀도 별반 흘리지 않는 모습이 3시간 전이나 지금이나 차이가 없었다. 게다가 그녀는 머리부터 발끝까지 등산복을 다 챙겨 입게 하고선, 정작 그는 평상복인 청바지에 재킷 차림이었다. 어제 산 등산화만 다른 것으로 갈아 신으면 시내 어디든 바로 갈 수 있겠다.

왠지 그에게 속은 것 같아서 '오빠는 왜 그렇게 입고 왔느냐'고 한마디 했더니, 그는 너무도 당당하게 얼굴색 하나 안 바뀌고 이렇게 대답했다.

–당연하지. 뭐, 얼마나 대단한 곳 올라간다고 다 갖춰 입고 가. 창피하게.

기가 막혀서!

소영이 씩씩거리며 자신도 청바지로 갈아입고 오겠다고 하자, 정훈은 껄껄 웃으며 돌아서는 그녀를 질질 끌고 억지로 차에 태웠다. 그녀는 초보자라서 그래도 된다면서. 그러면서 괜히 그녀의 모자챙을 쭉 잡아당겼다.

그나마 다행인 건, 북한산 입구에 도착하니 등산복을 제대로 갖춰 입은 사람이 그녀뿐만은 아니라는 사실이었다. 오히려 정훈처럼 가볍게 청바지에 재킷만 입고 사람이 찾아보기 힘들 정도였다. 그래도 스틱까지는 도저히 가지고 내릴 수가 없어서 스틱을 뒷좌석에 던져 놓고 왔다.

그런데 완만한 오르막이 끝나고 본격적인 산행이 시작된 뒤로 소영은 스틱을 차에 두고 온 것을 뼈저리게 후회했다. 나이 드신 어른들도 편히 산을 오르는데 그녀는 왜 그렇게 힘이 들던지 산행이 처음인 것이 문제가 아니라 몇 달 새 급격히 떨어진 자신의 체력 때문이라는 것을 새삼 실감했다.

어쨌든 자신은 힘들어 죽겠는데, 산보하듯 설렁설렁 걷는 그가 그렇게 얄미워 보일 수가 없었다. 그래서 틈틈이 주저앉아 쉬다가도 저 혼자 화보를 찍는 듯 멋들어지게 주변이나 감상하고 있는 그를 보고는 오기가 치받아 올라선 씩씩거리며 앞장 서 예까지 올라온 길이었다.

"이제 거의 다 왔어. 저기서 조금만 쉬었다가 가자. 단풍도 좀 구경하고."

정훈이 새삼 숨을 깊이 들이마셨다가 내쉬며 주변을 돌아보았다.

"진짜 예쁘다. 울긋불긋, 산등성이에 붉은 물이 들었다는 표현이 딱 맞는 것 같다."

단풍 좋아하시네. 난 지금 힘들어서 단풍이든 뭐든 눈에 하나도 안 들어오거든! 소영은 유유자적, 여유만만한 정훈에게 슬쩍 눈을 흘기며 휙, 돌아서 걸음을 옮기기 시작했다.

"됐다니까요. 정 구경하고 싶으면 혼자 즐기시든가. 쉬엄쉬엄 가도 3시간이면 충분하다더니, 왜 가도 가도 끝이 안 보이는 거야. 완전히 속았어."

소영은 자신이 힘들다고 헥헥거리며 수시로 쉰 것은 생각지도 않고 정훈에게 또 속았다며 씨근덕거렸다.

"좋을 대로."

정훈은 설렁설렁 그녀의 뒤를 따라왔다.

북문을 지나 5분여를 더 올라가자 드디어 목적했던 원효봉이 나타났다.

"우와!"

언제 짜증 나고 힘들었냐는 듯 절로 감탄 어린 탄성이 터져 나왔다. 청명한 가을 하늘 아래 붉게 물든 산봉우리들이 앞서거니 뒤서거니 하며 끝없이 펼쳐져 있는데, 마치 거대한 한 폭의 수묵화를 목도하고 있는 것만 같았다. 특히 절벽 아래로 내려다보이는 도심의 풍경을 가히 예술이라고 할 만했다. 거대한 회색빛 바위 정상마다 사람들이 감탄사를 터트리며 가슴 벅차도록 아름다운 풍광을 만끽하고 있었다.

감탄사 외에는 아무 말도 못 한 채 눈앞에 펼쳐진 경이로운 산야를 둘러보는데, 등 뒤에서 벨벳처럼 부드러운 목소리가 들려 왔다.

"어때, 마음에 드니? 힘들었지만 올라온 보람이 있지?"

소영은 그를 돌아다보며 고개를 끄덕거렸다.

"네."

가슴이 벅차올라 긴 말은 할 수가 없었다. 하지만 이 말만은 꼭 해야겠다. 소영은 진심으로 우러난 말간 미소를 지으며 떨리는 목소리로 말했다.

"고마워요, 데리고 와 줘서."

그가 왜 산을 좋아하는지, 산행을 고집했는지 알 것만 같았다. 가슴속에 응어리진 단단한 멍울들이 보스스 작아지면서 바람에 흩날려 흩어졌다. 그의 말대로 25년간 꾹꾹 눌러 두기만 했던 숨통이 트이며 비로소 숨이 편하게 쉬어졌다.

그가 손을 뻗어 바람에 흩날리는 소영의 머리카락을 귀 뒤로 넘겨 주었다. 그녀가 질색하는 앞머리 헝클어트리기도 마음껏 시전하고, 발그레 달아오른 소영의 뺨을 어루만졌다.

두 사람의 시선이 부드럽게 얽혀졌다. 옷깃을 날리며 불어오는 바람처럼 그녀의 커다란 눈동자가 파르르 흔들렸다. 그러다 점차 굳건히 그 자리에서 흔들리지 않고 그녀를 응시하는 그의 뜨겁고 깊은 눈동자를 오롯이 응시했다. 그와 닮은 비슷한 온도로, 뜨겁게 그만을 오롯이 시야에 담았다.

그의 입술 끝에 감미로운 미소가 어렸다.

잠시 후, 그녀의 입술에도 가슴 벅찬 설렘의 미소가 감미롭게 어렸다.

얇은 철 난간을 의지해 암벽을 내려오는 길. 앞장선 그가 한 걸음을 뗄 때마다 그녀를 돌아보고 손을 내밀었다. 지천을 붉게 물들인 단풍처럼 발그레 물든 소영이 그가 내민 손을 처음으로 스스로 꼭 잡았다. 그녀를 올려다보는 정훈의 눈빛이 깊어진 미소만큼이나 한층 더 깊어졌다. 그가 그녀의 손을 더욱 힘주어 꼭 잡았다. 위태롭게 흔들리며 내려오는 그녀를 단단히 안아 지탱해 주었다.

소영은 더 이상 두렵지도, 무섭지도 않았다. 지독하게 혼란스러웠던 상처도 서서히 희석되어 가는 것이 느껴졌다. 그만 바라보고, 그와 잡은 손을 놓지 않고 그가 이끄는 대로만 내려가면 안전한 대지에 도달할 수 있을 거라는 믿음이 어느 순간 당연하다는 듯이 생겨 버렸다.

두 사람은 평평한 산자락 아래로 내려오는 동안 서로 잡은 손을 놓지 않았다. 북한산 입구를 빠져나와 딱딱한 아스팔트 위를 걸어가면서도 마주 잡은 두 사람의 손은 내내 그대로였다.

깊어 가는 가을의 어느 날이었다.

◉

정훈과 소영은 다시 이화마을을 찾았다.

소영은 어제의 첫 산행으로 온몸이 두들겨 맞은 듯 욱신거렸지만, '보고 싶다. 퇴근하고 이따 갈게'라는 그의 말 한마디에 근육통보다 더욱 욱신거리는 심장을 부여잡고 온종일 그를 기다렸더랬다.

출발한다는 그의 전화에 내내 발코니 너머로 고개를 삐죽 내밀고 그를 기다렸다. 그리고 골목에 들어서는 그의 차를 보자마자 황급히 밑으로 뛰어 내려갔다. 정훈이 그녀를 보자마자 앞머리를 헝클어트리며.

"몸살 났지? 그럴 땐 계속 더 근육을 움직여 주거나 마사지를 받으면 나아지는데, 어떻게 할래? 보나 마나 전자는 아파서 싫다고 할 테고, 저녁 먹고 마사지나 받으러 갈까? 아까 인터넷 찾아보니까 홍대에 커플 마사지 잘하는 데 있다고 하더라. 거기 갈래?"

이렇게 말을 하는데, 그의 입에서 너무도 자연스럽게 흘러나온 '커플'이라는 말보다 자신을 바라보는 그의 눈빛이 너무 뜨겁고 다정해서 가슴이 설레 미칠 것 같았다. 소영은 간신히 힐끗 그를 흘겨보며 괜한 핀잔을 주었더랬다.

"음흉하긴. 커플 마사지는 너무 이르지 않아요?"

그가 되레 뜨악하게 소영을 쳐다보며 놀렸다.

"차소영, 너 대체 무슨 상상을 하는 거냐? 앞에 '커플'이라는 단어만 붙었을 뿐, 그냥 마사지야. 옷 입고 같이 스파 하고 전문 마사지사한테 마사지 받고 그런 곳. 오, 이제 보니 차소영, 은근 엉큼한 구석이 있는데? 그렇다면 남자로서 기꺼이 기대에 부응해야지. 가만 보자. 그런 건전한 곳 말고 우리 소영이 바라는 대로 야시시한 곳이 어디 없는지, 한번 찾아볼까?"

그러면서 얼른 휴대전화를 꺼내는데 소영은 기가 막혀 그를 찌릿, 째려보았다. 됐다고, 밥 먹고 산책이나 실컷 하자고 한마디 쏘아붙이며 고개를 절레절레 가로저었는데, 붉어진 홍조까지는 숨길 수가 없었다.

그래서 여차저차 다시 찾은 이화마을. 두 사람은 자연스럽게 손을 꼭 맞잡고 천천히 이색적인 골목을 거닐었다. 낙산공원으로 올라가기 전에 야외공간까지 있는 전망 좋은 레스토랑에 들러 간단히 저녁을 해결했다. 와인까지 한 잔 곁들여서. 아쉽게도 그는 운전 때문에 향기만 맡고 마시지는 못했다. 소영만 가볍게 한 잔 마셨다.

배를 든든히 채우고 낙산공원까지 천천히 산책할 겸 올라갔다. 10월 말의 제법 쌀쌀해진 날씨 탓인지, 저번에 왔을 때보다 오가는 사람들이 많이 줄었다. 조용하고 한산해서 훨씬 좋았다.

고즈넉한 성벽에 기대어 야경을 감상했다. 한 자락 예리하게 불어온 바람에 그녀가 어깨를 움츠렸나 보다. 정훈이 양복 상의를 벗어 그녀의 어깨를 가만히 덮어 주었다.

"괜찮아요, 안 추워."

"그래도 감기 걸릴지 모르니까 그대로 있어."

그가 나지막이 말하며 긴 팔을 뻗어 그녀의 어깨를 살며시 끌어당겨 안았다. 부쩍 가까워진 거리에 그의 체온이, 숨결이 보다 강렬하게 느껴졌다. 심장이 콩닥콩닥 무섭게 뛰어 댔다. 두 사람은 잠시 아무 말이 없었다.

소영이 괜히 꼼지락거리며 중얼거렸다.

"아무래도 안 되겠어요. 이러다가 오빠가 먼저 감기 걸리겠다. 도로 가져가……."

그의 품을 벗어나며 어깨에 걸쳐져 있는 옷으로 손을 뻗는데, 그가 그녀의 어깨를 더욱 강하게 끌어안았다. 굳이 눈으로 보지 않아도 온몸으로 느껴졌다. 그녀를 내려다보는 그의 강렬한 시선이, 한층 깊어진 그의 숨결이.

한 톤쯤 가라앉은 그의 목소리가 소영의 머리카락을 적셨다.

"감기…… 걸리면 네가 낫게 해 주면 되지."

그의 매력적인 중저음이 관자놀이께로 바람처럼 흘러 내려왔다. 소영은 마른침을 삼키며 어색한 웃음을 흘렸다.

"내가 어떻게, 내가 무슨 의사인 줄 아나? 병원에는 데려가 줄게요. 아프게 주사 한 대 놔 주라고 그래야지."

"주사보다 더 확실한 방법이 하나 있지."

한층 더 깊어진 음색만큼이나 깊어진 숨결이 그녀의 볼을 뜨겁게 달궜다. 그런 게 어디 있느냐고 웃으며 한마디 해 줘야 하는데, 가슴이 너무 떨려서 아무 말도 할 수가 없었다. 입만 살짝 벌려도 심장이 입 밖으로 튀어나올 것만 같았다. 그를…… 쳐다볼 수도 없었다.

"네가 가져가면 되잖아. 이렇게……."

어느새 다가온 그의 오른손이 소영의 왼쪽 뺨을 살며시 잡아당겼다. 그 여린 손길에도 소영의 얼굴이 스르르 딸려 돌아갔다. 밤하늘보다 더욱 짙은 그의 눈동자가 바르르 떨리는 그녀의 눈동자를 한달음에 낚아채고 시야를 가득 채웠다. 동시에 그녀의 입술에 그의 입술이 부드럽게 와 닿았다.

부릅떠지는 그녀의 동공을 응시하며 그가 그녀의 입술에 대고 속삭였다.

"눈 감아……."

그의 달콤한 속삭임 한마디에 미약에 홀린 듯 그녀의 눈꺼풀이 스르르 감겼다. 부드럽고 달콤한 입술이 그녀의 입술에 다시 한 번 깊숙이 와 닿았다. 그리고 다음에는 좀 더 오래 머물렀다. 그가 다시 속삭였다.

"그리고 다시 내가 가지고 올게. 그리고 다시…… 그리고 또 다시……."

"하아……."

탄식처럼 흘러나온 그녀의 떨리는 숨결을 헤치고 그의 숨결이 입안으로 밀려 들어왔다. 눈물이 날 만큼 부드럽지만 결코 주저하거나 망설이는 법이 없는 달콤한 입맞춤이었다. 어린아이의 수줍은 입맞춤이 아닌 어른의, 남자의 농밀한 입맞춤.

소영의 고개가 조금 더 뒤로 젖혀졌다. 그녀의 하얀 손이 그의 와이셔츠를 꼭, 움켜잡았다.

◉

소희는 자신의 귀를 의심했다. 잠시 아연한 눈빛으로 맞은편에 앉아 있는 찰리 아저씨와 리디아 아줌마를 쳐다보았다. 고개를 끄덕이며 자상한 미소를 짓고 있는 아저씨와 달리 아줌마는 차갑게 굳은 얼굴로 그녀와 대니 그리고 아저씨까지 한 차례씩 질렸다는 듯 노려보고는 고개를 돌려 버렸다.

영업이 끝난 대니's 마린 클럽의 너른 클럽 하우스에는 소희와 대니 그리고 대니의 부모님인 찰리와 리디아 네 명만이 테이블을 마주하고 앉아 있었다. 중앙의 바 저편으로는 투명한 전면 유리문 너머로 높다란 야자수들과 하얀 백사장이 드넓은 바다와 함께 펼쳐져 있었다. 붉게 물들어 가는 노을로 인해 끝없이 펼쳐진 에메랄드빛 바다도 붉게 물들어 가고 있었다.

찰리 아저씨가 테이블 너머로 망연히 앉아 있는 소희의 까칠한 손을 지그시 잡았다.

"소희야."

소희는 커다래진 눈만 깜박거렸다.

"소희야."

"네? 아, 네."

"뭘 그렇게 놀라. 하긴 놀랄 만도 하지. 너무 갑작스럽기도 할 테고 우리가 그동안 오죽 널……. 미안했다, 소희야. 하지만 다 지난 일이니까 이제 우리 깨끗이 다 잊자꾸나. 섭섭한 맘이 남아 있다면 앞으로 살면서 하나하나 풀어 나가자꾸나. 우리도 더 노력할 테니 말이다."

소희의 나머지 한 손을 대니가 테이블 밑으로 꼭 움켜잡았다. 흠칫 놀란 소희가 본능적으로 손을 빼내려고 했다. 하지만 대니가 놔주지 않았다. 되레 더욱 강하게 그녀의 손을 꽉 힘주어 잡았다. 재빨리 리디아의 눈치를 살핀 소희가 당황한 눈빛으로 대니를 쳐다보았다. 세상을 다 얻은 듯 환한 미소를 지으며 대니가 한쪽 눈을 찡긋거렸다.

"프러포즈는 이따 정식으로 해 줄 테니까 봐줘. 순서가 뒤바뀌긴 했지만, 너한테는 부모님 허락이 먼저잖아. 그래서 이 자리를 먼저 마련한 거니까 이해해 주라."

"프러포즈도 아직 하지 않은 게야? 그래 놓고 오늘 당장 소희 만나서 확답해 주지 않으면 큰일 나는 것처럼 그 난리를 피우고 그랬던 게냐? 하여튼 자식, 성질 급한 건 꼭 제 엄마라니까."

남편의 너스레에 리디아는 기가 막힌다는 듯 코웃음을 치며 눈을 흘겼고 대니는 키득거리며 웃었다.

"쇠뿔도 단김에 빼라는 속담도 있다면서요. 말 나온 김에 빨리 해치워 버려야죠. 엄마가 또 언제 변덕을 부릴지 모르니까."

리디아가 인상을 찌푸리고 버럭 소리를 질렀다.

"뭐? 저놈 자식이 진짜!"

"고마워요, 엄마. 그리고 아버지도 정말 감사합니다. 두 분 기대에 어긋나지 않게 저희 정말 보란 듯이 잘 살겠습니다. 그동안 저희 피 말린 거 생각하면 지금도 두 분한테 섭섭한 감정이 엄청 많기는 한데요. 아버지 말씀대로 지난 일이니까 다 잊고 앞으로는 진짜 감사하는 마음만 가지고 효도하며 잘 살게요. 저희가 행복하게 잘 사는 모습 보여 드리는 게 두 분한테 효도하는 길이잖아요. 그죠, 엄마?"

'저놈 새끼가 진짜!' 하며 한마디 퍼부으려던 리디아는 싱글 벙글 좋아서 어쩔 줄 모르는 대니를 보고는 '어휴', 한숨을 내쉬며 못 말리겠다는 듯 고개를 절레절레 흔들었다. 대신 아직도 멍한 얼굴로 정신을 차리지 못하고 있는 소희를 찌릿, 째려보았다.

"어휴, 그래, 네 맘대로 해라. 네 인생이지 내 인생이니. 나도 이제 지쳐서 더는 할 말도 없다. 죽어도 좋다는데 누가 말려. 얘, 소희야."

채찍처럼 매서운 리디아의 음성에 소희의 마른 어깨가 움찔 움츠러들었다. 시선을 내리깐 소희가 마른침을 삼켰다.

"네."

"솔직히 말하면 난 지금도 이 결혼에 반대다. 그건 너도 알고 있지?"

"네."

"하지만 대니가 너 아니면 죽겠다고까지 하는 마당이니, 나도 더 이상은 말릴 재간이 없구나. 부디 네가 이젠 정말 제정신 똑바로 차리고 달라졌기만을 바란다. 최근 몇 년간 보여 준 네 모습이 네 참모습이기를 진심으로 바란다고. 내가 하는 말이 무슨 뜻인지, 길게 얘기 안 해도 잘 알지?"

소희가 차마 소리 내어 대답하지 못하고 고개를 숙이는데, 혀를 끌끌 차는 찰리의 음성이 들려왔다.

"어허, 이 사람은 여기까지 나와서도 또 그 소리네. 그 얘기는 어젯밤에 다 끝난 것 아닌가. 뭔 좋은 소리라고 자꾸 같은 소리를 해 대. 소희를 우리 집 식구로 받아들이기로 딱 마음먹었으면, 그걸로 끝난 거지. 당신 계속 그러면 나중에 늙어서 애들한테 구박받아."

"어머, 내가 왜요? 난 죽을 때까지 돈 줄 꽉 움켜쥐고 애들한테 유산 한 푼도 안 물려줄 건데 지들이 날 어떻게 구박해? 당신도 어제 분명히 그러겠다고 나하고 약속했잖아요. 내가 그거 하나 믿고 허락해 준거구먼."

"아, 사람, 거참. 여기서 돈 얘기는 또 왜 나오나. 고상한 사모님 입에서 격 떨어지게. 지금은 애들 결혼 얘기만 하자고."

열이 오른 듯 리디아가 손부채질을 했다.

"알았어요, 안 그래도 나도 입 아파서 그만하려고 했어요. 하여튼 맨날 나만 악역이지. 후우. 어쨌든, 소희야. 너도 내가 왜 이러는지는 누구보다 잘 알 거라고 생각한다. 그러니까 나도 더 이상 긴 말은 하지 않을게. 대신 이거 하나만 약속해 줘."

바짝 긴장한 소희 대신 찰리와 대니가 말했다.

"또 뭐요?"

리디아는 두 남자는 무시하고 소희만 똑바로 응시했다.

"너만 아는 대니나 널 믿어 준 이 사람, 그리고 이 두 남자 성화에 지고 만 나까지 절대 실망시키지 말고 후회하지 않게 해 주겠다고 약속해라. 너도 알겠지만, 우리 집안이 보통 집안이니? 한인사회에서는 물론 괌 전체에서 가장 존경받고 모범이 되는 집안이야."

소희를 바라보는 리디아의 눈빛이 보다 매서워졌다.

"그러니 지금 이 시간부터는 곧 강씨 집안의 사람이 될 거라는 사실을 절대 잊지 말고, 그에 걸맞도록 행동해 주기 바란다. 우리 집안에 먹칠할 행동은 절대 하지 마라, 이 말이다. 나는 네가 그 약속만 지켜 준다면 다른 건…… 후우, 포기하고 넘어가마. 내가 너한테 바라는 건 그것뿐이다. 약속, 지켜 줄 수 있겠니?"

생각지도 못했던 대니와의 갑작스러운 결혼 승낙에 얼떨떨해하면서도 벅차올랐던 가슴이 삽시간에 차갑게 얼어붙었다. 리디아의 요구사항이 과한 것은 절대 아니었다. 틀린 말도 아니었고, 리디아가 그녀를 어떻게 생각하고 있는지 모르지도 않았다. 하지만 그럼에도 불구하고 똥물을 뒤집어쓴 듯 극심한 수치심과 모욕감으로 치가 떨려왔다.

당연하다 싶으면서도 너무하다, 분하다, 억울하다는 생각이 들었다. 포기했던 사랑을 마침내 이룰 수 있게 되었다는 기적 같은 사실에 온몸이 비명을 지르며 기뻐 날뛰면서도 차갑게 얼어 버린 심장이 쩍쩍 갈라지며 고통스러운 비명을 질러 댔다.

소희는 이를 악물고 여린 속살을 으득 깨물었다. 대니의 얼굴에서도 대번에 웃음기가 사라졌다. 차갑게 굳은 시선으로 제 엄마를 돌아보았다.

"엄마……."

"네, 약속하겠습니다."

저와 동시에 흘러나온 소희의 차분한 음성에 대니가 흠칫 놀라 소희를 돌아보았다. 미안하고 걱정스러운 시선으로 무표정하게 굳어 있는 소희의 옆얼굴을 안타깝게 바라보았다.

"소희야."

소희가 살포시 미소 지으며 대니를 쳐다보았다.

"괜찮아. 틀린 말씀 하신 것도 아니고, 아줌마로서는 당연히 해야 할 말씀을 하신 건데, 뭐. 앞으로 내가 당연히 해야 될 일이기도 하고. 아줌마가 한 번 더 일깨워 주신 것뿐이야. 이런 나를 며느리로 인정하고 받아 주겠다고 해 주신 것만으로도 나는 너무 감사해. 솔직히 나는 이렇게 빨리 두 분이 나를 허락해 주실 거라고는 생각하지 못했었거든. 그래서 나는 지금……감사하고 또 감사할 따름이야."

대니의 미간에 깊은 홈이 파졌다. 리디아가 거봐란 듯, 그나마 네가 네 주제는 잘 알아서 다행이구나 하는 표정으로 소희를 바라보았다.

"그 약속, 믿어도 되겠지?"

소희가 담담한 시선으로 리디아를 돌아보았다.

"아니요, 믿지 마세요."

"뭐?"

"제가 아무리 믿어 달라고 약속을 드린다고 해도 겨우 저 같은 애의 말 한마디만 듣고 어떻게 믿을 수 있으시겠어요. 설혹 제가 이 자리에서 혈서를 쓴다고 해도 솔직히 믿지 않으실 거잖아요. 그러니까 믿지 마시라고요. 계속 저를 의심하고 경계하면서 지켜봐 주세요. 그리고 그래도 정 마음이 놓이지 않으실 것 같으면 혼전 계약서를 쓰자고 하셔도 전 상관없습니다. 어떤 요구라도 전 기꺼이 따르겠습니다. 아줌마 뜻대로 하세요."

대니가 그녀의 손을 확 잡아당기며 언성을 높였다.

"안소희, 너 대체 뭐라고 그러는 거야. 됐어. 그만해."

반면 리디아는 피식, 헛웃음을 흘리며 눈을 반짝였다.

"오, 그래, 그거 좋은 생각이구나. 안 그래도 나도 그런 생각을 하고 있었는데, 네가 먼저 그렇게 말해 주니 고맙구나. 그래, 내가 변호사하고 잘 논의해서 만들어 보마.”

“엄마! 제발 그만하세요!”

대니가 버럭 소리를 질렀다. 어머나! 하고 깜짝 놀란 듯 작게 비명을 내지른 리디아가 손바닥으로 가슴을 지그시 누르며 눈을 동그랗게 떴다.

“왜 나한테 소리를 지르고 그러니? 너도 방금 들었잖아. 내가 먼저 꺼낸 얘기가 아니라 쟤가 먼저 꺼낸 얘기야. 난 그냥 쟤 의견이 괜찮다 싶어서 받아들였을 뿐이고.”

리디아는 자신을 노려보는 아들을 지지 않고 노려보며 속으로 분통을 터트렸다. 어디 내놔도 부끄럽지 않은, 자랑스러운 하나밖에 없는 아들이었다.

젖먹이 때부터 말썽 한 번 부리지 않던 착하고 대견한 아들이었다. 무슨 일이든 자신이 알아서 척척 다 했고, 공부든 운동이든 무엇 하나 못하는 것이 없었다. 고등학교 내내 상위권 성적을 유지하면서도 럭비부 쿼터백 주장으로 이름을 날렸다. 아마 소희만 아니었다면 대학도 괌 대학교가 아닌, 미국 본토에 있는 유명 대학으로 갔을 것이다.

항상 웃는 얼굴에 잘생기고 공부 잘하고 사려 깊고 활달하고 체격 좋고, 그녀의 아들이라서가 아니라 정말 뭐 하나 빠지는 구석이 없는 자랑스러운 아들이었다.

그런데 딱 하나. 그런 아들한테 불치병 같은 약점이 하나 있었으니, 그게 바로 안소희였다. 소희네가 괌으로 이민을 와 옆집에 살게 된 순간부터 동갑내기 친구라고 맨날 붙어 다니더니, 이날 이때까지 안소희한테서 헤어 나오지 못하고 이젠 안소희라면 아주 목숨까지 내걸 정도로 중증이 되어 버렸다.

사이좋은 모자 지간에 얼굴을 붉히게 된 것도 모두 안소희 때문이었다. 소희 일만 아니라면 지금도 아들과는 얼굴 붉히며 부딪힐 일이 전혀 없는 리디아였다.

하나밖에 없는 아들이 오매불망 오직 소희밖에 없다니, 몰락한 집안에 고등학교조차 제대로 졸업하지 못했다고 해도 웬만하면 진작 허락해 줬을 터였다.

그런데 애나 그 어미라는 작자가 오죽해야지. 그나마 집안 홀랑 말아먹은 뒤 안규식 죽고 나서 소희는 어느 정도 정신을 차린 것 같긴 하지만, 그 어미라는 작자는 어휴, 입이 더러워질까 입에 담지도 못하겠다.

그래서 이제껏 기를 쓰고 소희를 반대해 왔다. 남편도 그녀와 생각이 크게 다르지 않았다. 한데 작년부터 남편의 마음이 급격히 흔들리기 시작했다. 죽은 친구에 대한 의리와 안타까움 때문에 소희를 여행사에 취직시켜 놓고 옆에서 한번 지켜보겠다더니, 어느 틈에 찰리마저 소희한테 흠뻑 빠져서는 아들과 함께 그녀를 설득하기 시작했다.

그래도 끝까지 반대할 생각이었다. 한데 이 망할 놈의 아들 놈이 저를 생각하는 어미의 깊은 뜻도 몰라주고, 더 이상은 기다릴 수 없다며 소희와의 결혼을 허락해 주든지, 아니면 자신을 포기하라고, 양단간의 결정을 내리라고 대놓고 협박해 오기 시작했다.

대학도 졸업했겠다, 아프라 항 근처에 마린 클럽도 오픈했겠다, 이젠 부모의 도움 따위 필요 없다 이거였다. 저는 부모님의 재산에 관심이 없으니 아들은 죽은 셈 치고 돌아가실 때 사회에 환원하시라고 눈을 부릅뜨고 말하는데, 어젯밤에는 정말 기가 막혀 죽는 줄 알았다.

자식이 한 명만 더 있어도 여자에 눈이 멀어서 부모자식간의 천륜까지 끊어 버리자고 하는 배은망덕한 놈은 나도 필요 없다고 큰소리를 쳤을 텐데, 현실상 그럴 수도 없으니 그녀가 고집을 꺾을 수밖에 다른 도리가 없었다.

말마따나 여자 하나 때문에 하나밖에 없는 아들을 잃을 수는 없지 않은가. 그녀한테 대니가 어떤 아들인데, 유서 깊은 강씨 집안의 유일한 핏줄인데!

리디아는 더 할 말 없다는 듯 핸드백을 챙겨 자리에서 벌떡 일어났다.

"어쨌든 서로 할 말은 다 한 것 같은데 이쯤에서 그만하자꾸나. 서로의 뜻은 다 알았으니 이젠 각자 알아서 준비만 하면 되지 않겠니? 아, 그리고 어제 대니한테도 말했지만, 아무리 급해도 올해 안에 결혼하는 건 무리다. 넌 어떤지 모르겠지만 우리는 정리하고 준비할 게 많아서 2개월로는 턱없이 부족해. 서둘러도 3, 4개월은 걸릴 듯싶구나. 그러니까 결혼은 내년 3월에 하는 것으로 하자꾸나. 날짜는 너희 둘이 상의해서 정해."

리디아는 대단한 선심이라도 쓰는 듯 말하고는 휙 돌아서 클럽하우스를 먼저 나가 버렸다. 찰리가 못마땅한 눈초리로 팽 돌아서서 나가는 아내의 뒷모습을 바라보며 고개를 절레절레 흔들었다.

"거, 사람 성질하고는. 기왕 허락해 주는 거 기분 좋게 허락해 주면 좀 좋아? 나이가 들수록 사람이 왜 저렇게 옹졸해지는지 몰라. 쯧쯧."

혀를 차며 소희를 돌아보았다. 표정 없이 차분하게 앉아 있는 소희의 손등을 토닥이며 다정하게 말했다.

"아줌마 얘기는 너무 맘에 담아 두지 마라. 지금이야 자기 뜻대로 안 돼서 서운하고 속이 상해서 저러지만 곧 나아질 게다. 내가 대신 사과하마."

"아니에요, 아저씨. 전…… 괜찮아요. 다 이해해요."

"그래, 그래. 그렇게 말해 주니 고맙구나."

찰리는 소희의 마른 어깨를 톡톡 두드려 주었다. 대니와 시선을 맞추고 '나머지는 네가 알아서 잘 달래 줘라' 하고 눈을 한 번 찡긋거리고는 클럽하우스를 천천히 빠져 나갔다.

찰리까지 나가고 두 사람만 남자, 너른 공간에는 한동안 무거운 정적만이 흘렀다. 대니는 여간 곤혹스러운 것이 아니었다. 이러려고 무리해서 이 자리를 마련한 것이 아니었는데, 혈전과 다름없던 어젯밤의 논쟁 끝에 가까스로 얻어 낸 부모님의 허락으로 자신이 너무 흥분해서 서두르는 바람에 소희 기분만 더 안 좋게 만든 건 아닌가 싶었다.

어젯밤에 자신과 그렇게 철석같이 약속을 해 놓고 엄마가 또 소희한테 그렇게 대놓고 막말을 하실 줄은 정말 몰랐다. 그는 그저 부모님께 드디어 결혼 허락을 받아 냈다는 반가운 소식을 부모님의 입을 통해 소희가 직접 들을 수 있게 해 주고 싶었을 뿐이었는데, 아무래도 자신이 생각이 너무 짧았던 것 같다.

소희는 지나칠 정도로 차분하고 고요했다. 표정이 너무 없어서 무슨 생각을 하고 있는지도 모르겠다. 엄마의 막말이 시작되기 전까지만 해도 소희도 분명 기함하듯 놀라고 너무 좋아서 어쩔 줄 몰라 하는 표정이었다. 그런데 지금은……

'설마 또 이상한 생각을 하고 있는 건 아니겠지?'

안 되겠다. 그녀가 또 무슨 말도 안 되는 생각을 하든, 그 생각이 정립되기 전에 그녀의 마음을 풀어주고 상처 입은 마음을 달래 줘야겠다. 어쨌든 그녀도 알았다고, 엄마의 심한 말에도 약속한다고 하지 않았었나. 그건 곧 그녀도 결혼을 받아들이겠다는 허락의 의미이기도 할 터였다.

또한 지금 무엇보다 가장 중요한 건 그녀가 그토록 고집부리며 요구했던 부모님의 허락을 드디어 받아 냈다는 사실이었다.

대니는 햇볕과 바닷바람에 탈색된 갈색 머리카락을 성마르게 쓸어 올리며 자리에서 벌떡 일어나 소희의 손을 잡아당겼다. 소희가 엉거주춤 자리에서 일어나며 미간을 찌푸렸다.

"왜, 뭐?"

"이리 와 봐."

대니는 소희를 데리고 클럽하우스를 가로질러 뒤편의 전면 유리문으로 향했다. 근처 탁자에 말아 두었던 커다란 모포를 다른 한 손으로 낚아채고 유리문을 열고 밖으로 나갔다. 바다

내음과 함께 시원한 바람이 불어왔다. 대니는 높다란 야자수를 헤치고 소희를 바닷가로 데리고 갔다.

백사장으로 나오자 10여 미터 떨어진 우측에는 온종일 사용했던 스킨스쿠버 장비들을 줄줄이 매달려 있는 커다란 정자가 서 있었다. 그 앞에는 바나나보트와 모터보트들이 죽 늘어서 있었다.

해양 스포츠를 즐기기 위해서 온종일 쉼 없이 몰려들던 관광객들이 사라진 해변가는 한산하고 적요하기 그지없었다. 붉게 노을 지는 하늘과 맞닿은 바다와 고운 백사장, 장비들을 주렁주렁 매달고 있는 정자 그리고 그와 그녀, 단 두 사람뿐이었다.

대니는 들고 온 모포를 모래 위에 넓게 펼쳤다. 두 사람이 눕고도 남을 만큼 커다란 모포 위에, 멀뚱히 서서 그가 하는 양을 지켜보고만 있는 소희를 데리고 와 앉혔다. 그 옆에 자신도 털썩 주저앉았다. 그대로 잠시간 두 사람은 아무 말도 하지 않은 채 보랏빛으로 물들어 가는 하늘과 수평선 너머로 사라져 가는 붉은 태양을 바라보았다. 에메랄드빛 바다가 붉은 태양을 삼키며 점점 검게 물들어 갔다. 잔잔한 파도가 쉼 없이 밀려왔다 밀려갔다.

대니는 양손을 머리 뒤로 깍지 끼고 누웠다. 그는 예전부터 아무도 없는 한적한 해변에서 소희와 함께 밤이 되어 가는 바다를 바라보는 이 시간이 가장 좋았다. 소희도 이 시간의 바다와 단둘이 함께 하는 순간을 무척 좋아했다.

세상과 동떨어져 그와 그녀, 단둘만이 무인도에 뚝 떨어져 있는 것 같다고 했다. 어느 누구의 시선도 신경 쓰지 않고 무엇이든 할 수 있을 것만 같다고 했다. 그저 이렇게 앉아 짙어져 가는 고요한 바다를 바라보는 것만으로도 마음이 편안해지고 행복해진다고도 했다.

그녀에게 불행이 닥치기 전에는 관광객들은 모르는 한적한 밤 바닷가를 찾아 그녀와 자주 사랑을 나누고는 했다. 정말 아무도 없는 파라다이스인 것처럼 훌훌 입고 있던 옷을 모두 벗어 던지고 알몸으로 바다에 뛰어들어 헤엄을 친 적도 있었다. 부드럽게 밀려오는 파도 속에서 뜨거운 그녀 안을 유영했다. 달빛 아래 하얗게 부서지는 파도와 함께 그와 그녀도 눈부시게 부서지며 환희에 휩싸이고는 했다.

생각해 보니 그 또한 까마득한 옛날이었다. 스무 살이 되기도 훨씬 전이었으니까.

정수리 높이 질끈 묶은 그녀의 긴 머리카락이 바람에 흩날렸다. 소영의 저 긴 머리카락이 등허리를 덮고 바람에 흩날리는 모습을 본 지도 꽤 오래되었다. 대니는 손을 뻗어 그녀의 긴 머리카락을 꽁꽁 동여매고 있는 끈을 풀었다.

하염없이 바다를 바라보며 오도카니 무릎을 끌어안고 있는 그녀의 마른 어깨가 움찔, 하며 떨렸다. 그녀가 손을 뻗어 그의 손을 잡아채기 전에 대니는 바람에 자유롭게 나부끼는 긴 머리카락을 손가락에 휘감고 오랜만에 그 부드러운 감촉을 즐겼다.

"하아."

밤 은
아침을
꿈꾼다

절로 낮은 탄성이 흘러나왔다.

"……하지 마."

그녀가 가라앉은 음성으로 낮게 읊조렸다. 대니의 입가에 옅은 미소가 어렸다. '하지 마.'라고 말하는 그녀의 목소리가 여리게 떨리고 있었다. 그와 그녀만이 아는 야릇한 긴장감이 기대와 함께 부풀어 올랐다.

"뭘?"

모른 척 의뭉스레 말했다. 그녀가 슬쩍 뒤를 돌아보며 눈을 흘겼다. 무서울 정도로 표정이 없던 그녀 얼굴에 옅게나마 표정이 돌아와 있었다. 절로 안도의 한숨이 흘러나왔다.

동글게 말린 마른 등허리에서 부드럽게 흩날리는 머리카락을 계속 희롱하며 그리운 내 여자의 등을 어루만졌다. 앙상하게 돋아난 등줄기를 찬찬히 훑어 내리자 그녀가 경련하듯 바르르 떨었다. 그녀가 불편한 듯 꼼지락거리며 허리를 비틀었다.

대니는 빙긋이 미소 지으며 천천히 상체를 일으켜 앉았다. 그녀의 뒤에서 가만히 어깨를 보듬어 안았다. 긴 다리와 너른 품 안에 그녀를 오롯이 가둬 버렸다. 소희가 움찔하며 급하게 숨을 삼켰다.

"하지……."

"쉬이……."

그녀의 귓가에 작게 속삭였다.

"이렇게 함께 밤바다 보는 거 정말 오랜만이다."

그의 뜨거운 숨결에 소희의 귀밑 솜털이 바르르 떨렸다.

"그리웠어……. 너와 함께하는 이 순간, 떨리는 네 숨결, 네 체온, 네 향기……. 하아, 소희야."

그녀가 쌕쌕, 숨을 몰아쉬었다.

"너무 오래 기다렸다. 하지만 더 이상 기다리지 않을 거다."

"대니……."

"세, 네 살 때 널 처음 본 순간부터 나한테는 오직 너밖에 없었다. 아무것도 모르는 꼬맹이였던 주제에, 인형처럼 새하얀 얼굴에 커다랗고 까만 눈동자를 한 어린 소녀한테 한 순간 영혼까지 송두리째 빼앗겨 버렸어. 그 후론 줄곧 너만 보고 너만 따라다녔지. 사람들이 뭐라고 하든 상관없었어. 나한테 너는 세상에 단 하나밖에 없는 내 영혼이자 분신이고 여신이었으니까."

세차게 요동치는 그녀의 목으로 입술을 내렸다. 소희가 떨리는 숨을 몰아쉬며 고개를 뒤로 젖혔다.

"열두 살 때였나? 호기심에 어른들 몰래 나무 위의 집에서 너와 처음으로 입을 맞췄지. 키스가 뭔지도 모른 채 숨도 쉬지 못하고 입술만 계속 맞대고 있었지. 그리고…… 누가 먼저라고 할 새도 없이 입술을 열고 숨을 나눴어. 그때의 그 짜릿했던 충격은 평생 잊지 못할 거다."

그녀도 마찬가지였다. 그것이 그와 그녀의 첫 입맞춤이자 첫 키스였으니까.

"그러고는 우리는 점점 대담해져 갔지. 네가 내 손을 봉긋 피어오르기 시작한 네 가슴으로 가져갔을 땐 정말 가슴이 터질 것 같았어. 그리고 기억나니? 서로 은밀한 부분을 먼저 보여 달라고 실랑이하며 싸웠던 거. 결국 가위 바위 보로 순서를 정할 수밖에 없었지. 결과는 언제나 그렇듯 네가 이겼고 말이야."

그렇게 열여섯 살에 자연스럽게 첫 섹스를 나누기 전까지 두 사람은 어른들 몰래 계속 서로의 몸을 만지고 탐색하며 호기심을 채워 갔다. 첫 섹스를 나눈 건 열여섯 살 때였지만 두 사람은 이미 그 전부터 한 몸이나 다름없었다. 서로의 몸에 대해서 모르는 것이 없었으며, 서로의 손이 닿지 않은 곳은 한 곳도 없었으니까.

25년 중에 22년을 그녀와 함께해 왔다. 뭣 모르던 순진한 소년, 소녀의 우정에서 남자, 여자로 사랑을 나눠 온 지가 어언 10년이 넘었다. 그중에 지난 5년이 가장 힘들었다. 연이어 닥친 불행에 무너져 버린 그녀를 지켜봐 주고 열두, 세 살 때처럼 조심조심 안아 줄 수밖에 없었던 시간들.

오래 기다렸다. 이제는 하나밖에 없는 내 사랑을 오롯이 전부 되찾고 싶다. 내 사랑을 마음껏 사랑하며 당당히 지켜 주고 싶다. 여자와 남자로, 아내와 남편으로.

"그리고 이번에도 네가 이긴 거야. 네 앞에 납작 엎드려 무릎 꿇었지. 네가 보여 달라는 대로, 네가 원하는 대로 기꺼이 바쳤어. 그러니까 이젠 그만 너도 너를 보여 줘. 날 더 이상 기다리게 하지 말아 줘. 너, 나 이외의 다른 사람들은 더 이상 생각하지 말자. 나만 바라봐. 나만 생각해. 내가 너만 바라보고 너만 생각하는 것처럼."

"하아, 대니…… 넌…… 바보야."

울먹임이 뒤섞인 그녀의 목소리가 조금 더 빠르게 떨리며 흘러나왔다.

"그래, 난 바보야. 안소희한테 미친 바보. 그걸 이제 알았어? 그리고 너도 바보지. 내가 널 포기하고 지쳐서 나가떨어지게 만들 수 있다고 생각한 바보. 난 네가 어떻게 해도 절대 널 놓지 않아. 바보는 하나밖에 모르거든. 손에 쥔 걸 절대로 놓지 않지. 빠져나가려고 하면 할수록 더욱 죽을힘을 다해 움켜잡는다고."

그의 손이 볼품없는 티셔츠 속으로 파고들어 그녀의 작은 가슴을 움켜잡았다. 파드득 전율하는 강파른 몸을 온몸을 이용해 더욱 빠듯하게 끌어안고 가쁜 숨을 토해내는 그녀의 입술을 삼켰다.

"그러니까 너도 이제 그만해. 너도 힘들잖아. 이제 그만 나를 잡아. 나를 움켜쥐어. 사랑해, 사랑한다, 안소희."

두 사람의 숨결이 뜨겁게 뒤엉켰다. 더 이상은 소희도 참을 수 없었다. 막혔던 봇물이 터지 듯 오랫동안 참고 또 참아왔던 뜨거운 눈물이 흘러내렸다. 동시에 오기와 죄책감으로 억누르고 있던 욕망 또한 한달음에 터져 나왔다.

소희는 오열하며 그를 부둥켜안았다. 그를 그악스럽게 끌어안고 사나울 정도로 그의 입술을 삼키고 숨결을 빼앗았다. 달려들 듯 돌진해 온 그녀의 욕망에 대니의 상체가 뒤로 넘어갔다. 두 사람은 누가 먼저라고 할 새도 없이 거칠고 다급한 손길로 서로의 옷을 벗겼다. 삽시간에 실오라기 하나 없이 알몸이 된 두 사람의 몸이 하나로 뒤엉켰다.

바르작거리며 들썩거리는 그녀의 뜨거운 몸을 대니가 끌어안고 한 바퀴 몸을 굴렸다. 대번에 두 사람의 위치가 바뀌었다. 그동안 그를 밀어내고 외면했던 것이 무색하게 소희는 어서 자신을 채워 달라며 그의 엉덩이를 마구잡이로 끌어당겼다.

　지금 두 사람에게 전희 따위는 필요 없었다. 오로지 그와, 그녀가 필요할 뿐이었다. 요동치는 소희의 골반을 움켜쥔 대니가 단 한 번의 움직임으로 그녀의 내부 깊숙한 곳까지 강하게 밀고 들어갔다.

　"하악."

　"헉!"

　두 사람의 입에서 동시에 단말마와도 같은 강렬한 교성이 터져 나왔다.

　"아아, 대니, 대니!"

　"소희야!"

　활화산처럼 터져 버린 욕망에 더 이상의 말은 하고 싶어도 할 수가 없었다. 소희가 다급하게 그의 엉덩이를 끌어당기며 허리를 들썩거렸다. 그에 기꺼이 화답하듯 대니가 빠르게 허리를 움직이기 시작했다. 그립고도 그리웠던 환희였다. 내 몸처럼 익숙한 욕망이자 너무 오랜만이라서 살짝 낯설기도 한 감동의 폭풍이었다.

　등 뒤에서 끊임없이 밀려오는 파도처럼 그가 그녀 안으로 밀려갔다가 빠져나오고 또다시 철썩거리며 강하게 밀려 들어갔다. 소희가 환희의 비명을 내지르며 그의 팔뚝과 어깨를 사납게 끌어당겼다. 그조차도 성에 차지 않아 단단한 그의 목덜미에 매달려 상체를 세웠다. 헉헉거리는 두 사람의 입술이 자석에 빨려가듯 하나로 달라붙었다.

뜨거운 숨결과 체온이 하나로 섞여 들며 완벽한 일체를 이루었다. 폭포수처럼 쏟아지는 감정과 욕망의 홍수 속에 두 사람은 울고 웃으며 환희에 몸부림쳤다.

그 순간, 두 사람은 오롯이 하나였다.

한마음

　오늘도 변함없이 자정이 다 되어 귀가한 아들이 2층으로 올라가는 모습을 바라보며 대영은 흐뭇하게 미소 지었다. 서재로 들어가 느긋하게 미국으로 전화를 걸었다.

　"나다, 바쁘냐?"

　ー괜찮아. 얘기해.

　수화기 너머로 조용히 문 닫히는 소리와 함께 동우의 지적인 음성이 들려왔다. 자신의 전화임을 확인하고는 재빨리 본인의 사무실로 자리를 옮긴 모양이었다.

　"뉴스 보니까 사우스캐롤라이나에서 또 총기 난사 사고가 터졌다는데, 넌 괜찮은 거냐?"

　ー괜찮지 않으면 지금 네 전화를 받고 있겠냐. 여긴 괜찮다. 여기서 좀 떨어진 곳에서 발생한 사고라서.

"진짜 미국은 왜 그 모양이냐. 툭하면 총기 난사 사고가 터지니. 미친놈들이 왜 그렇게 많아. 어디 불안해서 살겠어? 아무 잘못도 없이 멀쩡히 길 가다가 재수 없이 미친놈 만나면 그대로 죽는 거 아니야. 하여튼 그놈의 총기 소지가 문제야. 그러니까 미친놈들이 총 들고 아무한테나 쏴 대는 거 아니냐고."

대영은 엊그제 접한 사우스캐롤라이나 총기 난사 사고 뉴스를 떠올리며 작게 진저리 쳤다. 한국에서는 현실성 없는 먼 나라 얘기였지만 동우가 있는 곳이 사우스캐롤라이나여서인지, 지명만 듣고는 심장이 철렁했다.

"어이, 차 박사. 너희 뇌 연구소에서 그런 미친놈들 뇌를 싹 뜯어고칠 수는 없는 거냐?"

—가능은 하지. 적합한 뇌만 찾을 수 있다면. 그런데 그 얘기나 하자고 전화한 건 아니잖아. 소영이는 어떠냐.

그건 그렇지. 대영은 전화기를 고쳐 잡았다.

"많이 안정을 찾을 것 같다. 표정도 좋아지고 많이 편안해졌어. 뭔가를 해 볼 의욕도 생긴 것 같아. 오늘도 온종일 참여 연대나 '민변' 같은 시민단체를 찾아가서 한국에서 자신이 할 만한 일이 뭐가 있는지 알아보고 다녔다더라."

—공부를 다시 시작할 생각은 없는 모양이군.

"네가 정해 놓은 대로 평생 질리도록 공부만 해 온 애 아니냐. 이참에 자신이 원하는 거 찾아서 마음껏 해 볼 수 있도록 내버려 둬. 그러다 필요하다 싶으면 스스로 알아서 공부를 다시 하든 사법 시험을 보든 하겠지. 그리고 다른 길로 빠지면 좀 어때. 뭘 하든 소영이는 잘해 낼 거다. 심지도 곧고 바르고 똑똑한 애잖아. 그리고 정훈이가 옆에서 든든하게 지켜 주고 있으니까 다른 걱정은 하지 마라."

딸 걱정에 애가 바짝바짝 타들어 가는 동우를 생각하면 웃어선 안 되는데, 자꾸만 비실비실 웃음이 새어 나오는 대영이었다. 처음에는 혹시나 하는 바람에 소영을 찾았음에도 모른 척 두고 보자 하는 결정을 내린 것이 과연 잘하는 짓일까, 계속 고민이 됐는데, 이제 와서 보니 그때의 결정이 참으로 잘한 결정이었던 듯싶다.

처음에 소영의 집에 웬 놈이 드나들고, 그놈이 정훈이라는 것을 알았을 때는 기함하듯 놀랐다. 하지만 놀란 것은 둘째 치고 자신보다 소영을 먼저 찾았음에도 그 사실을 아비한테 철석같이 비밀로 붙이고 있는 아들이 괘씸해서 엄청 화가 났더랬다.

자세한 내막까지는 몰라도 제 녀석도 소영이 처한 상황을 대충이나마 알고 있고 무엇보다 아비나 동우가 소영을 얼마나 걱정하는지, 찾으려고 얼마나 노력하는지 빤히 알면서도 '소영을 찾았는데 잘 지내고 있는 것 같더라, 그러니 너무 많이 걱정하시지 마라.' 그런 말 한마디 하지 않고 입을 꾹 다물고 있는 아들놈이 너무 괘씸해서 배신감까지 들 정도였다.

그런데 다시 생각해 보니, 괘씸해할 만한 일은 또 아닌 듯싶었다. 정훈이 아무 이유도 없이 그 엄청난 사실을 아비한테 숨기고 나 몰라라 할 놈은 아니지 않는가. 그리고 어른들 몰래 소영의 집을 드나든다? 보통 일이 아닌 듯싶었다. 물론 좋은 의미로다가. '어쭈, 요것들 보게!'라는 생각이 들면서 그래, 어디 한번 지켜보자 싶었다.

눈치를 보니 녀석도 아비가 소영의 소재는 물론 제 놈이 몰래 소영과 만나면서도 그 사실을 비밀로 부치고 있다는 것을 그가 다 알고 있다는 것을 알아챈 것 같았다. 하긴 아둔한 놈이 아니니 그 정도는 그와 말 몇 마디 나눈 후 바로 알아챘을 것이다.

그 후로는 누가 그 아비에 그 아들 아니랄까 봐. 두 사람은 서로가 서로를 속이고 있다는 것을 빤히 알면서도 짐짓 의뭉을 떨며 모른 척해 왔다. 서로의 속내까지 빤히 들여다보면서 말이다.

아마 처음에는 순수한 의도였을 것이다. 동훈과의 문제로 방황하고 있는 소영에게 저라도 나서서 방패막이가 되어 주자. 그래서 소영을 조금이라도 더 편하고 자유롭게 해 주자. 뭐 그런 의도 말이다.

하나 녀석이 한 가지 간과한 것이 있다. 뭘 하나 하더라도 효율성과 비효율성을 따지며 허투루 시간과 정열을 낭비하는 것을 질색하는 녀석이 굳이 그렇게 하면서까지 소영이를 돕고자했던 그 마음 말이다.

내 아들은 내가 잘 안다. 착하고 곧은 놈이지만, 절대 말랑한 놈이 아니다. 한두 번이라면 모를까. 고작 꼬맹이었던 20년 전 인연 때문에 금쪽 같은 제 시간을 할애하면서까지 굳이 소영을 수시로 찾아갈 놈이 아니다, 이거다.

그런데 정훈은 그렇게 했고, 아니나 다를까. 대영의 짐작대로 두 녀석은 얼마 전부터 진짜 연애다운 연애를 하기 시작했다. 대영은 뛸 듯이 기뻤다. 특히 며칠 전 두 녀석이 키스하는 사진을 봤을 땐, 흐흐흐, '아싸, 드디어 됐다!' 하고 혼자 미친 놈처럼 환호성을 질렀더랬다.

이래서 호사다마, 아니 다마호사, 전화위복이라는 말이 있는 거다. 정훈이 소영이한테 영 관심이 없고, 그 망할 최희수 때문에 소영마저 큰 충격을 받고 가출까지 감행했을 땐 두 아이의 정혼은 완전히 물 건너갔구나, 이젠 그만 헛된 바람을 접어야겠다 하고 소영이 무사하기만을 바랐는데 일이 이렇게 풀릴지 누가 알았겠는가.

동우야 여전히 회의적으로 반신반의하고 있지만 대영의 생각은 달랐다. 이대로만 쭉 간다면 그의 오랜 바람이 마침내 이루어지지 않을까 싶다. 대영이 소영을 정훈의 짝으로 점찍고 욕심을 내는 이유는 비단 동우와의 젊은 시절의 약속 때문만은 결코 아니었다.

소영이 '응애' 하고 세상에 나온 순간부터 25년간 그녀를 가까이에서 지켜보았다. 소영만큼 심지가 곧고 바르고 현명하고, 거기다 외모만큼이나 행동거지가 정갈하고 고운 애가 없었다. 성격이 진중하고 차분하다 못해 다소 어두운 면이 있는 것이야 어른들 탓이니 어쩔 수 없는 것이고, 사실 그 정도는 흠이라고 할 수도 없었다.

때문에 딱하고 안쓰러워서 농담 삼아 정혼 운운하며 수시로 찾아가 곁에서 지켜보던 것이, 어느 틈엔가 소영이 진심으로 욕심이 나 버렸다. 그래도 인연이 닿지 않으면 어쩔 수 없다고 생각했는데, 저희들이 알아서 연애를 시작했으니 이보다 더 반갑고 좋은 일이 어디 있겠는가.

대영은 자꾸만 말려 올라가는 입술을 내버려두고 짐짓 진지한 어투로 말했다.

"그러니까 조금 더 지켜보자. 요즘엔 그 여자한테 돈도 보내지 않는다며. 저도 이젠 그런 식으로 해결될 일이 아니다, 싶은 판단이 든 게지. 마음이 여려서 그렇지, 누구보다 똑똑하고 현명한 애 아니냐. 머지않아 제자리를 찾아 돌아올 테니까 믿고 기다리자. 어차피 너도 진행 중인 프로젝트 때문에 한국에 나올 여력도 없잖아. 소영이는 나하고 정훈이가 잘 보살피고 있으니까 차 박사님은 아무 걱정 말고 연구에나 전념하십시오. 차 박사님 손에 수많은 알츠하이머와 파킨슨 병을 앓고 있는 사람들의 소중한 생명이 달려 있다는 거 잊지 마시고요."

두 사람은 소영과 정훈, 정미까지 서로의 자식 이야기로 30분쯤 더 이야기를 나누었다. 그러나 그중에 '소희'라는 이름은 한 번도 언급되지 않았다. 그 이름은 주머니 속 송곳처럼 모른 척 묻고 외면할 수 없는 존재임에도 함부로 입에 올릴 수 없는 이름이었다. 살짝 건드리기만 해도 살갗이 찢어지고 아픈 그 이름은 차동우에게는 죄책감과 고통의 또 다른 이름이었다.

소영은 드디어 그녀가 할 만한 일을 찾았다. 거창한 일은 아니고 자신은 아직 수많은 자원봉사자 중 한 명에 불과했다. 그러나 그녀가 이제껏 배운 지식으로 억울하게 피해 입고 힘겹게 사시는 위안부 할머니들과 강제징용 피해자 어르신들을 도울 수 있게 되었다는 사실이 얼마나 뿌듯하고 다행스러운지 모르겠다.

그녀가 어떤 마음으로 다양한 시민단체를 찾아다니며 고심하는지를 잘 아는 정훈이 소개해 준 곳이었는데. 나눔의 집과 동북아 평화 연대를 후원하고 측면에서 돕는 협력 단체라고 했다. 그곳에서도 소영의 자원을 무척 환영해 주었다. 일본 국적자로 일본에서 나고 자라서 일본어에 능통할 뿐만 아니라, 도쿄대학교 법학과 출신에 로스쿨까지 다녔던 사람이라 일본 사회와 법 체제에도 전문적인 지식을 가지고 있어서 자신들이 하는 일이 무척 큰 도움이 될 거라고 했다.

다음 주 월요일부터 일을 시작하기로 한 터라서 소영은 자신이 무슨 일을 하게 될지, 정확한 것은 아직 잘 모른다. 다만 자신을 필요로 하는 곳이 있고, 도울 수 있는 일이 있다는 것이 기쁘고 감사할 따름이었다.

그곳의 주요 활동이 어떤 것인지 담당자한테 설명을 듣고 관련 책자를 잔뜩 싸들고 집으로 돌아왔다. 주말 동안 꼼꼼히 읽어 보고 미리 파악해 둘 생각이었다. 그런데 절반도 채 읽어 보지 않았는데도 벌써부터 가슴이 먹먹해지고 창피함과 죄책감에 얼굴을 들 수가 없었다.

일본에서는 참담한 역사의 실체를 제대로 배운 적이 없었다.

자신들의 과거 만행을 미화하고 피해자 코스프레하는 일본 정부의 탓도 있겠지만, 그보다는 그녀 자신이 그동안 너무 안일하고 이기적이고 어리석게 살아온 탓이 아닐까 싶었다. 일본에서도 뜻만 있었다면 얼마든지 과거 참상의 진실을 제대로 알 수 있었을 텐데, 제 문제에만 급급해서는 주변을 돌아볼 생각을 전혀 하지 못했다.

소영은 스스로가 너무 부끄러웠다. 그녀가 원한 것은 아니었지만 한국인이면서 일본 국적을 가지고 있다는 것도 창피했고, 나름 많이 배운 인텔리입네, 자신한 주제에 정작 중요한 진실은 아무것도 모르고 있었다는 사실이 너무 부끄러웠다. 한국에서 공부하지 않았다는 사실만으로는 변명이 되지 않았다. 그렇다면 정훈도 그녀와 마찬가지로 잘 몰라야 하건만, 놀랍게도 정훈은 과거의 일본 만행과 아직 해결되지 않은 현실적 문제점까지 자세히 알고 있었다.

어떻게 그럴 수 있는지 물어봤더니, 그는 대수롭지 않은 어투로 이렇게 대답했다.

─외국에 오래 살면 누구나 애국자가 된다잖아. 넌 일본인으로 일본에서 거의 살았지만 나는 한국인으로 자신들이 우월하다고 생각하는 나라의 사람들하고 같이 생활했으니까, 지지 않고 무시당하지 않으려면 당연히 내 나라에 대한 역사를 스스로 찾아 공부하면서 자부심과 긍지를 키울 수밖에 없었지. 그러면서 자연스럽게 알게 되고 관심을 가지게 된 것뿐이야.

그래서 알았다. 그가 오래전부터 개인적으로 그 단체를 후원해 오고 있다는 사실을. 절로 존경심이 생기고 대단하다는 생각이 들었다. 역시 멋지고 근사한 사람이라는 생각과 함께.

"어머, 시간이 벌써 이렇게 됐네."

시간을 확인한 소영은 화들짝 놀라 보던 책을 내려놓고 주방으로 달려갔다. 한국 사회에 정식으로 첫발을 내디딘 그녀의 행보를 축하하는 의미로 파티를 하자는 그의 말에 충동적으로 그를 집으로 초대하고 말았다. 근사한 레스토랑에서 식사를 하는 것보다 조촐하게나마 그녀가 정성껏 직접 한 음식으로 그에 대한 고마운 마음을 대신하고 싶었다.

어디 내놔도 손색없을 정도는 아니어도 요리라면 그녀도 꽤 한다. 입맛 까다로운 할아버지와 아빠도 할머니보다 그녀 솜씨가 더 낫다고 칭찬해 줬을 정도였다. 가끔 보는 아빠한테 칭찬 한마디 더 들으려고 부지런히 노력한 결과였다. 하다 보니 요리하는 게 제법 재미있기도 했고 말이다.

그런데 한동안 음식다운 음식을 해 먹어 보지를 않아서 예전 실력을 발휘할 수 있을지는 모르겠다.

"그래도 예전 실력이 어디 가겠어?"

처음에는 조금 헤매겠지만 금방 본실력이 나와 주지 않을까 싶다. 그나저나 빨리 서둘러야겠다. 주재료는 물론 기본적인 양념 하나 집에 없어서 사야 될 것들이 한두 가지가 아닌데, 시간은 벌써 오후 4시를 향해 달려가고 있었다.

소영은 부리나케 외투와 가방을 챙겨 집을 나섰다.

딩동.

현관 벨 소리에 소영은 부리나케 현관으로 달려갔다. 새삼 머리와 매무새를 확인하고 심호흡을 크게 했다.

"누구세요?"

"누구긴 누구겠느냐. 당연히 오빠지. 냉큼 문을 열거라."

난데없는 사극 톤의 근엄한 목소리에 잔뜩 긴장한 것도 잊고 소영은 큭, 헛웃음을 터트렸다. 정말 못 말리겠다.

"뭐예요, 어젯밤에 사극 드라마라도 봤…… 어머!"

빼꼼 열린 문 사이로 불쑥 들이밀어진 커다란 꽃다발에 소영의 눈이 휘둥그레졌다. 한손으로 잡을 수도 없을 만큼 커다란 꽃다발은 처음 보는 붉고 노란 꽃들로 한가득이었다. 그녀가 커다래진 눈을 끔벅이며 멍하니 바라보고만 있자, 어서 빨리 받지 않고 뭐하냐는 듯 커다란 꽃다발이 까닥거렸다. 그제야 소영은 양손으로 커다란 꽃다발을 품에 받아 들었다.

문이 더 활짝 열리고 드디어 정훈이 싱긋, 미소 지으며 모습을 드러냈다. 눈높이로 번쩍 들어 흔드는 그의 손에는 와인 한 병이 들려 있었다. 소영이 얼떨떨해하며 웅얼거렸다.

"이게 다 뭐예요. 깜짝 놀랐잖아요."

"차소영 집에 처음 초대받아 오는 건데 빈손으로 올 수가 있나. 원하던 일자리 구한 거 축하하고, 초대해 줘서 땡큐."

"그냥 빈손으로 와도 되는데 뭐 굳이 이렇게까지……. 어쨌든 고마워요. 잘 받을게요."

거실로 올라온 그가 집을 휘 둘러보았다. 20평이 될까 말까 한 공간은 군더더기 없이 깔끔하고 정갈하면서도 은은한 파스텔 톤의 미색 소파하며 옅은 메론 빛과 살구 빛의 쿠션들이 더없이 잔잔하고 여성스러웠다. 기다란 TV 장식장에는 자질구레한 장식용 소품 대신 책들이 가지런히 꽂혀 있었다. 일본에서 올 때 책은 한 권도 가져오지 않았다더니, 일전에 서점에서 책을 산 뒤로 꽤 많은 책을 사 모은 모양이었다. 역시, 소영답다는 생각이 들었다.

"흐음, 차소영이 사는 곳이 이런 곳이었구나. 딱 너답다."

"나답다니, 그게 무슨 뜻이에요?"

정훈이 그녀를 돌아보며 앞머리를 헝클어뜨렸다. 어느새 당연하게 되어 버린 그의 애정표현이었다.

"마음에 든다고. 딱 내 스타일이야."

소영이 괜스레 눈을 흘기고 고개를 돌렸다. 귓불이 금세 달아오르는 것이 느껴졌다. 소영은 괜히 흠흠, 헛기침을 했다.

"그런데 이 꽃들은 다 뭐예요? 처음 보는 꽃이에요. 이거랑 이거는 같은 꽃 같은데 이건 좀 다른 것 같고. 뭔지는 알고 사온 거예요?"

"그럼, 꽃말까지 생각해서 특별히 주문한 건데."

소영이 눈을 동그랗게 뜨고 깔때기 모양의 꽃과 방패 모양의 잎이 아름다운 붉은 꽃을 가리켰다.

"정말? 그럼 이건 뭔데요?"

"아, 그건 한련. 찾아보니까 그 꽃의 꽃말이 애국심이라고 하더라고. 네가 하려고 하는 일과 딱 맞는 것 같아서."

아, 하며 소영은 고개를 끄덕거렸다. 이렇게 예쁜 꽃에 애국심이라는 꽃말이 있는지 처음 알았다. 소영은 '그럼 이거는요?' 하고 국화처럼 생겼지만 꽃잎이 보다 크고 화려한 노란색 꽃을 손가락으로 가리켰다.

"그건 메쉬 메리골드라는 꽃이라는군. 꽃말은……."

정훈이 끝말을 길게 늘이며 심장이 덜컥거릴 만큼 깊은 눈빛으로 소영을 빤히 쳐다보았다. 괜스레 긴장된 소영이 마른침을 꼴깍 삼켰다. 그녀의 얼굴 앞으로 정훈의 얼굴이 스윽, 다가왔다. 더욱 커다래진 그녀의 까만 눈동자를 깊숙이 응시하며 속삭이듯이 말했다.

"반드시 오고야 말 행복."

뭐? 소영의 부릅떠진 눈이 빠르게 깜박거렸다.

"늪지에서 자라는 꽃이라는군. 어느 전설에 따르면 어느 잘생긴 미청년이 한 명 있었는데, 그 미청년의 사랑을 얻는 데 실패한 소녀가 연적을 질투한 나머지 미쳐 죽었대. 그런데 그 소녀가 바뀌어 그 꽃이 되었다나? 전설은 좀 황당하고 슬픈데, 어쨌든 그 꽃이 해빙과 함께 북극과 고원에 늦은 봄을 알려 주는 꽃이래. 그곳에선 봄을 알리는 사절이라는군. 추운 겨울이 지나고 따뜻한 봄이 왔다는 것을 알려 주는 사절. 즉, 아무리 춥고 외로워도 참고 견디다 보면 봄은, 행복은 반드시 오고야 만다는 얘기지."

그가 그녀를 한없이 다정한 눈빛으로 바라보며 잔잔한 미소를 머금었다.

"그리고 너한테도 봄은 이미 찾아왔어. 그걸, 잊지 말라고."

그의 얼굴이 비스듬히 기울어지며 점점 더 가까이 다가왔다. 키스할 생각임이 분명한 듯싶었다.

아, 키스! 이화마을에서의 첫 키스 이후로 그와 한두 번 키스한 것도 아닌데 왜 이렇게 가슴이 미친 듯이 뛰는지 모르겠다. 야외나 차가 아니라 집이어서 그런 걸까? 그와 나, 단둘밖에 없는 집!

그 때문인지 첫 키스를 했을 때보다도 가슴이 더욱 터질 것만 같았다. 어디서 시작했는지 모를 전율이 온몸을 내달리며 손끝까지 짜릿해져 왔다. 소영은 잔뜩 오므려진 발가락에 힘을 주고 저도 모르게 고개를 획 돌려 버렸다. 주춤, 뒤로 한 걸음 물러나 가쁜 숨을 몰아쉬었다. 보나 마나 귓불은 물론 얼굴까지 이 붉은 화련화보다 배는 더 새빨개졌을 터였다.

소영은 그의 얼굴을 쳐다보지도 못한 채 떨리는 목소리로 더듬거렸다.

"봄, 봄은 무슨, 11월인데. 겨울도 이제 시작이구먼……."

쓸데없는 소리 말라는 듯 소영은 그한테 꽃다발을 척 안기고 부리나케 주방으로 줄행랑쳤다.

"이거나 갖고 있어요. 배, 배고프죠? 밥 먹어야죠. 잠깐만요. 거의 다 준비됐어요."

키득거린 그가 웃음기 가득한 목소리로 소리쳤다.

"천천히 해. 밤은 길다."

뭐, 뭐래.

소영의 얼굴이 더욱 빨갛게 달아올랐다. 진짜 왜 저러는지 모르겠다. 하루가 다르게 능글맞아지는 정훈이었다.

시간이 촉박해서 이것저것 손이 많이 가는 음식은 못하고 브로콜리 크림 스프와 스테이크, 샐러드만 급하게 준비했는데, 그가 사 온 와인까지 곁들이니 제법 근사한 디너가 되었다. 맛도 그럭저럭 괜찮았는지—아님 배가 엄청 고팠거나—, 정훈은 후식으로 사 온 호두 파이까지 달다고 하면서도 부스러기 하나 없이 싹싹 해치웠다.

놔두라고 하는데도 정훈은 부득불 설거지는 제가 하겠다고 소매를 걷어붙였다. 소영은 그런 정훈의 등을 거실 쪽으로 떠밀었다.

"됐어요. 설거지는 이따 내가 하면 돼요. 아우, 좁아. 덩치가 옆에 서 있으니 좁아서 움직일 수가 없네. 거실에 가 있어요. 물에만 담가 놓고 금방 커피 내갈 테니까. 커피, 마실 거죠?"

아닌 게 아니라 190센티미터가 넘는 장신이 좁은 주방에서 알짱거리니 손만 뻗어도 자꾸 부딪히고 불편하고 신경 쓰여서 당최 뭘 할 수가 없었다.

"그릇이 몇 개나 된다고 물에 담가 놔. 금방 하면 되는데."

밤 은
아침을
꿈꾼다

정훈이 힘 하나 안 들이고 빙글 돌아선 소영의 양 팔뚝을 잡고 도로 주방으로 들어갔다. 어, 하는 그녀를 식탁 앞에 세워놓고 손끝으로 찡그려진 소영의 콧등을 톡 건드렸다.

"자, 이제부터 설거지는 나한테 맡기시고 아가씨는 맛있는 커피나 타 주시죠. 참고로 나는 진한 에스프레소로 한 잔 부탁합니다."

　유럽에서 오래 산 사람이라서 그런지, 그는 진하다 못해 독한 에스프레소를 즐겨 마신다. 그래서 아까 마트에서 큰맘 먹고 캡슐 커피 머신까지 사 온 소영이었다. 그러니 에스프레소 한 잔 타 주는 거야 일도 아니었다.

"알았어요. 그거야 당연히 타 주는데, 아이, 정말. 왜 이래요. 내가 한다니까."

　개수대로 걸어가는 정훈을 쪼르르 따라갔다. 그녀가 손을 뻗어 잡아당기기도 전에 정훈이 물을 틀고 손을 첨벙 담갔다. 스펀지에 세제를 따라 비비고는 능숙하게 설거지를 하기 시작했다.

　한숨을 폭 내쉰 소영이 그럼 같이 하자고 옆에 서려고 하는데도 커다란 덩치로 떡 버티고 서서는 꿈쩍도 하지 않았다. 손님으로 초대해 놓고, 손님한테 설거지를 시키는 법이 어디 있나. 그건 아니다 싶기도 하고, 은근히 약까지 오른 소영은 악착같이 그를 옆으로 밀며 개수대 앞에 서려고 했다. 그런데 정말 체급 차이가 엄청나서 그런지, 아무리 밀어도 꿈쩍도 하지 않았다.

"아이, 정말. 옆으로 좀 가 봐요. 같이 하자니까."

"어허, 이 여자 보게. 엉큼하게 자꾸 어딜 비비고 그러나? 내 성감대가 엉덩이인 건 어떻게 알고?"

어머, 하고 화들짝 놀라 옆으로 물러난 소영이 기가 막혀 눈을 동그랗게 뜨고 그를 쳐다보았다.

"내, 내가 언제 비볐다고 그래요? 어, 엉덩이에는 닿지도 않았는데."

그가 제 옆구리 아래를 힐끗, 눈짓으로 가리켰다.

"여기도 엉덩이 맞거든?"

"하! 거기가 어떻게 엉덩이예요? 옆……이지."

"다 연결되어 있는 거야. 앞부터 뒤까지 쭉."

소영이 말도 안 된다며 눈을 흘겼다. 그러자 정훈이 얼굴을 바짝 들이밀고 은근한 목소리로 말했다.

"정말 몰라서 그러는 거야? 남자는 말이야, 그 부분이 아주 민감하거든. 그래서 거기 주변의 모든 부위가 성감대라고. 거기서부터 굵은 띠가 빙 둘러쳐져 있다고나 할까?"

자꾸만 성감대 어쩌고 하며 거기, 그 부분이라고 하는 말에 소영의 얼굴이 삽시간에 화르륵 달아올랐다. 당황한 소영이 후다닥 그에게서 멀찍이 떨어졌다.

"뭐, 뭐래. 마, 맘대로 해요. 혼자 하든가 말든가."

소영은 부리나케 식탁으로 피신했다. 뒤에서 큭큭, 웃는 그의 낮은 웃음소리가 들려왔다. 일부러 그녀를 놀리기 위한 짓궂은 농담이라는 것을 알면서도 가빠진 호흡에 심장이 벌렁거려서 미칠 것 같았다. 소영은 지그시 아랫입술을 깨물었다.

아무래도 오늘 그를 집으로 초대한 것이 실수였던 것 같다.

아무도 없는 집에 갓 사귀기 시작한 성인 남녀라…….

게다가 밤은 점점 으슥해져 가고 와인도 한 잔씩 한 데다가 내일은…… 토요일이었다.

모르긴 몰라도 정훈은 그녀와는 달리 연애 경험이 매우 풍부할 터였다. 어렸을 때부터 외국에서 생활해 온 터라 여자나 섹스에 자유분방할 것은 당연지사고, 남성적인 매력이 차고 넘치는 스물아홉 살의 남자를 여자들이 가만히 내버려 뒀을 리가 없었을 것이다.

키스만 해도 그렇지 않았나.

첫 키스라서 어찌할 바를 모르고 허둥대던 그녀와 달리 그는 매우 능숙하고…… 기가 막히게 잘했었다. 정신을 잃고 혼미해질 정도로. 그러나 정훈은 그동안 키스 외에는 다른 것을 요구해 온 적은 없었다.

하지만 과연 오늘도 그럴까?

'어머머, 웬일이니. 주책이야. 별생각을 다 해. 미쳤나 봐.'

소영은 두 손에 벌겋게 달아오른 얼굴을 파묻고 세차게 도리질했다. 그러고는 저도 모르게 고개를 슬쩍 돌려 그를 훔쳐보았다. 너른 어깨부터 미끈하게 잘빠진 장신의 근육질 몸매를. 그가 팔을 움직일 때마다 팽팽하게 당겨진 새하얀 와이셔츠 위로 탄탄한 팔뚝의 근육과 등 근육들이 불끈거리며 도드라졌다. 그녀의 시선이 어느새 잘록한 허리까지 스르르 미끄러져 내려갔다. 그리고 그 아래 민감한 성감대라는 그의 탱탱한 엉덩이가 시야에 들어온 순간, 소영은 속으로 꺄악! 비명을 지르며 서둘러 고개를 돌려 버렸다.

얇은 먹색 옷감 위로 볼록 솟아난 탱탱한 엉덩이가 불끈거리는 순간, 말도 못하게 야한 장면이 뇌리를 슥, 스치며 상상되었기 때문이다.

'미쳤어, 미쳤어!'

소영은 부리나케 거실로 도망쳤다.

◉

그러나 결국…….

어쩌다 이렇게 됐는지 모르겠다. 아깐 분명 그냥 나란히 앉아서 커피만 마시고 있었을 뿐이었는데. 그녀가 새로 시작하게 될 일과 단체에 대해서 도란도란 이야기를 나누기도 했다.

그리고, 그리고…….

어떤 계기가 있었던 건 아니었다. 그저 그가 자연스럽게 어깨에 팔을 둘렀고, 입술이 천천히 다가왔고…… 그렇게 자연스럽게 키스가 시작됐을 뿐이었다.

그런데 지금은…….

"하아, 하아. 하앗!"

소영은 가슴 끝에서 발화한 짜릿한 전율에 얼굴을 모로 틀며 짧은 교성을 터트렸다. 할짝거리며 멍울을 핥아 대는 그의 입술에, 관능적인 혀의 놀림에 온몸에 지진이라도 난 듯 전율이 치솟아 올랐다.

처음이었다. 자신이 아닌 다른 사람이 그녀의 몸을 훑어 내리고 가슴을 만지고, 그 가슴에 입을 맞추는 등 이 모든 것들이 그녀에게는 낯설고 생경한 첫 경험이었다. 수천, 수만 마리의 불개미들이 온몸을 기어 다니며 물고 깨무는 것만 같았다. 숨은 백 미터 달리기를 한 사람마냥 턱 끝까지 차오르고 정수리까지 치솟은 짜릿한 전율이 다음 순간에는 온몸을 휘돌아다니며 민감해진 살갗을 두드려 댔다.

그의 손과 입술이 닿는 곳마다 불꽃이 피어오르고 경련이 일었다. 자신이 언제 소파에 눕게 되었는지도 모르겠다. 여느 때와 달리 한층 더 깊고 농밀해진 키스에 의식이 아득해졌다. 아득해진 머릿속에서 연신 앵, 하는 사이렌 소리가 아득하게 울렸다. 그의 뜨거운 손길이 허리춤을 파고들어 파들파들 떨리는 허리와 배의 맨살을 쓰다듬었던 것까지는 어렴풋이 기억이 난다.

그런데 그 손이 언제 가슴을 점령하고, 셔츠의 단추는 언제 다 풀려 버렸는지, 창피하도록 밋밋한 하얀 브래지어는 어디로 가 버렸는지는 하나도 기억이 나지 않는다. 다만 아래서부터 뭉근히 압박하며 밀려오던 그의 묵직한 체중과 뜨겁고도 촉촉한 혀가, 단단하게 뭉쳐진 멍울을 머금고 쓰리도록 예민해진 젖가슴을 훑던 순간만은 선명하게 기억이 난다.

아아, 아아, 아아!

미치겠다. 온몸이 터질 것만 같다. 아프도록 짜릿하고 내 몸이 내 몸이 아닌 것만 같다. 이런 감각이, 이런 느낌이 있는지 처음 알았다. 너무 음탕하고 너무 야하다.

그런데 너무…… 좋다.

황홀하다는 것이 이런 것인가? 육체적 쾌락이라는 것이 이런 것인가? 사랑의 행위라는 것이 이토록 경이로운 것이었나?

"아흑, 오빠……."

갓난아이처럼 그녀의 가슴을 강하게 빠는 정훈의 머리카락을 쥐어짜듯 움켜잡고 소영은 신음을 터트리며 세차게 도리질했다. 고개가 절로 뒤로 젖혀지고 허리가 들썩거려졌다. 그의 얼굴을 부둥켜안은 가는 팔이 쉴 새 없이 부들부들 떨렸다.

"하아, 소영아. 넌 너무 사랑스러워. 넌 너무 달콤해. 하아, 이대로 널 그냥 한 입에 먹어 버리고 싶다."

정훈은 술에 취한 듯 불분명한 발음으로 웅얼거리며 어린 소녀처럼 아담한 젖가슴을 다시 한 번 입안 가득 머금었다. 한 달음에 밀려드는 달콤하고 보드라운 살내음에 짜릿한 전율이 끓어 오르는 욕망의 밑둥을 다시 한 번 강하게 내려쳤다. 기갈난 듯 용솟음 친 욕망이 바지를 뚫고 튀어나올 듯 꿈틀거렸다.

이처럼 뜨거운 욕망에 지배당하는 것은 처음인 듯싶었다. 냉정하게 말하면 소영은 남자의 욕망을 부추기는 육감적인 몸매도 아니고, 관능적인 몸짓과 능숙한 애무로 남자를 미치게 만드는 여자는 결단코 아니었다. 어린 소녀처럼 마른 몸매에 키스조차 서투른 수줍은 연인이었다.

이전의 그였다면 결코 관심조차 주지 않았을 타입이었다. 그는 순진하고 서툰 어린 여자한테 욕망하는 타입이 절대 아니니 말이다. 그는 경험 없는 여자는 별로였다. 사실, 경험 없는 여자를 사귀어 본 적도 없었다. 열여덟의 첫사랑이었던 엘렌도 이미 그를 리드할 만큼 능숙한 여자였으니 말이다.

　그런데 소영은 달랐다.

　이전의 취향이나 경험 따위는 그녀 앞에서는 아무 소용없이 깨끗이 사라져 버렸다. 오롯이 그녀. 그의 손길과 입술에 바르르 떨며 전율하는 여자가 차소영이라는 사실만이 중요했다. 그 외에는 아무것도 중요치 않고, 아무것도 생각나지 않았다.

　클럽에서 소영을 20년 만에 다시 처음 만났을 때부터 그랬던 것 같다. 자신답지 않게 그녀를 챙기고 신경 쓰며 싫다는데도 부득불 시간을 쪼개어 그녀를 찾아다녔다. 부친과 불필요한 심리게임을 하면서까지 그녀를 잡았다.

　실은 그때부터였나 보다. 차소영한테 빠져 버린 것이. 그녀를 사랑하게 되어 버린 것이.

　첫눈에 반하는 사랑이란 있을 수 없다고 생각했다. 그건 그저 지나가는 섹시한 상대한테 욕망하는 것과 다르지 않은, 그 욕망을 그럴싸하게 포장한 말이라고밖에 생각하지 않았다.

　그런데 그 무시하고 부정하던 감정에 그가 빠져 버렸다. 열아홉 살도 아니고 스물아홉 살이나 돼서 첫눈에 빠지는 사랑을 하게 되다니! 생각할수록 우스울 정도로 당황스럽다. 하나 이 감정이, 소영에 대한 사랑이 우습고 당황스러운 것은 결코 아니다. 이 나이에, 다른 사람도 아닌 문정훈이 이런 사랑을 할 수 있다는 것이 당황스러울 뿐.

이 모든 것이 차소영이기에 가능한 일이었다.

사랑한다, 차소영.

하지만 이런 생각으로 그녀의 초대에 응한 것은 절대 아니었다. 드디어 세상 밖으로 다시 나올 용기를 내준 그녀가 너무 대견하고 고마워서 진심으로 축하해 주기 위해 기쁘게 달려왔을 뿐이었다. 물론 드디어 소영이 그를 그녀만의 공간으로 초대해 줬다는 사실에 첫 데이트를 하는 사춘기 소년마냥 들뜨고 설렌 것은 사실이었다. 그리고 내심 조금 더 진전된 관계를 바라기도 했다.

사랑하는 여자와 관계가 조금 더 깊어지기를 바라는 것은 당연하지 않은가. 사랑하는 여자를 욕망하고, 그녀와 사랑을 나누고 싶어 하는 것 또한 지극히 당연한 것 아닌가.

하나 오늘 바로 그녀와 사랑을 나누겠다는 생각은 정말 요만큼도 하지 않았다. 서툰 키스로 소영이 남자 경험이 없다는 것 정도는 이미 짐작하고 있었다. 그래서 서두르고 싶지 않았다. 소영의 복잡한 상황이 보다 안정되고 몸과 마음으로 그를 받아들일 준비가 됐을 때까지 기다릴 생각이었다. 소영이 그를 보다 굳건히 믿고 그와의 사랑에 확신이 섰을 때, 그때 그녀를 안을 생각이었다.

아아, 그런데 여기서 그만 멈출 자신이 없다. 멈추고 싶지가 않다. 아니, 멈춰지지가 않는다.

밤 은
아침을
꿈꾼다

안고 싶다. 가지고 싶다. 지금 당장 그녀 안으로 들어가 그
녀와 함께 뜨겁게 불타오르고 싶다. 나로 인해 환의와 쾌락에
울부짖는 그녀의 얼굴을 보고 싶다. 애타게 내 이름을 부르며
사랑한다고 소리치는 그녀의 목소리를 듣고 싶다. 절정에 몸
부림치며 산산이 부서지는 그녀의 떨림을 느끼고 싶다.

정훈은 가까스로 얼굴을 들어 소영을 내려다보았다. 생전
처음 경험하는 낯설고 생경한 관능적 쾌락에 어찌할 바를 모
르고 헐떡거리는 소영의 붉은 뺨을 다정하게 어루만졌다.

"소영아."

"하아, 하아."

"소영아, 눈 뜨고 날 좀 봐봐, 응?"

지독하게 관능적인 그의 허스키하게 가라앉은 음성에 소영
이 응답하듯 힘겹게 눈꺼풀을 들어 올렸다. 헝클어진 머리카락
아래 욕망으로 뜨겁게 달궈진 검은 눈동자가 그녀의 흔들리는
동공을 잡아채고 꿰뚫을 듯이 깊숙이 파고 들어왔다. 가쁘게
터져 나오는 그녀의 숨이 위태로울 만큼 파르르 떨리며 흩어졌
다. 그가 어색하도록 힘들게 미소 지었다.

"힘드니? 두려워?"

"하아, 하아. 모, 모르겠어요."

"괜찮아. 당연한 거야. 미안하다. 너한테는 너무 빠른데, 네
가 준비가 될 때까지 더 기다려 주려고 했는데, 미안."

헐떡거리는 와중에도 마른침을 삼킨 소영이 고개를 미세하
게 가로저었다.

"아, 아니에요, 그게 아니라……."

"쉬이, 힘들어. 더 이상 말하지 않아도 돼. 네 마음 다 아니까. 사랑한다……."

급작스러운 그의 고백에 헐떡거리던 그녀의 호흡이 딱 멈춰 버렸다. 굳은 듯 멍해진 그녀의 얼굴을 내려다보며 정훈이 다시 한 번 분명하게 말했다.

"사랑한다, 차소영."

정훈은 그녀의 눈을 깊숙이 응시하며 소영의 이마에, 콧등에 그리고 숨조차 쉬지 못한 채 벙긋 벌어져 있는 입술에 입을 맞췄다.

"네 얼굴, 네 음성, 네 생각, 마음, 네가 끌어안고 있는 아픔, 상처 그리고 공부만 하고 사느라 주변은 물론 네 자신조차 돌아보지 못했던 안타까운 너, 답답할 만큼 순종적이고 여리기도 한 너, 그런 주제에 고집은 또 대단해서 비집고 들어갈 틈도 주지 않던 너, 그러나 솔직하게 내 손을 잡아 준 너, 다시 세상에 나와 줄 용기를 가져 준 너, 너의 강한 긍지, 현명함 그리고 내 앞에 이렇게 어린아이처럼 떨고 있는 너…… 그 모든 너를 사랑한다. 차소영의 모든 것을."

가까스로 막혔던 숨을 몰아쉰 소영이 떨리는 목소리를 냈다.

"오빠……."

"역시 어른들 안목은 따라갈 수가 없나 보다. 아버지는 이런 너를 어렸을 때부터 일찌감치 알아보셨으니까. 아들이 그런 너한테 매료되어 헤어 나오지 못하게 되리라는 것도, 널 사랑하게 되리라는 것도 일찌감치 꿰뚫어 보고 계셨던 거니까.”

그의 입가에 떨리는 미소가 지어졌다.

“사랑한다, 차소영. 널 안기 위해서, 불안해하는 널 안심시키기 위해서 하는 말이 아니야. 물론 지금 당장 널 안고 싶다. 참기 힘들 만큼 당장 널 안고 사랑을 나누고 싶어. 널 미친 듯이 욕망한다는 것도 사실이고. 굳이 감추거나 그럴싸하게 포장하고 싶은 생각은 없다. 널 욕망하고 지금 당장 너와 섹스를 하고 싶어서 미치겠는 것도 너를 사랑하기 때문에, 너이기에 가능한 거니까.”

급하게 몰아쉰 소영의 호흡이 다시 급격하게 가빠지기 시작했다. 붉게 달아오른 그녀의 뺨이 한층 더 붉게 짙어졌다. 새하얀 가슴에 붉게 꽃물이 든 그의 입술 자국이 덩달아 세차게 오르내리며 춤을 추어 댔다.

솔직히 그녀의 모든 것을 사랑한다는 그의 감동적인 고백보다 적나라하리만큼 솔직하게 그녀를 욕망하고 원한다는 그 말들이 그녀를 더욱 짜릿하게 전율케 만들었다. 아니, 그 감동적인 고백이 있었기에, 그녀이기에 그녀를 욕망한다는 그 말이 더욱 소영을 사로잡고 흥분되게 만드는 것인지도 모르겠다.

‘아, 어떻게 하지? 뭐라고 답하지?’

그녀도 그를…… 사랑한다. 사랑하게 되어 버렸다. 언제부터인지는 모르겠다. 그의 첫 키스를 받아들였던 그 순간부터였는지, 아니면 그 이전부터였는지……. 아니, 어쩌면 20년 전 다섯 살에 그를 만났던 그 순간부터였는지도 모르겠다. 그는 그 순간부터 오르골과 함께 그녀의 가슴 깊은 곳에 굳건히 자리를 잡고 있었다. 영원히 잊을 수 없는 소중한 존재로.

문정훈은 차소영의 첫 이성이자 첫사랑이었고, 첫 키스의 주인공이자 유일한 남자였다.

그녀 또한 그가 문정훈이기에 그 모든 것들이 가능했다. 그가 아니었다면 지난 3개월은 없었을 터였다. 그리고 그가 아니었다면 아무도 없는 집에 남자를 들이지도 않았을 테고, 그 남자 밑에 깔리어 볼품없이 깡마른 맨가슴을 드러내 놓고 열락에 헐떡이는 일도 없었을 터였다.

그래서, 그이기에 두려우면서도 몸서리쳐질 만큼 짜릿하고 흥분됐다. 그래서 부끄러움도 잊은 채 그의 뜨거운 입술과 손길에 야릇한 신음을 흘리며 헐떡거렸다. 그리고 조금 더 강한 쾌락을 바라며 그를 끌어안고 저도 모르게 허리를 들썩거렸다. 그리고 그 충족되지 못한 욕망은 지금도 뱃속에서 부글거리며 막연히 무언가를 바라고 있었다.

두렵지만 맹렬하도록 간절하게!

그래서, 그가 다른 사람이 아닌 문정훈이라서!

"나도…… 사랑해요."

부지불식간에 흘러나온 그녀의 낮은 읊조림에 정훈의 눈이 부릅떠졌다. 짙게 검어진 눈동자가 그녀를 담고 파르르 떨렸다.

"오빠라서, 오빠가 문정훈이라서……."

소영이 바르르 떨리는 아랫입술을 깨물었다.

"오빠를 사랑해요."

밤 은
아침을
꿈꾼다

무슨 말을 하려는 듯 달싹거리던 그의 입술이 이내 무시로 크게 벌어지며 환한 미소를 머금었다. 세상을 다 가진 듯 환하게 웃는 그의 미소에 옮은 듯 소영의 입술도 벙긋거리며 수줍게 벌어졌다.

그 입술을 정훈이 더 이상 못 참겠다는 듯 와락 덮쳤다. 돌진해 오듯 와락 덮쳐온 뜨거운 입술에 흠칫 놀라던 소영도 이내 스르륵 눈을 감고 뜨거운 키스를 되돌렸다. 커다란 손으로 그녀의 얼굴을 터트릴 듯 감싸 쥐고 있는 그만큼이나 소영도 두 팔을 활짝 벌려 그를 단단히 끌어안았다.

맞닿은 두 사람의 입술 사이로 연신 환희와 기쁨에 찬 낮은 웃음소리가 흘러나왔다. 그러다 이내 그 웃음소리는 옅은 신음과 가쁜 호흡 소리로 변해 갔다. 두 사람의 키스가 점차 농밀해질수록 잠시 주춤했던 욕망이 기다렸다는 듯이 용수철처럼 튀어 올라 두 사람을 휘감았다.

씨실과 날실처럼 두 사람의 다리가 뒤엉키며 얽혔다. 터질 듯 부풀어 오른 그의 단단한 중심이 바르작거리는 그녀의 중심에 빈틈없이 맞닿아 은밀하게 비벼졌다. 본능적으로 소영의 몸이 바짝 움츠러들며 파르르 경련을 일으켰다. 헐떡거리는 그녀의 입술에 숨을 불어넣으며 정훈이 속삭였다.

"쉬이, 괜찮아. 더 이상 안 해. 오늘은…… 여기까지만. 다음에, 다음에……."

정훈은 괴로운 듯 탁한 신음을 흘리면서도 다음을 기약했다. 가능한 한 조금만 더 소영을 지켜 주고 싶었다. 처음이 분명할 그녀를 아무렇게나 안고 싶지 않았다. 소영과 나누는 첫 사랑인 만큼, 사랑하는 여자의 첫 경험을 조금 더 근사하고 특별하게 선사해 주고 싶었다. 먼 훗날 소영이 머리 희끗한 노인이 되어서도 그 날을 회상하며 얼굴을 붉힐 수 있도록.

그리고 그 옆에는 그런 그녀를 사랑스럽게 바라보며 뿌듯하게 미소 짓고 있는 자신이 있었으면 좋겠다는 생각이 어렴풋이 들었다.

새로운 국면

　일단의 수행원들과 경호원들을 이끌고 엘렌이 프라임 호텔에 도착했다. 호텔 입구에는 모나코 공주의 첫 방한을 취재하려는 취재진들이 북새통을 이루었고 호텔 로비에는 그녀를 초대한 관계자들과 호텔의 주요 임직원들이 죽 늘어서 그녀를 반갑게 맞이했다.

　특유의 우아하고 고상한 미소를 지으며 고개만 까닥여 인사를 받던 엘렌이 눈빛을 반짝이며 입을 뗀 것은 정훈과 대면하고서였다.

　"오랜만이네. 잘 있었어?"

　정훈이 그녀와 악수하며 빙긋이 미소 지었다.

　"덕분에. 와 줘서 고맙다."

　"친구끼리 이 정도 가지고 뭘. 그래도 네가 직접 부탁하지 않았으면 번거

롭게 변경하는 일은 없었을 거야. 그건 알지?"

엘렌이 고양이처럼 끝이 살짝 말려 올라간 커다란 눈을 살짝 치뜨고 정훈을 올려다보았다.

"그래, 그래서 매우 고맙게 생각한다. 최상의 서비스로 최선을 다해서 모시겠습니다, 공주님."

정훈이 새삼 정중하게 예를 갖춰 깍듯하게 인사하자 엘렌이 도톰한 입술을 비죽거렸다.

"우정 때문에 할 수 없이 와 줬다니까 새삼스레 무슨 공주 타령이야. 저가 언제 나를 공주 대접해 준 적 있다고. 그나저나 너 얼굴이 이전보다 훨씬 더 편하고 좋아졌다? 역시 내 나라, 내 집이 최고인 모양이네. 난 사실 네가 한국으로 돌아간다고 했을 때 잘 이해가 안 갔거든. 너라면 뉴욕이든 어디든 네가 원하는 곳에 최고의 대우를 받으며 갈 수 있을 텐데, 왜 굳이 이 작은 나라에, 작은 호텔로 돌아가려고 하나, 해서 말이야."

"그 작은 나라와 작은 호텔이 내가 있을 곳이니까. 그런데 작은 나라 운운하는 건 세계에서 두 번째로 작은 나라의 공주님께서 하실 말씀은 아닌 것 같은데?"

엘렌이 우씨 하고 손을 뻗으려다가 주변의 시선을 의식하고 재빨리 손을 내렸다. 다시 우아하고 기품 있는 모나코 공주의 얼굴로 돌아간 엘렌이 생긋 웃으며 말했다.

"비행기 타고 오느라 너무 피곤한데, 환영 인사는 이쯤하고 이제 그만 숙소로 안내나 해 주시죠, 문 이사님."

꿔다 놓은 보릿자루처럼 옆에 서 있던 정미가 똑 끼어들었다.

"그건 지배인님하고 제가 안내하죠. 안녕, 엘렌. 모르는 사이도 아닌데

나하고도 인사 좀 하지?"

그제야 정미를 봤다는 양 엘렌이 '어.' 하며 우아하게 오른손을 내밀었다.

"아 참, 너도 있었지. 살이 너무 많이 빠져서 몰라봤다, 얘. 잘 있었어? 넌 진짜 오랜만이다, 그지?"

어휴, 저걸 그냥 콱! 저건 꼭 우아하게 고상 떨면서 남 염장 지르는 말을 아무렇지 않게 참 잘도 한다. 그래도 오빠랑 사귈 땐 저 정도는 아니었는데, 옥스퍼드 가서 이놈 저놈 사귀더니 애가 아주 못쓰게 됐다, 이 시점에서 옛날에 나 뚱뚱했던 얘기가 왜 나와? 그 후로도 동문 파티에서 몇 번 봐 놓고선. 정미는 속으로 욕을 퍼부으면서도 겉으로는 생글생글 환하게 미소만 잘 지었다.

"맞아, 내가 어렸을 때 좀 뚱뚱하긴 했지. 어쨌든 이렇게 우리 호텔에 와 줘서 정말 고마워, 엘렌. 우리 오빠 말대로 우리 호텔에 머무는 동안 최상의 서비스로 최선을 다해서 모실 테니까 조금이라도 불편하거나 필요한 것이 있으면 언제든지 바로 연락 줘. 내가 네 담당이거든. 숙소는 20층에 준비해 놨습니다. 공주님과 수행원분들을 위해서 20층 전체를 비워 놨으니까 큰 불편은 없으실 거예요. 자, 그럼 올라가 보실까요, 공주님?"

정미가 예를 갖춰 앞으로 나서자, 옆에 서 있던 지배인도 정중하게 인사를 하며 앞장을 섰다. 그러자 주변의 사람들이 한 걸음씩 물러났다. 엘렌이 그들을 슥, 둘러보고는 알았다는 듯 고개를 끄덕였다. 걸음을 옮기기 전에 엘렌이 정훈을 돌아보며 한마디 더 했다.

"일정 끝나고 나중에 연락할게. 식사나 같이 하자."

정훈이 그러자는 의미로 고개를 끄덕거렸다. 엘렌이 일단의 사람들을 이끌고 사라진 뒤에야 정훈은 돌아서 자신의 사무실로 올라왔다.

할머니인 그레이스 켈리의 우월한 유전자를 고스란히 물려받아서 세계 유수의 매스컴에서 곧잘 가장 아름다운 공주로 손꼽히는 엘렌인 만큼 그녀는 여전히 눈이 번쩍 뜨일 만큼 아름답고 매력적이었다. 당당하고 우아한 기품은 말할 나위도 없었고 말이다.

한때는 그런 엘렌에게 정훈도 흠뻑 빠졌더랬다. 세계적인 재벌가의 아들, 왕자들을 죄 마다하고 어디에 있는지도 모르는 한국이라는 작은 나라에서 온 동양인인 자신을 먼저 좋다고 적극적으로 대시해 왔던 그녀 덕분에 우쭐했던 적도 있었다.

그녀와 연인관계를 청산한 뒤로 그녀만큼 마음을 빼앗겼던 상대는 없었다. 그저 적당히 좋은 감정으로 적당히 사랑했을 뿐. 엘렌에게 미련이 남아서는 절대 아니었다. 그저, 뭐라고 할까. 아무 조건 없이 누군가를 맹목적으로 사랑하기에는 이미 철이 너무 많이 들어 버렸을 뿐이었다. 적당한 상대와 적당한 감정으로 사랑하고, 그 감정이 식으면 깨끗이 헤어지는 것이 그에게는 딱 좋았다.

그리고 솔직하게 말해서 그동안의 그 적당한 상대의 미적 기준은 엘렌이었다. 사랑은 식었어도 감정과는 별개로 그마저도 가끔은 순간적으로 가슴이 떨릴 만큼 엘렌이 아름답고 매력적인 여자인 것만은 사실이니까 말이다.

그런데 지금은 아니었다.

아무리 우아하고 아름다운 엘렌을 봐도 그저 아름다운 예술 작품을 감상하듯 고개가 끄덕여질 뿐, 더 이상 가슴이 떨리지 않는다. 아무런 감흥도 느껴지지가 않는다.

오히려 엘렌을 본 순간부터 소영이 더욱 생각나고 보고 싶어져 버렸다. 고요한 새벽 강가에 핀 한 떨기 칼라처럼 단아하고 청순한 소영의 말간 얼굴이 계속 눈앞에 아른거려 혼났다. 특히 아련한 쓸쓸함과 함께 긍지와 현명함이 깊숙이 깔려 있는 그녀의 투명하고 커다란 까만 눈동자가 너무 보고 싶어서 조바심이 났을 정도였다.

문정훈이 여자 때문에 이토록 조바심치며 동동거린 적이 있었나? 차소영한테 미쳐도 단단히 미쳤구나 싶다. 그런데 이 기분이 마냥 설레고 좋다.

"우리 소영이는 지금쯤 뭘 하고 있으려나? 과거 일본 공문서들을 열심히 번역하고 있을까?"

보나 마나 또 씩씩거리며 울분을 터트리고 있을 그녀한테 힘내라고 사랑하는 낭군님의 목소리나 한번 들려줘야겠다. 정훈은 얼른 휴대전화를 집어 들었다.

벨이 울리자마자 바로 받는 그리운 연인의 목소리에 그의 입술이 절로 귀 밑까지 쭉 찢어졌다.

"후우, 이제 살겠다."

―응? 무슨 소리예요?

"네 목소리 들으니까 이제 살겠다고."

―치. 1시간 전에도 통화했으면서.

"그러니까. 이젠 1시간마다 네 목소리 못 들으면 숨이 막혀서 죽을 것 같다니까. 차소영, 대체 나한테 무슨 짓을 한 거냐?"

―또 그런다. 애처럼 쓸데없는 억지 부릴 거면 그만 끊어요. 나 바쁘단 말이에요.

"무정한 여자 같으니라고. 아, 몰라. 네가 책임져. 천하의 문정훈을 얼빠진 놈으로 만든 건 네 탓이니까."

―치, 내가 왜? 내가 그러라고 했나? 지가 좋아서 그러는 거면서.

정훈이 휴대전화가 소영인 양 눈을 부라렸다.

"지? 오, 이제 막 나가겠다 이거지? 차소영 많이 컸다."

―원래부터 작지는 않았네요. 누가 비정상적으로 커서 상대적으로 작아 보이는 것뿐이지. 아이, 참. 나 진짜 바쁘다니까요.

"후후, 알았어. 끊어 줄게. 대신 빨리 말해."

―또 뭐요?

"몰라서 물어? 싫으면 말고. 누가 끊나 봐라. 너, 그냥 이대로 전화 끊으면 계속 귀찮게 할 거니까 알아서 해."

소영이 못 말리겠다는 듯 한숨을 폭 내쉬었다.

그 스스로도 못 말리겠다 싶을 정도로 유치하다는 생각이 들긴 하지만, 뭐 어떤가. 다른 사람한테 그러는 것도 아니고 내 사랑하는 여자한테만 그러는 건데. 정훈이 '어서' 하며 근엄하게 다그쳤다.

―어이구, 정말 못 말려. 알았어요. 잠깐만요.

밤 은
아침을
꿈꾼다

그녀가 자리를 옮기는 소리가 들려왔다. 문 열었다가 닫히는 소리까지 들리는 걸 보면 사무실 밖으로 아예 나왔나 보다. 그러고도 소영은 누가 들을세라 작은 목소리로 속삭였다.

─사랑해요.

정훈의 입술이 다시 씩 벌어졌다.

"사랑한다, 차소영."

보지 않아도 그녀가 수줍은 미소를 머금는 것이 느껴졌다.

"조금 있으면 일 끝나지?"

─네.

"바로 집으로 갈 거야?"

─응.

"오늘은 진짜 힘들게 저녁 하지 말고 그냥 푹 쉬고 있어. 호텔에서 초밥 사 가지고 끝나자마자 눈썹 휘날리게 달려갈 테니까. 알았지?"

─훗, 알았어요.

소영의 소곤거리는 달콤한 목소리를 들으니 그리움이 더욱 깊어져 버렸다. 하루에도 수십 번씩 통화하고 매일 보는데도 왜 이 그리움은 나날이 깊어져만 가는지 모르겠다. 하긴 보고 있어도 보고 싶고 그리워지는 마음이니 오죽할까.

창에 기댄 정훈이 먼 하늘을 바라보며 탄식조로 중얼거렸다.

"하아, 진짜 보고 싶다. 앞으로 3시간을 어떻게 견디냐."

소영이 수화기 너머에서 키득거리며 달콤하게 웃었다.

"아저씨한테 말하자고요?"

초밥을 맛나게 먹던 소영이 소스라치게 놀라 두 눈을 휘둥그레 떴다. 정훈이 오른손을 뻗어 소영의 왼손을 꼭 잡았다.

"어, 이제 그만 말씀드리자. 너도 이제 어느 정도 자리를 잡았고 솔직히 너하고 이렇게 도둑 연애하는 것처럼 몰래 만나는 거 별로야. 아버지하고 차 박사님한테 다 말씀드리고 당당하게 만나고 싶다. 호텔에서든 밖에서든 그 어디에서든. 우리가 불륜도 아닌데 이렇게 계속 숨어서 몰래 만날 필요는 없잖아."

"그렇지만……."

"어차피 말씀드려야 해. 결혼까지 우리끼리 몰래 할 수는 없잖아."

휘둥그레진 소영의 눈이 더욱 부릅떠지며 숨까지 턱 막혔다. 소영은 갑작스러운 '결혼' 이야기에 너무 놀라서 한동안 숨도 쉬지 못했다. 정훈이 한쪽 눈썹을 힐끗 올렸다.

"그 표정은 뭐냐. 그런 넌 나랑 결혼 생각은 전혀 안 해 본 거야? 그냥 이렇게 몰래 만나다가 헤어질 생각이었어?"

소영이 불에 덴 듯 펄쩍 뛰며 고개를 가로저었다.

"아니요! 그런 말이 어디 있어요. 그게 아니라 난 그냥……."

"그럼 나하고 결혼할 생각은 해 봤다, 이거네?"

얘기가 왜 또 갑자기 이쪽으로 튀어버린지 모르겠다. 느닷없이 이제 그만 가출을 접고 아저씨도 만나고 아빠도 만나 얘

밤은
아침을
꿈꾼다

기를 하자더니, 난데없이 결혼 얘기는 또 뭐람. 메뚜기처럼 휙 휙 바뀌는 이야기의 흐름에 소영은 정신이 하나도 없었다. 그 저 붉게 달아오른 얼굴을 푹 숙인 채 손가락만 꼼지락거렸다. 그가 '어? 어?' 하며 빨리 대답해 보라는 듯 보챘다.

"아, 몰라요."

눈을 가늘게 뜬 정훈이 그녀의 손등을 은근히 간질였다.

"이것 봐. 알고 보면 이 여자가 은근히 음흉한 구석이 있다 니까. 그런 생각은 또 언제 해 보셨을까. 말해 봐. 어디까지 생 각해봤어? 웨딩드레스 입고 결혼식 하는 거? 아니면⋯⋯ 드디 어 거사가 이루어지는 첫날밤?"

또 시작했다. 하여튼 사람을 하루도 안 놀려 먹으면 입안에 가시가 돋치지. 소영은 시선만 들어 그를 흘겨보았다.

"그만해요. 재미없어."

"다행이다."

또 뭐가?

"나도 실은 매일 그 생각뿐이거든. 너하고의 첫날밤. 참는 김 에 결혼식 할 때까지 기다려야 되나, 아니면⋯⋯ 그전에 하루 날 잡아서 통째로 홀랑 잡아먹어 버릴까."

음탕하도록 깊어진 그의 눈빛에 소영은 마른침을 꿀꺽 삼켰 다. 어느샌가 익숙해진 짜릿한 전율이 허리춤에서 찌릿! 하고 올라왔다. 손끝으로 빙글빙글 원을 그리며 손등을 간질이던 그의 손이 그녀의 손을 꼭 잡고 자신의 입술로 가져갔다. 그녀 의 손바닥에 입을 맞추며 뜨거운 눈빛으로 정말 한 입에 잡아

먹을 듯이 응시했다.

"너 때문에 내가 아주 미치겠다."

탁하게 가라앉은 목소리로 속삭인 정훈이 그녀의 손을 슬쩍 잡아당겼다. 자연스럽게 비스듬히 기울어진 두 사람의 얼굴이 닿을 듯 가까워졌다. 입술이 닿고 숨결이 얽혔다.

식사를 마친 두 사람은 산책을 나갔다. 손을 꼭 맞잡고 어둑한 골목을 천천히 걸었다. 가을 문턱에 들어선 것이 엊그제 같은데 어느새 겨울은 성큼 다가와 있었다. 외투 사이로 파고드는 바람이 제법 쌀쌀했다.

그러고 보니 그녀가 한국으로 온 지도 어언 8개월째였다. 계절이 벌써 세 번이나 바뀌고 있었다.

로스쿨을 그만두고 한국으로 도망치듯 올 때는 혼란과 회의감뿐이었다. 그녀를 둘러싼 모든 것들이, 아니 자신마저도 싫고 넌더리가 났다. 거짓과 왜곡, 기만으로 둘러싸인 삶으로부터 벗어나고 싶다는 생각뿐이었다.

하지만 지금은?

물론 그러한 반감들은 여전히 그녀 안에 켜켜이 쌓여 있었다. 여전히 아프고 절망스러웠다. 특히 아빠를 생각하면 절망감은 배가 되고 쌍둥이 언니를 생각하면 아프고 혼란스러웠다. 생모라는 사람은 그리웠던 만큼 안타깝고 실망스러웠다.

생모라는 사람한테는 아직도 편지가 온다. 소영이 이런 식으로 해결될 문제가 아니라는 판단에 더 이상 돈을 보내지 않자 편지 오는 횟수가 부쩍 잦아졌다.

밤 은
아침을
꿈꾼다

한 달 전부터는 아예 뜯어보지도 않았다. 보나 마나 또 이런 저런 빚 핑계를 대며 살려 달라, 돈을 보내 달라는 편지일 것이 뻔하니까.

정훈을 만나서 그를 사랑하게 되고, 그 덕분에 심리적인 안정을 찾게 되면서 안 그래도 소영은 최근 들어 정해져 있던 궤도를 이탈한 자신의 삶과 엉망진창 꼬여 버린 가족사를 어떤 식으로든 해결하고 수습해야 되지 않겠나, 하는 생각을 조금씩 하고 있었다. 적어도 자신과 쌍둥이 언니만은 산산이 깨져 버린 파편들 위에 위태롭게 서 있는 삶에서 이젠 그만 내려와야 하지 않을까. 우리만이라도 깨져 버린 조각들을 조심스럽게 맞춰 가야 되지 않을까.

아빠를 언제까지나 외면하고 원망만 하며 살 수도 없을 터였다. 치 떨리도록 냉혹한 자신만의 철칙과 원칙을 고수하며 일평생을 살아오신 분. 때문에 그녀가 무슨 짓을 하더라도 아빠를 변화시킬 수 없다는 것은 누구보다 그녀 자신이 잘 알고 있었다.

솔직히 소영은 아빠가 두렵고 무섭기도 했다. 그녀한테 아빠는 언제나 그립고도 두려운, 간절하지만 가까이 다가설 수 없는, 거역할 수 없는 거대한 빙산과도 같은 존재였으니까.

하지만 이제는 더 이상 혼자 움츠리고 갈구하고 아파하며 살지 않을 생각이다. 그러려고 아빠가 정해 놓은 안정된 길을 박차고 한국으로 떠나 온 것이 아닌가. 그만큼 주저앉아 흔들리고 방황했으면 됐다. 이젠 바닥을 박차고 수면 위로 올라갈 때가 되었다.

그리고 이젠 더 이상 혼자가 아니었다. 정훈이 옆에 있었다. 그녀의 손을 잡고 그녀 스스로 이겨 내고 일어나 주기를 응원하고 기다려 주는 그가. 그와 함께라면 더 이상 두렵지 않을 터였다. 정훈이라면 지금처럼 꼭 잡은 그녀의 손을 놓지 않고 옆에서 나란히 걸어가 줄 것이라는 것을 소영은 믿는다.

이제 겨우 첫발을 다시 떼기 시작한 자신을 위해, 그녀 대신 힘든 삶을 살아온 쌍둥이 언니를 위해, 그리고 그를 위해서 소영은 다시 한 번 용기를 내어 볼 생각이다.

소영이 말했다.

"만날게요. 아빠하고 아저씨."

정훈이 우뚝 걸음을 멈췄다. 흠칫, 커졌던 눈을 가늘게 뜨고 소영의 표정을 세심하게 살폈다.

"진심이야? 괜찮겠니?"

다행이다, 안도하면서도 근심과 우려로 짙어진 그의 눈동자를 깊이 올려다보며 소영이 흔들림 없는 목소리로 말했다.

"응, 오빠 말대로 언제까지나 이렇게 살 수는 없잖아요. 아무리 싫고 넌더리 나고 힘들어도 회피한다고 해결되는 게 아닌데 겁쟁이처럼 너무 오래 주저앉아 있었어요. 내가 할 수 있는 일이, 해야만 하는 일이 있는데도 다 내팽개친 채. 하지만 이젠 정신 차렸어요. 힘들고 어렵겠지만, 어쩌면 또 실망하고 절망할지도 모르겠지만 내가 할 수 있는 거라면 뭐든 한번 해 보려고요. 그래야 나중에라도 나 자신한테 떳떳하고 후회하지 않을 것 같아요."

소영의 입가에 말간 미소가 지어졌다.

"고마워요. 정신 못 차리고 있는 날 일깨워 줘서. 오빠 덕분이에요."

그제야 정훈의 입가에도 진심으로 안도하는 미소가 지어졌다. 그는 다정한 손길로 소영의 앞머리를 헝클어트렸다.

"우리 소영이, 대견하네."

소영의 가는 어깨를 가만히 끌어당겨 안았다. 찬기를 머금은 보드라운 머리를 쓸어내리며 어깨를 토닥거렸다. 소영도 그동안 자신 때문에 수고 많았고 고맙다는 의미로 그를 꼭 끌어안고 너른 등을 토닥토닥 두드렸다.

"그런데 오빠, 나 그 전에 오빠한테 할 말이 있어요."

정훈이 응? 하며 소영을 품에서 떨어트렸다. '뭔데? 말해.'라는 눈빛으로 내려다보는 그의 다정한 얼굴을 올려다보며 소영이 자못 긴장된 표정으로 말했다.

"오빠도 꼭 알고 있어야 될 얘기예요."

대번에 정훈의 표정도 더할 나위 없이 진지해졌다. 한 차례 심호흡을 한 소영이 마른침을 삼켰다.

"아주 복잡하고 오래된 긴 얘기예요. 지난 8개월간의 내 방황에 대한 이야기이기도 하고 앞으로 내가 해야만 한다는 일에 대한 이야기이기도 해요. 감춰져 왔던 내 가족사에 대한 이야기거든요."

한순간 그의 눈동자에 여러 가지 감정들이 혼재되어 떠올랐

다. 드디어 소영이 그를 믿고 그녀를 절망케 했던 고통을 털어
놔 준다는 것이 고맙고 기쁜 반면, 그 말을 입에 올리는 순간
부터 차갑게 굳어 가는 그녀에 대한 걱정으로 무거워진 감정
이 앞서거니 뒤서거니 하며 어지럽게 떠올랐다.

힘들면 굳이 말할 필요 없다고 말해 주고 싶었다. 그러나 소
영은 힘겨워하면서도 그가 자신의 이야기를 들어 주기를 바라
고 있었다. 부모님들을 만나기 전에 그가 꼭 알고 있어야 하는
이야기라고 했다. 앞으로 어떤 식으로든 그가 알게 될 이야기
라면 다른 사람의 입을 통해서가 아니라 그녀 자신이 그에게
사실대로 이야기해 주는 것이 도리라고 생각하는 것인지도 모
르겠다.

감춰져 왔던 복잡한 가족사……

솔직히 의외이기는 했다. 차 박사님과 소영에게 남들에게
감춰야만 하는 복잡한 가족사가 있을 거라고는 한 번도 생각
해 본 적이 없었다. 소영의 방황은 그동안 동우의 독선적이고
엄한 훈육 방식에 억눌려져 있던 반발심이 마침내 폭발한 결
과가 아닐까, 하고 막연히 생각하고 있었다. 그 때문에 살짝
놀라기는 했다.

하지만 그게 뭐?

그렇다고 달라질 것은 아무것도 없는데. 그녀의 가족사가
어떻든 차소영은 차소영일 뿐이었다. 그저 소영이 그동안 그
가 막연히 예상했던 것보다 훨씬 더 근원적인 아픔을 혼자 끌
어안고 있었다는 것이 안타깝고 가슴 아플 따름이었다.

정훈이 깊어진 눈빛으로 점차 굳어 가는 소영을 고요히 응시하며 그녀의 뺨을 어루만졌다.

"아무래도 조용한 장소가 필요하겠군. 가자, 집으로."

나지막이 속삭인 그가 그녀의 손을 꼭 잡았다.

그녀의 집에 도착하고 소파에 앉아 그녀의 긴 이야기를 묵묵히 들어 주는 내내 정훈은 꼭 잡은 소영의 손을 결코 놓지 않았다.

✾

"오빠, 이제 그만 이실직고하시지?"

모처럼 네 가족이 한 자리에 모여 저녁 식사하는 자리에서 정미가 밑도 끝도 없이 한소리 툭 던졌다. 국을 한 수저 뜨던 정훈이 건너편의 정미를 힐끗 쳐다보았다.

"뭘?"

식탁에 팔을 올리고 턱을 괸 정미가 게슴츠레한 눈빛으로 그를 쳐다보며 의뭉스레 말했다.

"오빠, 요즘 연애하지?"

정훈의 한쪽 눈썹이 슬쩍 치켜 올라갔다.

"그렇잖아. 야근도 안 하는데 매일 자정이 넘어서야 들어오는 것도 수상하고 주말마다 뻔질나게 나가는 것도 그렇고. 딱 패턴이 연애질하는 사람 패턴인데, 뭘. 내 말이 맞지, 그렇지?"

정훈은 그저 피식 웃고 말았다.

    대영은 '요놈이 뭐라고 대답하나 한 번 보자.' 하는 눈빛으로 슬쩍 정훈을 곁눈질했고, 유정은 '때는 이때다' 하는 표정으로 정미의 말을 거들고 나섰다.

    "어머, 너도 그렇게 느꼈니? 나도 그런데. 쟤 요즘 엄청 수상하다니까."

    "수상하기만 해? 완전 웃긴다니까. 내가 저번 달에도 한번 물어봤거든? 하는 행태가 하도 수상쩍어서. 그런데 뻔뻔하게 얼굴색 하나 안 바꾸고 쓸데없는 소리 하지 말고 내 일이나 잘하라면서 오리발을 싹 내미는 거 있지. 그래서 진짜 아닌가, 그랬거든? 그런데 아니긴 뭐가 아니야. 암만 봐도 딱인데."

    웃기지도 않는다는 듯 코웃음을 친 정미가 그런데 알 수 없다는 표정으로 고개를 갸웃거렸다.

    "그런데 왜 그 사실을 숨기는지, 그 이유를 도통 알 수가 없단 말이야. 오빠가 연애 사실을 숨기고 그럴 사람이 절대 아니거든. 그런데 이번에는 왜 그럴까? 만나는 여자가 그렇게 대단한 여자인가? 아닌데. 엘렌도 대놓고 사귀었던 사람이 그럴 리가 있나. 흐음. 오빠, 혹시 유부녀 뭐 이런 건 아니지?"

    뭐? 하고 미간을 찌푸리는 정훈보다 유정이 먼저 눈을 부릅뜨고 정미의 팔뚝을 찰싹 때렸다.

    "얘가 말이면 다인 줄 아나. 경망스럽게 어디서 함부로 그런 말을 해? 네 오빠가 그럴 사람이니?"

    "아야! 어후, 아파. 왜 때려. 오빠가 하도 수상쩍게 구니까 나도 그럴 리는 없다, 생각하면서도 혹시나 해서 한번 물어본 것뿐인데. 엄마도 오빠 수상하다며."

"그래도 그렇지. 농담이라도 그런 말은 함부로 하는 거 아니야. 알겠어?"

유정이 정색하고 꾸짖자 정미가 뺨을 긁적이며 떨떠름하게 말했다.

"알았어. 잘못했어. 죄송합니다. 오빠, 기분 나빴다면 미안."

얼추 식사를 마친 정훈이 수저를 내려놓고 진지한 표정으로 부모님을 쳐다보았다.

"안 그래도 말씀드릴 참이었는데 잘됐네요."

대영과 유정이 귀를 쫑긋 세웠다.

"어, 그래. 말해. 뭔데?"

"저, 연애 중인 것 맞습니다. 결혼을 전제로 진지하게 만나고 있습니다."

대영은 '이놈이 드디어!'라는 표정으로 정훈을 쳐다보았고, 유정은 기대감에 눈을 반짝이며 두 손을 모았다.

"어머, 진짜? 결혼까지 생각하는 아가씨야?"

"우와, 벌써 그렇게까지 진전된 관계야? 대박."

정미도 눈을 휘둥그레 뜨고 한소리 거들었다. 유정이 식탁에 바짝 다가앉았다.

"어떤 아가씨인데? 사귄 지는 얼마나 됐고?"

"3개월쯤 됐습니다. 서로 알고 지낸 건 그보다 한참 더 오래됐고요."

"어머나, 그런데 벌써 결혼까지 생각하고 있는 거야? 그런데 서로 알고 지낸 지 오래됐다는 말은 또 뭐니? 혹시 르 로제 동 창이니?"

정미가 갑자기 헉! 하고 숨을 들이켰다.

"오빠! 혹시 엘렌하고 다시……."

정훈이 쓸데없는 소리 말라는 듯 정미를 찌릿, 노려보았다. 움찔한 정미가 볼을 빵빵하게 부풀렸다.

"아님 말고. 나도 엘렌은 반댈세. 엄마가 르 로제라고 하니 까 혹시나 해서 그냥 한번 물어본 것뿐이야. 그럼 대체 누군 데? 혹시 나도 아는 여자야?"

"너도 알고, 두 분도 다 아는 사람이에요."

"나도 아는 사람이라고?"

깜짝 놀란 유정이 눈을 동그랗게 뜨고 대영을 쳐다보았다.

"당신은 누구 짐작 가는 사람, 있어요?"

대영은 '글쎄', 하며 모르겠다는 표정으로 고개를 가로저었 다. 그러나 실룩거리는 입술까지는 감추지 못했다. 정미가 '에 이, 뭐야.' 하며 소리쳤다.

"딱 보니까 아빠는 아는 눈친데?"

"그러게, 네 아빠는 어째 아는 것 같구나. 여보, 누군데요?"

"그걸 왜 나한테 물어. 이 녀석한테 물어봐야지."

"피, 이야기해 주기 싫으면 말아요. 정훈이한테 직접 들으면 되지. 그래, 정훈아, 누군데 그래? 빨리 말해 봐. 엄마 궁금해 죽겠다."

"두 분만 괜찮으시면 내일 저녁에 집에 와서 직접 뵙고 인사

밤 은
아침을
꿈꾼다

드리겠다는데, 내일 두 분 시간 괜찮으세요?"

좋아 죽겠는 내색을 감추느라 입을 꾹 다물고 있던 대영이
벌떡 일어날 듯이 식탁을 짚고 소리쳤다.

"정말 내일 온다더냐? 소영이가 직접 와 준대?"

"누구라고요? 소영이요? 설마…… 내가 아는 그 소영이 말
씀하시는 거예요? 차 박사 딸, 그 소영이요?"

유정이 깜짝 놀라 소리쳤다. 귀를 쫑긋 세우고 있던 정미의
입도 쩍 벌어졌다.

"차 박사 아저씨하고 대판 싸우고 행방불명됐다는 그 소영
언니? 와……우, 언빌리버블!"

믿지 못하겠다는 양 자신만 멍하니 쳐다보는 가족들을 찬찬
히 돌아보며 정훈이 싱긋 미소 지었다.

"네, 그 소영이 맞습니다. 차동우 박사님 딸, 차소영."

"어머머, 웬일이니. 너랑 소영이가 어떻게……. 대체 언제부
터 그렇게 된 건데? 아참, 3개월쯤 됐다고 했지. 대체 어떻게
만난 거니? 소영이를 어떻게 찾았어? 아니, 그보다 어쩜 너는
소영이를 찾아 놓고서 우리한테 그동안 암말도 안 할 수가 있
니? 차 박사하고 네 아빠가 소영이를 그동안 얼마나 찾고 걱정
했는지 빤히 알면서. 나도 소영이 걱정을 얼마나 많이 했는데.
아우, 진짜 너는…… 정말 너무했다."

"죄송해요, 어머니. 그럴 만한 사정이 있었습니다. 내일 소
영이 오면 천천히 다 말씀드릴게요. 내일, 시간 되시죠?"

대영과 유정이 한 목소리로 대답했다.

"그럼! 되다마다."

정훈이 정미를 스윽, 돌아보았다.

"정미 너도 많이 바쁘지 않으면 시간 내라. 소영이가 너도 많이 보고 싶어 해."

정미가 멍하니 고개를 끄덕거렸다.

"어, 알았어."

그날, 밤이 이슥해지도록 유정과 정미는 어떻게 된 정황이냐며 정훈을 계속 들들 볶았고, 부리나케 서재로 달려간 대영은 새벽녘까지 전화통을 붙잡고 떨어질 줄 몰랐다.

◎

얼마 전부터 부쩍 쉬이 지치고 축축 늘어지는 몸을 이끌고 소희는 집으로 들어왔다.

대니와의 결혼이 기정사실화된 것과는 별개로 소희는 가이드 일을 평소와 다름없이 계속했다. 찰리가 편한 사무직으로 돌려 준다고 했지만 소희는 정중하게 사양했다. 굳이 그렇게까지 하고 싶지 않았다. 그동안 해 오던 대로 부지런히 일해 돈도 벌어야 했고, 무엇보다 리디아한테 책잡힐 만한 일은 하고 싶지 않았다.

부쩍 쉬이 지치고 피곤한 것은 어쨌든 한 고비를 넘었다는 사실에 긴장감이 풀린 탓이리라.

소희는 여느 때와 다름없이 차가운 물로 온종일 땀과 먼지를 뒤집어쓴 몸을 씻고 침대에 걸터앉아 담배에 불을 붙였다.

그러고 나서 침대 밑에 넣어 둔 아빠의 유품 박스를 꺼내려는데 누군가 다급하게 문을 두드렸다. 흠칫 놀란 소희는 서둘러 담배를 껐다.

'누구지?'

이 밤에 그녀를 찾아올 사람은 대니밖에 없었다. 한데 좀 전에 헤어져 놓고 무슨 일로 저렇게 다급하게 문을 두드리는 걸까. 대니는 그녀가 담배를 피운다는 것을 모른다. 밤에 집에 와서만 피우니까 알 턱이 없었다.

그런데 젠장. 딱 걸리게 생겼다.

물론 그녀가 담배를 피운다는 것을 알아도 뭐라고 그럴 대니는 아니었다. 십 대 때 호기심에 같이 피워 본 전적도 있으니까. 그래도 굳이 알리고 싶은 생각은 없었다.

쾅쾅쾅쾅!

깊이 잠들어 못 들은 척할까 했는데, 어찌나 세게 문을 두드려대는지 그것도 못하겠다.

'젠장.'

소희는 할 수 없이 문가로 걸어갔다. 누구냐고 물어보려는데, 불현듯 대니가 아닌 다른 사람의 음성이 들려왔다.

"소희! 안에 있어? 문 좀 열어 봐! 큰일 났어!"

영어로 말하는 걸 보니 분명히 대니는 아니다. 누구지?

"누구세요?"

"후우, 다행이다. 집에 있었구나. 나, 케빈이야. 아래층에 사는 케빈."

"아, 케빈. 그런데 이 밤에 무슨 일이야?"

미간을 찌푸린 소희의 얼굴에 귀찮아하는 기색이 역력했다.

"큰일 났어. 네 엄마가 크게 다쳤어. 빨리 병원으로 가 봐."

'엄마'라는 소리에 그녀의 얼굴이 더욱 일그러졌다.

"됐어. 나한테는 엄마가 없……."

"그럴 때가 아니야! 내가 방금 시내에서 보고 오는 길인데, 네 엄마가 피를 철철 흘린 채로 집에서 실려 나오더라니까! 앰뷸런스에 경찰차에 난리도 아니었어."

뭐? 순간적으로 뻣뻣하게 경직된 소희가 자신도 모르게 문을 벌컥 열었다.

"뭐라고 그랬어? 자세히 말해 봐."

헐레벌떡 뛰어왔는지 케빈이 가쁜 숨을 몰아쉬며 다급하게 말했다.

"자세한 건 나도 잘 몰라. 네 엄마라는 것만 확인하고 놀라서 부리나케 달려왔으니까. 일단, 일단 병원에 빨리 가 봐. 메모리얼 병원으로 가는 것 같더라. 빨리!"

사색이 된 소희는 문고리만 움켜쥔 채 한동안 꼼짝도 하지 못했다. 케빈이 답답하다는 듯 소리쳤다.

"뭐하고 있어, 빨리 가 보라니까. 어쨌든 네 엄마잖아. 얼핏 들으니까 칼에 찔렸다던가 뭐 그러는 것 같던데, 엄청 위급해 보였어. 잘못하면 네 엄마 진짜 죽을지도 모른다고! 어쩌면 이러고 있는 동안 벌써 죽었을지도 몰라. 소희, 나중에 후회하지 말고 빨리 가 봐, 응?"

죽어…… 엄마가?

밤 은
아침을
꿈꾼다

순간적으로 소희는 머리가 텅 빈 듯 아무 생각도 나지 않았다. 삽시간에 온몸에서 피가 몽땅 빠져나간 듯 하얗게 질린 채 부들부들 떨고만 있을 뿐이었다.

전조前兆

희수의 장례식을 마친 이틀 뒤, 소희는 망설임 끝에 엄마가 살던 낯선 집으로 들어섰다.

그동안 오가며 지나치면서도 일부러 시선을 외면한 채 보지 않았던 엄마의 집. 결코 이 집을 방문할 일은 없을 거라고 생각했는데, 결국 이렇게 오게 되고야 말았다.

애증의 존재였던 엄마가 죽어서야 비로소.

문을 열고 안으로 들어서자 강한 세제 향이 코끝으로 가장 먼저 훅 끼쳐 들었다. 범인이 잡히고 사건이 종결되자마자 대니가 먼저 와서 깨끗하게 청소해 놓은 모양이었다. 거실 불을 밝혔다. 살해 현장이라고 생각할 수 없을 만큼 집안이 너무 깨끗하게 정리가 되어 있어서 되레 깜짝 놀랐다.

자신 때문에 대니가 하지 않아도 될 수고를 너무 많이 한 것 같아서 고맙고도 너무 미안했다. 생각지도 못했던 대니의 사려 깊은 배려에 괜스레 콧날이 시큰해졌다.

사건이 벌어진 지 벌써 일주일이 지났다. 그동안 소희는 수사가 종결될 때까지 경찰서만 오갔을 뿐, 바깥출입은 일체 하지 않았다. 희수의 장례식도 아주 간소하게 치렀다. 아빠 옆에 엄마의 관을 묻는 동안 그녀의 옆을 지켜 준 이는 대니와 찰리뿐이었다.

병원에 실려 갔던 희수는 결국 소희가 도착하기도 전에 숨을 거뒀다. 사인은 칼에 찔린 것 그 자체보다 피를 너무 많이 흘린 탓이었다고 했다. 다행히 범인은 바로 잡혔다. 사건이 일어났던 전날 밤, 술집에서부터 희수와 어울리다가 그녀와 함께 집으로 들어가는 젊은 남자를 목격한 사람들이 의외로 꽤 많았던 덕분이었다.

범인은 홍콩에서 놀러 온 서른네 살의 관광객이었다. 범인은 우발적으로 벌어진 사고였다고 주장했다. 희수가 먼저 식칼을 들고 달려들었고 자신은 방어를 하려다가 벌어진 일이었을 뿐이라고 말이다.

범인은 8일 전에 여자 친구와 괌으로 여행을 왔다고 했다. 그런데 크게 다투는 바람에 여자 친구가 화가 나서 혼자 돌아가 버렸단다. 그래서 혼자 남아 오기로 여행을 즐겼단다.

그러다가 사건 전날 밤, 괌에서의 마지막 밤을 즐기러 술집에 갔다가 우연히 희수와 만났고 중년이어도 충분히 매력적인 여자라서 눈이 맞아 그녀의 집으로 갔다고 했다. 마침 수중의 돈이 다 떨어져서 비행기 시간이 될 때까지 술집에서 버틸 생각이 었는데, 그녀가 먼저 자신의 집으로 가자고 유혹하니 잘 됐다는 생각이었단다. 혼자 산다는 돈 많은 중년 여자의 외로움을 하룻밤 달래 주는 대신 용돈이나 벌어 가자는 심산이었단다.

그런데 다음 날, 짐을 챙겨 나가며 돈을 달라고 했더니 갑자기 여자가 길길이 날뛰며 난동을 부리기 시작했단다. 빌어먹을 창부라느니, 너 같은 쓰레기한테 줄 돈은 없다는 둥 온갖 욕설을 퍼부으면서. 그래서 범인도 화가 나서 마구 소리를 질렀단다. 돈이 아니었다면 자신이 미쳤다고 다 늙은 여자를 상대해 줬겠느냐고, 잔말 말고 돈이나 내놓으라고 따졌더니 여자가 주방으로 달려가 식칼을 빼들고는 위협을 하더란다.

한 푼도 줄 수 없으니 당장 제집에서 나가라고.

범인은 그럴 수 없다고 비웃으며 정당한 제 몫을 챙기기 위해서 여자의 지갑을 가방에서 빼들었단다. 그때 여자가 고함을 지르며 미친 사람처럼 달려들었다고 했다. 자신은 그저 살기 위해서 방어를 했을 뿐이라고 했다. 그런데 어쩌다 보니 여자가 칼에 찔려 바닥에 널브러져 있더라고. 철철 흘러내리는 피를 보고는 너무 놀라고 무서워서 정신없이 도망쳐 버렸다고 했다.

그러니 희수가 죽은 건 매우 애석하고 미안한 일이지만, 그건 우발적인 사고, 정당방위였다면서 범인은 되레 자신이 억울하다며 분통을 터트렸다. 사람을 죽여 놓고 뭐가 그리 당당하고 억울하다는 건지, 기가 찰 노릇이었다.

그러나 소희는 그 남자를 크게 원망하는 마음도 들지 않았다. 누구를 원망하겠는가. 모든 것은 엄마가 자초한 일인 것을. 오십이 넘어서도 섹스에 환장해서 처음 본 젊은 남자를 집으로 끌어들인 것부터가 잘못이었다. 미쳤다고밖에 달리 할 말이 없었다.

소희는 눈물도 나지 않았다. 오히려 원망스럽기만 했다. 마지막까지 슬퍼할 기회조차 주지 않은 엄마가 밉고 원망스러워 미칠 것만 같았다. 너무 창피해서 도저히 얼굴을 들고 다닐 수가 없었다. 그래서 아무도 모르게 소리 소문 없이 장례를 치르고 며칠간 집에만 틀어박혀 있었다.

소희는 3시간 전에 자신의 곁을 한시도 떠나려고 하지 않는 대니를 억지로 집으로 돌려보냈다. 그리고 밤이 이슥해진 틈을 타 혼자서 몰래 이곳으로 왔다. 남보다 못한 관계였어도 어찌 되었든 희수는 그녀의 엄마였고, 엄마가 죽은 이상 뒷정리는 남은 핏줄인 그녀가 해야만 하는 일이니까.

그런데 어느 틈에 대니가 핏자국과 부서진 가재들을 깨끗이 청소해 놓았다. 그녀 대신 이곳을 청소해 줄 사람은 대니밖에 없었다.

그럼에도 일언반구 없이 그녀를 꼭 안고 울지 않는 그녀를 걱정스레 살피기만 하던 대니를 생각하니, 마음이 한없이 무거워지면서 명치끝이 쑤시듯 아파 오는 소희였다.

서늘한 눈빛으로 거실을 한차례 슥, 돌아본 소희는 주먹을 꽉 말아 쥐고 침실로 들어갔다. 챙겨 온 커다란 자루에 옷걸이에 걸려 있는 비싼 옷들을 마구잡이로 쓸어 담았다. 그새 또 옷을 얼마나 사들였는지, 못 보던 비싼 옷들이 줄줄이 쏟아져 나왔다. 절로 비소가 흘러나왔다.

"하! 대체 돈은 다 어디서 나서 이것들을 사 모은 거야."

화장대에 늘어서 있는 화장품과 액세서리들도 죄 한꺼번에 쓸어 담았다. 모두 흔적 없이 태워 버릴 생각이었다. 가구들은 내일 아침 사람들을 시켜 모조리 빼내어 버려 버리고 임대 기간이 6개월이나 남아 있었지만 집도 최대한 빨리 뺄 생각이었다. 미리 지불된 임대료는 사람이 죽어 나간 집에 또 누가 들어올지 모르겠다며 울상이 된 집주인한테 보상금으로 줘 버릴 터였다.

이를 부드득 갈며 서랍장을 연 순간, 소희의 눈매가 칼날처럼 가늘어졌다. 국제 우편물이 대충 집어 던져진 듯 엉망으로 잔뜩 쌓여 있었기 때문이었다. 투둑, 하며 편지 한 통이 그녀 앞으로 굴러떨어졌다. 한국, 서울에서 온 편지였다.

발신자는…….

So Yeong, Cha.

소희의 눈매가 더욱 가늘어지며 눈동자에 서늘한 이채가 서렸다. 소희는 'So Yeong, Cha'라는 이름을 한동안 뚫어지도록 노려보았다.

그러다 묵직한 자루를 놓고 자리에서 일어났다. 집 안을 뒤져 커다란 여행용 가방 두 개를 찾아냈다. 가방 중 하나에 편지들을 모두 쓸어 담았다. 다른 서랍장에서 나온 오래된 서류들과 잡다한 문서들도 죄 쓸어 담았다. 커다란 가방이 금세 가득 찼다.

동을 틀 무렵 희수의 집을 나서는 소희의 손에는 커다란 가방 하나와 묵직한 자루가 들려 있었다. 자루를 질질 끌며 차로 향한 소희는 차 뒷좌석에 그것들을 집어 던졌다. 그리고 다시 집으로 들어가 묵직한 자루 두 개를 더 질질 끌고 나와 차 안에 쑤셔 넣었다.

소희는 파고 만 부근의 인적 드문 해변으로 향했다. 그곳에 필요 없는 물건들을 소각하는 커다란 드럼통이 여러 개 설치되어 있다는 것을 알고 있기 때문이다.

길가에서 벗어나 최대한 해변 가까이 달려가 차를 세운 소희는 제 몸만 한 자루를 차에서 내려 드럼통 있는 곳까지 낑낑거리며 끌고 갔다. 그렇게 서너 차례 왕복을 했다.

드럼통에 자루째 집어넣고 기름을 부은 후 불을 붙였다. 하나, 둘, 셋. 수평선 너머로 붉은 해가 떠올랐다. 그와 동시에 드럼통에서도 붉은빛이 번쩍하며 불길이 타올랐다. 소영은 그중 하나의 드럼통 앞에 서서 마지막으로 남은 커다란 가방을 머리 위로 번쩍 들어 올렸다.

그러나 소영은 그 가방만은 차마 불길 속으로 던져 버리지 못했다. 이를 악물고 부들부들 떨다가 결국 털썩, 손을 내리고 말았다. 떼굴떼굴. 커다란 가방이 모래사장 위를 두어 바퀴 굴렀다.

몇 시간 후, 집으로 돌아온 소희의 손에는 모래를 뒤집어쓴 커다란 가방이 쥐어져 있었다.

"소영아…… 잘 왔다. 잘 와 주었어. 고맙구나. 정말 고마워."

울지 말자고 다짐했건만, 소영을 본 순간 대영은 눈물을 참기가 힘들었다. 그동안 저 혼자 맘고생을 어찌나 많이 했는지, 못 본 새 한층 더 말라 있었다.

'딱한 것, 가엾은 것.'

대영은 소영이 거실로 들어서자마자 촉촉해진 눈시울로 그녀의 손을 꼭 잡고 연신 손등을 어루만졌다. 유정 역시 마찬가지였다. 걱정했던 것만큼 딱하고 안쓰럽고, 이렇게라도 다시보게 된 것이 마냥 고맙고 다행이다 싶어서 연신 소영의 어깨를 쓰다듬으며 끌어안았다.

"그동안 심려 끼쳐 드려서 정말 죄송했습니다."

그런 두 사람한테 소영이 할 수 있는 말은 그것뿐이었다.

다 안다, 이제 됐다는 듯 눈물을 글썽이며 말없이 그녀의 어깨와 손을 쓰다듬는 두 사람을 향해 소영은 연신 고개를 숙이고 용서를 구했다.

대영이 고개를 가로저으며 눈물 젖은 목소리를 냈다.

"아니다. 네가 잘못한 게 무에 있다고. 이렇게 무사히 돌아와 준 것만으로도 고맙지."

유정도 얼른 눈가를 훔치고 소영의 안색을 살폈다.

"몸은 어떠니? 어디 아픈 곳은 없고?"

"네, 전 괜찮아요. 염치없게도 저는 다 좋아요. 아저씨, 아줌마 건강은요? 어디 편찮으신 데는 없으세요?"

"아프긴, 우리는 너무 건강해서 탈이다."

호기심에 눈을 반짝이며 한 걸음 뒤에 떨어져서 소영을 빤히 쳐다보고 있던 정미가 생긋, 웃으며 반갑게 인사했다.

"안녕, 언니. 나 정미야. 어서 와. 우리 진짜 오랜만이다. 한 20년 됐나?"

그제야 소영이 유정 뒤에 서 있는 훤칠한 키의 서구적인 미인을 쳐다보며 반갑게 인사했다. 키가 얼마나 큰지 웬만한 남자보다도 컸다. 모델이라고 해도 믿겠다.

"어머, 정미야. 너 정말 너무 멋지다. 밖에서 봤으면 못 알아봤을 거야. 진짜 반갑다."

"내가 좀 많이 변하기는 했지. 우와, 그런데 언니는 어렸을 때하고 하나도 안 변했다. 얼굴이 그대로야. 꼬마 백설공주가 고대로 커서 그냥 어른이 된 것 같아. 언니 어렸을 때도 딱 애니메이션에 나오는 백설공주처럼 생겼었잖아. 그래서 내가 샘나서 괜히 심통도 부리고 그랬는데, 기억나?"

소영이 말갛게 미소 지으며 고개를 끄덕거렸다.

"다른 건 모르겠는데 나 백설공주 한 번도 안 시켜 준 건 기억나. 나 키 작다고 매번 일곱 난장이만 시켰잖아."

"후후, 맞아, 그랬지."

정훈은 뒤에서 자신의 가족들과 반갑게 재회하는 소영을 흐뭇하게 지켜보았다.

"현관 앞에서 이러지 마시고 자리에 앉아서 마저 말씀하시죠. 소영이 다리 아파요."

"음? 어, 그래, 그래. 소영아, 저리 가서 앉자."

대영과 유정이 얼른 소영의 손을 잡고 소파로 이끌었다. 정미가 정훈을 어깨를 장난스레 툭 치며 속삭거렸다.

"뭐야. 벌써 제 여자라고 언니만 챙기는 거야? 오, 이건 또처음 보는 버전의 문정훈인데?"

"까분다."

"그렇잖아. 오빠가 여자를 보는 것만으로도 좋아서 어쩔 줄몰라 하는 눈빛으로 쳐다보는 건 처음 본다고. 카리스마 하면문정훈인데 말이야. 하긴 생각해 보면 어렸을 때도 오빠가 언니를 엄청 예뻐하고 챙기기는 했지. 난 귀찮다고 맨날 구박만했으면서."

정미가 슬쩍 눈을 흘기며 치, 하고 콧방귀를 뀌었다. 정미는당연하다는 듯이 소영의 옆자리를 차지하고 앉는 정훈을 보며다시 한 번 속으로 혀를 내둘렀다.

소영을 바라보는 그의 눈빛이 그렇게 다정하고 그윽할 수가없었다. 빈말이 아니라 저런 모습의 정훈은 처음이었다. 아주소영한테서 눈을 떼지 못한다. 소영과 20년 만에 우연히 재회한 지 3, 4개월밖에 안 됐다면서 언제 저렇게 감정이 깊어졌는지 모르겠다.

놀랍기도 하고 신기하기도 하고, 우리 오빠가 드디어 제대로 된 임자를 만났구나 싶어서 다행이다 싶으면서도 한편으로는 은근히 부럽고 샘이 나기도 했다.

저런 게 바로 운명인가 싶기도 하고.

'아, 부럽다. 그런데 대체 내 운명의 짝은 어디 있는 거야.'

사랑보다는 일이 좋고 우선인 그녀인지라 남자 생각은 손톱만큼도 없는 정미였지만, 자신과 별반 다르지 않다고 생각했던 정훈이 사랑하는 여자를 찾아 흠뻑 빠져 있는 모습을 보니 새삼 사랑이 하고 싶어졌다.

◉

식사를 마친 소영은 대영과 함께 서재에 마주 앉았다. 차마 고맙다는 말밖에는 할 수 없었던 대영이 조심스럽게 물었다.

"이젠 괜찮아진 거니?"

"네."

"고맙구나, 고마워. 그럼 앞으로 어떻게 할 생각이니?"

소영은 잠시 숨을 고르며 신중하게 말을 골랐다.

"일본으로 돌아가지는 않을 거예요. 여기서 제가 할 수 있고, 꼭 하고 싶은 일을 찾았거든요."

"다행이구나. 그래도 공부는 다시 시작해야 하지 않을까? 그동안 공부해 온 시간과 노력이 아깝잖니."

"아깝다는 생각은 없어요. 하지만 앞으로 제가 할 일에 보탬이 된다면, 필요하다면 한국에서 다시 시작할 수는 있겠죠. 그건 시간을 두고 차차 생각해 볼게요. 당장 시급한 문제는 아니니까요."

밤 은
아침을
꿈꾼다

그건 그렇지, 하며 대영은 고개를 끄덕였다. 전화위복이라고 했던가. 소영이 이전보다 한결 단단해진 것 같아서 그나마 다행이라는 생각이 들었다. 대영은 소영을 안타깝게 바라보았다.

"소영아, 네 아빠는 말이다⋯⋯."

소영은 시선을 들어 대영을 조용히 바라보았다.

"아빠한테 오늘 저 여기 온다는 말씀, 하셨어요?"

"어, 그게⋯⋯."

곤혹스러워진 대영이 낮은 한숨을 내쉬었다. 어젯밤에 통화한 동우는 한동안 아무 말이 없었다. 그러다 한참 만에야 '다행이군.'이라는 딱 한 마디를 내뱉었을 뿐이었다. 잠시 짬을 내어 나올 수 있겠느냐고 물었더니, 당분간은 힘들 거라는 대답이 돌아왔다. 진행 중인 중요 프로젝트가 긴박하게 돌아가고 있다고 했다. 그 때문에 프로젝트 책임자인 자신이 한시도 연구실을 떠날 수 없다고 했다. 그러면서 동우는 이렇게 말했다.

―소영이한테도 그편이 더 나을지도 모르지. 정훈이 덕분에 마음잡고 돌아올 결심을 굳혔다지만, 아직까진 내 얼굴을 보고 싶어 하지 않을 테니까. 아무래도 시간이 좀 더 필요할 게야. 내 대신 너와 정훈이가 잘 좀 챙겨 줘. 미안하다, 번번이 이런 부탁만 하게 돼서.

대영은 당연한 소리를 한다며 괜한 핀잔을 주었더랬다. 자신이 나타나면 간신히 맘잡고 돌아온 소영의 결심이 또다시

흔들릴지도 모른다는 생각에 천 일 제쳐 두고 한달음에 달려
오고 싶은 것을 꾹 참고 괜히 일 핑계를 대는 동우의 마음을
누구보다 잘 아는 대영이기에 더 긴말은 하지 않았다. 굳이 말
로 하지 않아도 오가는 한숨과 어투만으로도 서로의 속내를
읽어 내는 막역지우가 아니던가. 세상 어느 누구보다 독하고
강한 척 하지만 그런 제 속도 제 속이 아닐 친구가 대영은 안
타까울 뿐이었다.

동우도 안됐고, 소영이도 안됐고, 소희도……. 후우. 모두가
다 안됐고 안쓰럽기만 한 대영이었다. 그렇다고 자신이 나서
서 감히 해결해 줄 수도 없는 일. 답답함에 한숨밖에 나오지
않았다.

그나마 다행인 것은 정훈이 소영을 끔찍이 생각하며 지킨다
는 것이었다. 소영도 정훈을 생각하는 마음이 결코 가볍지 않
은 모양이었다. 그렇지 않다면 동우와 최희수, 소희의 이야기
까지 모두 정훈이한테 했을 리가 없었다.

혹시나 싶어서 어제 정훈이한테 넌지시 물어봤더니, 아들은
소영이 방황한 이유를 소상히 알고 있었다. 소영이 직접 말해
줬다고 했다. 생각했던 것보다 두 아이의 감정이 상당히 깊어
진 게 틀림없었다. 그리고 오늘, 두 아이가 함께 있는 모습을
눈으로 직접 보니 제 생각이 맞았다는 확신이 들었다.

서로를 응시하는 눈빛이나 표정, 서로를 자연스럽게 챙기는
모습 하나하나가 그렇게 예쁘고 사랑스러울 수가 없었다. 굳이
입으로 말하고 귀로 듣지 않아도 보는 것만으로도 저절로 알게

되는 것이 있다.

사랑, 그리고 사랑에 빠진 연인이 바로 그것들 중의 하나였다.

대영은 두 아이가 서로를 진심으로 믿고 의지하며 사랑하고 있다는 것을 확신했다. 고맙고 감사한 일이었다. 대영은 자리에서 일어나 소영에게 다가갔다. 가녀린 어깨를 꼭 끌어안고 등을 토닥거렸다.

"앞으로는 자주 보자꾸나. 그동안 혼자 고생 많았다. 아저씨는 네가 더 이상 혼자 아파하지 않았으면 좋겠구나. 아저씨가 아빠 대신인 건 알지? 아저씨한테는 뭐든 다 말해도 돼. 힘든 일이든, 부탁할 일이든 뭐든 다. 우리 소영이를 위해서라면 못 할 일이 뭐 있어. 내가 할 수 있는 일이라면 무슨 일이든 다 도우마."

"감사합니다. 그리고 그동안 정말 죄송했습니다."

"됐다, 이젠 다 지난 일이니까 그 얘기는 더 이상 하지 말자꾸나. 못난 어른들 때문에 괜히 너 혼자 고생이 많았지."

대영은 동우를 대신해서 미안하다는 말을 연신 중얼거렸다.

택시에서 내린 소영은 눈앞의 웅장한 호텔을 감탄 어린 시선으로 올려다보았다. 가까이에서 보니 프라임 호텔은 어렸을 때보다 규모나 모든 면에서 몇 배나 더 커지고 웅장해진 것 같았다. 예전에는 중앙 건물 하나밖에 없었던 것 같은데, 지금은 확장 증축된 건물들이 양옆으로 부채꼴 띠를 두르며 넓게 펴져 있었다. 예전의 그 프라임 호텔이 맞나, 싶을 정도였다.

오늘은 호텔로 한번 오라는 대영의 거듭된 청에 큰맘 먹고 와 본 길이었다. 정훈이 일하는 모습을 직접 보고 싶지 않느냐는 대영의 말이 없었더라도 한번 와 보고 싶었더랬다. 대영과 정훈을 떠나서도 프라임 호텔은 그녀한테 어렸을 때의 소중한 추억이 깃든 특별한 장소였으니 말이다.

그런데 너무 많이 변해서 약간 얼떨떨하기도 하고 섭섭한 마음이 들기도 했다. 새삼 세월이 20년이나 지났다는 사실이 실감나기도 했다. 소영은 씁쓸하게 미소 지으며 로비로 들어갔다.

정훈한테는 오늘 이곳에 온다는 얘기를 미리 하지 않았다. 깜짝 놀라게 해 줄 생각이었다. 퇴근 시간까지 1시간 남짓 남았으니 대영을 먼저 만나 함께 있다가 정훈한테는 퇴근 시간에 맞춰 짜잔, 하고 나타날 생각이었다.

눈을 동그랗고 뜨고 깜짝 놀랄 그를 생각하니, 벌써부터 웃음이 새어 나오려고 한다. 소영은 부산한 로비를 가로지르며 혼자 빙그레 미소 지었다.

＊

정훈은 서둘러 로비로 내려왔다. 초밥 도시락이 여섯 개나 든 커다란 일식집 봉투와 서류 봉투를 하나 들고서. 초밥들은 당연히 소영한테 줄 거였고, 서류 봉투는 로비에 있을 남 지배인한테 전해 주라는 부친의 엄명으로 심부름차 들고 나온 것이었다.

소영은 오늘 야근 때문에 만나지 못할 것 같다고 했다. 아쉬웠지만 정훈은 일단 알았다고 하고 전화를 끊었다. 그리고 재빨리 2층에 있는 일식 레스토랑에 특급 초밥을 여섯 개 주문했다. 함께 야근하는 직원들이 네 명 정도 있다고 했으니 네 개는 그들에게 주고 나머지 두 개는 소영만 살짝 밖으로 데리고 나와서 함께 먹을 생각이었다.

"갑자기 나타나면 엄청 놀라겠지?"

그도 마침 일이 있어서 잘됐다고 하더니 갑자기 사무실까지 어쩐 일이냐고 엄청 놀랄 터였다. 보나 마나 일에 골몰해 저녁을 거르거나 김밥으로 대충 때울 소영이었다. 내 여자의 건강은 내가 지켜야지, 사랑하는 여자의 빈 위장을 김밥으로 대충 때우게 할 수는 없지 않은가.

그래서 늦기 전에 효창동에 있는 그녀의 사무실에 도착하기 위해서 퇴근 시간이 되자마자 부리나케 사무실을 나서는데, 느닷없이 대영이 그의 사무실까지 찾아와 서류 봉투 하나를 건네주었다. 특별한 서류도 아니고, 특별하게 전할 말도 없다면서 굳이 그보고 퇴근하는 길이 로비에 들러 남 지배인을 찾아 서류를 직접 전해 주라고 말이다.

비서한테 전해 주라고 해도 되는데 대체 무슨 심통이신지 모르겠다. 그래도 뭔가 그럴 만한 이유가 있으시겠지 싶어서 일단 군소리 없이 서류를 받아 들었다. 그러고는 부리나케 2층에 들러 도시락을 찾아 로비로 내려온 길이었다.

　그런데 로비에 있다는 남 지배인이 통 보이질 않는다. 대체 어디 있다는 거야? 사람들로 북적이는 너른 로비를 휘 둘러본 정훈은 곧장 프런트로 걸어갔다. 그를 보자마자 프런트 책임자가 곧장 달려 나왔다.

　"이사님, 퇴근하십니까."

　"네, 수고가 많으십니다. 남 지배인님은 어디 계십니까? 로비에 내려와 계시다고 하던데요."

　"아, 지배인이요? 오크 바에 잠깐 갔습니다. 잠시만 기다려 주십시오. 제가 얼른 가서……."

　황급히 프런트를 빠져 나오려는 책임자를 정훈은 손을 들어 저지했다.

　"됐습니다. 내가 직접 가서 만나 뵙죠. 계속 수고해 주세요."

　"네, 조심히 들어가십시오."

　깍듯이 고개를 숙여 인사하는 책임자를 뒤로하고 정훈은 긴 다리로 성큼성큼 로비를 가로질렀다. 오크 바는 신관 로비 가장 끝에 있는 라이브 바였다. 정훈은 지나치는 직원들과 안면 있는 고객들과 눈인사를 주고받으며 오크 바로 빠르게 걸어갔다.

　한참을 걸어가 모퉁이를 돌자 피아노 선율과 함께 필리핀 여자 재즈 가수의 음성이 나지막이 들려왔다. 정훈은 방음문 대신 두꺼운 대리석으로 지그재그 설치된 내벽을 지나 오크 바 안으로 들어섰다. 3인조 밴드 중 한 명인 색소폰 연주자의 연주가 막 시작되고 있었다. 낮은 조도의 조명 아래 푹신한 소파와 한 세트를 이룬 테이블마다 고객들이 느긋하게 앉아 와인에 곁들인 재즈를 음미하듯 즐기고 있었다.

어머, 하고 깜짝 놀라 인사를 하는 직원들과 일일이 눈인사를 하고 재빨리 남 지배인을 찾았다. 남 지배인은 측면 구석에서 바 책임자와 이야기를 나누고 있었다.

"남 지배인님."

바 책임자와 이야기를 나누고 있던 남 지배인이 정훈의 나지막한 음성에 얼른 뒤를 돌아보았다.

"아, 이사님."

"말씀 중에 죄송합니다. 회장님께서 지배인님께 이 서류를 빨리 전해 달라고 하셨습니다."

남 지배인은 무슨 서류인지 다 알고 있다는 듯 느긋이 미소 지으며 서류를 받았다.

"감사합니다."

"그럼."

"이사님, 잠깐만요."

돌아서는 정훈을 남 지배인이 황급히 붙잡았다. 정훈이 무슨 일입니까? 하고 돌아보자 흰머리가 희끗희끗한 근사한 로맨스 그레이 남 지배인이 의미심장한 미소를 지으며 다가왔다.

"그냥 가시면 어떡합니까. 예까지 오셨는데 와인 한 잔 하고 가시죠."

"아닙니다. 제가 지금 급하게 가 볼 곳이 있어서요. 다음에 하죠."

"안 됩니다. 회장님 엄명이신걸요. 이사님이 꼭 만나 뵈어야 할 분이 있고요. 자, 이쪽으로."

남 지배인이 정중하게 한 손을 뻗으며 앞장을 섰다.

'아버지의 엄명이라고? 대체 무슨 꿍꿍이시지?'

정훈의 미간이 미세하게 찌푸려졌다. 그러나 다른 사람도 아니고 F/O의 총 책임자인 남 지배인이 직접 나서서 안내를 하는데, 다른 직원들 보는 앞에서 무시하고 그냥 가 버릴 수는 없어서 정훈은 할 수 없이 그 뒤를 따랐다.

정훈은 새삼 눈을 가늘게 뜨고 주변을 살폈다. 그제야 저쪽 한 테이블에 엘렌이 앉아 있는 모습이 시야에 들어왔다. 엘렌은 처음부터 그가 바에 들어오는 것을 보고 있었는지 시선이 마주치자, 싱긋 웃으며 손을 들어 보였다. 자신한테 올 거라고 생각했는지, 살짝 옆으로 옮겨 앉기까지 했다.

'혹시 나를 기다리고 있다는 사람이 엘렌이었나? 하지만 왜? 아버지는 왜 이런 일을 꾸미신 거지? 설마, 그건 아니겠지.'

아니나 다를까 남 지배인이 향하는 방향은 엘렌 쪽이 아니었다. 남 지배인은 엘렌과 점점 멀어져 바 왼쪽에 있는 테이블로 다가갔다. 소파 등받이가 높아서 누가 앉아 있는지 정훈이 서 있는 쪽에서는 통 보이지 않았다. 남 지배인이 등받이 너머에 있는 사람한테 '이사님 오셨습니다.' 하고 나지막이 미소 지으며 말한 뒤 물러갔다.

'대체 누구…….'

천천히 앞으로 걸어가 소파에 앉아 있는 사람을 내려다본 정훈의 눈이 그야말로 깜짝 놀라 휘둥그레 커졌다.

"소영아!"

소영이 겸연쩍은 표정으로 그를 올려다보며 키득거렸다.

"미안, 많이 놀랐어?"

"네가 왜 여기에?"

"실은 오늘 야근한다는 거, 거짓말이었어. 오빠 깜짝 놀라게 해 주려고."

"뭐?"

"아저씨가 오빠 일하는 모습 보고 싶지 않느냐고, 계속 호텔로 한번 오라고 그러시잖아. 그래서 퇴근하자마자 바로 달려왔는데……."

"그런데 왜 여기 있어?"

"그게, 내가 오빠한테 연락 안 하고 깜짝 놀라게 해 줄 생각이라고 하니까 아저씨가 더 좋은 생각이 있다고 하시면서 억지로 여기로 데리고 와서 기다리라고 하시잖아. 그래서……. 큭. 그런데 오빠 진짜 많이 놀랐나 보다. 꼭 귀신 본 사람 같아."

"하 참!"

그제야 정훈은 너털웃음을 터트리며 소영의 맞은편에 털썩 앉았다.

"세상에 믿을 사람 하나 없다더니, 아버지하고 너하고 작당해서 날 속인 거란 말이지? 어쩐지 부득불 나한테 남 지배인을 찾아서 서류를 전해 주라고 한 것부터 이상하다 싶기는 했어. 참 나."

정훈이 부러 화난 듯 으르렁거리며 소영을 노려보았다.

"차소영, 너 많이 컸다. 이젠 오빠를 막 놀려 먹을 줄도 알고?"

"미안. 난 그냥 사무실로 찾아가서 깜짝 놀라게 할 생각이었는데, 어쩌다 보니 이렇게 됐네. 그런데 진짜 화난 건 아니지?"

"화났거든? 난 그런 줄도 모르고 이것들만 괜히 잔뜩 샀잖아."

정훈이 옆 소파에 내려놓은 커다란 봉투를 손으로 툭 쳤다.

"그게 뭔데?"

"뭐긴 뭐겠어. 초밥 도시락이지."

"근데 그게 왜?"

"난 또 너 저녁도 안 먹고 야근하는 줄 알고 이거라도 챙겨 가서 먹이려고 그랬지. 너 여기 초밥 맛있다고 좋아했잖아."

소영이 정말? 하며 눈을 동그랗게 떴다.

"그런데 오빠는 왜 말 안 했어? 아깐 내가 야근해서 못 만난다고 했더니, 그러든가 말든가 하는 식으로 마침 잘됐다고 하더니. 치, 실은 오빠도 서프라이즈 하려고 그랬구나? 어머, 그런데 뭘 이렇게 많이 샀어?"

봉투를 끌어당겨 안을 들여다본 소영이 깜짝 놀라 물었다.

"우리만 입이야. 같이 야근하는 직원들이 네 명이라고 해서 그 사람들 것까지 다 샀지. 내가 차소영 남자입니다. 우리 소영이 잘 부탁합니다 하고 인사도 할 겸."

소영이 좋으면서도 싫은 척, 괜스레 눈을 흘겼다.

"으음, 주책이야."

정훈이 그런 소영이 예뻐 죽겠다는 듯 눈을 반짝이며 씩, 미소 지었다.

"홋, 속았어도 솔직히 기분은 좋다. 우리 또 텔레파시가 통한 거잖아. 역시, 우리는 천생연분이라니까."

정훈이 테이블 위로 손을 척 올려놓았다. 손바닥을 보이고 손가락을 까닥거렸다. 소영이 뭐? 하는 눈빛으로 쳐다보았다.

"손."

소영이 수줍게 미소 지으며 고개를 살짝 가로저었다.

"싫어. 호텔이잖아. 사람들이 오빠 다 아는데."

"아버지하고 네 덕분에 이미 소문 다 쫙 퍼졌을 거거든? 문정훈 이사가 어떤 청초한 미인하고 연애를 하고 있다! 하고 말이야. 그러니까 보란 듯이 더욱 기대에 부응해 줘야지."

정훈이 예쁘게 눈을 흘기는 소영을 다정하게 바라보며 나지막이 속삭이듯 말했다.

"그리고 남들이 보든 말든 무슨 상관이야. 내 여자 손, 내가 잡겠다는데. 말했잖아. 나는 호텔에서든 어디서든 이 여자가 내 여자입니다 하고 네 손 꼭 붙잡고 다니고 싶다고. 이젠 그래도 되잖아. 그러니까 자, 어서."

그의 까만 눈동자가 점차 더 깊어지면서 소영의 눈동자를 꿰뚫을 듯이 깊게 응시해 왔다. 사랑할 수밖에 없는, 믿고 의지할 수밖에 없는 강인하고 강렬한 눈동자였다. 소영은 그런 그의 한층 더 깊어진 까만 동공을 마주 바라보며 테이블 위로 천천히 손을 들어 올렸다.

그때였다. 불어로 말하는 낯선 여자의 음성이 들려온 것은.

"누구야?"

흠칫 놀란 소영이 시선을 휙 들어 올렸다. '우아하고 고혹적이다.'라고밖에 달리 표현할 길이 없는 금발의 미녀가 호기심에 찬 파란 눈동자로 그녀를 빤히 내려다보고 있었다.

정훈의 미간이 미세하게 찌푸려졌다. 하지만 몸에 밴 매너대로 일단 자리에서 일어나기는 했다.

"엘렌."

엘렌이 우아한 몸짓으로 정훈을 돌아보았다.

"안녕. 저번에 내가 저녁 같이하자고 했을 땐 바빠서 시간 내기가 힘들다고 하더니, 그 바쁘다는 일이 실은 이 여자였던 거니? 요즘 새로 만나는 여자인가 봐?"

정훈이 일어나려는 소영을 눈짓으로 만류하고 엘렌을 향해 영어로 말했다.

"그래. 이쪽은 나와 진지하게 교제 중인 미스 소영 차야. 소영아, 이쪽은 엘렌 루이즈 마르그리트 그리말디, 모나코 공주야. 나하고는 르 로제 동창이지."

불어라면 몰라도 영어라면 소영도 어느 정도 할 줄 안다. 유창한 수준까지는 아니지만 말이다.

눈앞의 이 우아한 금발 미녀가 매스컴에서나 가끔 봤던 모나코 공주라는 말에 소영은 깜짝 놀라 얼른 자리에서 일어났다. 거기다가 정훈의 르 로제 동창이라고 하지 않는가. 소영은 정중하게 먼저 인사를 건넸다.

"안녕하세요. 소영 차라고 합니다. 그러고 보니 매스컴에서 몇 번 본 기억이 나네요. 반갑습니다."

문법은 완벽하지만 딱딱한 일본식 영어 발음에 엘렌의 완벽하게 정돈된 눈썹이 살짝 올라갔다가 내려왔다.

"반가워요. 엘렌이라고 해요."

거만하면서도 우아하게 고개를 까닥여 인사를 한 엘렌이 정훈을 슥 돌아보았다. 못 말리겠다는 눈빛으로 그를 슬쩍 흘겨보며 싱긋 미소 지었다.

"귀국하면 일 때문에라도 한동안 여자는 꿈도 못 꿀 거라고 하더니, 그새 또 여자를 사귄 거야? 하여튼 못 말린다니까. 하긴 네가 아무리 관심 끄고 산다고 해도 너처럼 매력적이고 섹시한 남자를 여자들이 가만 내버려 두겠어? 특히 그런 남자가 무심한 척 굴수록 여자들은 더욱 가지고 싶어지는 법이거든. 나도 예전에 그거 때문에 너한테 꽂혔던 거 아니야."

엘렌이 부러 긴 속눈썹을 느리게 들어 올리며 정훈을 의미심장하게 올려다보았다. 하나 정훈은 피식, 웃을 뿐이었다.

"그런가? 하긴 사람 심리가 그런 건지도 모르겠다. 실은 나도 소영이 계속 나를 밀어내려고만 해서 끈질기게 달라붙어 간신히 마음을 얻어낸 거거든."

엘렌이 의외라는 듯 눈을 커다랗게 떴다.

"네가? 거만하고 냉정한 네가 이 여자한테 먼저 사귀자고 끈질기게 달라붙었다고?"

"훗, 그러게. 나도 그럴 때가 있긴 있더라. 나도 내가 그렇게 될 줄 몰랐는데 말이야. 그래서 사랑이 위대한 건가 보다. 나 자신조차 몰랐던 내 안의 다른 나를 자꾸만 끄집어내거든."

자연스럽게 테이블을 돌아 소영의 옆에 선 정훈이 한 손으로 소영의 어깨를 다정하게 끌어안았다. 더없이 소중하고 사랑스럽다는 눈빛으로 소영을 내려다보며 스스로도 믿을 수 없다는 듯 나직하게 미소 지었다.

"운명이라는 게 이런 건가 싶기도 하고…… 후후."

잠시 엘렌의 존재를 잊고 있다가 불현듯 생각났다는 듯 아, 하며 그녀를 돌아보았다.

"괜찮으면 같이 한잔할까? 이틀 후면 방한 일정이 끝나서 모나코로 돌아간다며. 그동안 바빠서 못 한 식사 약속, 이참에 해 버리지, 뭐. 서로 따로 시간 내기도 바쁠 텐데. 소영아, 엘렌하고 합석해도 괜찮겠어?"

소영이 어색하게 미소 지으며 어깨를 으쓱거렸다.

"난 괜찮아요."

서로를 바라보며 다정하게 미소 짓는 두 사람을 빠르게 쳐다보던 엘렌이 입가를 어색하게 늘이고 턱을 바짝 치켜들었다.

"미안. 나도 그러고 싶은데 오늘은 내가 안 되겠다. 내일 아침부터 일정이 잡혀 있어서 안 그래도 이만 일어날 참이었거든. 다음에, 아니 내일 저녁에 따로 보자. 너하고 긴히 해야 할 말도 있고. 소영, 내일 저녁 하루만 정훈을 빌려 줘요. 괜찮겠죠?"

"빌려 주다니요. 정훈 씨가 빌려 주고 돌려받는 물건도 아닌데요. 그리고 오랜만에 만난 친구끼리 저녁 식사하는 건데 내가 양해하고 말고 할 게 뭐가 있나요. 두 분이 알아서 하셔야죠."

소영이 난처한 표정으로 정훈을 돌아보았다.

"왜 멀리서 온 친구하고의 약속을 어겨서 나까지 난처하게 만들어요. 우리는 매일 보지만 엘렌 공주는 이번에 돌아가면 또 언제 보게 될지 모르는 친구잖아요. 그러지 마요. 그러는 거 아니야. 없는 시간도 일부러 쪼개서 만나야지."

밤 은
아침을
꿈꾼다

정훈이 손끝으로 소영의 콧등을 톡 건드렸다.

"알았어. 네 말대로 할게. 누구의 엄명이라고. 엘렌, 그럼 내일 저녁에 보자. 일정 끝나는 대로 전화 줘. 시간 비워 놓을 테니까. 메뉴는 네가 정해. 우리 호텔 레스토랑도 좋고 우리나라 음식 중에서 특별한 걸 먹고 싶다면 그것도 괜찮고. 네가 좋다는 대로 장소는 내가 정하지. 그런데 네 경호 문제 때문에 적어도 4, 5시간 전에는 예약도 하고 협의도 해야 하니까, 우리 호텔이라면 상관없지만 다른 곳이라면 빨리 알려 줘야 한다."

엘렌이 싱긋 웃으며 산뜻하게 대답했다.

"알았어. 그럼 내일 보자. 소영, 만나서 반가웠어요."

엘렌은 처음과 다름없이 우아하게 제 자리로 돌아갔다. 그러나 세 명의 경호원을 이끌고 바를 나서는 그녀의 표정은 어지간히 심기가 불편한 듯 싸늘하게 굳어 있었다.

사랑

정훈은 귀빈을 맞이할 준비와 주문 상태를 점검하고 내실에 마련되어 있는 VVIP 룸으로 들어갔다. 결국 엘렌과의 저녁은 경호를 비롯한 이런저런 문제를 고려해서 프라임 호텔의 프렌치 레스토랑에서 하기로 결정되었다.

방으로 직접 가서 에스코트를 할까 싶었지만, 호텔의 귀빈으로서가 아니라—연인은 더더욱 아니고— 오랜 친구로서 모처럼 가지는 식사 자리이기에 그건 아니다 싶어 약속시간에 맞춰 레스토랑으로 올라온 참이었다.

그러고 보니 소영과는 근사한 레스토랑에서 식사 한 번을 한 적이 없다는 생각이 들었다. 프라임 호텔에서 일한다는 놈이 그동안 대체 뭘 했나 싶었다. 특히 우리 프렌치 레스토랑은 정통 프랑스 레스토랑으로서 음식 맛도 훌륭하고 야경도 근사해서 연인들의 특별한 데이트 코스로 각광받는 곳인데 말이다.
조만간 소영을 꼭 데리고 와야겠다고 마음먹은 정훈이었다.

노크 소리와 함께 문이 열리고 엘렌이 들어왔다. 꽤 중요한
행사에 참석하고 온 모양인지, 평소보다 외모에 훨씬 공을 들
인 모습이었다. 어깨 아래까지 굽슬굽슬 흘러내린 금발 머리
는 태양처럼 눈부시게 빛이 났고, 백옥 같은 피부에 커다란 파
란 눈동자가 새삼 신비롭게까지 느껴질 정도였다. 평소 구찌
를 즐겨 입는 그녀답게 모던한 하늘색 원피스에 짙은 남보라
색의 자잘한 무늬가 뒤섞인 파스텔 톤의 스카프를 두른 모습
은 우아하기 그지없었다.

정훈은 자리에서 일어나 반갑게 그녀를 맞았다.

"어서 와."

엘렌이 그의 어깨를 잡고 유럽식으로 양 뺨에 입을 맞추며
인사했다. 그녀를 위해 의자를 잡아 주고 테이블을 돌아 맞은
편에 앉았다.

"중요한 행사에 참석했던 모양이군. 오늘따라 유난히 모나코 공주의 우아
한 기품이 후광처럼 빛을 발하는데?"

피이, 하고 헛웃음을 흘리면서도 싫지 않은 듯 눈을 반짝이
는 엘렌이었다.

"난 원래부터 그랬거든? 인터넷이든 어디든 내 이름 뒤에는 항상 우아한
기품이 이러쿵저러쿵 온갖 찬사가 꼬리표처럼 붙어 다니는 사람이라고, 내
가. 너만 날 그렇게 안 보는 거지."

"내가 언제? 방금도 우아한 기품이 빛을 발한다고 했잖아."

밤 은
아침을
꿈꾼다

"쳇, 말로만. 솔직히 네가 이제껏 나한테 공주 대접을 제대로 해 준 적이나 있어?"

정훈이 한쪽 눈썹을 슬쩍 치켜 올렸다.

"공주 대접을 원해? 친구가 아니고? 네 뜻이 정 그렇다면 앞으로는 깍듯하게 공주 대접을 해 주지."

"됐어. 네가 그럴 걸 생각하면 손발이 오글거린다. 그냥 하던 대로 해."

엘렌이 붉은 입술을 비죽거렸다. 노크 소리가 다시 들려오고 슈퍼바이저가 직접 주문을 받으러 들어왔다. 다시 우아한 모나코 공주의 모습으로 돌아간 엘렌이 길고 긴 주문을 마쳤다. 두 사람은 식사를 하는 동안 르 로제에서 오랫동안 친구이자 연인으로 함께했던 추억들을 반추하며 즐겁게 이야기를 나누었다. 십 대 시절을 함께 보냈던 그녀와 옛일을 회상하며 이야기를 나누는 것은 나름 즐거웠다. 엘렌이 연인 시절의 얘기만 끄집어내지 않는다면 말이다.

그런데 오늘따라 엘렌은 자꾸만 연인 시절의 설레고 뜨거웠던 추억을 끄집어내어 그를 불편하게 만들었다. 친구로 돌아간 뒤로는 두 사람 모두 의식적으로 꺼려 하며 입에 담지 않던 얘기였는데 말이다.

코스가 모두 끝나고 영롱한 불빛 아래 와인 잔을 기울이는데, 잠시 말을 멈췄던 엘렌이 은근한 목소리로 그를 불렀다.

"정훈."

정훈은 담담한 눈빛으로 엘렌을 쳐다보았다. 엘렌이 매혹적인 미소를 아스라이 머금었다.

"난 말이야, 요즘도 가끔 생각해. 우리가 각각 미국과 영국으로 떨어지지 않았다면 지금쯤 우리는 어떻게 됐을까, 하고."

"그래도 우리는 헤어졌을 거다. 너하고 나는 서로 맞지 않는 상대였으니까. 그나마 물리적으로 멀리 떨어져 있어서 자연스럽게 끝낼 수 있었던 거라고 생각해. 덕분에 우리가 지금까지 친구 관계를 유지할 수 있는 거고 말이야."

"우리가 서로 맞지 않는 상대였다고? 정말 그렇게 생각해? 난 우리가 모든 면에서 굉장히 잘 맞는다고 생각했는데, 나 혼자만의 생각이었던 거니? 우리, 르 로제에서 가장 잘 어울리는 커플이었잖아. 모든 애들이 우리를 부러워했어. 넌 남자애들 중에 가장 돋보이는 존재였고 나 역시 그랬으니까. 그리고 우리…… 그것도 꽤 잘 맞았잖아. 손만 잡아도 불꽃이 튀었을 만큼. 난 지금도 내 인생의 최고의 남자가 너였다고 생각하는데, 넌…… 아니야?"

엘렌이 손을 뻗어 와인 잔을 잡고 있는 정훈의 손을 살포시 잡았다. 긴 손톱으로 그의 손등을 간질이듯 빙글빙글 원을 그리며 어루만지다가 그의 손을 꼭 움켜잡았다. 아무런 표정 없이 자신을 바라보는 정훈을 똑바로 응시하며 속삭이듯 말했다.

"난 다시 시작하고 싶어. 정훈, 너하고……."

"엘렌."

"알아. 너한테 지금 다른 여자가 있다는 거. 하지만 그래서 뭐? 너나 나나 그동안 다른 상대가 없었던 것도 아니었잖아. 하지만 결국 어떻게 됐는지 돌아봐 봐. 그 사람들은 모두 끝나고 친구로도 남지 못했어. 모두 한때 스쳐 가는 바람이었을 뿐이었다고. 아마 지금 네 옆에 있는 그 여자도 그럴 거야. 그렇지만 너와 나는 아니야. 지금도 우리는 함께 있고, 어떤 의

밤은
아침을
꿈꾼다

미로는 예전보다 더욱 깊은 사이가 됐다고 생각해."

정훈이 낮은 한숨을 쉬며 손을 빼내려고 하자 엘렌이 손을
강하게 움켜잡고 놔주지 않았다.

*"솔직하게 말할게. 만약 네가 한국으로 돌아오지 않았다면 나, 아무리
내가 후원하는 발레단이라고 해도 방한하러 이 먼 곳까지 오지 않았을 거
야. 방한은 핑계고 실은 널 보러 온 거야. 네가 너무 보고 싶어서…… 정훈,
나 너 다시 찾고 싶어. 친구가 아닌 연인으로 너와 다시 시작하고 싶어."*

정훈이 잔잔한 미소를 머금었다. 흔들리는 그녀의 커다란
파란 눈동자를 똑바로 바라보았다.

*"그렇게 말해 줘서 고맙다. 만약 1년 전에 네가 그렇게 말해 줬다면
아마 나도 진지하게 고민해 봤을 거다. 하지만 엘렌, 미안하지만 이젠
아니야."*

"왜? 어제 그 여자 때문에?"

*"넌 무척 매력적이고 아름다운 여자야. 아니, 모든 면에서 완벽하다고
할 수 있는 여자. 남자라면 누구나 탐낼 만한 조건을 모두 가지고 있는 여
자지. 왕위 서열 9위의 아름다운 모나코 공주를 어떤 남자가 마다하겠어.
어렸을 때 나처럼 말이야."*

솔직히 한때는 그의 여자에 대한 기준이 엘렌이었던 적도
있었다. 그리고 그 기준을 충족시키는 여자는 단 한 명도 없었
다. 그저 그 기준에는 못 미쳐도 엘렌과는 전혀 다른 부분에
만족하고 그럭저럭 만났을 뿐이었다.

하나 이제는 아니었다. 그동안 차곡차곡 쌓여 있던 여자에
대한 깐깐하고 냉철한 기준 같은 건 소영을 만나는 순간 모두

허망하게 흩어져 버렸다. 그리고 깨달았다. 사랑은 이성적인 판단과 이상적인 기준이나 조건 따위가 끼어들 수 없는 전혀 다른 차원의 영역이라는 것을.

영혼의 끌림.

차소영을 사랑한다.

그녀이기에, 오직 그녀이기에 가능한 사랑.

그 사랑 앞에서 다른 외적 조건은 부차적인 문제에 불과했다. 그녀와 함께 있으면 눈에 보이지 않는 무언가가 함께 공명하는 것을 느낀다. 이젠 소영 외의 다른 여자는 생각할 수조차 없게 되어 버렸다.

"그녀를 사랑해. 매 순간 그녀를 생각하고 그녀와 함께하는 삶을 꿈꾼다. 그녀로 인해 비로소 나라는 인간이 온전해진 것 같다는 것을 느껴. 소영은 나조차도 몰랐던 나 자신을 끊임없이 일깨워 주고 인생에서 가장 소중한 것이 무엇인지, 내가 누구인지, 어떻게 사는 것이 올바른 삶인지, 어떻게 하면 내가 좀 더 나은 내가 될 수 있을지 끊임없이 생각하게 만들어 줘."

소영을 생각하고, 그녀 얘기를 하는 것만으로도 다른 사람이 된 듯 부드러워지는 정훈의 미소와 가슴 떨리는 설렘을 품고 그윽해지는 눈동자에 엘렌은 흠칫 굳어 버렸다. 마른침을 삼키는 목구멍이 살갗이 벗겨진 듯 쓰라리고 아팠다.

정훈이 움찔 떨리는 그녀의 손아귀에서 제 손을 천천히 빼냈다. 달래듯 담담한 손길로 그녀의 손등을 톡톡 두드렸다.

"너도 그런 사랑을 할 수 있기를 바란다."

흔들림 없는 고요한 정훈의 눈동자를 응시하는 엘렌의 파란 눈동자가 파르르 흔들렸다. 여린 속살을 깨문 그녀의 입술이 무슨 말을 하려는 듯 몇 번 움찔거렸다. 그러나 이내 엘렌은 두 눈을 질끈 감고 입술을 꾹 다물었다.

잠시 후, 굳은 엘렌의 입술에 옅은 미소가 감돌았다. 시선을 들어 정훈을 바라보는 그녀의 파란 눈동자는 더 이상 흔들리지 않았다. 잠시 움츠러들었던 어깨를 바로 세우고 기품 있는 당당한 눈빛으로 그를 바라보았다.

"그래도 우리 계속 친구인 거지?"

"물론."

"하지만 빈말로도 축하한다는 말은 못 하겠다. 지금은 너무 창피하고 자존심이 상해서. 나중에, 드디어 찾았다는 그 대단한 사랑이 진짜라고 인정되면 그때, 축하한다고 해 주지. 솔직히 나는 네가 말하는 오직 그 사람이기에 가능하다는 진실한 사랑이라는 게 뭔지 잘 모르겠거든. 그러니까 잘해 보여 달라고. 네가 말하는 그런 사랑이 현실에도 진짜 존재한다는 것을."

정훈이 나직이 미소 지었다.

"누구한테 보여 주고 입증하기 위한 사랑이 아닌데."

엘렌이 힐끔 눈을 흘겼다.

"저게 끝까지. 알았다, 너 잘났다."

그의 손을 탁 쳐낸 엘렌이 손을 거둬들였다.

"그런데 정말 궁금하다. 대체 어떤 여자이기에 너를 이런 절절한 로맨티시스트로 만든 거니? 어떤 여자야? 어떻게 만났어?"

정훈의 미소가 조금 더 깊어졌다.

"소영은……."

소영과 처음 만났던 20년 전을 떠올리는 정훈의 눈동자는 꿈꾸듯 한층 더 감미롭게 깊어져 갔다.

✦

　오랜 친구끼리는 만나는 게 뭐가 대수냐고, 그녀가 되레 편하게 만나라고 정훈의 등을 떠밀기는 했지만 속마음까지 진짜 아무렇지 않은 것은 아니었다. 소영은 자신을 바라보는 눈빛과 정훈을 바라보는 엘렌의 눈빛만으로 그녀가 정훈에게 가지고 있는 감정이 순수한 우정만이 아니라는 것을 직감적으로 알아챘다.

　사랑에 빠진 여자의 직감은 무서울 정도로 정확하니까.

　엘렌은 분명히 그를 친구가 아닌 남자로 바라보고 있었다.

　이해는 한다. 정훈은 누가 봐도 매력적이고 탐나는 남자니까. 비단 그의 근사하고 멋진 외적 조건 때문만은 아니었다. 외모가 아무리 근사하고 멋있어도 내면이 받쳐 주지 않으면 속 빈 강정처럼 텅 비어 보일 뿐이니까.

　하지만 정훈은 겉으로 드러난 모습보다 내면이 더욱 단단하고 멋진 사람이었다. 냉철한 지성과 따뜻한 가슴을 동시에 가지고 있는 현명하고 진솔한 사람이었으며, 확고한 주관과 의식으로 흔들림 없이 자신의 길을 걸어가는 강인한 사람이기도 했다.

　소영은 그런 정훈을 사랑한다. 아니, 사랑하지 않을 수가 없었다. 그러니 엘렌이 그런 정훈을 욕심내는 것 또한 당연할 터였다.

정훈을 믿는다. 그의 사랑을 믿는다.

하지만 불안한 것 또한 사실이었다. 엘렌은 그녀가 보기에
도 너무 아름다운 여자였으니까. 어젯밤 엘렌이 그랬다. 정훈
같은 남자를 여자들이 가만 내버려 둘 리가 없다고. 그래서 자
신도 그에게 꽂혔던 거였다고 말이다.

그게 과연 무슨 뜻이었을까.

"바보, 그걸 몰라서 물어? 당연히 그녀도 그한테 끌리고 이
성으로 좋아했었다는 얘기지."

그리고 그 감정은 지금도 유효할 테고 말이다. 혹시 과거에
두 사람이 사귀었던 건 아닐까? 뭐, 그럴 수도 있었을 것 같다.
한창 혈기왕성하던 십 대 시절에 한 공간에서 매일 함께 생활
하며 동문수학했던 사이가 아닌가.

"하지만 그래서 뭐? 만약 그랬다고 하더라도 다 지난 얘기잖
아. 엘렌은 그에게 미련이 남았을지 몰라도 그는 아니야."

그럼, 그렇고말고.

하나 그럼에도 너무 불안하다. 상대는 무려 모나코 공주였
다. 우아함의 심벌과도 같은 아름다운 공주. 그에게 아직 미련
이 남은 과거의 여자.

이런 게 질투라는 건가?

소영은 두 손으로 얼굴을 감쌌다.

"홋, 세상에. 정말 별걸 다 해 보네."

역시 나도 어쩔 수 없는 여자로구나 싶었다. 소영은 허공을

응시하며 한숨을 폭 내쉬었다.

"정신 차려, 차소영. 네가 지금 쓸데없이 유치한 질투나 하고 있을 때니?"

정훈이 알면 또 잔뜩 골려 먹지 않을까 싶다. 소영은 고개를 붕붕 가로저으며 멀찍이 밀어 놓았던 두꺼운 서류를 다시 집어 들었다. 머리 복잡할 땐 일이나 하는 게 최고였다. 일단 이것들을 완벽하게 번역해 놔야 며칠간의 여유가 생길 터였다. 그리고 그래야만 힘들게 내린 결정을 비로소 실행에 옮길 수가 있게 될 터였다.

소영은…… 꽘으로 가 볼 생각이었다.

생모와 쌍둥이 언니를 만나러.

더 큰 실망과 상처만 안고 돌아오게 될지도 모른다. 그래도 한 번은 그들을 만나 봐야 하지 않을까 싶다. 그들을 만나 뭘 어떻게 하겠다는 구체적인 계획은 아직 없었다. 다만 더 늦기 전에, 간신히 다잡은 용기가 사그라지기 전에 그들을 직접 만나보고 싶을 뿐이었다.

그러한 결심이 서기까지 정훈의 도움이 컸다. 그는 그녀의 뒤틀린 불운한 가족사의 진실을 알고서도 다른 말은 일절 하지 않았다. 그저 그동안 그녀 혼자 많이 외롭고 힘들었겠다며 따뜻하게 안아 주었을 뿐이었다. 그리고 이렇게 말해 주었다.

─이젠 네가 더 이상 혼자 아파하지 않았으면 좋겠다. 네 잘못이 아닌 일로 그만큼 아파하고 힘들어했으면 됐어. 이젠 내

가 있잖아. 넌 더 이상 혼자가 아니야. 이젠 무엇이든 함께 나누자. 아픔이든 슬픔이든 기쁨이든 뭐든 다. 잊지 마. 네 옆에는 내가 있다는 사실을. 사랑한다.

그리고 그는 그녀 안에 내재되어 있는 생모와 쌍둥이 언니에 대한 본능적인 그리움과 두려움까지 단박에 읽어 내고 이렇게 말해 주었다.

—만나 보고 싶으면 가서 만나. 가서 네 눈으로 직접 보고 하고 싶은 말이 있으면 다 하고 오는 거야. 두려워할 필요도 없고 망설일 필요도 없어. 어쨌든 너 낳아 준 생모이고 하나밖에 없는 쌍둥이 언니잖아. 물론 굉장히 아프고 힘든 시간이 되겠지. 하지만 다른 누구도 아닌 네 자신을 위해서 반드시 뛰어넘어야 할 마지막 난관이 아닐까 싶다. 네가 차 박사님처럼 그들의 존재를 냉정하게 외면하고 살 자신이 없다면 말이야. 그리고 네가 그들을 만나러 갈 결심이 선다면, 절대 너 혼자 보내지는 않아. 같이 가자. 소영아. 내가 네 옆에 있을게. 언제, 어디든 난 항상 네 옆에 있을 거다. 네가 잡아 준 손. 절대 놓지 않을 거다. 그러니까 너도 내 손 절대 놓을 생각 하지 마. 우린, 언제나 함께일 거야.

그의 말 한 마디, 한 마디가 힘이 되고 용기가 되어 주었다. 어떤 순간에도 그녀의 손을 놓지 않을 거라는 그의 다짐이, 맹

세와도 같던 약속이 지금 소영에게는 가장 큰 위로와 안식이 되어 주고 있었다.

그의 사랑이, 그를 사랑할 수 있다는 사실이 감사하고 또 감사했다. 행복했다. 아무것도 해결되지 않은 상황에서 그녀 혼자만 이토록 행복해도 되나 싶을 정도로.

딩동.

불현듯 울린 초인종 벨소리에 소영은 깜짝 놀라 깊은 상념에서 벗어났다. 고개를 번쩍 들어 시간을 확인했다. 어느새 밤 10시가 훌쩍 넘어 있었다. 굳이 누구인지 확인할 필요도 없었다. 지금 이 늦은 시간에 그녀를 찾아올 사람은 오직 한 명, 정훈밖에 없으니까. 소영의 심장이 미친 듯이 두방망이질 치기 시작했다.

그가 와 주었다! 아무렇지 않은 척 그를 엘렌과의 저녁 자리에 보내 놓고 혼자 불안해하고 있을 그녀를 생각해 이 늦은 시간에 한달음에 달려와 준 것이 틀림없을 터였다.

절로 입술 꼬리가 귀 밑까지 말려 올라갔다. 소영은 부리나케 현관으로 달려갔다. 누구냐고 물어볼 새도 없이 현관을 벌컥 열었다.

흠칫 놀라 한쪽 눈썹을 치켜뜬 정훈이 이내 씩, 미소 지었다. 길어지는 눈꼬리까지 삽시간에 번져 가는 환한 미소였다.

"달려온 보람이 있네. 네가 이렇게 버선발로 달려 나와 반겨 줄 줄 알았으면 진작 해 볼 걸 그랬다."

"어쩐 일이에요? 엘렌 공주하고는 벌써 헤어진 거예요? 그럼 피곤할 텐데 그냥 집으로 가지, 힘들게 왜 왔어요."

"보고 싶어서."

웃음기 가득한 눈동자로 그녀를 뜨겁게 내려다보며 정훈이 속삭이듯이 말했다.

"이젠 차소영을 하루라도 보지 못하면 입안에 가시가 돋치거든. 저녁 시간 내내 어찌나 이리 달려오고 싶던지, 참느라 혼났어. 저녁은, 먹었니?"

"응, 지금 시간이 몇 신데. 당연히 먹었지."

"오늘 하루 힘들지는 않았고?"

"응, 좋았어요. 오빠는요? 오늘 하루 잘 지냈어요?"

정훈이 미간을 찡그리며 고개를 가로저었다.

"난 별로. 누가 자꾸 눈앞에 아른거려서 힘들어서 죽는 줄 알았어. 잠깐이라도 가서 얼굴이라도 보고 올까 싶었는데, 일 때문에 움직일 수가 있어야지. 그래서 애가 타 미치는 줄 알았다."

"오빠……."

마른침을 삼킨 소영의 호흡이 바르르 떨려 나왔다. 정훈이 손이 뻗어 그녀의 앞머리를 가만히 헝클어트렸다. 환한 미소가 잦아들면서 그의 눈빛이 더욱 깊어졌다.

"이제야 좀 살겠네."

혼잣말처럼 중얼거린 그가 그녀의 뺨을 손끝으로 어루만졌다.

"봤으니까 됐어. 그만 갈게."

그냥 간다고? 소영의 눈이 동그랗게 커졌다.

"간다고요?"

"어, 가야지. 더 있다가는…… 안 돼. 너무 위험해. 오늘은……
참을 수 없을 것 같거든."

"오빠……."

"하지만 이 정도는 괜찮겠지?"

정훈이 또다시 혼잣말처럼 중얼거렸다. 그의 얼굴이 그녀를
향해 천천히 내려왔다. 발갛게 상기되어 가는 그녀를 빨아들
일 듯 응시하는 그의 눈동자가 뜨겁게 타오르며 검게 짙어졌
다. 커다란 손이 소영의 턱을 살포시 들어 올렸다. 천천히 내
려온 그의 입술이 소영의 입술에 부드럽게 포개어졌다. 뜨겁
게 맞닿은 입술 사이로 파르르 떨리는 숨결이 뒤섞였다.

"잘 자."

숨결처럼 속삭인 그의 입술이 떨어지려고 했다. 그 순간, 소
영은 자신도 모르게 그의 목을 와락 끌어안았다. 감미로운 입
맞춤만 남기고 흠칫 놀라 멀어지려는 그의 입술에 매달려 열
렬한 키스를 되돌렸다. 흩어지려던 숨결이 단숨에 파르르 타
오르며 그와 그녀의 입 속을 넘나들었다.

아직도 서툴기 짝이 없는 키스였지만 정훈에게는 그것만으
로도 충분했다. 아니, 그녀이기에 어린아이처럼 서툰 키스마
저 그에게는 더없는 매혹이자 거부할 수 없는 유혹이었다. 그
제야 정훈이 현관 안으로 떠밀듯 성큼 들어왔다. 그녀의 얼굴
을 양손으로 부여잡고 참고 참았던 뜨거운 키스를 퍼부었다.
서로를 머금고 활짝 벌어진 입술 사이로 하나로 뒤섞인 달콤
한 타액과 가쁜 호흡이 쉴 새 없이 터져 나왔다.

소영이 그를 끌어당기는 것인지, 그가 그녀를 밀고 들어가는 것인지 알 수 없었다. 그저 서로를 단단히 끌어안고 하나로 뒤엉킨 몸이 현관을 지나 거실까지 떠밀리듯 올라갔다. 그의 등 뒤로 활짝 열려 있던 현관문이 철컥 하고 닫혔다.

정훈은 구두를 벗을 정신도 없었다. 서툴지만 어느 때보다 뜨거운 욕망으로 달아올라 온몸으로 그를 부둥켜안고 허덕거리는 그녀밖에는 그 무엇도 보이지도 들리지도 않았다. 오직 그녀만이 느껴졌다. 세상의 전부인 양, 오직 그녀만이 그의 전부를 차지하고 지배해 버렸다.

그녀의 처음을 영원히 기억할 수 있도록 근사하고 멋지게 해 주고 싶다는 스스로와의 약속을 깨 버릴 셈이냐는 외침이 한순간 들려오기는 했지만 폭발하듯 타올라 버린 욕망 앞에서는 미약한 외침일 뿐이었다. 그마저도 다급하게 안겨 오는 소영의 몸짓에 허망하게 사라져 버리고 말았다.

빈틈없이 맞닿은 몸에서 주체할 수 없는 열기가 끊임없이 피어올랐다. 뒷걸음치는 소영이 한 순간 비틀거렸다. 그의 단단한 팔이 휘청거리는 소영의 허리를 바스러트릴 듯 강하게 끌어안았다. 헐떡거리는 소담한 가슴과 단단한 가슴이 짓눌리듯 겹쳐지고 홧홧한 열기를 뿜어내는 아래가 요철처럼 맞물려 밀착됐다.

소영은 당장이라도 거칠게 뚫고 들어올 듯 아랫배를 강하게 압박하며 꿈틀거리는 뜨겁게 거대한 그를 느끼며 달뜬 신음 터트렸다. 두려우면서도 설레고 황홀하도록 짜릿했다.

"하아, 하앗! 아, 오빠……."

"아, 소영아…… 미안, 더 이상은 못 참겠다. 네 처음을 특별하게 해 주고 싶었는데…… 우리의 처음을 좀 더 근사하게 하고 싶었는데, 아아. 더 이상은 안 되겠어. 당장 널 안지 않으면 미쳐 버릴 것 같아."

그가 바르작거리는 그녀를 제 몸에 바짝 밀착시킨 채 용광로처럼 뜨거운 눈빛으로 삼켜 버릴 듯 그녀를 내려다보았다.

"지금…… 널 가져야겠다."

다짐이자 선언처럼 터져 나온 그의 허스키한 음성에 소영은 파르르 전율했다.

"안 돼? 더 기다려야 되나? 너한테는 아직 무리인 걸까?"

소영이 바싹 마른 입술을 혀로 적시며 아랫입술을 지그시 깨물었다. 그와 뜨겁게 시선을 얽고 떨리는 목소리로 속삭였다.

"바보, 그것 때문에 참았던 거예요? 내 처음을 특별하게 해 주고 싶어서? 그렇다면 오빠는 진짜 바보다. 사랑하는 사람과 함께한다면 그곳이 어떤 곳이든 어떤 순간이든, 그 모든 순간이 특별한 거예요. 사랑하는 사람과 함께이니까, 그 사람과 함께 나누는 거니까, 그리고 그 사람이 바로 오빠니까……."

"소영아!"

"사랑해요. 사랑……."

그녀의 말이 끝나기도 전에 그의 입술이 소영의 입술을 뜨겁게 집어 삼켰다.

"사랑해, 사랑한다, 차소영!"

그가 소영을 번쩍 들어 올려 안았다. 그녀를 안은 채 성큼성큼 침실로 들어갔다. 정훈이 그녀를 침대에 조심스럽게 눕힐 때까지 서로의 숨결을 삼키는 두 사람의 입술은 지남철처럼 달라붙어 떨어질 줄을 몰랐다.

가까스로 그녀에게서 떨어져 바닥에 내려선 정훈은 순식간에 입고 있던 옷들을 벗어 던졌다. 그제야 자신이 아직까지 구두를 신고 있다는 것을 알았다. 소영 때문에 자신이 진짜 제정신이 아니구나, 싶어서 일순 너털웃음이 나왔다.

소영도 그가 구두를 벗어 던지는 것을 보고서야 그 사실을 깨달았다. 어머, 하고 눈이 커다래지는 그녀와 정훈의 겸연쩍어하는 시선이 마주쳤다. 누가 먼저라 할 새 없이 민망함과 황당함에 키득거리는 웃음이 두 사람의 입에서 터져 나왔다.

그러나 그 웃음소리는 정훈이 셔츠를 벗고 알몸이 된 순간, 거짓말처럼 뚝 끊어졌다. 키득거리던 웃음소리 대신 점차 고조되는 가쁜 숨소리가 이내 공간을 가득 채웠다. 자잘한 근육으로 둘러싸인 그의 구릿빛 몸은 아름답다고밖에 달리 표현할 길 없을 만큼 근사하고 멋졌다.

실오라기 하나 걸치지 않은 남자의 알몸을 보는 것은 이번이 처음이었다. 소영은 남자의 몸이 이토록 아름다운지 처음 알았다. 여자와는 완전하게 다른 크고 단단한 몸. 강인함과 아름다움이 공존하는 정훈의 몸은 경이로울 정도였다. 물론 너무 쑥스럽고 민망해서 초콜릿 근육으로 쩍 벌어지듯 다져진 허리 아래로는 시선도 주지 못했지만 말이다.

벌겋게 달아오른 얼굴로 시선을 내리깔고 마른침을 꼴깍, 삼키는데 침대가 출렁하며 그가 옆으로 와 눕는 것이 느껴졌다. 욕망으로 후끈 달아오른 긴장된 기류 사이로 그의 남성적인 체취가 코끝으로 훅, 끼쳐들었다. 그와 동시에 그의 커다란 손이 그녀의 머리카락과 뺨을 눈물 나도록 부드럽게 어루만졌다.

절로 두 눈이 스르륵 감기고 탄식과도 같은 한숨이 흘러나왔다. 그리고 다시 시작된 그의 입맞춤. 이내 깊어진 키스 사이로 숨이 턱 끝까지 차오르며 짜릿한 전류가 온몸을 빠르게 내달렸다. 삽시간에 전신이 불덩이처럼 뜨거워졌다.

그의 뜨거운 손길과 입술이 닿는 곳마다 열꽃이 피어올랐다. 알알이 돋아난 세포마다 경쟁하듯 멍울을 터트리며 불꽃처럼 만개했다. 언젠가 그가 말했다. 그녀를 송두리째 한입에 먹어버리고 싶다고. 그 말을 실행에 옮기려는 듯 그녀의 온몸 구석, 구석 그의 손길과 입술이 닿지 않는 곳이 없었다. 입고 있던 옷들이 언제 다 벗겨졌는지는 기억도 나지 않았다.

정훈은 집요하고 능숙한 연인이었다. 그는 그녀의 온몸을 피아노처럼 두드리고 맛보며 소영이 어느 곳에 유독 민감한 반응을 보이는지, 어떤 애무에 허리를 들썩거리며 신음을 터트리는지를 세세히 살피면서 능숙하게 그녀를 함락시켜 갔다.

아프도록 돋아난 멍울을 입에 머금고 사탕처럼 굴리던 그가 울긋불긋 열꽃이 피어오른 새하얀 피부를 할짝거리며 천천히 명치끝으로 입술을 내렸다. 소영이 헐떡거릴 때마다 평평한 아랫배가 움푹 파이며 안쓰럽도록 선명하게 도드라진 갈비뼈가 덜거덕거릴 듯 요동쳤다.

배꼽을 할짝거린 그의 혀가 그 주변을 둥글게 원을 그리며 할짝거렸다. 그리고 점점 아래로, 치골로 이동하는 축축한 혀의 놀림에 소영은 다시 한 번 고개를 가로저으며 자지러질 듯 탁한 교성을 내질렀다.

"아아! 아흑!"

그가 부들부들 떨리는 은밀한 둔덕 위에 입술을 대고 나지막이 속삭였다.

"쉬이. 괜찮아, 소영아. 그냥 느껴."

그의 뜨거운 숨결에 이미 축축하게 젖어 버린 수풀이 바르르 떨며 더욱 축축하게 젖어 가는 것이 느껴졌다. 소영은 어찌할 바를 모른 채 부들부들 떨리는 손으로 시트를 움켜쥐었다가 제 얼굴과 목을 감싸며 어깨를 뒤틀었다. 아무리 이를 악물고 참으려고 해 봐도 소용없었다. 낯 뜨거울 만큼 야릇한 교성이 끊임없이 터져 나왔다.

도저히 침을 수 없었다. 다른 어떤 곳보다 유독 그의 손길이, 입술이 그곳에 닿으면 온몸의 세포가 발작을 일으키며 정신이 아득해져 버렸다. 뭍으로 건져 올린 물고기처럼 전신에 파드득 경련이 일었다. 그의 입술과 혀가 둔덕과 아랫배를 오가며 그녀를 미치게 만드는 동안 그의 손은 끊임없이 가슴을 애무하며 그녀를 단 한순간도 가만 내버려 두지 않았다.

정훈이 그녀의 무릎에 입을 맞추고 다리를 벌리면서 자세를 잡을 때 즈음에 그녀는 이미 흠뻑 젖은 채 지칠 대로 지쳐 버린 상태였다. 소영은 한순간 머릿속이 새하얗게 비며 전신이 섬광처럼 터져 버리는 그 미칠 것 같던 감각이 말로만 듣던 오르가즘이라는 것을 미처 깨달을 겨를조차 없었다. 두 번이나 거듭된 미칠 것 같던 감각에 의식조차 아득해져 물에 젖은 솜처럼 축 늘어졌을 뿐이었다.

그래서 자신의 다리가 방만하게 활짝 벌어져 있다는 것도 깨닫지 못했고, 그가 축축하게 젖어버린 자신의 중심에 바짝 다가서 있다는 것도 미처 깨닫지 못했다. 뜨겁고 뭉툭한 무언가가 자신의 그곳에 은근히 비벼지고 있다는 것을 어렴풋이 느끼고 나서야 마침내 그와 한 몸이 될 순간이 왔다는 것을 깨달았을 뿐이었다.

그 막연한 깨달음과 동시에 허리 아래에서 짜릿한 전율이 솟구치며 축 늘어져 있던 온몸의 세포들이 용수철처럼 솟구쳐 곤두섰다. 동시에 처녀로서의 본능적인 두려움도 풍선처럼 둥실 떠올라 버렸다.

반사적으로 바짝 굳어 움츠러들려는 허벅지를 그가 달래듯 부드럽게 어루만졌다. 그러면서도 끊임없이 그녀의 은밀한 속살을 자극하고 벌리며 조금씩 밀려 들어오는 그.

"아…… 아…… 하아! 아흑!"

벌어지는 그곳처럼 그녀의 입 또한 크게 벌어지며 등이 점차 둥글게 휘어졌다.

"괜찮아, 소영아. 아프지 않게 할게. 조금만, 조금만…… 으흑. 크아. 소영아…… 힘을 조금만 빼 봐, 응?"

밤 은
아침을
꿈꾼다

"으흑, 응, 응, 아흑!"

소영은 무의식적으로 그의 말에 답하며 연신 달뜬 교성과 신음을 내질렀다.

"아, 어떻게 해야 되는 건지 모르겠어. 으음, 아아, 악, 오빠! 아, 아파…….."

"미안, 미안해, 소영아. 그런데 네가 너무 꽉 조여서 움직일 수가 없어. 으흑, 나도…… 미치겠다."

두 번이나 절정에 오른 후라 아무리 처음이어도 그 정도면 충분히 이완됐을 거라고 생각했는데 이런, 아니었던 모양이다. 소영은 너무도 좁고 뜨거웠으며 그를 움켜쥐고 조이는 압력 또한 상상 이상으로 너무 강해서 숨이 턱턱 막힐 지경이었다. 고통스러웠지만 동시에 그악스러울 정도로 황홀했다. 세상에 어떻게 이런 감각이, 쾌락이 존재할 수 있는가 싶을 만큼 이전에는 결코 경험해 보지 못했던 황홀함이었다.

이 또한 그녀이기에 가능한 일일 터였다. 사랑하는 그녀와 하나가 되는 순간이기에 가능한 기적!

하지만 이대로는 더 이상 곤란했다. 이대로 터져 버릴 것 같은 욕망이나 끊어질 것 같은 고통은 아무래도 상관없었다. 소영만 고통스럽지 않다면 말이다. 하지만 그녀 또한 고통스러운 아픔을 호소하고 있었다. 끝까지 부드럽게 그녀를 안겠다는 생각은 이쯤에서 버려야할 것 같았다. 움짝달싹 못하는 고통이 지속되는 것보다는 한 번의 고통으로 끝나는 것이 더 나을지도 모르니까.

정훈은 가쁜 숨을 몰아쉬며 조심스럽게 그녀의 위로 상체를 숙였다. 소영이 다시 괴로운 듯 신음을 흘렸다. 정훈은 땀에 젖은 그녀의 얼굴을 어루만지며 속삭였다.

"소영아."

"으음."

"눈 뜨고 날 봐봐."

　　소영이 힘겹게 눈꺼풀을 들어 올리고 흐릿한 시선으로 그를 올려다보았다. 그가 그녀의 흐릿한 동공을 깊숙이 응시하며 탁하게 갈라진 목소리로 속삭였다.

"날 안아. 그리고 꽉 잡아. 절대 놓지 마. 할퀴고 싶으면 할퀴고 물고 싶으면 물어. 참지 말고. 내 말, 무슨 뜻인지 알겠니?"

　　소영의 일그러진 눈가가 바르르 떨렸다. 그러나 소영은 그가 시키는 대로 팔을 뻗어 그의 단단한 어깨를 꼬옥 부둥켜안았다. 미세하게 고개를 끄덕거렸다.

"사랑해요."

"사랑한다."

　　그가 그녀의 입술을 머금었다. 동시에 곧추세우고 있던 허리를 강하게 내렸다.

　　하악!

　　소영의 두 눈이 부릅떠졌다. 동시에 소리가 되어 터져 나오지 못한 단말마와도 같은 비명이 그의 입 속으로 빨려 들어갔다. 자신도 모르게 부둥켜안고 있는 그의 어깨에 손톱을 박고 움켜잡았다.

밤 은
아침을
꿈꾼다

일순 그대로 시공간이 멈춰 버린 것처럼 모든 것이 멈춰 버렸다. 그리고 잠시 후 약속이나 한 것처럼 미세하게 떨어진 두 사람의 입에서 가쁜 탄성과 함께 가느다란 신음이 흘러나왔다. 정훈이 시선을 들어 소영의 안색을 살폈다. 무어라 형언할 수 없을 만큼 가슴 벅찬 무언가로 가득 찬 그녀의 커다래진 눈동자에서 찰랑찰랑 맺혀 있던 눈물방울이 또르륵 굴러떨어졌다.

어찌할 수 없는 안타까움과 미안함에 정훈의 깊은 눈매가 일그러졌다. 떨리는 손으로 굴러떨어지는 눈물을 닦아 냈다.

"미안……."

"아니, 그런 말 하지 말아요."

소영이 힘겹게 미소 지으며 고개를 가로저었다. 자신의 뺨을 어루만지는 그의 손등을 제 손으로 가만히 감싸고 그의 손바닥에 입을 맞췄다.

"행복해요. 너무 행복해서 그래. 사랑해요."

그래, 그녀가 옳다. 비로소 하나가 된 순간에 미안하다는 말은 결코 하는 것이 아니다. 사랑한다, 그 말 한 마디면 충분할 뿐. 정훈은 제 전부를 주어도 아깝지 않은 오직 단 하나의 사랑에 온 마음을 다해 입을 맞췄다.

"사랑한다."

얼마 전부터 부쩍 쉬이 지치고 피곤하더니 최근 들어 몸 상태가 더욱 안 좋아졌다. 이젠 입맛도 없고 억지로 뭔가를 먹으려고 해도 속이 미식거려 먹지를 못하겠다. 그동안 쌓였던 과로와 스트레스가 대니와의 결혼이 허락된 것을 계기로 긴장감이 풀리면서 훅 밀려오더니, 엄마의 죽음과 장례를 치른 이후로는 그것들이 아예 늪처럼 가라앉아 그녀의 전신을 쭉쭉 빨아들이는 것만 같았다.

아직 안 끝났다고, 너 혼자 어딜 도망가 편히 살겠다고 하는 것이냐고 눈을 부라리면서 말이다.

그래서 소희는 희수의 장례를 치르고 일주일이 지난 지금까지도 아직 일을 시작하지 못하고 있었다. 조금 더 쉬라는 대니와 찰리의 권유를 뿌리치고 이틀간 억지로 일을 하긴 했었다. 그런데 한순간 눈앞이 핑 도는 바람에 하마터면 관광객들 앞에서 볼썽사납게 정신을 잃고 쓰러질 뻔했었다.

물론 그 사실을 대니나 찰리는 모른다. 절대 말하지 않을 생각이다. 하지만 또다시 그런 일이 발생한다면, 그땐 그녀가 아무리 비밀로 한다고 해도 다 알게 될 터였다. 한 번은 간신히 쓰러지지 않고 버텼다지만, 다음에는 진짜 정신을 잃고 쓰러지지 말라는 법은 없으니까.

그래서 소희는 그 날 이후로 대니와 찰리의 권유를 받아들여서 당분간 일을 쉬기로 했다. 쓰러져서 더 큰 걱정을 끼치는 것보다는 그편이 차라리 나을 테니 말이다. 물론 리디아한테는 이러든 저러든 못마땅한 일투성이겠지만.

대니와 찰리는 아무 말도 하지 않았지만, 엄마의 죽음으로 리디아가 또 한바탕 난리를 피웠을 거라는 것은 보나 마나 빤한 일이었다. 아무리 생각해 봐도 그런 엄마의 딸을 며느리로 들일 수 없다며 다시 생각해 보자고 길길이 날뛰었을 것이다. 강씨 가문의 치욕이니 수치니 하면서 말이다.

"틀린 말은 아니지. 나 같아도 나 같은 애는 찝찝해서라도 집안에 들이고 싶지 않겠다."

그런데 하물며 하나밖에 없는 자랑스러운 아들의 짝이라니, 속이 뒤집어질 일이기는 했다.

아무래도 자신이 너무 안일하고 뻔뻔한 꿈을 꾼 것 같았다. 대니를 놓아줄 생각을 했으면서 찰리와 리디아가 마지못해 허락해 주니 얼씨구나 좋다고 그 결정을 덥석 받아들였다니, 뻔뻔하다 못해서 아직 제정신을 차리지 못했구나 싶었다.

그러나 엄마의 죽음으로 새삼 확실하게 다시 깨달았다. 내 주제를, 그리고 내가 얼마나 재수 없고 불운한 운명을 타고난 사람인지. 생부라는 사람이 그녀를 버린 것도 그 때문이 아닌가 싶었다. 한 세기에 한 번 태어날까 말까 할 천재라는 사람이니 일찌감치 그녀의 불운을 꿰뚫어 본 것은 아닌가, 이젠 그런 생각까지 들 정도였다.

주변 사람들을 모두 불행과 죽음으로 이끄는 저주받은 운명. 불행을 몰고 다니는 저주받은 아이.

"그런 주제에 이젠 대니마저 내 저주받은 운명으로 끌어들이겠다고?"

절대 안 될 말이었다.

이젠 정말 대니를…… 떠날 때가 되지 않았나 싶다. 꿈에는 더 이상 어떠한 미련도 원망도 없었다. 그녀가 사라진다고 해도 진정으로 염려하며 걱정해 줄 사람도 없었다.

대니는…….

한동안 많이 아파하겠지만 결국에는 그녀를 잊고 꿋꿋하게 일어날 터였다. 긍정적이고 밝고 누구보다 강하기도 한 사람이니까.

대니를 진정 사랑한다면, 그녀가 먼저 그를 떠나야만 할 터였다. 그것이 그녀가 사랑하는 사람을 위해서 해 줄 수 있는 최소한의 도리이자 의무일 터였다.

오랫동안 생각해 온 대로 제주도로 갈 생각이었다. 계획한 것처럼 돈을 많이 모으지는 못했지만, 아껴 쓰면 3, 4개월 정도는 버틸 수 있지 않을까 싶다. 그사이에 무슨 일이든 찾아서 하면 어떻게든 살게 되지 않을까. 제주도도 관광지라고 하니 운 좋으면 가이드 일을 계속 할 수 있을지도 모르고 말이다.

아직 정확한 일정은 잡지 못했다. 그녀가 어떻게 되기라도 할세라 대니가 수시로 드나들며 곁을 떠나려고 하지 않는 통에 옴짝달싹할 수가 없었다. 오늘만 해도 자고 가겠다는 걸 피곤하다고 간신히 달래서 집으로 돌려보낸 참이었다.

어쨌든 1개월 이내에 꿈을 뜰 생각이다. 더 이상 버티는 건 시간낭비일 뿐이었다.

소희는 옷장 깊숙이 숨겨 놓은 담배를 꺼내 불을 붙였다. 담배나 몇 대 피우고 빨리 씻고 잠이나 자야겠다. 짐이야 얼마

되지도 않으니 차근차근 싸면 될 테니까.

똑똑.

자정이 다 된 시간에 누군가 방문을 두드렸다. 샤워를 하고 나오던 소희는 흠칫 놀라 저도 모르게 뻣뻣하게 굳어 버렸다. 자정이 다 된 시간이나 새벽녘에 문을 두드리는 소식은 절대 좋은 소식일 리가 없었다. 아빠의 경우도 그러했고 요전의 엄마의 경우도 그러지 않았나.

하지만 이젠 더 이상 그녀 주변에 죽어 나갈 사람도 없는데, 이번에는 또 무슨 일일까. 설마…… 대니한테 무슨 일이 생긴 건 아니겠지? 그래, 그럴 리는 없을 거다. 아직은…… 아직은 안 된다. 저주받은 운명이라도 그 정도로 가혹하지는 않겠지.

1개월만……, 제발 1개월만 봐줘. 그 정도는 봐줄 수 있잖아.

소희는 마른침을 꿀꺽 삼키고 뻣뻣하게 굳은 다리를 간신히 움직였다.

"누구세요?"

아무 대답이 없었다. 잘못 들었나? 고개를 갸웃거리는데 다시 똑똑, 노크 소리가 들려왔다. 소희의 미간이 미세하게 찌푸려졌다. 조금 더 큰 소리로 물었다.

"누구세요?"

역시, 이번에도 아무 대답이 없었다. 대체 누구야! 소희는 이를 악물었다.

"누군지 모르겠지만 쓸데없는 장난치지 말고 썩 꺼져! 경찰에 신고해 버리기 전에."

그제야 낯선 중년 남자의 음성이 들려왔다.

"차동우라고 합니다. 잠시 얘기 좀 할 수 있을까요?"

'차, 누구? 난 그런 사람 몰라.' 하고 버럭 소리를 지르려던 소희의 눈이 순간 경악에 차 부릅떠졌다. 그녀의 얼굴이 삽시간에 창백하게 얼어붙었다.

소희는 한동안 두 눈을 부릅뜬 채 꼼짝도 하지 못했다.

다음 권으로 이어집니다.